国家"十三五"重点图书出版规划项目

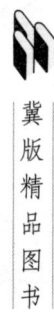

冀版精品图书

前街后街

何玉茹◎著

花山文艺出版社

图书在版编目（CIP）数据

前街后街 / 何玉茹著. —石家庄:花山文艺出版社, 2016.8
ISBN 978-7-5511-2960-2

Ⅰ.①前… Ⅱ.①何… Ⅲ.①长篇小说－中国－当代 Ⅳ.①I247.5

中国版本图书馆CIP数据核字(2016)第191820号

出　　品:	冀版精品出版工程办公室	
书　　名:	**前街后街** Qianjiehoujie	
著　　者:	何玉茹	
责任编辑:	郝卫国	
责任校对:	李　伟	
装帧设计:	果亚楠	
美术编辑:	胡彤亮	
出版发行:	花山文艺出版社（邮政编码：050061）	
	（河北省石家庄市友谊北大街330号）	
销售热线:	0311-88643221/29/31/32/26	
传　　真:	0311-88643225	
印　　刷:	大厂回族自治县正兴印务有限公司	
经　　销:	新华书店	
开　　本:	710×1020　1/16	
印　　张:	17.75	
字　　数:	280千字	
版　　次:	2017年4月第1版	
	2017年4月第1次印刷	
书　　号:	ISBN 978-7-5511-2960-2	
定　　价:	35.00元	

第 一 章

1. 前街和后街

黄村有两条街，一条叫前街，一条叫后街。

明悦小的时候，对房子没什么感觉，对房子的阴影却印象深刻，走在前街，她可以在阴影里随意地跑跳；走在后街，稍一伸胳膊太阳就看见了。她不喜欢太阳看见，太阳一看见她的跑跳就没味道了似的。后来长大些，她知道了，前街的房子是青砖、青瓦垒就的脊顶，后街的房子是土坯、炉渣做成的平顶，一高一矮，一青一土，自是不一样的。

明悦家住在前街与后街之间，就是由前街通向后街的一条马道里。马道是南北向，总共住了十几户人家，偏北向的归于前街，偏南向的归于后街，而明悦家恰恰不偏南不偏北，位于十几户的中间。但明悦家的房顶铺的青瓦，墙面垒的青砖，这样的人家不在前街也要归于前街了。

明悦家住的马道很宽，容得下一辆马车不算，还有一盘石磨，一只碾子，一眼水井。水井旁有一棵老槐树，石磨和碾子旁各有一棵老榆树。明悦一出门，就能看见槐树和榆树高高大大地站在马道的对面，蓬勃的枝叶像是它们伸出的手臂，热情地拥揽着那水井，那石磨，那碾子。

明悦家的门口有几级石台阶，有一对石狮子，一对上马石。这样的门口前街里很多，在马道里却是独一户。明悦喜欢坐在上马石上，看人们吱吱呀呀地摇辘轳，呼隆呼隆地推碾推磨。那些人有前街的，有后街的，前街的人多是走得不急不慌，后街的人多是走得匆匆忙忙；前街人用的家什细致、洁净，后街人用的家什粗糙、腌臜。比如簸箕，前街人的簸箕多是小巧玲珑，针脚细密，还上了层油漆，在阳光下亮闪闪的；后街人的簸箕却是笨大的，原色的柳条粗细不均，麻绳头儿探头探脑的，却也有地儿闪了亮光，细看去，是手常握的地儿，油光光的，就好比穿脏了的袖口一样。

前街的人碾米、磨面，人少，话也少，两三个人，推的推，扫的扫，簸的簸，安安静静地来，又安安静静地走了。后街的人可要热闹得多，六七口甚至十几口子人，常常孩子就占了大半，有哭的有喊的有骂的。那骂人的母亲，是这一家子的中心，推少不了她，扫、簸也是她的，就连最小的孩子拉了尿了，也少不了她来侍弄。常常地，刚抓完屎尿的手，又接着去抓米面了。她的头发散乱着，衣服穿得已看不出什么颜色。她的手指是弯曲的，一巴掌打在孩子的屁股上，孩子不说打得疼，却说扎得疼，因为她的手太糙了，手背上裂着口子，手心里飞着毛刺，手关节突出得吓人。但她并不难过，骂着骂着，见唾沫星子喷了哪个孩子一脸，那孩子抬起袖子左抹一下右抹一下的，袖子上沾了白面，抹得就像戏台上的小丑，她便哈哈地笑起来。她的笑跟她的骂一样，响亮得很，让人觉得她粗圆的身子就像个大音箱，能装下数不清的孩子，也能发出出人意料的响儿来。

碾米、磨面的场合，这家的男人是不会出现的，他自有他的活儿干，往猪圈里添几锨土，或是上房抹一抹漏雨的房顶，或是和站在街上的男人说话儿。男人站在街上说话儿是天经地义的，后街的男人这样，前街的男人也这样，好像他们的说话儿也是干活儿一样。男人们不仅在街上说话儿，还三五成群地跑到哪个家里去说，若是女人要男人帮了干点什么，男人会理直气壮地说，没见正说话儿吗？不过前街人的说话儿跟后街人的说话儿是不一样的，前街人不大说眼前的事，说的多是书本，或是国家、国际，后街人说则多是庄稼，或是左邻右舍，前街后街。

明悦的家里，也常常有来说话儿的男人，前街的来，后街的也来，只因她家的这位置，也因她的父母不大偏狭，来的都是客，是客就让个座，递杯茶。不过这样也有这样的不好，前街人说起书上的事，后街人插不上话，只能干听着；而后街人说起庄稼，前街人又有些不耐烦，整天眼里看的是庄稼，吃的是庄稼，说话儿再离不开庄稼，这辈子岂不亏欠了？后街人也有后街人的理儿，庄稼人不说庄稼说什么，书上的事是顶吃还是顶喝啊？明悦觉得，下回没准儿哪个就不会来了，可过不了两天，那些人又一个不落地来了，仍各说各的，仍对对方不大服气，可坐在一间屋子里，喝着同一壶里的茶水，再不服气脸上也要做出妥协的。这么妥协了一次又一次，渐渐就成了习惯了，哪怕红了脸吵上几句，下回还是要来，也并不尴尬。有一回，只来了一个前街人和一个后街人，明悦的父母也不知去哪里了，两人沉默地坐了足足有半个钟点，找不到什么话说，也见不出什么不自在。最后，各自只叹了口气，就站起来各回各的街上去了。

明悦是没办法跟人说什么的，她天生是个哑巴，听得见人说话，自个儿却说不出一句话来。因此她比父母的偏狭还要少些，凡说话响亮的，不管前街人还是后街人，她都羡慕得要死，倘若能说话，哪怕做那抓屎抓尿的女人的孩子，她怕也会动了心的。

那口水井，生出的故事是最多的，因为人们要喝水要洗衣服，更因为水井是能淹死人的。明悦多次看见，一群人将井口团团围住，捶胸顿足呼唤那投井的人。投井的多是女人，挨了男人的打，或是做了羞于出口的事，一狠心就要把自个儿交给水井。可水井有时候肯收，有时候就不肯收，托了那女人在水面上，单等了人将她救上去。投井的女人多是后街的，比如大菊，三天两头挨男人的打，身上常常是青一块紫一块的。谁都觉得她早晚要投井的，果然有一天她就投进去了。可奇怪的是，她接连投了三回也没死掉，人们都说，她兴许是上辈子欠了男人的债，债还不完阎王爷是不会收她的。前街也有过一个投井的，名叫小慧，只因为书看得多了，迷了心窍，好好的就投了井了。结果小慧也没死，待把她捞上来，见她头发还有一绺没湿。当然投井死了的也不少，那些日子大家就都不来这里打水了。得过些天，井里的水才又洁净如初。那时候地下水充足的，下场雨都能让井水长一截，有一回连着下了几场大雨，井水长得一伸胳膊都能够着了。村里到处都是青蛙的叫声，仿佛整个村子都是水世界了。那时候谁都不会想到，几十年之后，这口水井会变成一口枯井，不仅这口，全村十几口水井都变成了枯井了。不过人总是有办法的，照城市人那样，修水塔，通管道，安水龙头，吃自来水！一吃自来水，辘轳用不着了，扁担、水桶用不着了，是省了太多的力气了！当然，投井的人也就没有了，一口枯井，投进去也淹不死的，摔个鼻青脸肿，反不如去喝农药了。后来寻死的人，果真大多都是去喝农药，有喝死的，也有被抢救过来的，大菊家的二妮，就是被抢救过来的一个。大菊投井时二妮爹是个生产队长，到二妮喝农药，她爹村支书都当过了。

明悦隐约觉得，后街人身上是有一股劲头的，这股劲头上来，会让人不由地后退一步，就算不服也是有点怕的。而这劲头前街人是少有的，前街人凡事都要讲出个理来，可世上的事，恰恰许多时候都不是靠理来做成的。许多年之后，即便黄村建了新村，前街后街的人混同在了一起，那不同还是能从丝丝缕缕的细节里一下子分辨出来。

其实，黄村最初的村名是叫宏村来着，因为前街宏姓人居住在先，后来逃荒在此的黄姓人多起来，又赶上闹土改，翻了身的黄姓人便要把宏村改成黄村。工作队的人觉得贫下中农的心愿不可违，宏黄又不过是一字之差，改成黄村无可厚非。宏姓人虽一百个不乐意，但乾坤扭转，大势所趋，便也只有顺从的份儿了。

2. 明悦和二妮

大菊家的二妮，从一年级就和明悦同班，一直同到六年级。二妮却比明悦大三岁，因为二妮下面还有两个妹妹两个弟弟，为带他们把上学耽误了。后街像二妮这样晚上学的很多，这在前街几乎是不可能的，前街的人把上学看的，不要说带孩子，就是种庄稼也得靠边站一站，谁家的孩子7周岁前还没上学，一准儿会遭一街人的耻笑的。

二妮年龄大，个子就高，从一年级到六年级，一直都坐最后一排。明悦呢，在同龄人里个子也算高的，便常常和二妮坐在同一排里。一二年级坐的是长板凳，一条板凳四个人，有顽皮的男生，常常猛不防地一起身，板凳便翘起来，将坐在一头儿的女生摔个屁股蹲儿。明悦也被摔过，不过不是男生，倒往往是比男生还有力气的二妮。二妮不像明悦，是苗条、细弱的高，二妮是粗壮的，一张圆乎乎的脸，一双厚墩墩的手，一头乱蓬蓬的黄发。她同许多男生都打过架，最有力气的男生都不是她的对手。明悦挨了摔，通常是不声不响，拍拍屁股站起来，该干什么还干什么。而二妮呢，是格外想听到明悦的哭，格外想知道一个哑巴的哭跟别人的哭有什么不一样。可有一回明悦摔得都爬不起来了，泪水在眼圈里直打转转儿，嘴巴却闭得紧紧的，到底也没发出一点声儿来。这样的情景，一直到三年级换了单人板凳才告结束。奇怪的是，随了板凳的变化二妮也变了不少，跟男生不大打架了，对明悦也再不欺侮了，有人欺侮明悦，她还站出来替明悦出气。明悦仍是不声不响的，大家永远听不到她对二妮的评价，可从她一对弯弯的笑眯眯的眼睛里，可以看出她和二妮在一起是快乐的，她们同排同桌地经历了三四年级，又经历了五六年级，几乎从没伤过和气。二妮那样的急性子，跟她伤过和气的人太多了，可在明悦面前，她简直就像一只绵善的羊羔。人们常常问明悦，你是施了什么魔法吧？明悦自然只是笑，没有回答。人们便自问自答地说，一物降一物，一物降一物啊。

对明悦的态度，二妮自个儿也难说清楚，那么一个静悄悄的影子一样的人，却没办法不把她放在眼里，一二年级的时候没办法，三四年级、五六年级，反一天比一天地离不开她了。想想她真也没什么，要力气没力气，要说话还得拿手比画，学习虽说还行，也不是最好的，模样也不是最俊的，可跟她在一起就有说不出的高兴，天是蓝的，云是白的，太阳是灿烂的，就连房屋、树木，都青的青绿的绿，入了画一般的了。长大了以后，二妮渐渐明白，那是明悦和自个儿不一样的缘故，欺侮她是因为不一样，跟她好也是因为不一样。先是明悦的家，那是什么样的家啊！父母拿起书来就能读，拿起笔来就能写，说出话来就如同庄稼地垄一样，清清楚楚明明白白横是横竖是竖的，不像她的父母，大字不识一个，张口就是脏话，吃的穿的住的，样样是提不起来的。不要说过年过节，就是平日，两家比较也千差万别。就好比睡觉的炕上，明悦家铺了炕席不算，还要铺厚厚的炕被，铺炕被不算，还要铺好看的炕单子，铺炕单子不算，睡觉时还要铺一层褥子，褥子上还要铺一层褥单子，还不够，人躺下还有个被窝儿侍候着，就像褥子独属一个人儿一样，被窝儿也独属一个人儿。天啊，世上最舒服的事，莫过于躺在一个独属于自个儿的被窝儿里吧！而她二妮家的炕上，永远只是一领破席，睡觉时一群孩子扯了一床被盖，这个只盖住了屁股，那个只盖住了脑袋，盖着盖着就打起来了，大的将小的踢到了炕下，小的却不忘将被子顺势扯下来，看了一炕光屁股的孩子得胜地大笑……在去明悦家之前，二妮真不知还有炕被这种东西，也不知还可以各有各的被窝儿；明悦家吃饭的碗筷也各是各的，放衣服、鞋子的橱柜也分开着，就连放日常用品的抽屉也各是各的，明悦抽屉里的东西，别人从不乱动，别人抽屉里的东西，明悦也看也不看一眼。二妮真是奇怪，一家人分呀分的，还叫一家人吗？更叫二妮惊奇的，是明悦家睡觉的房间都是分着的，明悦的父母住正房，明悦和哥哥各住东西厢房，上学前她是和父母一起住的，上学后父母就把她分出来了，说女孩子大了，跟爸妈一起住不方便。二妮不明白有什么不方便，她的爹娘一直跟六个孩子睡在一盘炕上，孩子们光了屁股打架他们便躺在一边嘿嘿地笑。他们合盖了一条被子，孩子们曾抢过他们的，但抢不过还挨了一顿暴打，便再没人敢抢了……

对父母的叫法，明悦和二妮也大不同，明悦叫爸爸、妈妈，二妮则叫爹、娘。爸爸妈妈是城市人的叫法，因为明悦的爸爸是个挣工资的"城市人"。黄村这样的"城市人"很有一些，晚上睡在村里，白天到十几里地外的城市上班，有的靠两条腿走来走去的，有的则靠一辆自行车，车轱辘转一转，不必走路就到了。明悦的爸爸就骑着这么一辆自行车，永久牌的，整天擦得锃明瓦亮的，骑在车上时不像走在路上爱跟人打招呼，好像身子抬高了架子也跟着抬起来了。二妮多想她的爹也是这么个"城市人"，有钱买明悦能吃到的饼干，有钱买明悦那样的现成衣服，有钱买各人的棉被，有钱买一切能分开的东西……可有一回她爹被她说烦了，看了她厉声说道，人的命，天注定，你一生下来就在后街，你爹一生下来就在后街，想过得像前街人一样，做梦吧你！

明悦的饼干装在一个印有娃娃头像的铁盒子里，铁盒子放在书桌上，明悦想什么时候吃就什么时候吃。这让二妮羡慕万分，若是在她家里，她娘会藏到房梁上去的。她家从没买过饼干，藏在房梁上的东西永远是几块干粮、几根黄瓜之类，即便这样孩子们也会想方设法偷吃干净，他们的肚子像是永远填不满，纵然有一房梁的东西也不够他们填的。

二妮第一次吃明悦的饼干是自个儿打开的盒子，当时明悦去厕所了，二妮快速地打开，一群拥挤着的饼干立刻照亮了她的眼睛。她拿起一块，顾不得咀嚼就咽进了肚里，一块，又一块……明知明悦快回来了，却怎么也没法儿让自个儿停住。也怪那些饼干，仿佛要争抢着跳到她的手里，这边手刚空下来，那边一块就迫不及待地跳上来了。这样，自然就被从厕所回来的明悦看到了。让二妮没想到的是，明悦不但没怪她，反从那以后，每回来明悦家的第一件事就是明悦打开饼干盒子请她吃。从明悦笑成了一条缝儿的眼睛里，二妮看出明悦是真喜欢让她吃的，她奇怪世上竟会有这样的人，把自个儿好吃的东西给了别人，自个儿还高兴！二妮吃饼干明悦的父母也见到过，他们说不上高兴，却也肯定没恼，就像她吃的不是饼干而是红薯干似的。红薯干在二妮家也是要偷偷吃的，因为只要是吃的东西都会遭到哄抢，哪怕不爱吃哪怕抢到手再扔掉大家都不会甘于人后。二妮爹看着孩子们争抢总是嘿嘿地笑，有时甚至忘情地嚷，上，上啊！他最瞧不上畏首畏尾的孩子，哪个哭哭咧咧地向他诉苦，他会无情地踹上一脚，骂道，活该，没出息的东西！

铁盒子里的饼干也不是总有的，有时会换成一些水果糖，花花绿绿的，散发着诱人的甜香，二妮剥一块在嘴里，那甜会从嘴里一直融化到全身。那时二妮就想，为了饼干和水果糖，也要和明悦好下去！

有一回，二妮在明悦家玩到了天黑，明悦的父母便把她留下来吃了晚饭。那不过是顿普通的晚饭，小米红薯粥，发面馒头，醋溜白菜，还有一盘自腌的咸菜。那些东西二妮在自个儿家也都吃过，可从没像那次那样吃得奇香无比！她发现红薯可不像自个儿家是带了皮子吃的，而是削光了皮子，切成一小块一小块的，在黄亮亮的小米粥里，就如同橘子瓣儿的水果糖一样若隐若现，吃上一口，果然是既有米香，又有糖果一般的甜，红薯自身那种土兮兮腻乎乎的甜，反倒奇迹般地消失了！发面馒头是白面和玉米面掺和在一起的，比单纯的白面馒头松软，又比单纯的玉米面饼子细腻、好吃；白菜呢，二妮家是撒把盐在水里煮的，而明悦家的白菜却是油亮亮的，菜里还有辣椒、花椒，还有葱姜、酱油，还有醋和白糖……天啊，不过一盘白菜，有多少调料侍候它啊！还有那盘切成了细丝的咸菜，淋了香油，吃在嘴里是又脆又香，而二妮家的咸菜，甭说香油，还没等切开就被一家人你掰一块我掰一块地抢光了……

那顿晚饭给二妮的打击是太大了，没有饼干和糖果是因为没钱，可米面、红薯、白菜、咸菜，是每家每户都有的呀。再吃自个儿家的饭时，二妮就不由得食欲大减，她把明悦家的做法说给她娘，还说跟明悦家的饭菜比她家的简直就是猪食。她娘气道，猪食不也把你养大了，养得比明悦还胖壮，还不聋又不哑的！那时做饭的事还是她娘一个人说了算，二妮还没有替代她娘的力量，许多年之后，二妮不仅做饭的事说了算，其他一切一切的事都说了算了，她对这个家的吃穿住行十分霸道地做了彻头彻尾的改造，哪个敢不从，她便拳脚相加。她当然也想学明悦家的人知书达理的样子，可实践证明，她这样的家庭是讲不得理的，要是巴望着理通了再做，那就什么都甭想做成了。

3. 二妮和贵生

二妮长大后，常常后悔小时候在明悦家只顾了吃了，没借她家的几本书看看。

明悦家的书都在她哥明奇的房间里。上四年级的时候，明悦就开始从明奇的房间里拿书看了。明奇的书都放在床下一个大木箱子里，每回拿书，明悦都要请二妮帮她拖出来。明奇房里有个书架，可书架上都是明奇学过的课本，明悦要看的书一本也没有。有一回二妮突发奇想，抱了箱子里的书就要往书架上放，却被明悦坚决地阻拦了，明悦告诉她，哥哥会生气的，因为他不想借给人看，书一借出去就像飞出去的鸟儿，再难要回来了。二妮这还是头一回见到把书看得比人还重的人，书不过是个物件，用这物件赢得人的高兴不是件好事吗？明悦还告诉她，不是哥哥小气，是有人太不像话，不还不说，还撕了卷烟抽。二妮问明悦是谁干的，明悦比画了半天，二妮也没听明白。直到明奇回来，二妮才从明奇嘴里听到了两个人的名字。两个人都是后街的，一个是她家隔壁的米贵生，一个是她的堂哥黄喜子。二妮二话没说就找他们去了，不过一会儿的工夫，竟把两本书要回来了！虽说前后已被撕掉了十几页，明奇还是十分欣喜，本是绝了希望的事了，二妮却像随手摘片树叶子似的，轻而易举地就做到了。明奇问她怎么要的，二妮说，开始他们不肯给，问我，明奇是你什么人，要是你男人就给你。我上去就一人一拳，说，给不给，不给就找我爹去！他们都怕我爹，一提我爹就都乖乖地把书交出来了。明奇的脸红红的，说，就算他们怕你爹，跟他们整天抬头不见低头见的，真难为你。二妮说，这有什么，明悦的事就是我的事，明悦哥的事，就是我哥的事。明悦你说是吧？明悦高兴地连连点头，指指自个儿，又指指二妮，摆了手表示，二妮能做的事，自个儿是做不到的。明奇说，你做不到，我也做不到，这还是我自个儿的事，要反过来是二妮的事，我怕就更做不到了。二妮说，哎呀呀，你们怕什么，我又不指望你们帮我做什么，只要跟我好，不拿我当个外人，我就很知足了。二妮说得真真切切的，明奇、明悦相互看看，不由得一阵感动。明奇把装满书的木箱子从床底下拖出来说，以后这些书，你想什么时候看就什么时候看，想借几本就借几本！二妮翻了几本，却一本一本地都放下了，说，外国人的名字太长了，记不住。明奇便笑起来，说，你是没看进去，看进去一准儿就放不下了。二妮知道，这已是明奇对她相当友好的表示了，但比起那些饼干、水果糖，这些书终没能调动起她的兴奋，她只礼貌性地选了一本，后来没看完就让明悦又还给她哥哥了。

二妮后悔的不是没借书看，是因为没借书看而跟明奇、明悦以及后来的小慧有了差别。小时候不懂得，待长大了懂得了，差别却已经来不及弥补了。

二妮最后悔的还不是差别，而是因为差别让米贵生钻了空子。二妮小学毕业没考上中学，就回生产队劳动了，这时的她已经十六岁，比贵生只小一岁。贵生住在隔壁，两家只隔了一堵半人高的土墙，二妮家这边吃饭、打架，贵生家那边看得真真的；而贵生家那边干点什么，也瞒不过二妮家的眼睛。贵生弟兄五个，他是老二，他家最愁的不是吃饭，是穿鞋，弟兄五个加上他爹六个男人的鞋，全凭了他娘一个人来做。他娘又是个慢性子，一双鞋磨磨蹭蹭的总也做不完，男人们的鞋大多时候都前后张了嘴，一走啪嗒啪嗒的。他们进家最常说的一句话就是，娘啊，挂不住脚了！为这挂不住脚，贵生娘不知挨过贵生爹多少次打，可贵生娘不是懒，她每天起早贪黑，下地手上都拿了鞋底子，可她家的男人们，脚下仍是啪嗒啪嗒的，叫她又有什么办法！而二妮家这边，二妮打十岁就开始纳鞋底子了，十三岁就能把一双鞋做得很是样儿了，再加上她娘，有时她的妹妹三妮也学着纳几针，一家人的鞋子就不那么紧张。有一年冬天二妮见贵生脚上的鞋前后张了嘴，脚后跟都冻裂了，便自作主张将刚做好的大妮的一双棉鞋送给了贵生。大妮不是二妮的姐，是二妮的哥，为此二妮挨了娘的骂不说，还把贵生招惹上了，贵生从此有事没事就到二妮家串门儿。他爱坐二妮家的屋门槛，二妮在屋里他就面朝了屋里，二妮在院儿里他一转身就面朝了院儿里。出出进进的人有时踢到他，他拍拍身上的土，也没有挪一挪的意思。二妮骂一声"好狗不挡道"，他就嘿嘿地笑。二妮家所有的人都看出他对二妮有意思了，他一进门，二妮的弟弟妹妹们争相发着起哄的怪声儿，二妮的哥哥则不停地咳嗽，不停地吐痰，仿佛他的支气管炎又犯了。他的确有支气管炎，打小就有，长到该娶媳妇的岁数了嗓子还是呼哧呼哧的，即便有中意的也不敢像贵生一样死皮赖脸地找上门去，所以他对贵生的行为格外反感，贵生追求他妹就像是对他身体的讽刺似的。对贵生最好的要算大菊了，二妮的爹顾着生产队的事，贵生来不来的他好像都没看在眼里，而大菊就不一样，一家子的活儿是她的，一家子的难听话儿也都堆给她，从孩子爹到一群孩子，没一个对她喜眉笑眼地说过疼她亲她的话。而贵生，天天喜眉笑眼的，天天拣她爱听的说，甭管他是真是假，能让她舒舒服服高高兴兴的，还从没有过第二个人呢！

因此等贵生走了，大菊就开始做二妮的工作，说二妮和贵生是天作地配的一对，说二妮甭总想着攀高枝，像明奇那种人家，就是跑断腿人家也不会……二妮总是不等她娘说完就把抹布或是笤帚什么的扔到她娘身上了，嘴里还咬牙切齿地喊，你跟贵生才天作地配呢！啊呸！他才是想攀高枝呢，也不撒泡尿照照自个儿，我二妮是谁，哼，做梦去吧！

待贵生再来，大菊便把二妮的话原封转告给他，贵生却并不生气，嘻嘻笑了说，她是正迷着心窍儿呢，有一天清醒了，她就知道自个儿是谁了。但贵生万万没想到的是，二妮有一天会把他脚上的棉鞋脱下来，他正坐在门槛上把两只脚荡来荡去的呢，二妮猛地推了他个仰巴脚儿，脑袋磕在地上，一双脚担在门槛上，让二妮轻而易举就把鞋抢在手里了。贵生好容易站起来，光了一双长满黑垢的脚站在冰凉的地上，他看看周围一群幸灾乐祸的孩子，又看了二妮说，求你了，大冬天的，你就忍心啊？二妮说，想穿鞋也行，往后再别让我在我家看见你！贵生装傻充愣地说，为什么啊？二妮转身就要把鞋扔给大妮，贵生急忙拦了说，行行，不来了不来了，我再不来了还不行吗？

贵生这事很快就传遍了后街、前街，后街的人都骂贵生人贱，上赶了的买卖哪里做得，再说要贱就贱到底，一双鞋就吓得缩了头，甭说二妮，就是二妮她娘，这样的男人也不稀罕啊；前街的人呢，说的则都是二妮的不是，也就是后街的闺女，才做这顾头不顾屁股的事，当初那双鞋要是不给人家，不是相安无事？既给了人家，就不能再撕破脸要回来。这一给一要，前街的闺女一准儿哪一样都不会做出来的！

而正在人们这么议论的时候，前街的小慧却忽然跳了井了！前街的人就像被人打了脸，再不好议论前街、后街的闺女如何如何了。不过事情总是有转机的，没多长时间，前街的人就因为一个新传出的消息又变得活跃起来，这消息是：小慧其实是后街的种儿，她的爹是后街的谁谁，所以她敢跳井就不足为奇了！

4．黄块和宏斯

后街的谁谁，说的是后街的生产队长，也就是二妮的爹，大菊的男人。

他叫黄块，人长得像他的名字一样，大块头，大嘴巴，大鼻子，浓眉毛。人长得"块"，心可有细的地儿，一年二十四节气，什么节气该种什么，一亩地该下多少种，该施多少肥，一样活计该用多少个工，他都能说出个八九不离十。所以后来有了生产队，后街的生产队长自然就是他的了。但他这个人，没当队长还显不出什么，自打当了队长，脸就黑起来了，架子就端起来了，有人想跟他说句话，不叫上十句八句的队长，他是决不肯开口的。即便开口，说出的话也如硬邦邦的砖头，砸得人直发蒙。因此后街的人多数都有点怕他，又有点敬他，还有点恨他，见了他，总是老鼠见了猫一样，老远地就躲开了。黄块呢，他是巴不得人们做老鼠的，他觉得一个生产队长，没有人怕是什么事都休想做成的。比如锄草是最简单的活儿了，一个孩子都能干的，可要是锄草的人不怕他，就可能把庄稼锄掉，把草留下。这种事不是没发生过，他曾发狠地整治过做这种事的人，罚他们一个月的工分，或者罚他们起大圈淘大粪去。后来果然好多了，再没人敢跟他对着干了。他当然经常听上级讲"要做群众的思想工作"什么的，但他自认为群众是没什么思想的，特别是后街的群众，他们的思想就是欺软怕硬，欺理怕横，愈是跟他们讲道理，他们就愈是不明道理，甚至会以为你是怕了他们了！所以他一定不能让他们这么以为的，一定要做只猫，做一只让所有老鼠都怕的猫！必要的时候，伸手打人的事他也是要做的，一巴掌打过去，再不听话的人也变得服服帖帖的了，再棘手难办的事也变得顺顺当当的了。这世上的人，多数都犯贱，愈敬着他他就愈拿你不当回事，拿他不当回事了，他反倒要敬着你了。

后街的人怕黄块，前街的人自是不会怕的，他们有自个儿的队长，况且自个儿的队长和和气气的，全不像黄块那么一副盛气凌人的样子。不过做个和气的群众是好事，做个和气的队长就难说是好事了，都知道前街的人爱讲道理，队长一天到晚要安排多少件事，有个一两件做得没道理，讲道理的人就得找上门来。且道理这东西，就像地里的庄稼，各有各的路数，队长觉得对，群众不一定觉得对，张三觉得对，李四不一定觉得对，这样，比较后街，前街有些事反倒多了麻烦，开会时七嘴八舌的乱发言，一件小事队长说了都不算，更要命的是，庄稼的收成没后街好，年底的分红也没后街高！这事人们是最看重的，后街人会因此更敬怕黄块几分，前街人则会因此更小视和气的队长几分。有时前街的队长和后街的队长碰上了，黄块就说前街的队长，你呀，是把简单的事弄复杂了，他们那不是在讲道理，他们那都是私心啊，私心一怂恿出来可不得了，你纵然有一千条道理，也驯不服私心的。

前街的生产队长叫宏斯，和黄块差不多的年龄，他本是不大瞧得起黄块的，黄块大字不识一个，还把个家弄得猪窝一样，全凭了蛮横管理几百口子人，能走多远呢？但黄块说出这样的话来，倒是让宏斯没想到，他寻思，怪不得，这黄块自有黄块的不简单呢。再碰到一起，宏斯对黄块就多了几分客气，递根烟，说句问候的话什么的。黄块却又是没有客气的习惯的，不言谢，烟也不抽，往耳朵上一夹，嘴上还骂骂咧咧的，妈的，还没旱烟过瘾呢！对宏斯的问候，也一样地轻慢，不是不吱声，就是笑骂一句，废什么话！宏斯是恼也不是，笑也不是，心里从此只把他当一个不通情达理的粗人，如同以往不大理睬他。可黄块那边，却是不管理睬不理睬的，只要他想理睬了，宏斯这边是绝难躲得过去的。有一回黄块意外地要请宏斯喝酒，并要宏斯借一块钱给他。宏斯问干什么，黄块说打酒啊。宏斯说，拿我的钱，算你请还是算我请啊？黄块说，甭管谁请，反正酒是一定要喝的，一些话，离开酒是说不出来的。两人真喝起来，宏斯才明白，黄块原来是想跟他达成同谋，搞一回瞒产私分。黄块说，一年到头连顿饱饭都吃不上，干活儿哪来的力气，索性咱就瞒上边一回，一回，就这一回！喝了酒的黄块眼睛瞪得牛眼似的，鼻子、嘴也撑到了最大，要把小鼻子小眼儿的宏斯一口吞下去似的。宏斯低下眼帘，不停地摇头。黄块抓住宏斯的脖领子，大鼻子几乎顶上了宏斯的脑门儿，他说，你一答应，就不只是后街了，就是全村人都能吃饱了！宏斯拼力挣脱开他的手，说，我看你不是为前街，你是临死要拉个垫背的。黄块说，我就是拉个垫背的咋的了？又不是为我自个儿，不丢人，倒是你，大家伙儿吃不上喝不上，指了脊梁骨骂你，看你丢人不丢人！宏斯说，前街还没惨到非瞒产私分不可的地步。黄块说，这我知道，不就有几个挣公家的钱的？我早替你算过，总共131户，家里有挣钱的连临时工都算上，也不过40来户，三分之一还不到呢。那三分之二的户，跟你要吃的要喝的你怎么弄？宏斯没想到黄块对前街比自个儿摸得还清，宏斯说，这事可非同小可，一旦揭发出来，轻则撤职，重则弄成个坏分子都是可能的。黄块骂道，妈的，这酒你是白喝了，不干也罢，那我就去前街找那三分之二的户，把你这话一户一户地说一遍，看谁来撤你的职？

宏斯知道，黄块这个人是说得出做得到的，到那时候，他这个队长就更难干下去了。他倒不在乎队长不队长的，他在乎的是自个儿的脸面，他可不想在大家伙儿的唾骂声中滚下台去。他看看黄块喝得通红的四方大脸，就仿佛一堵红墙挡在他的面前，终于无可奈何地点了点头。当时他懊丧极了地想，明明自个儿有理的事，如何就让黄块占了上风呢？

让宏斯更没想到的是，后来有人揭发这事时，黄块是死不认账，不但不认喝酒的事，更不认瞒产私分的事。他还理直气壮地让会计拿出分粮的账本，一户一户地指给查账的人看，他说，我是有犯浑的时候，但再犯浑也不敢哄骗上级，哄骗上级就是哄骗共产党、毛主席，共产党、毛主席是谁？是我们贫下中农的大救星啊，在大救星面前，我是不会说一句谎的！他说得动心动肺的，让在场的人都深信不疑。宏斯呢，上边来人还没问几句他就认下了，他倒没揭发黄块，只想着，黄块说得对，又不是为自个儿，就算生产队长干不成了也不丢人。果然，他的生产队长就被免了，而黄块的生产队长，毫发未损，仍好好地连任了下去。

宏斯被免后，黄块又请宏斯喝了回酒，这回是黄块自个儿出的钱。地点在小慧的家里，那时小慧正上小学，接待他们的是小慧妈鲁芹。上一回喝酒是在宏斯家，因为黄块家实在没个站脚的地儿。可宏斯是有些惧内的，酒、菜都由宏斯家出，宏斯老婆是满肚子的不痛快，一直给黄块挂着脸儿。鲁芹不会挂脸儿，因为黄块对鲁芹家是出过力的，早先土地还没归集体那会儿，鲁芹家的几亩地都是请黄块帮了种，鲁芹的丈夫宏曾和是个文化人儿，在市里的一所中学教书，虽说礼拜天在家，却肩不能担担手不能提篮，拿扫帚扫个院子都笨手笨脚的。

黄块去鲁芹家是黄块的老婆大菊牵的线，大菊和鲁芹原是同村人，出嫁前并无交往，出嫁后两人倒时有走动，通常是大菊挨了打，哭哭啼啼地去找鲁芹，鲁芹便用话安慰她，还找出不穿的衣服、鞋子或一两升的米面送给她。鲁芹和大菊都没想到，后来鲁芹也有作难的时候，且大菊还能帮到鲁芹。这让大菊自豪得很，每回黄块去鲁芹家，她都觉得是她送给鲁芹的礼物，就像鲁芹送给她的衣服、鞋子和米面一样，她终于也有条件回送鲁芹了。

但岂知，这样的礼物是个活物，远不像衣服之类好掌控，没多长时间，大菊就发现黄块去鲁芹家时变得高兴起来，再也没有最初的不情愿了。她知道鲁芹有时会给黄块些零花钱，就像有时也给她大菊一样，零花钱对她这样的家庭非同小可，黄块完全有理由变得高兴起来，可在黄块的眉目之间，她总觉得还有零花钱以外的让她难以捉摸的东西。不过一见到鲁芹，她的一颗心就安定下来了，鲁芹虽说是个俊俏人儿，可一脸的正经，话不多，一出口就是实话，从不来假的虚的，也不会扭捏作态，许多女人身上的毛病，鲁芹一点没有。据她对黄块的了解，黄块对这样的女人是不会有兴趣的，他喜欢闹闹哄哄的女人，见面可以往屁股上拍一巴掌的，像她大菊，哪怕气得他对她动粗，他也不想让大菊变得闷葫芦一样。

对小慧的议论大菊也听到过，她是时信时疑，见到黄块的时候她有几分信，见到鲁芹的时候她就又把那几分信推翻了。她的几回跳井，因为挨黄块的打，也因为她在信与不信之间太受煎熬了，还不如一死了事。她曾细细看过小慧，除了像她妈鲁芹，是既没有黄块的影子，也不见宏曾和的痕迹，她想，这个鲁芹，连生孩子都是正经的，一丝儿没沾过男人一样。

5. 明悦和小慧

小慧比明悦大两岁，明悦上三年级的时候，小慧上五年级。三年级和五年级在一所院子里，只是五年级在楼上，三年级在楼下。每次课下十分钟，明悦都能看见小慧飞一样地从砖楼梯上下来，然后成为女生们踢毽子的中心。楼梯又窄又陡，砖角被磨去了一大块，许多男生上下楼都离不开扶手，小慧却可以参起胳膊，让胳膊变成一对飞翔的翅膀。小慧踢毽子也神得很，她的脚和毽子之间像是有一条看不见的皮筋，皮筋时而拉长时而缩短，令那毽子时而上时而下，时而左时而右，时而前时而后，永远不会落下似的。她一踢毽子，院子里所有的游戏就都停止了，大家心甘情愿地将她围在中间，个个是一脸的惊羡。有一回，小慧大约踢累了，脚一偏，毽子忽然落在了明悦的头顶上。明悦吃了一惊，急忙取下来递给了小慧。小慧却不忙踢下去，看定明悦问，你是哪条街上的？立刻有人替明悦答道，马道街的。小慧又问，你叫什么？又有人答道，宏明悦。小慧看看明悦紧绷的嘴唇，笑道，你怎么不说话？有人答，她是个哑巴！小慧也像是吃了一惊，一只手拉了明悦，另一只手在明悦的手背上轻轻地拍打着，仿佛要安慰明悦似的。

明悦和小慧好起来，不是为踢毽子，是为小慧的唱歌。有一回在下学的路上，明悦听到有人在哼唱一首从没听过的歌，好听极了，循了歌声赶到跟前，唱歌的竟是小慧！小慧一直哼唱到了家，明悦也跟到了家。小慧问她，你喜欢？明悦点了点头。小慧二话不说，拉了她就进家去了。小慧从衣柜里拿出个方方正正的箱子，没待打开明悦就知是什么。这东西她哥哥明奇也往家拿过，说是借的同学的，留声机，专放唱片用的。唱片是黑色的，全仗一根针从外朝里走，走到头儿了，唱也就结束了。但真听起来，小慧这唱片要好听得多。小慧告诉明悦，留声机是她爸从市里买回来的，唱片里全是苏联歌曲，她已经一首一首地都学会了，只可惜，还没一个人像明悦这么能听出它们的美妙。明悦听着，只是眯了眼睛静静地笑。

那以后，明悦就常去小慧家了。小慧家有个挺大的后院儿，后院儿里一半种了杨树，一半种了果树。杨树比果树种得密，有些阴森森的，逢到刮风，叫声也格外响，不像果树这边，怎么样都是安静、祥和的，即便有哗哗的大雨落下来，也听不到它们的哀怨，反倒绿的更绿了，青的更青了，红的也更红了，就像是一个人洗了澡，从里到外都显得更精神了。

果树有梨树，有桃树，有石榴树，有山楂树，还有两棵蓬勃的枣树。果树之间有石板搭起的石凳，石凳周围有自由生长的花草，明悦便坐在石凳上，看小慧在果树之间边唱边舞。明悦的看对小慧很是鼓舞，只要明悦在看，她的舞就没法停下来。有时她会觉得明悦也在随了她跳，稍稍定下神，才知是明悦的眼睛闹的，那眼睛不只会说话，也一样会唱歌、跳舞呢。小慧的舞来自她爸的学校，有一回那中学搞期末联欢会，让小慧赶上了，小慧回来就跳给明悦看了。小慧跟明悦说，将来她一定要考到市里的中学里去，那真是另一个世界。后来明悦考上了市里的一所中学，跟小慧这句话不无关系。明悦考上了，小慧倒没考上，变成了一个扛了锄头下地的农民。那时明悦刚刚上五年级，她替小慧都要难过死了，她觉得就像一个仙女落到了凡间，真是可惜啊。

　　小慧没考上中学是让小说给耽误了，她读小说入得深，太深了就难走出来了。明悦曾听她讲过《红楼梦》，其中的林黛玉她最喜欢，有一回讲到林黛玉的死，她竟然说，她都死了，我活着还有什么意思？到明悦开始看懂小说的时候，小慧都投过一回井了，明悦有时会心痛地想，自个儿也不上学了，跟小慧做伴儿去。可跟父母一提，就被他们训上了，他们说，咱家的孩子，是该奔了大学去的，那小慧中学都没考上，什么人家啊。明悦没想到父母对小慧家是这态度，但不知为什么小慧在心里的地位一点没动摇。那时二妮跟她也是好的，在她看来，二妮跟她的好是地上的好，小慧跟她的好则是天上的好，两个好是都叫她喜欢的。但她看出来，小慧对她的都喜欢不大满意，小慧似是要拉了她独往天上去的。

　　有时，明悦会在小慧家里见到二妮爹。明悦奇怪得很，小慧家的二妮爹跟二妮家的二妮爹就像是两个人，一个喜眉笑眼，一个横眉立目；一个干净利索，一个邋里邋遢；一个手脚勤快，一个任活儿不干。年岁上也像是有差别的，小慧家的二妮爹显得年轻了许多，举手投足，比那个二妮家的二妮爹要轻快、灵便得多呢。多少回，明悦都想问问二妮，她爹是不是有个双胞胎兄弟？在小慧家的到底是她爹还是她爹的兄弟？后来，小慧的一句话彻底打消了明悦的念头，小慧说，这辈子我最恨的一个人，就是二妮爹了！

　　明悦却觉得小慧恨二妮爹有点没道理，小慧家的猪圈，总是二妮爹来起，那么一圈粪，要一粪叉一粪叉地扔上来，没有一把子力气和大半天的工夫，都是甭想的；还有小慧家的山药片、萝卜片，擦完了要一片一片地晾在瓦房顶上，谁敢上那瓦房？唯有二妮爹吧！小慧爸在家的时候也逞强干过类似的活儿，可干不了一会儿就被小慧妈替换下来了，他的胆量，他的力气，他的灵巧，连小慧妈都远远不如呢！往往这时候二妮爹就来了，二妮爹一来一切就变得轻而易举了，他看着小慧爸手上的血泡和发抖的腿，就像一位天下无敌的英雄一样，上房、下圈，拾掇农具，修理门窗，是样样都能冲得上去。甚至小慧爸的自行车有了毛病，他也能伸手鼓捣两下。为此小慧爸对二妮爹蛮热情，二妮爹来了，只要小慧爸在家，就要请二妮爹喝上两盅。相比之下，小慧妈倒显得稍淡些，也留二妮爹吃饭，也拿些钱物来答谢，也和二妮爹说笑，但总是一脸的坦荡、正气，使那二妮爹，总也没机会在小慧妈的屁股上拍一巴掌。当然，这是在小慧和明悦跟前，只剩他俩人的时候，就只有他俩人知道了。村人们呢，是愈摸不着底细，就愈喜欢胡乱猜测，有时还指了小慧说三道四的，小慧对二妮爹的恨，明悦猜八成是打说三道四上来的吧。

那些说三道四，明悦是不大信的，因为小慧妈对小慧爸格外好，家里的活儿不让干，饭菜也另做一份，饭桌上的细粮、肉食永远是留给小慧爸的。小慧爸吃饭细嚼慢咽的，第一个坐上饭桌的是他，最后一个离开饭桌的还是他。而二妮爹正相反，屁股刚沾着板凳，就见他站起来了，碗里光光的，一个大饼子也已经下了肚了。他像是嚼也不嚼，整个地吞到肚子里的。这样的结果，是他的屁格外地多，每回见着他，人还没怎么看清，就听见屁嘟嘟地响起来了。

二妮爹和宏斯到小慧家喝酒那回，明悦也在小慧家，她看见小慧妈端了两盘菜在方桌上，一盘卤豆腐，一盘黄瓜炒鸡蛋，绿的绿，黄的黄，白的白。方桌两边则坐了宏斯和二妮爹，他们一再要小慧妈入席，小慧妈只是不肯，小慧妈说，哪天我当了生产队长再说吧。那二人便笑了，不再劝，踏踏实实地面对面喝起来。后来小慧就拉明悦到后院儿玩去了。那天后院儿里不知为什么蚂蚁格外地多，成群结队的，小慧见着一队就踩上一脚，嘴里说着，踩死你个黄块！踩死你个黄块！

第二天放学，明悦又碰上了小慧，小慧问，还去我家不？明悦点了点头。明悦旁边还跟着二妮，二妮说，我也去。小慧没理她，自顾自拉了明悦走在前头。明悦朝二妮招了招手，二妮便赶上来，拉住了明悦的另一只手。二妮早就想跟明悦去小慧家玩了，明悦稀罕的地儿，想必是比明悦家还要好的。没想到进小慧家院门的时候，被小慧伸手拦住了，说，我跟明悦有话说，你就算了。二妮说，你们说你们的，我又不碍你们的事。小慧眉头一皱说，你咋跟你爹一样，没皮没脸的？二妮也有些急，说，你咋张口骂人，骂我也算了，还扯上我爹，我爹招你惹你了？小慧冷笑道，你爹就招我惹我了！二妮说，我爹咋招你惹你了？小慧说，少废话，不让进就不让进，这是我家！说着就要把门关起来。二妮虽和小慧差不多大，却比小慧胖壮得多，她腿一拱，胳膊一用力，门立刻吱吱呀呀地退回了原位。小慧家的门板又厚又宽，二妮靠在门板上，得意地望了小慧说，什么你家，我爹说了，生产队归大队，大队归人民公社，往后不分你家我家，一切都是大家的，集体的！小慧说，你爹那叫放屁！二妮说，你才放屁！小慧说，跟在你爹屁股后头听听，是谁整天在放屁？说着小慧自个儿先忍不住笑起来。还没笑完，就见二妮的拳头已打在小慧的胸口上。小慧叫道，好你个有人生没人养的，在别人家还敢撒野！她一把抓住二妮的脖领子，便与胖壮的二妮扭打在一起了。

明悦站在一旁，急得什么似的，先去拉二妮，拉不动，又去拉小慧，还是拉不动。小慧看似瘦弱，骨头却硬得很，猛不防明悦的脸颊被小慧哪里撞了一下，明悦疼得，眼泪立刻就下来了。泪眼模糊中，就见一个抓了另一个的脖领子，另一个则揪了这一个的头发，两人面对面，谁也动弹不得，一个稍动一动，立刻就受到了另一个的牵制。她们长时间地僵持着，争相寻找着制服对方的机会，却总也寻找不到。她们一个是黄头发，一个是黑头发；一个胖壮，一个精瘦；一个面皮粗糙，一个面皮细腻。但她们的眼睛都睁得又大又圆，不如此就显示不出自个儿的愤怒似的。就在这时，忽然见小慧妈赶了过来，老远地就嚷，天啊，放手，快放手啊！

那天二妮到底是进了小慧家的大门，她是被小慧妈牵了手好言好语地请进去的，后面跟了把嘴噘得老高的小慧。小慧妈给三个孩子一人发了两块饼干，还把个馒头一切四半，抹了盐和香油，分发给她们。小慧和明悦一人一片，二妮则得到了两片。然后三人就到后院儿玩去了。二妮见小慧仍不肯理她，便慷慨地将自个儿多得的一片馒头送给了小慧，后来三人玩儿踢毽子，因为数数小慧和明悦发生了争执，二妮也趁机站在了小慧一边。这让小慧的脸色渐渐和缓下来，到天黑三人分手时，小慧已经变得喜眉笑眼的了。

第 二 章

6. 黄块和宏斯

黄村的老人贴了墙根儿晒太阳的时候，喜欢念叨一句话：宏黄，红黄，虚色儿一场；宏黄，红黄，终了要黄啊。

黄块称晒太阳的人是老不死的，村里他最厌烦的是两种人，一是干不动活儿的老人，一是拖累大人的小孩子，自从当了生产队长，这两种人他就愈发地嫌弃了，活儿干不动，还要占一份口粮，后娘养的们！占一份口粮也罢，还要卖弄聪明，蛊惑人心，诅咒好好的黄村，天杀的们！他可从没想过个儿将来也是要老的，从没想过自个儿曾经也是不知事的小孩子。他就像一生出来就是个生产队长一样，眼睛里只有能干活儿的劳力和能长庄稼的土地。

晒太阳的老人有前街的，有后街的，到了这岁数，就不分前街后街了，只要有口气，只要还能走出来晒太阳，就是一家人一样。晒太阳的地儿是村东一堵砖砌的影壁墙，它原是给一座寺庙做影壁的，土改时寺庙拆掉了，它按说不该还存在着，可当时一伙老头儿老太太天天守在墙根儿下晒太阳，谁撵也撵不走，其中又多是贫雇农，谁敢动他们一指头？于是它便侥幸躲过了一劫。后来老头儿老太太换了一茬又一茬的，只有它仍还好端端地矗立着。

那年宏斯因为瞒产私分被撤职后，影壁墙前多了个叫宏老一的老头儿。宏老一不过六十来岁，举得起镢头，扶得动耧子，驾得了马车，还远不到晒太阳的份儿上，可他的儿子宏斯丢了生产队长，他自个儿也觉得没脸再在生产队干下去了。若这样甘了心也好，他却又不是个甘心的，把宏斯叫到跟前，前前后后问了个底儿掉，然后便到影壁墙前，把问得的前前后后散布了出来。这样，除了上级，村里就都知道黄块的瞒产私分是真了，也都知道单单地处置宏斯是不公的了。

黄块原本是没把宏老一放在眼里的，一个快要入土的人了，说便让他说去，只要自个儿不认账，谁又能咋着？可后来不但前街的人议论纷纷，后街也有人在说他的不是了。说他不是的当然是对他心怀不满又怕又恨的人，这些人平时显不出什么，但一逮着机会吃掉他的心都会有的，若是上边来人调查，就算账目里查不到，他们多分的粮食便可十足地作为凭证。这些丧天良的，吃饱了喝足了都堵不住他们的嘴！

一气之下，黄块便找宏斯去了。黄块说，你这个人看似老实，其实歹毒得很呢。宏斯说，我咋歹毒了？黄块说，还好意思问我？宏斯说，是老爷子的事吧，我说过他，反被他骂了个狗血喷头，我能把他咋样？黄块说，你要不说，他咋会知道？宏斯说，他是我老子，他问我没法儿不说。黄块说，我就不信，你不说他会杀了你？宏斯说，你这就叫不讲理了，儿子跟老子不说实话搁后街行，搁前街就叫不孝，再说了，说不说是我的事，你强迫我不说就没意思了吧！黄块说，宏老弟，你真这么想？宏斯肯定地说，是啊。黄块叹口气说，原想着黄村你还算是个可交的，谁知也不能长远，那从今往后，咱俩就算两清了，万一哪一天我在村里得了势，可甭怪我不想着你！宏斯听着几乎都想笑出来了，就凭你黄块，能得什么势，即便得了势，也不过巴掌点大的黄村，而前街有多少人都在城里出息了，岂是小小的黄村能比的？宏斯这么想着，到底也没说出口来，干看着黄块把手一甩，意气飞扬地走开了。

谁知，没过了几年，黄块果然提升到大队去了，先干了两年生产大队长，第三年就又提升当了大队党支部书记了。而宏斯不过又一次当选了生产队长，大队一开会，黄块在上面滔滔不绝地讲话，宏斯就只有聆听的份儿了。宏斯听说，瞒产私分的事在村里传开后，黄块召集后街全体社员开了个会，会上他痛哭流涕，深刻检讨，说他只顾了让大伙吃饱肚子了，却忽视了一部分人的反对意见，说会后他就带头把多分的粮食退出来，哪怕丢了这生产队长，也要让那些反对他的人再也无话可说。这一说，会上立刻炸了窝了，大家一腔愤怒，压倒性地站在了黄块一边，说谁反对队长谁就先退粮食，甭得了便宜还要卖乖；说没良心的敢不敢站出来，让大伙看看你们叛徒的嘴脸！那些反对黄块的人哪还有站出来的胆量，有的竟还装出一脸的愤怒，和大伙一样斥责那些没良心的"叛徒"。这一切虽说正是黄块想要的，事前他却很难说有十足的把握，人心难测，何况是一大群人的心呢！宏斯暗自思量，若搁到自个儿头上，是万万不敢冒这险的，愈是人多的地方，变数才愈大，变数愈大，风险就会愈大啊！

　　后来黄块的提升虽说还是让宏斯吃了一惊，但他确信，在提升的过程中，黄块自有他的道行，特别是那孤注一掷的劲头，不然出身贫雇农的人多了，哪就能轮到他呢？其实让宏斯吃惊的还不全是黄块的提升，而是黄块提升后竟又请他喝了回酒。喝酒也罢，这酒却喝得糊里糊涂，没有任何的名堂。宏斯了解黄块这种人，无利是不起早的，可直到酒喝完两人分手，宏斯也没看出黄块这顿酒的"利"来。

　　酒仍是在鲁芹家喝的。黄块自从到大队后就再没帮鲁芹干过活儿了，可鲁芹对黄块仍不怠慢，该倒茶了倒茶，该炒菜了炒菜，不多话，也不少话，从前什么样，现在仍什么样。按照辈分，鲁芹与宏斯是同辈，与黄块是街乡辈，三人又年岁相当，便相互都直呼姓名。可几杯酒下肚，黄块就开始称宏斯为老弟，称鲁芹为芹了。这在上回喝酒时也曾有过，鲁芹立刻纠正了他，他就再不敢叫了。可这回不知为什么，他总也记不住，纠正了又叫，纠正了又叫，芹、芹的，叫得宏斯都替他难为情了。对他们偶有风言风语宏斯是知道的，可他从没相信过，因为鲁芹对丈夫宏曾和的好前街人是有目共睹的，黄块一个粗人，鲁芹如何看得上？即便看得上，鲁芹也不是那种朝三暮四的女人啊。

　　十几天后的一个夜晚，宏斯和黄块在马道里遇上了，他们都是要到明悦家说话儿去。进明悦家之前，黄块忽然拽了宏斯就往井边走，宏斯吓了一跳，挣扎了说，你想干什么？黄块也不说话，攥了宏斯的手来到井边，一屁股坐在了井台上。宏斯这才松了口气，也挨了黄块坐下来。

　　黄块说，看把你吓的，我还能害你啊？

　　宏斯说，以为你没害过啊？

　　黄块说，妈的，又来了。

　　宏斯说，说吧，什么事？

　　黄块说，没事，就想跟你坐会儿。

宏斯说，不会吧？

黄块说，当然不会，见着你是想起鲁芹来了。

宏斯说，想跟鲁芹坐会儿还不容易。

黄块说，容易个屁，早先还行。

宏斯说，你不帮人家干活儿了，还能老往人家那儿跑？

黄块说，她可不是过河拆桥的人。

宏斯说，那她为什么？

黄块说，不知道。你们前街的人就是不好捉摸，早先没势的时候挺好，如今我有了势了，反倒要疏远我了。

宏斯不由得暗笑，什么狗屁势啊，嘴上却说，她疏远你了？

黄块说，好几回没让进门了，除非再拉上一个人。

宏斯想起前些天的那顿酒，忽然就有些明白，他的"利"原来就是鲁芹呢。

宏斯说，那你就又欠我一顿酒了。

黄块痛快地答道，欠，说吧，什么时候再去？

宏斯说，去得越多你欠我的就越多。

黄块说，不怕，我都村支书了，还怕还不起你？

宏斯说，你不怕我怕，我爸说来着，命里犯克的人要离远点，离近了准倒霉。

黄块说，还有脸提你爸，要不是看你的面子，我早整治了他了。

宏斯说，你他妈的也敢！

黄块笑道，还真急了，以为你一辈子都不会骂人呢！

黄块又说，说正经的，请你喝酒，是为鲁芹，其实也是为你。

宏斯说，为我什么？

黄块说，你甭不信，大队部正缺人手，我这儿等你开口，你小子还总端着。

宏斯笑道，以为大队部是人人都想去的？我还偏就不想。

黄块说，真不想？

宏斯说，真不想。

黄块说，错过这村可就没这店了。

宏斯说，咱俩两清的话，当初可是你说的吧？

黄块说，你呀，是大男人，小心眼儿，别说当初，就是昨儿说的话，今儿还不兴变一变？

宏斯说，你变是你的事，我可不会巴结你的。

黄块说，我要是求你呢？

宏斯说，求我就更不能去了。

黄块说，为什么？

宏斯说，你这种人，不是倒霉事是不会求人的。

黄块说，这回你可错了，生产大队长，支部副书记，天底下可有这样的倒霉事？

宏斯不说话，只是冷笑。

黄块说，生产大队长是有一个了，可黄二牛他岁数快赶上你爸了，我又叫他叔，怎么领导得了他？再说支部里没前街的人，前街人也不服啊。

宏斯说，大队是公社的，不是你自个儿的，你想换就换呀？

黄块说，这个你放心，我早跟公社领导谈过了，他们不但同意，还夸我有气度，没有家族偏见呢。

宏斯说，我要真不想去呢？

黄块说，那你是党员不？

宏斯说，是啊。

黄块说，我是党支部书记，书记的话党员得无条件服从吧？

黄块的声音忽然严肃起来，变成了另一个人似的。

宏斯说，妈的，还来真的啊？

黄块哈哈笑道，前街的，今儿你可骂过两回了啊！

宏斯说，可我是下中农，人家二牛是雇农呢。

黄块说，下中农不也是穷人，你就甭嘀咕了。

宏斯说，不瞒你说，我一直在琢磨，解放了，新社会了，没有剥削没有压迫了，人人平等了，可后街的人……

黄块说，后街的人咋了，剥削人了？

宏斯说，剥削倒不至于。

黄块说，和前街人不平等。

宏斯说，你真是个聪明人。

黄块说，还不知道你那点心思，活该，谁让你生在富人街了，前街人上半辈子享了福，下半辈子也该跟后街人匀匀了。

宏斯说，我不是说上半辈子下半辈子的事。

黄块说，我知道，你是在说平等的事，往后这种话还是少说吧，跟我说没事，跟外人说人家还以为你在攻击新社会呢。再说，平等是说被压迫的人平等了，可没说压迫人的人也平等吧？

宏斯说，问题是，前街也不都是压迫人的人啊！

黄块说，反正压迫人的人都在前街，气场不一样，跟后街哪哪都不一样。甭说别的，后街想见个人推门就进，前街左一道门右一道门的，好容易敲开了兴许还说句不在就打发了你呢！

马道里没有路灯，四周都是黑黢黢的，两个男人的话音不高，却格外地清晰。

但他们不会想到，石磨旁边的大榆树下还坐了个人，这个人在他们之前就在那里了，他们的说话儿，她一字不落地全听在了耳朵里。

听到是听到了，她却很难再说给她以外的人，因为她是个哑巴。还因为，她边听边想，他们说的这些，多么没意思啊！

7. 明悦和中学

明悦坐在大榆树下的那个晚上，是个周末，也是她上中学的第一周。她是从市里走回来的，下学时太阳还老高，走回村里，天黑得迎面碰上个人都看不清了。

原本她爸说要带她回去的，可她下学早，爸下班晚，她便有些等不得，结果，她刚到家，就听见身后爸的自行车铃响起来了。

不过她也觉得挺好，一路上往太阳落山的方向走，太阳的动向，一丝一毫也没逃过她的眼睛。她想，下周写作文，她就可以写，太阳落下的地方有个黄村，黄村里有一片青瓦房，青瓦房里有一处是明悦家的，太阳正是从明悦家的青瓦房顶上，一点一点地落下去的。陪了它下落的还有通红通红的晚霞，晚霞让黄村的树木、房屋全披上了红妆，啊，真是美轮美奂，美妙绝伦啊！美轮美奂、美妙绝伦是她刚从一本小说里读到的，搁在一起用好像有点绕口，但那景致太美了，让她有点顾不得了。

明悦从家里出来，一个人坐在大榆树下，是因为一个星期的中学生活在她心里已装得满满的了，再没法儿装下来她家聚会的人们的说话儿了。

中学的操场好大，足球场、篮球场、排球场……还有个400米的跑道，体育老师在操场上，神气得就像个指挥千军万马的将军。体育老师还这样，别的老师就更神气了，和学生走个对面，看也不看一眼就过去了；站在讲台上，嘴巴里像是安了机器，不结巴，没废话，课讲完了，下课铃也响起来了。小学老师可没这样的水平，当然也没这样的架子，他们一天到晚跟学生泡在一起，课间活动还跟学生跳绳、踢毽子；而中学的老师，上完课就像从人间蒸发了一样，再也休想看到了。尽管这样，明悦还是觉得有说不出的好，一切都那么新鲜，就像小慧说的，那真是另一个世界。

最新鲜的，还是城市学生的口音，他们个个都像从广播电台里出来的，说话像唱歌一样好听。他们好像知道自个儿说话是好听的，比起农村学生，格外地爱说话，特别是女生，唧唧喳喳的鸟雀一样。个别也有不爱说的，一个人独往独来，不大理人，吐一个字就像吐金子似的，可他的不爱说话跟农村学生的不爱说话是不一样的，农村学生是想不出话说，他是有话不想说，农村学生是谦恭的、羞涩的，他却是骄傲的、不以为然的。农村学生唯一的优势，就是在一支笔上，字写得好，回答问题或写文章要远胜于口头表达。他们最怕的就是说话，只要不说话，他们就觉得踏实和安全。可和城市学生在一起，不说话是不行的，不说话他会觉得你有心事，想方设法也要你说给他听。当然他也是率真的，看你实在没什么好说的就把自个儿的心事说给你听，比如他说，他最大的尴尬是听到父母同房的动静，为此他宁愿星期天也待在学校里。还有的会说起她每月的例假，来之前什么感觉，来之后波涛汹涌起来又是什么感觉，用的是什么卫生纸等等。这些话农村学生无论如何是说不出口的，他们听着，除了惊讶还有惊喜，以为人家对自个儿是最好的了，不然这些私密话怎么会说给自个儿呢？可下次再遇到，他（她）就像把那些话忘掉了，表情淡淡的，使这一直沉浸在惊喜、温暖之中的农村学生不免被浇了瓢冷水似的失望万分。他（她）便宽慰自个儿地想，得来容易的事，失去想必也是容易的吧。

明悦由于不能说话，倒是省去了这些说话的麻烦，她的麻烦是，上课老师提问题时，有时会叫到她。中学的课任老师走马灯似的，今儿是张老师，明儿是王老师，后儿又是李老师，一个星期下来几乎没重课。到下星期，老师们早把明悦不能说话的事忘记了，照样会指了明悦说，你，你来回答！

　　上课被关注，下课也因此被指指点点。有一回课间，几个女生将她围起来，轮番朝她问这问那，她只好以手势作答。答一回，她们就相互看了哧哧地笑，其中一个没忍住，竟是笑得蹲在了地上。她便明白，她们不是想知道什么，而是想看她的手势。所有的人都用嘴巴说话，用手势说话的唯有她一个，她自是就成了被围观的猴子。这时候，她就格外地想念二妮，要是还与二妮同班，她的日子就会好过得多了。还有小慧，小慧是能和她的眼睛说话的，即便不同班，校园里有她的影子，心里也是踏实的。不过后来她终于找到了一个日子好过得多的地方，那就是学校的图书馆，在其他同学课外活动的时间，她就一个人跑进图书馆里，静静地看书，静静地度过简直可以说是幸福的时光。

　　她的麻烦还来自宿舍里的臭虫，她和十几个女生住在一个大房间里，房间坐北朝南，前后有开扇的玻璃窗，木板床，大通铺，看上去也算干净、豁亮。可谁知，木板床里却藏了数不清的臭虫，白天看不见，晚上一开灯，成群结队地往墙上爬。明悦还是头一回见到这东西，听城市女生说，这东西学校有，家里也有，这座城市，凡住人的地方，没有才叫奇怪呢。有人就问，天天喊着除"四害"讲卫生，为什么不治一治呢？那女生说，谁说不治，撒六六六粉，开水浇，哪年也得治上几回，可不管用，繁殖的速度比治得还快。

　　发现臭虫的那天晚上，明悦都想立刻卷铺盖回家了，可看别人都睡得挺香，便强迫自个儿忍下了。她想，一整个城市的人都能忍，她为什么就不能呢？

　　不过，城市学生的头发是干净的，两三天就洗回头，从没见她们拿篦子往下篦虱子。从前二妮的头上就总有虱子，害得明悦也有了一阵子，明悦妈常常拿篦子给明悦和二妮篦头发，篦出个虱子，明悦妈就说，二妮啊，这可怎么好？二妮开始还有些不以为然，明悦妈总这么说，二妮就知道害臊了，为了能跟明悦好下去，二妮发狠用六六六粉洗了几回头，有一回用量过大，被熏得都昏过去了。

　　去市里上学的头天晚上，二妮还来找明悦了，送了明悦一包六六六粉，说，听说中学睡大通铺，头挨头的，难免有人有虱子，拿上吧。明悦留是留下了，可第二天没拿走，扔到野外的草地里了。她的心里，是执意要和小学划开一道界限的，仿佛前面一切都是崭新的，都是好的。谁知，没了虱子，又有了臭虫，且还是一整个城市的事。早知这样，那包六六六粉就不扔了，真是可惜了，还可惜了人家二妮的一番心意。

那天晚上不知为什么小慧没来，这让明悦很有些失落，想找小慧告个别，有二妮在家里，明悦到底也没好走出去。听二妮说，小慧后悔死了，只顾看闲书，却耽误了考学的大事，说还是明悦，凡事不往深里走，反倒是顺当的。明悦知道，二妮如今去小慧家比自个儿去得还多了，她虽不爱看书，却不惜力气，爱帮小慧家干点活儿，到后院儿拔拔草，纳纳鞋底子什么的。这都是小慧妈分派给小慧的，小慧不爱干，二妮来了，正好乐得清闲。明悦自是替小慧十分惋惜，同时也为自个儿有些难过，若不是上中学，与小慧、二妮整天玩在一起，该是多么高兴的事。她并不知一个人这么中学、大学地上下去到底是为了什么，只知前街的大人们是格外看重的，一个人考上了大学，就算这人一碌碡压不出个屁来，就算这人不爱洗脚不爱刷牙一说话满嘴的臭气，就算这人头上生了虱子，就算这人见了长辈趾高气扬、爱答不理的，前街的大人们也会是满嘴的夸奖，仿佛一个大学就到了底了，哪怕今儿考上了大学明儿就死了呢！

从学校往回走，由于是步行，城市就更真切了，马路有宽的有窄的，汽车尾巴有冒白烟的，有冒黑烟的；马路两边的房屋有高得仰头才能看见顶的，也有矮得跟后街的土坯房一样的；还有粗粗细细的烟囱，大大小小的店铺，砌有花墙的公园，醒目的电影院、大戏院等等。最真切的要算人行道与车道之间的花草树木，它们整整齐齐地排列着，马路有多长，它们就有多长。洒水车将水喷在它们身上，它们也一点不吝啬地喷放着清香的气息。它们显然是被修剪过的，可总也看不见修剪的人，就像马路被打扫得干干净净，总也看不见打扫的人一样。这个城市，各就各位、有条不紊地运转着，也不知什么高人在操纵它，一个村子不过就是种种庄稼的事，一个城市的事可就太多了，工厂，学校，商铺，交通，安全，卫生……城市的卫生表面看上去没的说，可藏在木板床里的臭虫，也不知那个操纵者知不知道？臭虫的事听起来不算大，但要是扰得一个人甚至整座城市的人睡不好觉，就不能算是小事了吧？

从城市里走出来，就是通向黄村的那条土路了。土路是愈走愈低，两边的庄稼是愈走愈高，渐渐地，庄稼几乎都有城市的两层楼房那么高了，要不是前后总有行人、马车，还真有点害怕呢。从深沟里走出来的时候，黄村也就能看见了，在太阳和晚霞的照耀下，黄村就像一座富丽堂皇的宫殿，老远地，连同后街那片低矮的若隐若现的平房，都变得美妙无比了。多么奇怪啊，不过是光照的缘故，世界就变了个样子。明悦奇怪的还有，连接黄村和城市的竟是一条深沟，这沟是有意挖的呢，还是大水冲就的呢？

8. 二妮和小慧

黄块和宏斯往明悦家走去时，明悦听到黄块说，走，喝口茶去。宏斯说，走，听说城子新买了龙井了。城子是明悦爸，明悦知道去她家的人，多半在家是舍不得喝茶的，她想，这是把她家当成了茶馆了。

明悦从大榆树下站起来，一双脚走到家门口，不由得就扭转方向，朝了前街的小慧家去了。

没想到，二妮也在小慧家，三人相聚，格外高兴，二妮和小慧不停地问中学的事，明悦便在纸上画了张草图，图上有操场，有房子，有树木，还有老师、学生。其中老师个个戴了眼镜，脸朝了天。二妮不解地问，中学老师都这样子啊？小慧说，这都不懂？明悦是说，他们个个目中无人呢。明悦便笑了。二妮又指了从学生嘴里吐出的乐曲旋律，问是什么意思，他们都在唱歌吗？小慧说，明悦是说，他们说话像唱歌一样好听。明悦又笑了，心想还是小慧，什么都甭想难倒她。二妮却也不沮丧，嘿嘿笑了两声，指了图里的一把靠背椅继续问，这样的椅子，是只老师坐呢，还是学生都有呢？明悦用手势告诉她，学生都有。二妮又问，那操场呢，操场比教室占的地儿还大，要是光走走步、打打球，就太浪费了吧？小慧说，一个学校的操场还想干什么？晒粮食？晾红薯片儿？说得二妮又嘿嘿地笑了。小慧像是还不过瘾，又得寸进尺地说，幸亏你参是村里的书记，要是中学的书记，谁能保证不把操场当了打麦场呢？二妮仍嘿嘿地笑，一点不恼。

明悦觉出来，小慧和二妮的关系似是密切了许多，画图的纸和笔，都是二妮抢先从小慧家书桌的抽屉里拿给她的，好像这儿的主人一样。而小慧也并不在意。后来二妮又随手拉开另一个抽屉，不知在翻找着什么，明悦都为她的随便有些吃惊了，小慧却还说，找什么赶紧找，明悦好容易回来一趟，还不多陪陪？

二妮翻找出来的原来是根扎头发的皮筋儿，她乱蓬蓬的短发如今梳成了两把刷子，其中一把的皮筋儿断了，她竟知道小慧的抽屉里有，竟还可以不说一声就去翻找！

皮筋儿扎辫子，市里也不过刚刚时兴起来，而小慧和二妮的头上，已经在黄村率先地开始了。

再看二妮的衣服，藏蓝色制服上衣，深咖色制服裤子，腰是腰臀是臀的，再也不见过去前仰后撅的中式衣、大裤裆的中式裤了。这么一来，二妮的胖壮被掩饰了些，体形的匀称倒被显示出来了。虽比不上小慧的苗条、俊美，却已是变了个人一样了。

这时，小慧冲明悦笑道，看什么呢？

明悦便对二妮伸出了大拇指。

二妮说，你指衣服吧？全是小慧的，自打穿上就没脱下来过。明悦你说实话，这辈子我娘是不是把我害惨了？

明悦知她指的是她娘的针线活儿，粗针大线不说，还没个样子。她便只是笑。

二妮说，明悦你知道吗，自打去你家吃了顿饭，自打来小慧家穿了小慧的衣服，我就知道，这辈子我有多倒霉了！

二妮说着，不由得动了情，眼圈一红，竟落下了泪来。

明悦跟她一起长大，深知她是个要强的，学习上要强不来，其他方面可绝不想甘于人后，她拉住二妮的手，轻轻捏着她的手指。她觉出，二妮的手指像是粗了不少，二妮已经开始像大人们一样下地干活儿了，她的身体可以靠衣服掩饰，她的手可就没办法了。这么想着，明悦的眼睛也不由得有些红了。

见她俩这样，小慧笑道，都怨二妮，好好的提你娘干吗？

二妮说，平时也不去想，这不明悦来了，仨人都在，就由不得自个儿了。

说着仍眼泪汪汪的，小慧说，得了得了，我最见不得人哭了，好像受了天大的委屈，再委屈，谁还能赶得上我？

二妮和明悦都惊异地去看小慧，小慧却避开她们的目光，自个儿从床上拿起本书翻起来。

明悦一看便知那是本竖排本的《红楼梦》，二妮是绝没耐心看这种书的，却也一点不影响她和小慧的友好，就像不影响她和她明悦的友好一样。

小慧有自个儿的房间，自个儿的床和衣柜，还有自个儿的书桌和书架。都是小慧她爸给她从市里买的，论条件，比明悦还要好上不少，在家里，父母对她又百依百顺，可她却说，她有天大的委屈。

明悦注意到小慧妈一直没露面。在她的印象中，只要二妮在场，小慧妈是很少出现的，因为小慧曾当面跟她妈说过，要想让她跟二妮好，她妈最好离她们远点。小慧跟明悦也说过类似的话：我跟二妮好坏是我俩的事，跟大人们没一点屁的关系！她还说，她曾让二妮做过保证，要想跟她好，就要少答理那个黄块。二妮问她为什么，她说没有为什么，不肯答应就甭想来她家。二妮最终竟是答应了。要去上中学的前些天，有一次明悦去找小慧，只有小慧妈在家，明悦要走，小慧妈却忽然抓住明悦的手，伤心地抽泣起来。小慧妈说，明悦你相信不相信，小慧长这么大，就没冲我笑过，多少回，她跟你们喜眉笑眼的，我一到跟前，她的脸呱嗒就拉下来了。小慧妈说，那些传言你听说过吧，别人信不过我也罢了，亲闺女信不过我，这日子还怎么过？明悦跟你说心里话，有时候我真想一头栽进井里淹死算了，可为了她，为了她爸，我又不能！小慧妈说，前两年想是你也听说过，这井我还没跳呢，她倒先跳进去了，为点什么也好，没吵没嚷的，饭吃过了，音乐听过了，书看过了，走前还打了声招呼，以为她跟同学玩儿去了，谁知道……这下可好，为了她的不跳井，甭管她有多任性，多混账，多不讲理，我都再不敢言声了。小慧妈说，明悦啊，你是个懂事的孩子，这些话也只能跟你念叨念叨了，再憋下去，会憋出病来的！好了，这会儿我心里已经好受多了。不过见着小慧，你可千万别提我跟你说过，提了她会跟我没完的！小慧妈定定地看着明悦，直到明悦郑重地点了头，她才放心地放明悦走了。

明悦看着小慧，为小慧难过，也为小慧妈难过。不过这时似乎又有另一个明悦，远远地望着这一个，那目光忧伤、绝望，像是遭了一整个世界的遗弃……明悦被这场景吓了一跳，场景里的目光熟悉又陌生，仿佛是在哪个梦里出现过的。梦里的事在青天白日里显现，于明悦还是头一回，她不禁有些害怕，上前抓住小慧手里的书，装作要对《红楼梦》说点什么似的。其实，眼下随便什么书对明悦都是一样的，那可触摸的书页，无论如何都仿佛会帮到她的。

9. 二妮和黄块

二妮是有一点怕她爹黄块的。怕了谁，跟谁说话就少了，所以，小慧让她少答理黄块，二妮做到并不难。在家里答理，小慧是看不到的，在外面黄块喜欢虎着一张脸，先就不爱答理人，二妮便乐得也不答理他了。

让二妮觉得困难的，是在少答理她爹的同时，有时还要讨一讨她爹的欢心。因为她家的零花钱是由她爹攥在手里的，她娘想买点什么，都要低声下气地跟她爹张口。为此二妮说过她娘，你活该，小慧妈给你的零花钱还要交出来，傻不傻啊你？大菊却说，万一小慧妈跟你爹说了，我这叫什么事？二妮说，说你傻你就是傻，那是小慧妈给你的，为什么要交出来？就算我爹知道了，就算你铁了心不交，钱也花在这个家上了，能叫什么事？大菊说，我可不敢，你爹把眼一瞪，你娘的心都能跳出来。二妮说，我就不明白了，你敢一次一次地跳井，怎么就不敢自个儿存点私房钱呢？大菊把二妮看了又看，说，我也不明白了，往常没见你对这事上过心啊，是想花钱了？想花钱找你爹要去啊。

二妮觉得她娘傻便傻，这事倒看在点子上了，自从和小慧交往上以后，沾小慧的光不少，自个儿花钱的地儿却也多起来，每天早起，先要洗脸、刷牙吧，洗脸香皂要买吧？刷牙牙膏也要买吧？是，头一块香皂、头一管牙膏都是小慧送的，可用完了，不能还等了人家送吧？还有手绢、围巾、袜子什么的，这些东西小慧都有，而她二妮是都没有，既是跟小慧好，就得有个好的样子，不能惹得小慧嫌弃。有一回小慧跟她在一起直捂鼻子，二妮问怎么了，小慧说，你来月经了吧，用的什么？二妮说，棉花套子。小慧说，哎呀呀，脏死了！说着打开衣柜，拿出个纸盒子和一卷卫生纸，拉了二妮就奔了厕所。当二妮把浸透了血的棉花套子扔进厕所，使用上又干净又舒服的卫生带时，她忽然有了一种重新做人的感觉。她想，为了这重新做人，甭说少答理她爹，就是少答理她娘，又算得了什么呢！

在二妮的眼里，小慧显然是比明悦更有吸引力的，两人不在跟前的时候，对她们的喜欢似是一样的，一到了跟前，二妮的眼里就全是小慧了。这是种由不得自个儿的冲动，过后冷静下来，会对明悦多少有些歉疚，可再见到小慧，那点歉疚就又跑得无影无踪了。小慧也实在哪哪都是没得挑的，模样好，还心灵手巧，干什么像什么，虽说一张嘴刻薄了些，却总是有问有答，不像明悦，只是一个安静，你这里急得都要火上房了，她那里仍连个屁也没有，诸如送人衣服穿、手把手教用卫生带这种事，明悦更是万万想不起去做的。好在后来明悦上中学去了，她和小慧无论怎样地好都可以无所顾忌了。

凡事想清楚了，二妮就一定要去做了。早先和明悦在一起，她天生不是学习的材料，如今和小慧在一起，她又天生没有小慧的模样和身材，而她俩还都有一个挣工资的爸爸，更是她想改也没办法改的。这一切就像一座座大山一样阻隔着她和她们，可不知怎的，她竟是翻山越岭地和她们走近了。不像后街的小四儿，拽她一起去小慧家，死活都不肯，说小慧眼皮子高，哪会把她放在眼里。跟小慧一说，小慧倒挺大方，说让她来吧。再叫小四儿，她仍是不肯，说自个儿人穷志短，上不得台面。小慧听了，倒多了心，说，她是人穷志不短吧，像我们这种出身的，怕还巴结不上呢。二妮知道小慧家是上中农，这让她忽然感到，小慧面前其实也是有大山的，且不管小四儿是人穷志短还是人穷志不短，只要小慧觉得是座大山，那她二妮和小四儿一样是贫农出身，她的大山多少也能跟小慧的大山做做抵消吧！这么想着就更来了信心，再到了小慧家，就愈发地拿自个儿不当外人了。

二妮原想着和她爹之间也有座大山，那就是钱。她爹没几个钱是肯定的，可她要洗脸、刷牙也是肯定的。当然家里需要钱的地儿太多了，最当紧的就该一人置买一床棉被，然后一人还该有一身替换的衣裳，也省得每回洗谁的衣裳谁就得躺在被子里。但从爹娘那儿看不出这意思，她自个儿有这意思也是白有，倒不如先顾自个儿了。

有一天吃晚饭的时候，她听到她爹长长地叹了口气，就问，是不是又想吃炸酱面了？她爹说，想也是白想啊。她说，不白想，明儿就能让你吃上。她爹说，做梦吧！她娘也说，没撑着吧你？到第二天中午，她下工回来就进了厨房，把她娘推到一旁，自个儿又和面又打卤的，待她爹坐在饭桌前，一碗热乎乎香喷喷的炸酱面就端上来了。她爹一看就乐了，问也顾不得问挑了就吃，其他孩子大眼瞪小眼地看着，他也像没看见一样。眼看着两大碗炸酱面都呼噜呼噜地吃完了，二妮才坐到她爹对面，看定了她爹问，好吃不？她爹把嘴一抹说，肉是哪儿来的？二妮和大菊就哈哈大笑起来，说，吃了半天，还不知吃的啥呢！原来，二妮是把茄子切成了肉丁大小，和西瓜酱一起做成了炸酱。这一手是从小慧妈那儿学来的，西瓜酱也是打那儿借来的，二妮知道她爹这辈子除了爱喝点酒就是爱吃炸酱面了，为了搬掉她爹与她之间的大山，这回她真是使足了力气了。

待她们笑完，黄块说，逗你们呢，不就是茄子做的，我早吃过。

大菊说，你在哪儿吃过？

二妮推了她娘说，快做饭去吧，都还等着呢。

大菊看看围着的一群孩子，说，等着，我也做炸酱面给你们吃！

大菊到厨房忙活去了，二妮便把要钱的话说了出来。

黄块一听，脸立刻就沉下来了，说，怪不得，不图利不起早啊。

二妮说，不多要，就要一块钱。

黄块说，买什么？

二妮说，香皂，牙膏。

黄块说，这东西我还没用过呢。

二妮说，正因为你没用过我才要用，我不能跟你一样过一辈子。

黄块说，不行，一开了头儿还了得，有你二妮，还有大妮、三妮、四妮、五妮、六妮呢？

二妮说，别人我不管，反正我是要买。

黄块说，买去吧，有钱你就买去。

二妮说，我说过了，不多要，就要一块钱。

黄块说，一块钱还少啊，换成盐，够吃一年的了！

二妮说，你还不如说换成酒呢。

黄块说，妈的反了你了，敢说你老子！

黄块说着就把手举了起来，搁以往巴掌早落到二妮的身上去了，可这时，他看着二妮，不由得有些发怔，就见这二闺女，像是有些变了样子了，头发梳顺溜了，衣裳也穿得齐整了，一张圆脸干干净净的，两只眼睛透着神气，整个的表情，仿佛一下子长大了十岁似的，让他的巴掌再也没法儿落下去了。

黄块最终不得不把巴掌变成了指头，指了二妮身上的衣裳问，这，这衣裳哪儿来的？

二妮说，哼，都穿半月了。

厨房的大菊插话说，还不是捡人家小慧扔了的。

黄块惊异道，小慧的？

二妮说，是啊。

黄块说，前街那个凡人不理的小慧？

二妮说，是啊。

黄块说，你常去小慧家？

二妮说，常去。

黄块说，她叫你去的还是你自个儿要去的？

二妮说，怎么了？

黄块说，不一样，她叫你去的说明她是看我的面子，你自个儿要去的说明你是上赶了巴结她。

二妮说，是我自个儿要去，也是她叫我去，可这里头怕没你什么事吧？

黄块说，你懂个屁，这村里甭说后街，就前街那些面儿大的人，见了我也得上赶了找话说。

大菊又一次插话说，别人不假，小慧跟小慧妈见了你，谁上赶了谁可就难说了。

黄块说，快闭上你那臭嘴！

见黄块有些翻脸，大菊立刻不再言声了。不过，让二妮没想到的是，她爹摘下帽子，从帽子的夹层里取出了一块钱。就听她爹说，甭管谁上赶了谁，你跟小慧一起吃不了亏。她爹戴的是顶夹帽子，冬天戴它，夏天也戴它，他的头顶上好一大块不长头发，周边的头发护不住，就只好拿帽子来护了。帽子原本是深蓝色，风吹日晒的，如今都发了白了。

二妮有意避开那一块钱，把目光落在她爹的帽子上，她不敢相信那一块钱会给她。

果然，她娘大菊从厨房里跑出来，抢先把沾满面的手伸了过去，大菊说，正好我打盐去，腌咸菜还没盐呢。

黄块却将一块钱攥得紧紧的，闪过了大菊的手，朝二妮递过来，他说，二妮快接着。

二妮又惊又喜地接过去，紧着装进了贴身小褂儿的口袋里。

大菊的手悬在半空，面渣儿不断地落在地上，她急道，日子还过不过了？

黄块笑道，你呀，过一辈子日子也不会懂这一块钱的意义。

大菊说，啥意义？

黄块说，这么问你吧，过日子是人重要还是钱重要？

大菊说，当然钱重要，没钱人怎么养活啊？

黄块说，那前街人比后街人有钱，怎么后街人要领导前街人啊？

大菊说，后街贫下中农多，贫下中农翻身做主人呗。

黄块说，这就对了，说半天就这句说到点子上了，啥意思，人比钱重要啊，穷人没钱也能做主人啊！

大菊说，这跟给她钱扯得上吗？

黄块说，她要一块钱为了什么？

大菊说，买香皂、牙膏呗。

黄块说，买香皂、牙膏为了什么？

大菊说，洗脸、刷牙呗。

黄块说，洗脸、刷牙为了什么？

大菊说，她能为什么，去小慧跟前臭显摆呗。

黄块说，甭小看她臭显摆，这一臭显摆，天长日久，咱的二妮说不定就出息了呢。

大菊说，人的命，天注定，想过得像前街人一样，做梦吧你。这话可是你说过的！

黄块说，那不过是一时的气话，没看见二妮长大了？你这娘真是白当了！

黄块虽在怪怨，脸上仍是洋溢着笑意，还有刚才的一番话，都是平时不屑跟大菊说的，倒像是二妮那一块钱，把他要高兴了似的。

大菊说，那我就不明白了，既是人重要，既是穷人翻身做主人，二妮去小慧跟前臭显摆咋倒会出息了，穷人才最不该显摆啊？

黄块说，妇人之见，住在黄村，不懂前街也就等于不懂得后街，不去找小慧就只能跟你一样光知道盐腌咸菜！

大菊说，哎，你不是也说，一块钱换成盐够吃一年的了，咋一说到小慧就变了？

黄块起身就往外走，嘴里骂道，猪脑子，白跟你念叨了，还不如去跳井呢！

大菊正要还嘴，三妮、四妮、五妮、六妮一窝蜂拥进了厨房，原来二妮已经趁大菊说话的空儿把饭做好了，大菊听到二妮说，一人一碗，谁也不准抢，谁抢我先抢了谁的碗！二妮厉声厉色的，让大菊只觉得好笑，心想大妮都没拿过大，她倒拿起来了，看谁肯听她的！

吃着自个儿做的午饭，兜儿里揣着一块钱，二妮心里有了一种从未有过的兴奋和踏实，想不到她与她爹之间的大山，这么容易就搬倒了，她想，也难怪她爹能当村支书，他自有他的不简单呢。

10. 黄块和黄二牛

宏斯果然被提升到大队，代替了黄二牛党支部副书记兼生产大队长的角色。

黄二牛为此恨透了黄块，当初黄块到大队还是他的提议，两年后代替他的党支部书记他也没反对，可万没想到，黄块竟是忘恩负义的小人，不念他的好处也罢，千不该万不该，不该一屁股坐到前街去，让那个宏斯代替他！他不过就多长了几根白头发，还没老到倚老卖老、不服年轻人领导的地步吧，可公社田书记说，歇歇吧，该让年轻人伸伸胳膊腿了。好像有他在，黄块的胳膊腿就伸展不开了似的。哼，他黄块是谁，就是天王老子在跟前，他也不会在乎呢！

一个漆黑的夜晚，黄二牛和黄块偶然在马道的井边相遇了，他们一个是要打水，一个是要到明悦家说话儿去。黄块连叫了几声二牛叔，听不到回应，便站在井边待二牛打水上来。辘轳呼隆呼隆地转，打上来一桶，黄块帮了提一桶到井台上，两桶都满满的了，黄块拿起扁担，正要挑起来，二牛忽然把黄块一推，摘掉扁担钩，扑通、扑通，将两桶水全都倒回井里去了。黄块说，二牛叔你这是干什么？二牛说，我老了，推不动你了，把这两桶水倒下去，就等于把你推下去了，往后，我就当你死了吧！说罢，水也不打了，挑起空水桶气哼哼地就走了。黄块看着他的背影，想起他的三个女儿都出嫁了，身边连个打水的人都没有了，连水都要自个儿去打的村干部，还有什么好不服输的呢？他不由得笑一笑，觉得这样也好，了结了，也省得再上赶了叫他二牛叔了。

后来黄块见到宏斯，说了黄二牛的事，然后说，为了你，我可都是死了一回的人了。宏斯笑道，为我，谁又求你了？黄块说，真没良心！

两人说归说，工作上却是相当地合作。宏斯主抓生产，知黄块在生产上比自个儿还精，便下足了力气，全村大大小小的地块，多大面积，沙地还是水浇地，种的什么庄稼，全都摸得门儿清，哪天黄块猛不丁问起来，宏斯总能对答如流。宏斯见了下边的生产队长，也谦和地先递上根烟再说话，这便使区里呀、公社呀、大队呀有什么指示、计划，在生产队实行起来容易得多了。倒是黄块，有时会跟上边的指示顶起牛来，比如密植玉米，黄块是死活不准在黄村实行，说密植个屁呀，到秋后收一堆棒子秸秆，你老婆、孩子喝西比风啊！宏斯说，我也觉得不靠谱儿，可要上级怪罪下来，是你顶着还是我顶着？黄块说，废话，我当然得顶着，可你主抓生产的大队长就能逃掉了？宏斯说，还不是被你吓怕了，临了你来个死不认账，又剩我一个了。黄块说，倒想得美，我是村支书，剩一个也轮不到你呀！就这么着，两人一来一去斗着嘴，"抗旨"的事就办成了。还比如深翻土地，上边派下来的干部拿尺子测量检查，深度要达1.5尺以上。陪在干部一旁的宏斯是心急如焚，反复强调把生土翻上来会适得其反，可眼看着那干部一意孤行，对宏斯的说法还有些急眼，宏斯就再不便说什么了。好容易陪完了那干部，宏斯立刻找黄块去了。黄块问道，就派下来一个人吧？宏斯说，一个就够难缠的了。黄块说，全村多少亩地？宏斯说，一千多亩啊。黄块说，一个人对一千多亩，他再难缠，还不是得咱说了算。宏斯说，这么说你也反对深翻？黄块说，我要不反对，庄稼也不干啊。宏斯说，那对上级怎么交代？黄块说，我找他去，他要敢说国家的工资不要了，跟你我一样在村里分粮分红，我就什么都依他。宏斯便笑了，说，这话也就你敢说，明儿你陪他吧，我陪生产队长去，看谁要敢翻到一尺五深，他队长就甭想干了！结果，那干部到底也没把一尺五的深度实行开，再加上他爱干净，黄块却又总拽了他到自个儿家吃饭，顿顿闹哄哄脏兮兮的，没几天他就请病假回城去了。

黄块和宏斯种庄稼都是内行，前街后街的生产队长又都服气，有几年，黄村的庄稼有了历史上的最好收成，麦子、玉米、棉花、红薯、萝卜、白菜，是种什么收什么，到麦收、秋收的时候，村里、地里到处是庄稼的暖烘烘的香气，打麦场、打谷场上，人们拿了口袋、排了长队，喜滋滋地等待分领粮食。拿算盘的会计叫一户人家，那人家的大人孩子就一齐跳起来，大口袋、小口袋地接着，麦子、谷子或玉米便哗哗地黄金般地流进口袋里了。逢到人口多的，粮食也分得多，小拉车上一口袋摞一口袋的，还要用绳索扎得紧紧的。有那没带绳索的，路上一颠，口袋便扑地掉下来了，好在人多，七手八脚地再抬上去，虽说难免会相互埋怨，可心里的喜兴是压不住的，有了粮食，心里就踏实了一大半了，到年底分红，能分点自然好，分不上也用不着饿肚子了。饿肚子的滋味儿是太难受了，每一户的大人孩子几乎都尝到过，新中国成立前是战乱不断，新中国成立后又隔三差五的，不是自然灾害，就是上级的瞎指挥，到这一年粮食忽然多起来了，多得家里的大缸装不下了，还得买席子扎粮囤，人们啊，做梦都要乐一乐了。

粮食多了，石碾、石磨也忙起来了，天不亮就有人来了，一看竟还有早的，碾子、磨子都转起来了，推碾、推磨的蓬乱着头发，眼里糊了眼屎，衣服扣子也系错了，更可笑的，是一只袜子被皮带煞在了后腰上，走一步甩一下，走一步甩一下，自个儿看不见，别人看见了也懒得知会一声，困乏得哈欠连天的，谁还顾得管它呢？

很快地，人们就听说，大队置买了碾米、磨面的机器了，那机器大的，要占好几间敞开的大房子。不过跟人一样，大了胃口也大，听说一口袋麦子，眨眼间就吞进去了，这边是整颗整颗的麦粒子，到了那边，细白的面粉扑扑地就从一个大口袋里冒出来了，变戏法儿似的。

果然有一天，在大队部那个原本开社员会的大房间里，碾米、磨面的机器出现了，那些在石碾、石磨跟前排队的人也一下子跑到这里排队来了。就上回茅厕的工夫吧，手都不用搭一把，米就碾出来了，面就磨出来了，只剩了扛起口袋回家了。

大队部设在了前街，因为前街的人家院子大，空房多。出身高的，像地主、富农之类，土改时房子被出身低的分去了大半，剩下的也只够自个儿住，有空房的多是中农、上中农，像鲁芹家。大队部占的地儿，便是鲁芹家的一块园子。土改时鲁芹的丈夫宏曾和参与土地的丈量，一时激情难耐，没同鲁芹商量就把园子交了出去。鲁芹倒也没反对，交了就交了，家里人少，地儿大了反空落得慌。不过后来宏曾和还要把现住的宅院交出去，带鲁芹到城里去住，鲁芹就说什么也没答应，城里人生地不熟的，哪如村里自在，她说。宏曾和终究也没能说服鲁芹，只好随了她，每天往返于城乡之间。

有了碾米、磨面的机器似还不能让黄块和宏斯满足，没有几天，卫生所、木工组、瓦工组、缝纫组什么的也像雨后的蘑菇似的一个一个地冒出来了。

　　只种庄稼前街后街看不出大区别，一有了这些副业，前街和后街的人就更分明了，卫生所、缝纫组、木工组，前街的人几乎占了大半，而后街的人，只在一个瓦工组居多。这原本不是人为的分配，只是按了各人现有的特长组合的，可这结果黄块不干了，他说，不行，宁愿没有副业也不能这么干！宏斯说，你要明白，不是咱要这么干，是自然形成的，就像卫生所的宏先，缝纫组的宏印，人家都是几十年的功夫了，总不能找来个一窍不通的给人看病、裁衣吧？黄块说，我还就要找一窍不通的，宏先、宏印他们谁不是从一窍不通开始的？宏斯说，副业的效益呢？黄块说，效益事小，人的事大，我就不信，后街人注定是干体力活儿的！宏斯说，谁说的，村干部不都是后街的？黄块说，村干部才有几个，实话说吧，对咱村的和平土改我早有意见，地可以打乱了分，房子咋就不能打乱了分呢？这可好，住瓦房的还住瓦房，住土房的还是一辈子翻不过身来，再不弄几个村干部当当，跟旧社会有什么两样？这事就这么定了，所有的副业摊，都前街后街各半，后街人不能世代不如前街人！宏斯说，你就不怕外行受内行的耻笑？黄块说，内行一律是师傅，外行一律是徒弟，师徒关系一定，看他谁敢耻笑！宏斯看着黄块，觉得这个看似讲求实效的人，其实内心还藏了太多他不了解的东西，他的大嘴微微张开着，大鼻子有些急促地抽动着，有点像一只发现了骨头的死不回头的狗。宏斯想，他其实跟黄二牛没什么两样，一说到后街人，就什么什么都不顾了。

第 三 章

11. 二妮和兄妹们

当明悦在市里上着初中的时候，二妮一边和小慧友好着，一边开始了对家的改造。从买第一块香皂和第一支牙膏起，二妮就仿佛一个刚学会骑自行车的人，上去了就歪歪扭扭地一直往前走，再也休想从容地跳下车了。

二妮从大菊抹裙褂的破布里挑出一块做了抹布，这天早起，头不梳脸不洗，先把屋里屋外打扫了一遍，然后用抹布擦洗窗台、锅台以及桌椅板凳。不干不觉得，一干才知这个家有多脏了，一切的家当，不用碱水是休想擦干净的，不要说窗台、锅台，就是炕沿、门框、桌椅板凳，也都糊满了污垢。没有一个人帮她，大菊做早饭，她的弟弟妹妹们则围了她不怀好意地观看。有时她刚擦完一只板凳，他们就有人把鼻涕抹在上面，示意她来重擦。这时勤恳的她忽然就变成了暴君，一巴掌打在那孩子的脸上，并要那孩子伸出舌头将鼻涕舔干净。孩子自是不肯，二妮则抓了孩子的头发不放，正僵持之际，大菊从厨房赶过来，拽了孩子就走，她说，我把你们一个一个地养大，可从没这么对过你们！

那孩子趁机大哭起来，哭声把一直在旁观的黄块惹恼了。黄块的旁观和孩子们的旁观可不一样，他是欣喜和欣赏。多少年来他太期待这个家有块抹布了，大菊习惯了用袖子当抹布，孩子们也学她的样子，一个个袖子黑得就像钢刀布一样。黄块清楚地记得，在大菊陪嫁的红花包袱里，除了一身洋花布衣裳，还有一块方方正正的白粗布。黄块问大菊是做什么的，大菊说是抹布。那块抹布用成了烂布条之后，黄块就再没见这个家出现过抹布了。黄块还想起，大菊刚结婚时是每天洗脸的，不但洗脸还要洗脖子洗耳朵，可后来不知什么时候，就不大见她洗脸了，更别说洗脖子洗耳朵了。有时手都懒得洗了，给孩子抓完屎尿手就杵到面盆里去了。黄块作为男人，是绝不肯做一点家务的，他本是希望这个家干净利落些的，但他肯付出的只是对大菊的打骂，结果愈是打骂这个家就愈加脏乱。多少年过来，他本早已习惯这样的家了，可这天二妮手里的抹布，一下子让他把许多事都想起来了。当然他还想到了鲁芹和小慧，二妮的改变，明摆着是受了小慧的影响，小慧那闺女，虽说脾气有点古怪，可二妮跟她在一起，够二妮学半辈子的了。正这么想得出神时，孩子的哭声响起来了，难听得像杀猪一样。黄块不由分说，伸出巴掌就打过去了。

　　有了黄块的支持，二妮对那群讨厌的孩子就更敢作敢为了。她揪他们的耳朵，打他们的屁股，扇他们的耳光，哪个违背了她的意志，她决不留情。孩子里那个四妮是最难缠的，坏主意都是由他来出，有一天他撺掇其他几个把二妮的刷牙缸子放了块牛屎，把二妮的香皂扔进猪圈里，把抹布扯得一条一条的，那把扫屋子也扫院子的高粱糜子的笤帚，嗖地扔到了房顶上，看都看不见了。二妮让他们站成一排，先打他们的屁股，再揪他们的耳朵，然后手里拿了有牛屎的牙缸子，放在了四妮的嘴边。四妮把嘴巴闭得紧紧的，脑袋高高地向后仰，是死也不肯按二妮说的去吃一口。二妮说，不吃也行，那以后就得听我的！四妮无奈，只好乖乖地点了头。后来的日子，打扫卫生的事二妮就再没干过了，孩子们拿了抹布和笤帚，二妮指到哪里他们就干到哪里。大菊说点什么，他们总是听不见，而二妮的声音一响起来，他们就如同士兵听到了军号声一样，立刻就到他们该到的位置上去了。黄块看见了就嘿嘿地笑，说，小崽子们，就欠有人收拾你们。孩子们的身上也干净多了，知道早起要洗脸、饭前要洗手了，知道手上的指甲长了要剪一剪了，知道衣服脏了要洗一洗了。因为谁忘了干净，谁就要挨二妮的惩罚。二妮不管有什么样的惩罚，哪怕不揪耳朵不打屁股不扇耳光只用一根指头杵一下呢，他们似也有点怕了。他们的衣服都是二妮来洗，院子中央永远晒有一大盆草木灰水。这样省出买肥皂的钱，就可以买些做衣服、做被子的棉布了。二妮洗衣服的时候，黄块、大妮也会把自个儿的脏衣服扔给她。那多是夜深人静的时候，一家子都躺在了炕上，二妮洗啊洗，搓啊搓，然后把衣服拧得干干的，一件一件地晾在院子里。有风是最好的，干得快，到第二天他们起来，就能干爽地穿在身上了。逢到没风还有露水的时候，大人、孩子只能穿上湿漉漉的衣服出门了。好在这家的人皮实惯了，不怕冻也不怕湿，怎么样也弄不出病来。一家人只有大菊的衣服不肯扔给二妮洗，二妮用劲大不算，还搓起来没完，眼看着都麻花了还不肯罢休。大菊恨恨地说，搓吧搓吧，搓烂了都光屁股上街去！

为做衣服和被子的事，二妮已经央求过黄块多次了，黄块却总说没钱，二妮就看他的帽子，黄块说，甭看，看也没有。有一回趁黄块睡着，二妮偷看了他的帽子，果然帽子的夹层里只剩了两块钱了。二妮问大菊还有没有别的放钱的地儿，大菊说不知道，说就算知道我能说给你吗？二妮知道大菊憋气得厉害，自从她改造这个家以来大菊就把嘴噘得能拴上一头驴了。

其实，大菊不只为那几个不把她放在眼里的势利孩子，还为她前所未有的失败感。二妮就像平地里刮起的一阵旋风，刮得她措手不及、晕头转向。为这个家她付出得太多了，白天下地和黄块一样地挣工分，晚上黄块出门说话儿去了，自个儿还得喂猪、喂鸡，照顾一群要吃、穿的孩子。多少回，在灶前烧着火就睡着了，长长的玉米秸由灶里烧到了灶外，直到烧疼了手才惊醒过来。要说，她为黄家生了三男三女，应是有功的人了，可黄块提起裤子就不认账，每回怀孕，家务活儿他仍干干净净地不插手，全仗她一个人挺了大肚子，家里家外地忙。这六个孩子，有三个都是在地里出生的，一回是棉花地，一回是玉米地，一回是麦子地。不是不小心，是他妈的没人让你小心，他妈的女人就活该受这份罪！而如今，孩子们大些了，本指望能帮帮她了，可想不到，不帮是不帮，一帮就帮到二妮那儿去了。事明摆着，帮了二妮，就等于毁了自个儿了，就等于自个儿这也不是那也不是了，连那个最小的六妮，都知道指了自个儿塞满黑泥的指甲说，剪去，剪指甲去！

大菊指望不上，二妮只好又回头找黄块。二妮说，爹，你不想咱家往好里变吗？黄块说，谁说不想，可这不是一时半会儿的事，早起下的种，天黑就要收麦子，哪那么快？二妮说，只要你给了钱，天黑保证一床新被子盖在你身上，我就能这么快。黄块说，钱呢，我总不能偷钱给你吧？二妮说，真没钱？黄块说，真没钱，等年底分红吧。二妮说，我等不得，一天也等不得。黄块说，等不得你自个儿想法儿去，反正钱上我帮不了你。二妮说，钱上帮不了，别的能帮。黄块说，帮什么？二妮说，缝纫组，我要去缝纫组。

其实二妮原本没想去缝纫组，因为小慧不去。小慧不去不是不想去，是因为小慧妈先被选去了，小慧妈裁、做都拿得起，小慧自然比不了。听小慧说，去了缝纫组，风吹不着雨淋不着日晒不着，几天人就变白了，一白压百丑，市里人比村里人好看，全在一个白上。二妮去缝纫组不是为了白，而是为了攒布头儿，她见小慧的书包，小慧家的椅垫子，甚至小慧家的被褥，都是五颜六色的布头儿一块块拼成的，小慧说，常有人找她妈裁做衣裳，剪下的边边角角，扔了可惜，她妈就利用上了。二妮想，娘指望不上，爹也指望不上，只能靠自个儿了。

可让二妮没想到的是，黄块对她却另有打算。黄块说，你要真想学点本事，就到卫生所去吧。二妮说，开玩笑吧，我才小学毕业。黄块说，宏先小学都没毕业呢。二妮说，人家从爷爷辈就是大夫，我爷爷是什么？我爹是什么？黄块说，所以好事不能都让他家占了，从你这辈黄家要出个大夫。二妮说，出大夫的事找我还不如找我哥呢，久病成医，他一准儿比我强。黄块说，一碌碡压不出个屁的东西，他哪儿行？

正说着，大妮忽然一脚踏进门来，一双大眼瞪了黄块说，咋不行，我要去！

黄块一怔，骂道，去个屁，你去了还不得被人家踩死？

这时，早就在一旁听话儿的大菊说道，大妮被人踩还不是身子骨闹的？要是去了卫生所，不干力气活儿了，凭脑子吃饭，谁还敢踩他？

黄块说，以为他是个凭脑子吃饭的？

大菊说，是不是去试试呗，不试咋知道呢？

大妮又一次说，我行，我要去！

大妮平时从不多话，孩子们打闹也从不掺和，就算是哪个哭起来了哪个被打破了头他也不看一眼。他成年累月总在看一本没头没尾的旧书，谁也不知那书名是什么，谁也不想知道那书名，因为没有一个人会觉得大妮这个人以及他那本书有什么好值得注意的。

黄块看着大妮，就见他眼睛里少有地闪着亮光，便问，你哪儿行？

大妮说，我看中医书看了好几年了。

黄块说，就你那本破书？

大妮点了点头。

黄块说，叫什么名？

大妮说，不知道。

黄块说，借谁的？

大妮说，宏先生的。

黄块说，宏先？他肯借你？

大妮说，肯。

黄块说，能看懂不？

大妮说，开始看不懂，问了宏先生几回，后来就懂了。

黄块说，宏先，没小看你？

大妮说，没有。

黄块说，怪事，这宏先见了我都爱答不理的。

大菊说，怪什么，人家一个大夫，跟你有什么话？

黄块看看大妮，又看看二妮，说，二妮你不去可甭后悔。

二妮说，只要能去缝纫组，我哥就算上天我也不后悔。

黄块叹口气说，你哥要真能上天，日头得打西边出来。

12. 二妮和明奇

黄村的副业总共四十几个人，黄块一家就占了两个，下边是议论纷纷，意见老大。黄块却不大在乎，他说张三不去李四也得去，谁去不是一样，听拉拉蛄叫还不种地了？

却没想到，眼看着二妮都要去缝纫组报到了，小慧倒闹起来了。小慧急赤白脸地质问二妮，你凭什么？是会裁还是会缝还是有缝纫机？二妮委屈地说，我不会裁也不会缝也没有缝纫机，可要不是因为你，我何苦去呢？小慧说，我逼你去了？二妮说，你没逼，是我自个儿逼自个儿的。小慧说，是你爹逼你的吧？二妮说，不是。小慧说，满村的人都在嚷嚷你爹自私自利，你还不是！二妮说，说实话，我是在想没钱的辙，做几床布头儿拼接的被褥……小慧说，就为个这？二妮点点头。小慧说，那就甭去了，我家有的是，我给你。二妮说，可都定下来了……小慧说，看看，还是要去吧，还是跟你爹是一头儿的吧？我就知道你是在装，装着不理你爹，到头来还是什么都听你爹的。听吧听吧，回家听你爹的去吧，往后再甭想来我家了。说着就往外推二妮，一直从屋门口推到了院门口。二妮把肥实的身子靠在门板上，问小慧，我爹到底怎么你了？小慧说，你爹怎么了问你爹去，甭问我。二妮说，我爹还总夸你，让我跟你学呢。小慧说，他那是黄鼠狼给鸡拜年，没安好心！这时，二妮忽然望见，小慧妈正从玻璃窗里往这儿望呢。不知为什么二妮像是一下长了胆量，头一回跟小慧板起了脸，她说，没见过你这样的，别人还没见说什么，自个儿先要往自个儿身上扣屎盆子了，你这么说我爹，要是外人听见了，对你有什么好？对你妈有什么好？小慧惊诧地看着二妮，一张白皙的脸气得紫红紫红的，只是想不出一句反驳的话来。她想，这还是那个二妮吗，怎么说变就变得不把她小慧放在眼里了？她看二妮的眼睛里闪烁着一种令她陌生的亮光，不知为什么，这亮光让她一下子有些绝望，她不再看二妮，也不再推二妮，猛地一转身，便往自个儿的房间去了。剩了二妮一个，倒有些怔怔的，是留也不是，走也不是，刚刚找到的一点痛快的感觉，瞬间就跑得无影无踪的了。

　　二妮从马道往后街走的时候，经过明悦家门口，忽然十分想念明悦，她想，明悦要是不走就好了，小慧家不能去还能去明悦家。这些年来，后街与她年龄相当的伙伴很是不少，可她总想不起去找她们，小四儿是太小家子气，上不得台面；胖秀是又慢又笨，能把人急死；扣子倒是乖巧、灵活，可张口就是瞎话，听她说话不能过心，一过心准保上当；还有爱贪便宜、又懒又滑的秋姐儿，大粗嗓门儿、男人一样打扮的大娥子，老实巴交却一碌碡压不出个屁来的春女……若今后不能再去找小慧，这村里她还能再去找谁呢？当然，像大娥子一样把自个儿扔在男人堆里也不是不行，男人不小心眼儿，好打交道，可女人到底是女人，要是男人不把一个女人当女人看，交道打得再好又有什么意思？可要是叫男人当了女人看呢，那意思又麻烦得很，好比贵生，你对他好一点，他就往歪里打你的主意……

　　二妮就这么边走边想着，眼看明悦家要过去了，忽然从明悦家的门洞里传出了脚步声。二妮急忙回头望过去，见从门洞里走出来的，不是明悦，却是明悦的哥哥明奇。

　　要说，跟明奇也是常见面的，自他从市里的一所中学回村后，每次去找明悦，明奇都会跟她聊上几句。明奇回村不是没考上学，是因为要考学了头疼病犯了，这年的高考就算耽误了。

明奇也看到了二妮，朝她笑笑，往前街走的样子。不知为什么，这回见到明奇，二妮格外有一种亲近感，她不由得叫道，明奇哥！

明奇站住了，等她说什么。她却一时又想不出要说的话来，便问，明悦回来没有？

明奇说，她周末才回来，这你知道的。

二妮噢了一声，装作记错了日子，然后看了明奇手里的书问，拿的什么书？

明奇说，外国小说，你不看的。

说罢明奇又笑笑。明奇这个人是很少笑的，见了人也很少打招呼，能对二妮一笑再笑，二妮已经很知足了。她爹黄块都说过，明奇面儿大，见了他爱答不理的。二妮就见明奇的牙又齐又白，一笑起来，眼睛也亮了，脸也有光泽了，整个人都显得精神了。二妮就说，你笑起来真好看，可你总不笑，把你这好看都埋没了，你干吗总不笑呢？

二妮这么说让明奇颇有些意外，长这么大还从没人夸过他的笑，更没人这么率直地问过他笑不笑的事。

没待明奇回答，二妮又说，你怎么知道我不爱看外国小说？

明奇说，你自个儿不是说，外国人的名字太长了，记不住？

二妮哈哈大笑起来，说，这都猴年马月的事了，你还记得啊？

二妮有一张她爹一样的大嘴，笑起来嘴几乎占了脸的一半，她的牙齿也是白的，只是牙床子露了出来，使她的笑有点傻。

明奇并不觉得这有什么好笑的，却也不反感，便说，反正在我印象里，你是不爱看书的。

二妮说，要是我想看呢，这本书你借不借？

明奇又一次感到了意外，他看着二妮，认真问道，你真想看？

二妮说，真想看。

明奇说，现在不行，我已经答应过小慧了，等小慧看完再给你看吧。

二妮怔一下，立刻欣然答道，没事的，我看别的也行，哪天到你那儿挑一本去。

明奇说，好啊，反正我总在家，随时欢迎你去。

说完明奇又要往前街走，二妮拦道，哎，你头疼病可好些了？

明奇说，不看书跟好人一样，一看书还是不行。

二妮说，那就甭看。

明奇说，一个人要是不能看书，岂不是废物了？

二妮说，这话可不对，不能看书的人多了，人家就都是废物了？

明奇说，不过是说我自个儿，别人我哪管得着？

二妮说，找宏先看着呢？

明奇说，看着呢，见效不大。哪天我学了中医，准保比他强。

明奇这么说，倒让二妮颇有些惊喜，看不出明奇蔫蔫的，竟是有些狂气的。二妮便问明奇，村办副业的事，可听说了？

明奇点点头。

二妮说，你闲着也是闲着，倒不如干点不费力气的事，还能挣点儿工分。

明奇说，不费力气的事就是卫生所了，人家肯要我？

二妮说，你要真想去，就找我爹说说，也许能成呢。

明奇摇摇头说，我才不干求人的事，找我就去，不找我也无所谓。

说罢明奇便往前街去了。明奇长有一双长腿，走起路来既沉着又飞扬，说不出的一股劲儿。二妮从后面看着他，一直看他出了马道，拐到了前街，才长长地叹口气，自言自语道，这种不求人的话，后街人打死也说不出来。

其实，从小慧家走出来的一刻，二妮都想放弃缝纫组的事了，可见过了明奇，不知为什么就又改了主意。回到家见到黄块，她第一句话就问，爹，卫生所还要人不？

黄块正在看四妮和五妮比赛上树。院儿里有两棵洋槐，两棵笨槐，两棵枣树，长得最高的，自是要属那两棵洋槐了。孩子们几乎都往上爬过，包括大妮、二妮。因为黄块平时动不动就往手心里吐两口唾沫，噌噌噌噌，几下便站到树杈儿上去了。这是孩子们最乐的时候，一家子包括大菊都会在树下嘻嘻地笑。待黄块下来，孩子们便争相学他的样子往树上爬。树一年年地长，孩子们也一年年地长，树一年年地粗了，孩子们一年年地高了，可再高，在树跟前也是矮的，人站在树杈儿上，从树下望就像根树杈儿上的树杈儿，不细看都要被树叶子模糊掉了。

黄块看看二妮，没理她。这时四妮和五妮一人一棵洋槐，都才上了一半。四妮比五妮大一岁，个头儿却还不如五妮高，为此四妮总不甘心，总要和五妮比呀比的。四妮一要比，黄块就把手掌搁在他的脑袋上，说一声，好小子！四妮就如同受了宠的小狗，愈发地抖擞精神要比试比试了。

二妮随了黄块的目光往上看，不由得就冒了火，大声喊，快下来，裤子磨破了光屁股上学啊！

四妮和五妮有黄块的支持，哪管二妮的喊叫，依然噌噌地往上蹿。

二妮又冲了黄块喊，爹，拿钱来，有钱买裤子我就不管他们！

黄块这才转过脸来，嘿嘿笑道，上树是上树，买裤子是买裤子，就好比上地干活儿要戴草帽，草帽要是破了，总不能把地荒废了吧？

二妮说，我才不管地不地的，我就管草帽的事！

黄块说，刚才你说什么，又想去卫生所了？

二妮明白他是故意打岔，想想，还是明奇的事更要紧，便说，不是我想去。

黄块说，那是谁？

二妮说，你猜猜。

二妮自个儿也有点奇怪，一下子说出明奇的名字有些犯难似的。

黄块说，小慧吧？除了小慧你还能说谁？

二妮说，不对。

黄块说，那是明悦？明悦不是还在上学啊？

二妮说，明悦在上学，明奇可没上学。

黄块说，是明奇？明奇早晚要上的吧？

二妮说，那可说不准，一看书他就头疼，吃宏先的药也不见好呢。

黄块说，看书头疼还去什么卫生所？

二妮说，我哥看书那是想当大夫开方子，要是光抓抓药，还用看什么书啊？

黄块说，你哥想当大夫就能当啊，也得先抓药，给人家宏先当下手。

二妮说，要是多一个抓药的，我哥不是就多了自个儿学习的时间了？

黄块说，两人是少了点，可再多一个，也轮不到明奇啊。

二妮说，咋就轮不到？

黄块说，他一个学生，又不是社员。

二妮说，要真是社员，将来还有我哥的饭吃？

二妮本无意中说出的话，却让黄块不由得鼓起掌来，他说，看不出啊闺女，小小年纪就有这样的眼光，卫生所我给它限定俩人，担心的也是这个啊。

二妮说，那你同意明奇去了？

黄块说，你让明奇找找宏斯，再来家跟我说一声，这事就算成了。

二妮说，你跟宏斯叔不是总去他家吗？

黄块说，我去归去，他来归来，两码事。

二妮说，他要是不来，这事还成不了了？

黄块说，当然。

二妮说，端架子也得看是谁，你整天去人家喝茶呢。

黄块怀疑地看看二妮，说，这事是他想去还是你想让他去啊？

二妮说，自然是他想去，我算他什么人，想让他去他就去啊？

说着，二妮不知为什么有点脸红，她恨着自个儿，长这么大什么事怕过啊，这堂堂正正的事，倒脸红起来，有什么好红的啊！

可二妮的脸红，到底没躲过黄块的目光，黄块说，二妮，你给我记住了，我的闺女，绝不能干剃头挑子一头儿热的事。

二妮一时有些怔怔的，好容易恢复到常态，才不客气地回敬道，爹，你也给我记住了，作为村支书，更不能干剃头挑子一头儿热的事！

黄块说，混账，说他妈的什么呢！

这时，一直在厨房忙活的大菊忽然把脑袋探到门外说，说什么你自个儿心里明白！

13.　明奇和黄块

明奇果真就不肯去找一趟黄块，坚持认为黄块同意让他去卫生所，是想用他这个高中生，虽说他还不懂中医，但凭他的聪明，很快地进入角色是没问题的，若换了村里任何一个人，都不会比他更合适。

明奇的态度让二妮很有些急，二妮说，你真是个书呆子，要不是我求我爹，我爹压根儿就没想添人！

明奇说，我让你求了吗？

二妮气道，你是没让我求，可你是想去的，你敢说你不想去吗？

二妮和明奇是站在石磨旁的大榆树下说这事的，正是吃午饭的时候，马道里不见一个人影，石碾、石磨就如同两位敦厚的老人，凭他们怎样争来争去，终是一个默然。有一刻，二妮一屁股坐在了碾盘上，一只脚噌地踢飞了一颗石子。明奇看着那颗石子，忽然转身就往家走。二妮急道，哎，你到底想去不想去啊？明奇头也不回地说，我早说过了，没人找我我是不会去的！二妮说，想得美，这种事一辈子都不会有人找你的！

二妮本不想再理明奇，走出马道走在后街上，老远地见贵生正在自个儿家门口跟一只黄狗逗来逗去的，贵生手拿了块什么东西，举得高高的，黄狗跳一下，贵生就往高里举一下。贵生穿了身紫花布衣服，颜色跟黄狗差不多，就仿佛一只站起来的狗。二妮看着，忽然就改变了主意，转回头，再次往马道里走去了。

这一回，二妮没直接找明奇，而是去了明奇爸妈的房间。明奇爸上班去了，明奇妈吃过午饭刚要躺一会儿。二妮知道明奇妈的午觉是金贵的，却也顾不得了，进门就说，婶子，甭躺了，我有几句话要说。二妮便把明奇去卫生所的事说了一遍，然后又说，这事我只能做到这一步了，明奇不肯去找我爹，我爹又等着明奇上门，婶子你看咋办？

明奇妈一听，立刻就明白了，拉了二妮的手说，这事是明奇不懂事，甭跟他一般见识，不过拿药的事也得从头学起，他那头疼病不知能做主不？一会儿我去问他，要是行，就让他跟你爹说一声去，放心吧！

二妮听完，自是高高兴兴地走了。不过她觉得，明奇妈没马上去找明奇，一定是还舍不得午觉。她甩一甩被明奇妈拉得热乎乎的手，不由得笑了，午觉，午觉算个什么事呢。

二妮没想到，明奇家这边还没动静，爹和宏斯那边倒闹得有点鸡飞狗跳的了。

黄块在大队和宏斯碰了面，顺便就把明奇想去卫生所的事说了。宏斯不说同意不同意，只问黄块，卫生所暂定俩人，是不是你先提出来的？黄块说，是啊。宏斯说，你这不是朝令夕改吗？黄块说，我的话又不是圣旨，还不兴改动改动啊？宏斯说，真要改动？黄块看看宏斯，说，人家明奇不过是想帮村里干点事，也许一年半载就又上学去了，算什么改动？宏斯说，是啊，他上学去了，人家宏先不是白教他了？黄块说，就抓个药，有什么白教不白教的。宏斯沉默半晌，忽然说，我那儿子还一直闹呢。

黄块说，闹什么？宏斯说，想去副业上呗。黄块上上下下地看宏斯，又绕宏斯走了一圈儿，才哈哈笑道，你小子，闹了半天，是在打自个儿的算盘啊！宏斯让黄块看得脸红红的，硬撑了说，我还不是怕群众有意见，硬把他压下了？黄块说，压什么，孩子有热情就让他干呗，他想干什么？宏斯说，他也想去卫生所呢。黄块的脸不由得有点沉，他就这么沉了脸呆了半晌，然后下了决心似的说，那就让孩子去，明奇那边就算了，我跟他说去。宏斯看着黄块，知他心里是不痛快的，却到底也没收回自个儿的话，他想，到宏先跟前，就知道谁的儿子去卫生所更合适了。

这天晚上，宏斯没去明奇家喝茶，黄块照旧去了，一进院子正见明奇从屋里走出来。明奇没说话，脑袋一低就出院门去了。黄块进屋见到明奇爸妈，只字不提明奇的事。直到最后人散了，黄块随了人要走，明奇爸妈才要他留步，重新坐下说起这事来。黄块倒是实话实说，说宏斯家的宏涛也想去卫生所，比较起来，虽没明奇聪明，却比明奇长远，明奇对这事好像也不上心，就算了。夫妻俩自是连说理解理解，并说十分感谢他对明奇的关心。黄块说，不是我关心，是我家二妮一副热心肠，闺女大了，拗起来真拿她没办法。夫妻俩相互看看，一时不知说点什么，只好随口夸了二妮几句。

待送走黄块，明奇爸说，早知这样，何必问他呢？明奇妈说，是啊，他就该早说出来，还等了咱问。明奇爸说，白下一口气。明奇妈说，这算什么下气，又不是咱先提出来的。正说着，明奇走了进来，张口就说，这事就怪你们，我的事我还没张口，你们着什么急啊？明奇妈说，还不是为你，你不懂事，我们大人不能不懂事，就是办不成，也要念人家一片好心。明奇说，是他要用人，他不找我还要我来找他，他不懂事还是我不懂事啊？明奇爸说，以为你是谁啊，等你学到宏先的份儿上再说这话吧！明奇说，两码事，我说的不是本事大小，再没本事，求人的事我是不会干的。明奇妈说，听听，什么老子什么小子，跟你爸一个德行！

再说二妮，还一直在等明奇来家找她爹呢，她爹吃完晚饭就出去了，她是等明奇也不来，等爹也不回，等得两眼都打起架来，才听见院门吱呀呀的声音。她急忙跑出去，见是她爹，张口就问，去明奇家了？黄块嗯了一声。二妮又问，可说起明奇的事了？黄块说，说定了。二妮欣喜道，明奇找你说的？黄块说，明奇多大的面儿，能找我说？二妮说，那咋定的？黄块说，定的宏涛。二妮一下就急了，说得好好的，咋成宏涛了？黄块说，还不是你，闹着要添人，这下可好，让宏斯逮着了。二妮说，宏涛才初中毕业，怎么能比明奇？黄块说，那你哥还小学毕业呢。二妮说，明白了，你们这是官官相护、狼狈为奸呢！黄块说，混账，狼狈为奸能说你爹吗？黄块忽然抬高了声音，一张脸在昏暗的院灯下阴沉得可怕。黄块一真生气，二妮就不敢言声了。黄块又放低声音，说，我透过话儿了，人家压根儿就没把你放在眼里，你少做梦吧！说完黄块就睡觉去了，剩了二妮一个站在院儿里，不由得眼泪就流了出来。她索性一屁股坐在地上，脑袋埋在腿里，痛快淋漓地抽泣起来。

14. 明悦和五子

星期六这天的傍黑，二妮吃过晚饭，便到村口接着明悦去了。

要说，跟明悦也没什么要紧的事，可二妮就想见着明悦，见着了心里就踏实了似的。

从后半晌天就阴下来了，不时还有雷声滚过来，就像谁家在推磨一样，闷声闷气的。

二妮一点不担心雨会下起来，明悦还没回来呢，老天对明悦从来是照顾的。过去一起上下学，只要跟明悦在一起，十有八九有好运气。

果然，二妮刚接着明悦，雨点子就下来了，铜钱那么大，左一点右一点的。待俩人牵了手躲进明悦家门洞里，雨点子就连成线了，唰唰唰唰的，像是为等明悦，老天都给憋坏了，迫不及待地要释放一下了。

门洞里黑黢黢的，明悦的手被二妮攥得热乎乎的，她想，二妮一定是有事了。

果然，到明悦的房里，二妮也不问明悦是渴是饿，拉了明悦就说起来。明悦肚子里空空的，目光几次在饼干盒子上停下来，也没办法脱开二妮的手。不过渐渐地，肚子像是被二妮的话填满了，倒也觉不出饿了，只一心地听二妮说，听了上句，还想知道下句是什么。到后来，明悦的眼睛都被二妮说得湿漉漉的了。

看明悦动情，二妮自个儿的眼睛也湿了，啪嗒啪嗒，竟是落下几滴泪来。从小在一处玩耍，这种事却是少有的，两人一下子觉得，她们有点像聚在一起说心腹事的大人了。

二妮拉明悦的手不知不觉搭在了明悦的肩膀上，她看了明悦弯弯的忽闪忽闪的眼睛，说，明悦，回来吧，你不回来，我可咋办呢？

明悦嘴角翘起来，抿嘴笑一笑，摇了摇头。

二妮说，我说的是真话，前阵子总往小慧家跑，还以为你一些事不如小慧呢，这会儿我可醒过味儿来了，明悦明月，要把你比作明月，小慧顶多也就是盏路灯吧。

二妮自个儿也没想到会有这样的比喻，话说出口，倒觉得妥帖得很，可不就是，明悦像是一百年都不会变的，小慧却说不准，离她远了近了，冷热明暗一下子就显出来了。

明悦却更使劲地摇着头。

二妮说，明悦你说，我对小慧、对明奇，没一点错吧？

明悦肯定地点点头。

二妮说，可小慧她不理我了，明奇好像也不拾我的好意。

明悦伸手抚摸一下二妮的臂膀。

二妮抓住明悦抚摸的手说，我没错，那错的就是他们呗。

明悦小巧细软的手躺在二妮厚墩墩的手里，静静的，没有任何的判断。

二妮不禁有些急，说，这次回来，你还要去找小慧吗？

没待明悦应答，二妮又说，只要你不找小慧，咱俩也算没白白地好一场了。

二妮将明悦的手用力摇了两下，却没想到那手再也不是静静的了，突然地旋转用力，仿佛一只挣脱开来的鸟儿，扑棱棱地就飞走了。这时正屋传来明悦妈唤明悦吃饭的喊声，明悦红了脸指指正屋，飞快地离开二妮，往父母房里去了。

雨仍在下着，二妮随在明悦身后出了房门，明悦妈隔了竹帘子喊，二妮过来一块儿吃吧！不知为什么，二妮满腹的委屈涌上来，话也顾不得答，小跑着就隐没在黑黢黢的门洞里了。

由于下雨，这晚来明悦家闲坐的人没有几个，只前街的霖爷和后街的五子。这一老一小，无论刮风下雨，是每晚必到，他们走路的声音，明悦家的每个人都能听出来：一个是踢踢踏踏，一个是啪嚓啪嚓；一个是慢条斯理，一个是急急匆匆。他们虽没在一条街，来明悦家的时间却总是前后脚，就像事先约好了的。他们一个是瘦高个，长脖子，稍稍地有些驼背；

一个则是敦实个，粗短脖，走路总把胸挺得高高的。他们的身影只要出现在马道里，见着他们的人就知道他们要去明悦家了。天长日久，他们像是把明悦家也当了自个儿的家似的，挑门帘儿就进，进去就忙自个儿该忙的。霖爷是忙了沏茶，五子是忙了擦桌椅板凳，明悦家的茶叶、抹布，霖爷和五子熟悉得闭了眼睛都能摸到。有时茶叶没了，霖爷会摇晃了茶叶盒子嚷，城子，明儿上班要买茶叶了啊！五子跟霖爷比，倒是谦恭了许多，擦完桌椅板凳会问明奇、明悦，叔，姑，你们那屋要不要擦？明奇、明悦自是摇头，五子便将抹布扔进水盆里，哗啦哗啦地搓上两遍，然后抖旗子似的抖上几抖，展展妥妥地搭在方桌边上。其实，五子直呼明奇、明悦的姓名也不是不可，街坊辈瞎胡混嘛，可后街的一些人，见着前街的人先就从心里敬了几分了，敬他什么也不明白，只因是前街的，就如同小学生见着老师，不熟识也要弯下腰躬个躬了。不过，五子擦桌椅板凳是霖爷指使的，起初明悦妈不让，霖爷说，让他干，干活儿事小，习性事大，哪天在他们家也想着拎起抹布来，这活儿就算没白干。听说，五子家这两年，果真已变得窗明几净的了，因了这，给他提亲的还很有几个了呢。

五子把家收拾得干干净净，自个儿身上也利落了，衣服上总散发着肥皂味儿，头发一天到晚湿漉漉的，有洗脸的空儿一定不忘洗一把头发。初到明悦家的时候，他挽了一条裤腿，拖了两只前后都张了嘴的鞋子，露出的脚丫子黑乎乎的满是泥垢。明悦妈把明奇的一双鞋送给他，第二天再来，就见他的脚变干净了，裤腿也再不是一高一低了，好像还洗了脸和头发。明悦妈说，五子看上去憨，其实一点不傻，只可惜没人顾得管他罢了。五子是两岁上被抱养的，养父老实巴交，养母时而清楚时而糊涂，糊涂起来就摔盆砸碗的，他们家的盆碗不是塑料的就是木制的。如今，养母的病不见好，糊涂的时候反愈来愈多了，有时一连十几天，都不见她清醒过来。明悦比五子小两岁，但五子已干过三年的庄稼活儿了。五子来明悦家，从不多话，见着明悦头一低就过去了。明悦倒有时会把他截在院儿里，品评他的上上下下，满意了伸大拇指，不满意了伸小指，五子一天天变得干净利落，跟明悦的指点也是分不开的。

这天晚上，五子披了个盛过化肥的塑料袋子，脚上穿了双雨靴，啪嚓啪嚓地就进来了。霖爷先他一步，打了雨伞，脚上也穿了雨靴。霖爷穿雨靴不新鲜，五子穿雨靴就不由得叫人眼前一亮，霖爷说，咋了五子，不过了？五子说，咋不过了？霖爷说，崭新，刚买的？五子说，啥刚买的？霖爷说，给我装傻。五子一下脸有点红，说，穿双雨靴就不过了？霖爷说，穿雨靴打雨伞才说得过去，你这头上戴了个孝帽似的，不把雨靴糟蹋了？五子把塑料袋子的一角顶在头上，袋子白色，跟过丧事时戴的孝帽还真有点像。五子不理霖爷，摘下塑料袋子，挑开竹帘在门外抖一抖，然后挂在门的一角。霖爷又说，后街穿雨靴的，总共我见过仨人，一个是村支书黄块，一个是生产队长门闩，一个是后街的会计四五六，五子你是第四个。五子仍不理霖爷，独自坐在他常坐的门后的一个角落。霖爷便愈发地有话说了，哎，门后可不是穿雨靴的人待的地儿啊。

　　一旁的明悦妈和明悦爸，一个收拾碗筷，一个翻阅报纸，他们听多了霖爷和五子的逗闹，早见怪不怪了。明奇吃饭快，回自个儿房间去了，明悦本想帮了一起收拾，可听霖爷得寸进尺地"欺侮"五子，一双手便不由得够到门上，将那塑料袋摘下来，铺到霖爷跟前的方桌上。然后拿条干毛巾，一点点地擦啊擦，直到见不到一滴水珠了，才仔细地一折一折地叠好，送到五子面前。

　　明悦的这举动，显然在表达她对塑料袋的看重。霖爷和五子一时都有些呆，不过霖爷很快就找到了话说，他将一只手在五子眼前晃一晃，说，想什么呢，要想就想想你跟你明悦姑的差距，同样的塑料袋子，看人家是咋归置的，袋子再不值钱，也是个物件不是？五子不服地说，刚才你还说是孝帽子呢。霖爷说，在你这儿是孝帽子，在明悦那儿就是件像样的东西了，这就是差别，学吧五子，够你学一辈子的了！

　　明悦本是想帮五子的，没想到霖爷倒有了话说，心里一气，挑开竹帘就往外走。外面的雨像是下得紧了，唰唰唰唰，成了一个声儿了。五子说，下紧了！明悦仍没回头的意思。五子不知该怎样拦下明悦，忽然就抓住明悦的手，将明悦刚刚叠好的塑料袋又递给明悦。明悦怔一怔，终也没接，甩开五子，很快就把自个儿隔在竹帘外面了。

　　竹帘外面是条前檐下的走廊，明悦没有停顿，冒雨跑向自个儿住的西屋。虽只几步路，衣服还是淋湿了，明悦换了干爽的衣服，不知为什么，仍是觉得哪里不对劲，终于醒悟，是被五子抓过的那只手！手微微地有些红，还微微地有些痛，明悦使劲地甩着，要把那印记甩掉似的。她不明白五子干吗要使那么大劲，有什么居心似的。她坐下来，拿起本书翻看着，极想忘掉那不对劲，可拿书的手晃来晃去的，仿佛书里都有了五子的气味儿了。她很是恼火，索性扔掉书，找出了雨伞、雨靴，她想，找小慧去，眼下是只有去找小慧了！

雨下得小了许多，隔了竹帘子，明悦看到霖爷正拿了本旧得发黄的书，对了五子边念边讲。明悦知道那是本《聊斋》，竖排本，文言文，她哥明奇都不能全懂。可霖爷懂，因为懂他每晚都带在身上，有想听的人他立刻开讲。但他的讲离不开念书，有点像老师讲课文一样，听众就不免愈来愈少，连五子这样的听众，有时都会不耐烦地催促说，甭念了，照直说咋回事吧。霖爷就说，你懂个屁，精华都在这文字里呢！唯有对五子，霖爷才敢这样地发挥，因为霖爷这个人，一生里种庄稼不行，做手艺活儿不行，做买卖不行，唯一行的就是懂文言文。可如今文言文已经不时兴了，学校里不讲，周围的人不讲，连政府都不正眼瞧它了，而五子，对文言文不懂，对文言文的过时也是不懂的，唯一懂的，是霖爷是有学问的人，没几个人读懂的书，霖爷却能读出好听的故事来。隔了竹帘子，明悦只看霖爷，不看五子，不看五子也能知他是一副呆鸟的样子。不知为什么明悦对五子生出了从未有过的腻烦，她想，五子，这是个什么样的人呢？

走出门洞，明悦往前街走了一段路，忽然又折回来，往后街的方向去了。她想的是，叫上二妮一块儿去找小慧，见了面，小慧想不理二妮都不成了。到了二妮家，二妮先吓了一跳，待明悦表明来意，二话没说躲进明悦的伞下搂了明悦就走。她嘴里的大蒜味儿阵阵冲击着明悦，明悦好想挣脱，可雨仍下着，又是自个儿叫的人家，也只好忍着了。

15. 小慧、明悦和二妮

街面的土一着了雨水，立刻变成了泥了，明悦和二妮相搀了深一脚浅一脚地走着。明悦穿了双浅色短筒雨靴，二妮则穿了自做的方口布鞋。平时下雨，后街人总是光脚丫子的，鞋子能省一时就省一时，二妮也不例外。这会儿看着二妮脚上的布鞋，明悦便明白二妮与小慧和好的诚意了，她想，多亏叫上了她啊。可泥淖的路面又太难走了，雨靴还好，啪嚓啪嚓，刀枪不入地就过去了，布鞋却就惨了，遇水灌水，遇泥沾泥，弄得面目皆非不算，还时而被陷进泥里，脚丫子出去了，鞋子却被糊在泥里看不见了。一回又一回的，二妮却也不沮丧，用手将鞋子拔出来，在水坑里涮一涮，再次套在脚上。明悦示意她甭再穿了，二妮也不听，仿佛小慧随时都可能看见她似的。

好容易来到小慧家门口，就见大门紧闭，推，推不动，敲也半天听不到动静。小慧家的院子大，院门离房间还很有段路，又有唰唰的雨声，想必是里面的人听不到。好在她家的门洞前脸长，足有两米多宽，门外还有对石狮子，两人便将雨伞晾在地上，一人靠一个石狮子，歇一会儿敲一会儿。

二妮说，我就不明白了，干吗要插门呢？我家的门就从不插。

二妮又说，明悦，你家好像也没插过吧？

明悦点了点头。

二妮说，毛病，前街人家里都有金银财宝。

二妮背靠在石狮子上，忽然身子一纵坐在了狮子头上。明悦立刻就向下拽她。二妮说，怎么了？明悦只是摇头。二妮说，不过一块石头，怕什么？但明悦紧抓了她不放，她只好跳了下来。

二妮说，你这个人就是太好了，一块石头也叫你上心。

明悦自个儿也说不清为什么，只是觉得二妮的屁股压在狮子头上，心里过不去。

二妮攥起拳头，再次在门上敲着，咚咚咚的敲门声和了雨声，有些徒劳，又有些悲怆。

二妮说，再敲最后一遍，不开咱起身就走。

明悦很快点了头。

二妮这回用了些力气，拳头砸在门上，远远地有了回声，就仿佛雨声中的滚雷。

二人等了片刻，不见动静，正起身要走，就见一束光亮从门缝里射出来，紧接着听见有人老远地喊，谁呀？

是小慧的声音，二人心里一喜，仿佛看见小慧手持手电正往门口走来！

二妮赶紧喊，是我们！

你们是谁？

二妮答，二妮，还有明悦！

二妮和明悦轮番从门缝往里瞧，果然是手电筒的光亮，一晃一晃的。她们的眼睛被晃得，除了愈来愈近的脚步声什么也看不到。

脚步声终于停下来了，就听小慧不情愿的声音问，深更半夜的，有事啊？

二妮心里嘀咕，刚吃了晚饭，哪就深更半夜了？却也不便说什么，只答，是明悦拉我来，一块儿说会儿话儿。

小慧说，只为说话儿就算了，今儿我有点头疼。

二妮说，咋搞的，要不要找宏先生看看？

小慧不吱声。

二妮说，不是还在生我的气吧？要这样，我就更得进去看看了。

小慧还是不吱声。

明悦在一旁急得什么似的，忍不住用手指甲嗒嗒嗒嗒地敲门。

小慧这才开口说，明悦，你一人儿进来吧，别人就算了。

两扇门打开了一条缝，刚够明悦的身子挤进去。

明悦却不进，忽然把二妮推到了自个儿前头。二妮正为小慧的话堵心，不由得身子一撞，就将那门缝撞大了。加上明悦又将门推了一把，小慧一人儿哪拦得住，两扇门吱呀呀地便打了个大开。

三人面对面地站住，一时都怔怔的，不知说点什么。还是小慧先一转身，将手里的雨伞砰地打开，咚咚咚地就往房那边走。明悦和二妮也急忙拿了雨伞，相跟了往那边走。

三人沉默着，雨声愈发唰唰地响着了。雨线在手电筒的光线里显得很细，却很急。

明悦和二妮忽然听到小慧说，我回我家，你们跟着干什么？

二妮说，来的就是你家啊。

小慧说，我不欢迎不把我放在眼里的人。

二妮说，谁敢不把你放在眼里，我们绝不答应！

说罢二妮自个儿先呵呵地笑起来。

小慧却不笑，继续说道，你和明悦不配说"我们"。

二妮说，我不配，你配，你配还不行吗？

小慧说，我也不配，因为我小慧跟你这样的人一般见识了，明悦就不会。

二妮说，明悦不是不跟我一般见识，她倒是太把我放在眼里了！

说着这话，二妮不由得眼湿了，她将身边明悦的手攥紧了些，牙齿咯吱咯吱地发着响声。明悦看了看她，她说，没事，有点冷。

小慧说，你是说我没把你放在眼里？

二妮说，我没说。

小慧说，你也敢，这么说你就太没良心了！

小慧虽说得厉声厉色的，二妮却从话音里生出了几分乐观，觉得她们的关系就如同这雨中的夜路一样，再走几步进到房里，将会是光明、温暖、再用不着淋雨、踏泥了。

很快地，小慧的房间就到了，小慧将自个儿和明悦的雨伞晾在门外走廊上，然后挑起竹帘，放明悦和自个儿进去，剩了二妮一个自个儿挑起来，也跟了进去。小慧让她们等在外间，自个儿从里间的衣柜里拿出双软底绣花鞋，又从床下拖出双带了尘土的布鞋，分别递给外间的明悦和二妮。那绣花鞋眼看着是没沾过地的，二妮心里明镜似的，却仍拍拍鞋上的土，装作不在意地穿在脚上。跟小慧好的时候也不觉得，一旦不好了，二妮才觉出，原来她跟小慧仍隔了千山万水一般呢。而这进门，也如翻山越岭一般，须要十二分的努力，又要十二分的小心，稍一大意，就可能滚下山来，前功尽弃。

小慧的房间坐南朝北，外间放了桌椅、书橱，里间则是大衣柜、五斗橱，一张带床头的单人床，还有张小巧玲珑的梳妆台。比起明悦，小慧自是要优越多了，明悦既没有自个儿的书橱，也没有自个儿的梳妆台，更没有这么摆放分明的里外间。每回来，明悦总是先奔外间的书橱，二妮则是奔里间的梳妆台。梳妆台上有面椭圆形的镜子，台下是几个大小不等的镶了铜拉手的抽屉。二妮没事就在镜前照啊照的，或是抓住铜拉手，一个抽屉一个抽屉地拉，里面的雪花膏、小镜子、针头线脑、手套、袜子，比小慧都要熟悉几分了。让二妮更喜欢的还是树叶形状的铜拉手，亮闪闪的，沉甸甸的，抓在手里有一种难以言说的好。

明悦换了鞋，仍旧先奔了书橱。二妮没敢奔梳妆台，随了明悦站在书橱前。小慧从床上拿起件正织的毛衣，坐到外间书橱对面的一张方凳上，脚下蹬了只实木小板凳。小慧总是这样，干活儿也要待得舒舒服服。就见那小板凳，厚墩墩的板子，中间凹，两头儿翘，下面的四条腿倾斜开来，就像钟的开脚一样飞扬而又敦实。二妮觉出小慧的存在，便回过头，不看小慧，只低了目光看那脚下的小板凳。

小慧的手在毛线上，眼睛也在毛线上，却忽然说，又不是没见过，有什么好看的？

二妮一怔，立刻笑了说，见是见过，可总也看不够，你家尽是好东西，连小板凳都是好的。

小慧冷笑道，好有个屁用，那屁股底下坐砖头瓦块的，还不是照样目中无人，事事要说了算。

二妮一听，知她是说自个儿家，便笑道，坐砖头瓦块的目中无人我不知道，事事要说了算的眼前倒有一个。

小慧说，哪个？

二妮说，宏小慧呀。

小慧又冷笑一声，说，我倒想事事说了算呢。我说谁谁不能答理她爹，有人听吗？我说这村里不准办缝纫组，有人听吗？我说谁谁不准进缝纫组，有人听吗？

二妮说，有人听，黄二妮就听。

小慧说，听个屁呀你！

二妮说，我可数着了，今儿你说了俩"屁"字了，再说都要把你好好的屋子熏着了。

小慧沉着的脸忽然忍俊不禁地有了笑意，她说，屋子是我的，用着你操心了，就说一百个一千个，站到你二妮跟前也是香的。

二妮见状，愈发地笑脸迎上去说，那是自然，你小慧是谁，我二妮是谁，比都不能比的。哎，有一天宏小慧当了村支书，我会举双手赞成，到那时候，咱村的姑娘就都爱看书都变斯文了，穿衣打扮也漂亮了，言谈举止也得当了，省得一个个像黄二妮似的，坐没坐相站没站相，行事还没个准谱儿，村北说话得跑村南听去……

话没说完，小慧就打断她说，行了行了，就会来这一套，我才不要当什么村支书，村支书算什么好东西？

这时小慧脸上的笑意又多了几分，二妮说，就是就是，村支书算什么好东西，还不如咱几个一起玩儿好呢。

小慧说，跟你玩儿不好，跟明悦玩儿才好。

这时，一直在翻书看的明悦忽然回过身来，手指了自个儿，不住地点头。

小慧说，看，明悦也同意我说的吧？

二妮看了明悦，说，不是吧，明悦？

明悦点点头。

小慧说，那你什么意思？

明悦再次手指了自个儿，又指指大队的方向。

小慧说，莫不是你要当村支书？

明悦笑笑，竟真的点了点头。

小慧和二妮一下子就笑喷了，捂了肚子，指了明悦，话都说不出来了。

至此，小慧的脸是彻底地阴转晴，三人的气氛也彻底地融洽起来了。

明悦却继续着她做村支书的话题，比画着说自个儿当了村支书，第一件事就是修路，那条深沟一样的路，要修得站在路这头的村庄就能望见路那头的城市；说第二件事要建个大大的图书馆，全村的人去都盛得下，人们一看书就变得文明了，人变文明了，一切就都变得好起来了，头上的虱子没有了，街上的粪便没有了，嘴里的脏字也没有了，比那床上藏了臭虫的城市还要好呢！

小慧和二妮看着明悦，就见她满脸通红，眼睛亮闪闪的，仿佛自个儿真要做成那些事了似的。

二妮说，还有第三件事不？

明悦摇了摇头。

二妮说，那庄稼不种了？不种庄稼吃什么啊？

小慧说，就知道吃，人家明悦这是理想，当村支书不重要，重要的是实现理想！

明悦对着小慧连连点头。

二妮不服地说，实现理想也不能不吃不喝，再说了，理想跟村支书比起来，还是村支书更重要吧，因为村支书当不成，那些理想的事也没法儿干成啊。

小慧说，太实了太实了，你就不能虚一点啊？

二妮说，什么实啊虚的，我不懂。

小慧说，对牛弹琴，跟你这样的人说话就是对牛弹琴。

二妮说，我就不明白了，村支书当不成，那些事就没办法干成，这没错吧？村支书当成了，也不能光干那些事，还得说种庄稼，这也没错吧？我咋就成牛了呢？

小慧说，不说了不说了，越说越说不明白。

小慧低下头，织她的毛衣去了。

二妮求助地去看明悦，说，明悦，我说的有错吗？

明悦只是笑。

小慧抬起头说，你就别逼明悦了，我跟她还有要紧的话要说呢。

明悦搬个方凳坐在小慧身边，示意二妮也坐下来。二妮说，我不坐，人家又没话跟我说。

小慧说，逞强是不是？明悦让你坐你就坐，晃来晃去的我还嫌眼晕呢。说着把脚下的小板凳推给二妮。

二妮只好接过来，坐在小板凳上。不过这么与小慧、明悦围成一圈，听她们说话，也是让二妮很乐意的事，她想，像小四儿、胖秀她们，就是想听又哪里去听呢？

小慧跟明悦说的先是一本苏联小说的事，小慧一直想看，可一直没找到，要明悦到学校图书馆去问问。名字是一个长长的外国人名，从小慧嘴里说出来顺顺溜溜连个结巴也没打。二妮相信自个儿说一百遍也记不住的。然后小慧就看着明悦的眼睛，又说出一个外国人名。这人名跟上个人名说得不同，上个人名说得淡然，这人名却说得熟稔、亲切，跟个家人似的。明悦显然也是当了"家人"的，目光欣喜、热爱，和看她二妮的目光是太不一样了。二妮就觉得，明悦此刻是已跑到天上去了，压根儿就看不到地上她二妮的存在了；倒是小慧，声音响亮，眼睛时不时还朝她这边瞟上一眼，与她的距离反近了许多。

在二妮听来，那不过是个女人喜新厌旧的故事，丈夫有工作能养家，孩子漂亮又聪明，可女人不知足，又爱上了另外的男人……而小慧和明悦却不这么看，她们反倒说那丈夫是伪君子，说那女人是多么可怜。当然她们也没说那另一个男人的好话，在她们眼里，全天下的男人仿佛都是不可信的了。

不知为什么，看上去是小慧在说明悦在听，可二妮总觉得明悦那双会说话的眼睛才是主角，没有明悦的听小慧的话是绝进行不下去的，明悦眼睛的每一次闪动，都似在向小慧传递着小慧渴望的讯息。这发现让二妮有点吃惊，她愈发注意地听着看着，虽说有时自个儿也不由被那故事吸引了去，却到底也没忘记她的发现。她想，明悦正因不会说话，才对书上的事更通晓吧？不像小慧，动不动就把自个儿当了书里的某一角色，凡与那角色为敌的人物，她也一定与他们为敌。而明悦，像是书里所有的角色都跟她有关，即便谈一个可恨的小人，她也可以满含了宽容的笑意。

后来她们又说起一个叫安乃德的女人，爱起人来是多么投入，先是爱她的父亲，再是她同父异母的妹妹，接着是她亲生的儿子……一时间她们的目光都有些迷蒙。忽然，就听小慧朗声背诵道：

安乃德坐在窗前，背朝窗外，夕阳照在她的脖子和粗壮的后颈上。她刚刚从外边回屋。几个月以来，她一直没有像今天似的整日在外面奔跑。在田野间，一边走，一边陶醉于春天的暖阳中。醉人的阳光，如同美酒一样，光秃的树枝没有在酒中投下阴影，而正在消逝的寒冬，却用清新的空气增加了它醉人的力量……

小慧用的是普通话，如痴如醉的样子，仿佛她自个儿就是那个安乃德似的。明悦静静地听着，眼睛里竟有泪光在闪烁。二妮看看小慧，看看明悦，虽没听出什么好来，却觉出她们在那另一个世界，有着共同的美妙的体味。她不由得有些起急，恨自个儿的愚钝，却又觉得小慧有些过分，做给她看似的，而明悦，她倒相信她是真心地投入。即便这样，二妮仍是有几分喜欢，毕竟听一个人这么背诵小说还是头一回。小慧的普通话也不知什么时候学的，一说就跟个城里人似的，再也不是那个黄村的小慧了。唉，把小说的事当成"要紧的话"说，也就是明悦和小慧吧，在自个儿的家里，在整个后街里，这种事一万年都不可能发生的。

很晚，明悦和二妮才从小慧家出来。雨已经停了，路依然泥泞，两人相互搀扶着，在寂静中发出啪嚓啪嚓的脚步声。明悦已经忘掉对小五的别扭了，二妮也为与小慧的重归于好欣慰着。为感谢明悦，二妮一直把明悦送到了她住的西屋。北屋的灯已经熄了，只有东屋明奇的灯依然亮着。二妮望了望，不知为什么想起了小慧的背诵，心里不由酸酸的，软软的，她就带了这奇怪的自个儿也搞不懂的心绪，独自往家里去了。

第 四 章

16. 黄块和村庄

不知什么时候，黄块吃过晚饭就不再往明悦家去了。

习惯是恼人的，有多少回，黄块不知不觉就走到明悦家门口了，迈上第一个台阶时，才受了惊吓似的收了脚步。他左右看看，幸好没人，才转回身往自个儿该去的地方去了。

其实去了也没什么，多少年都去了，还在乎这一回两回嘛。可村支书的身份，还有明悦家那个不知天高地厚的明奇，都提醒他不能再随随便便地混在人群里了。村支书跟生产队长还不一样，生产队长是要人怕他，村支书是要人敬他，敬是要跟人有距离的，整天没大没小地待在一起，敬又从哪里来呢？这是他在当村支书之后慢慢悟出来的，况且，明悦家的大小不是按职务，是按辈分，坐上座的永远是那个只懂几句文言文的霖爷，还有那个会背几句《黄帝内经》的宏先。他已经为他们让过无数回座位了，每回他们都理直气壮地接受下来，仿佛在对人宣告，看，村支书都得敬着我呢！他一边暗笑着他们，一边忍受着说不出的别扭；还有那个高傲的对人不理不睬的明奇，原来他从没把明奇放在眼里，自从二妮上赶了帮明奇以后，明奇就变得像一根刺一样不知什么时候就把他扎得生疼。不去明奇家不是为了躲明奇，是要给他点颜色看，小生瓜蛋子，一个村支书不是想见就能见得着的，即便哪天见着了，他也要虎了脸子叫他心里打个战，不然他还真不知他是谁了。

黄块觉得他该去的地方是村外的庄稼地。白天在大队待一天，晚上他极想有一个伸伸筋骨的地方。自从到大队以后，他就再不用下地干庄稼活儿了，有时到庄稼地里转转，看到人们汗流浃背的样子，他会莫名地生出几分怜悯和侥幸，想到在明悦家曾听到过的句子：劳心者治人，劳力者治于人，他的侥幸会更膨胀起来，他想，同为一村之人，偏偏就让他做了个劳心者，老天有眼啊！

从家里出来，他通常是先奔村西，再从村西奔村北，村北奔村东，村东奔村南，一圈之后，前街走一趟，后街走一趟，最后打道回府。这走法是他打邻村的村支书那儿学来的，那支书说，就你一人儿，跟大片的庄稼地，大片的房屋，你会有一种感觉，它们是你的，你一个人的！当时黄块没吱声，觉得那支书有点愣，该说的不该说的只管就说出来了，可黄块的心里，与他说的感觉如同电流一样一下子就接通了。当天晚上黄块就做了一次尝试，果然，绕村一周，走街一趟，那感觉实实在在，直到他回到家躺到炕上还圆睁双眼，兴奋难抑。他想，明悦家那种东拉西扯的聚会，算个球啊！

村西的第一块庄稼地是玉米，黑压压的一片，约有五六十亩吧。过去当生产队长时就侍弄它，也算是它的老主人了。它是夏季收一茬麦子，秋季收一茬玉米，冬季还收一茬山药或大白菜，茬茬种，茬茬收得好，就像那种能生养的女人，只要下种，准有收获。当然，得有他及时地上肥、施药、浇水、锄草等细心的照料。上了肥，叶子立时就黑了；施了药，虫害、病害立时就不见了；浇了水，庄稼立时就拔节似的往上长；锄了草，株干立时就变得粗壮起来……虽说如今他已经不直接照料它们了，可他的话比从前更管用了。他说种小麦一亩地要20斤麦种，那嚷叫一亩地80斤麦种的就不能多播一粒；他说栽山药一亩地要3000棵秧子，那嚷叫一亩地栽一万棵的就不能多栽一棵。那嚷叫的人还是上边派下来的，可他还是要说了算，因为他要是说了不算，村里人就难说要敬着他了，村里人不敬着他，庄稼地也就神散了，气弱了，再不会有好收成了。

走过玉米地是一片坟地，坟地里光秃秃的，没有几棵树，不见几块墓碑。后街人死了就埋在这片坟地里，黄姓的、米姓的、王姓的、赵姓的、邢姓的……后街人多是黄姓，独门小户的姓也很有一些，因此坟地就杂，有的人家死了猪狗，也弄到这里挖个坑起个土堆。新中国成立后好了，不时兴立墓碑了，不论前街后街，死后都是一堆黄土，见不出一点分别了。

新中国成立后村名都可以改了，宏村叫成黄村了。可就是坟地还习惯性地分着，前街是前街的，后街是后街的。前街的坟地从前可是气派，它建在村北，石碑林立，柏树成行，名字也霸道，叫宏家坟。村名是属活人的，坟名是属死人的，贫雇农们也就没再跟死人计较了。好在如今，宏家坟也荒芜得多了，柏树被砍去了不少，拿去盖生产队的库房、办公室了，一些石碑也做了喂牲口的石槽了。这都是他黄块的决定，上边、下边也都支持，即便是宏姓人也说不出什么，什么山上唱什么歌，什么时代说什么话，土地归公了，石碑、树木也是公家的了，宏姓人上坟烧纸都懒得去了，还有什么想不开的呢？

坟地再往前走是大片的棉花地，如今正是整枝、打杈的时节，白天看油绿油绿的，一眼望不到边。大菊最怕的就是整枝、打杈了，她总也分不清哪个是正枝，哪个是该打下来的杈条。她说她那个村从没种过棉花，可人家鲁芹一样没种过，怎么就能分清呢？听说人家来这村后，很快就成了数一数二的掰杈快手呢。这俩女人，没事就在黄块跟前晃，晃得心烦了，黄块就大手一挥，把她们统统赶跑了。黄块总觉得，一个男人活在世上是太受局限了，首先娶老婆，一锤定音，一辈子就是这一个了，世上多少好女人，就因为这一个，便永远地跟自个儿没关系了。他天性里有一股不怕的劲儿，只要有机会就拈花惹草，让更多的女人和自个儿有关系。不知是因为当了村支书还是由于鲁芹的缘故，如今即便有机会他也没兴趣了，女人就那么回事吧，脱了裤子一个样。当然鲁芹除外，全村也就鲁芹是块宝了，可多少年来，他与她……唉！

绕过棉花地，可见一条宽大的颇有气势的垄沟。这垄沟是专用来引渠水的，渠水里有城市工厂废弃的氨水，是他黄块从混浊的有刺鼻味道的主干渠水里嗅出了庄稼的喜好。这垄沟就如一条长龙环绕着黄村的土地，渠水日夜哗哗地流着，庄稼欢天喜地受用着，黄村没有一个人不说这垄沟修得好，也就是说，没有一个人能否定他黄块的这一大贡献。

村北就多是前街的地块了。一样是大块的玉米地和棉花地，但前街人种的玉米就像他们的人一样，细溜溜地高，远不像后街的玉米那么粗壮、肥硕，棉花也只知道往高里傻长，掐了尖还是止不住。要说都是听他黄块一声令，一样地耕耩锄耙，一样地施肥浇水，分配下去的种子、化肥、农药也没什么分别，长出来却硬是带了前街相的。为此他曾取笑宏斯，说他人长得瘦，拉的屎也细，上到地里庄稼自然也往细里长。宏斯无奈地说，屎细不细不知道，上到地里的圈粪远不如后街的多倒是实情，后街人一年出四圈粪，前街人一年才出两圈，你们后街人垫圈积肥的工夫，知道前街人在干什么？在自个儿家种花草、看闲书呢。他们不是懒，是对庄稼活儿不稀罕，或者说对工分不稀罕，一圈粪给的那几个工分，还不如他们一个月工资的零头呢。黄块想起鲁芹家，一年有时连两圈粪都垫不起来，出圈的时候还得雇他去出。但他说，又不是家家有工资挣，我才不信，那没工资一辈子靠庄稼养活的人家也对工分不稀罕？宏斯说，稀罕是稀罕，可那是要受苦的，一圈粪得拉多少车土割多少车草才能垫起来啊。黄块说，还是懒啊。宏斯说，不是懒，是环境，一家影响一家的，慢慢地，那工夫不知不觉就都用在闲事上了。村里人说的闲事，通常指跟庄稼活儿无关的事，比如缝纫、医学，比如木工、瓦工等，还有练习书法的，学习吹拉弹唱的，看闲书、种花草的，织毛衣、织棉布的。反正地里活儿有生产队长安排呢，生产队长有大队长安排呢，大队长有村支书安排呢，村支书有公社领导安排呢……一级一级的，唯独最下一级不必安排别人，是最省心的，出力气就是了。可是前街的人，又多是心有余力不足的，省下来那么多的心，不做点闲事做什么呢？对热衷闲事的人，黄块一向是不屑的，种庄稼就说种庄稼，心用在别处，庄稼一准儿长不好。他把缝纫组、木工组什么的弄起来，也是为了把这部分人的心拢在一起，即便闲事，也是他黄块领导下的闲事，不能有你们自个儿的闲事，要是全村人都弄起自个儿的闲事来，庄稼种不好不说，人心也都成了一盘散沙了，那他黄块不干，上边的领导也不会干啊。

宏家坟和后街坟一样，也是在大片的玉米地和棉花地之间，黄块每每走过时，柏树叶子清香的味道就扑面而来。不过这香毕竟不同于草香、庄稼香，有一回黄块被呛得不由打了个大大的喷嚏，一串响屁也随了喷嚏放了出来。黄块正觉得痛快，只听扑棱棱，不知什么鸟从树上飞起来，接着又飞起了几只，接着呼啦啦飞起了一片，在坟地上方盘旋着。天本就挺黑，这一盘旋，黄块连天上的星星都见不到了。一向没怕过什么的他不知为什么有些心慌，脚下又被什么绊了一下，踉跄着几乎摔倒。他本想站正了停下来，和这群鸟对视一番，他黄块是谁，甭说一群鸟，一片坟地，就是有死人从坟地里钻出来，他也敢冲过去拼上一拼呢！可真奇怪，他的两只脚就像不是他的了，只管自个儿咚咚咚地往前走，他上百次地叫停也停不住。直到走过坟地，又走过黑压压的玉米地，接近了灯光闪烁的村庄，两只脚才醒过来似的慢了下来。前面就是前街的街口了，街口坐北朝南有一所小学校，小学校里也有成行的柏树，树叶子的清香再一次扑鼻而来。这里原是宏家的祠堂，过年过节宏家的男女老少习惯来这里祭拜他们的祖宗。还是土改，把宏家千百年来的习惯硬是推翻了，祠堂变成了学校，祭拜变成了琅琅读书声，后街的孩子们也可以堂而皇之地从这里出出进进了！要不是土改解放，这样的事是想都不敢想的，动用人家的墓碑，占用人家的祠堂，天理不容，可在新社会里，这些老例儿就缩到角落里去了。柏树成行的小学校黑黢黢的，柏树叶子的清香这一回让黄块镇定多了，他为自个儿刚才的狼狈相沮丧又羞愧，一切都归了集体了，连宏家坟、宏家祠堂都归了集体了，而集体又是他村支书说了算的，他还有什么可慌的呢？他便稳住了步子，要把刚才那个没来由的自个儿彻底踩到地下似的，咚咚咚地挺胸抬头地朝前街走去了。

17. 黄块和前街

晚上黄块从前街走过时，前街各家的大门通常都是紧闭着的，院墙高得鸡都难飞上去，不像后街，家家门户大开，土墙头还没一人高，隔了墙就能跟街上的人搭话。而前街的高墙大院，就像是对他的到来的拒绝，使他这个前街和后街共同的带头人，会生出难以言说的羞恼。前街到时而会有两三个站了说话或与他擦肩而过的人，见了都与他客气地点头、招呼，个别的，客气得过头，腰都有些弯下来了。他的羞恼多少会缓和些，但觉得那不过是虚情假意，便一副居高临下的样子应答着，即便那打招呼的人如宏先一样德高望重，他也吝啬得不露一丝笑意，严肃、铁面如上边下来的工作干部一样。

可是，前街里有一个最不能让他严肃、铁面的人，那就是鲁芹这个女人了。

他帮鲁芹家干的第一件农活儿是割麦，他在前面割，鲁芹在后面捆。有多少回，他觉得后面没了声息，地里只剩了他一个了，可一回头，见鲁芹就站在他身后呢！他割多快，鲁芹就捆多快，麦子被她捆得又结实又干净，地里几乎看不见零碎麦穗。可是，她干活儿咋就听不见声儿呢？有一回他故意说割麦太累，要跟她换换，她二话没说，拿起镰刀就开割了。就见她割麦也是安静的，左手轻轻一搂，右手的镰刀闪电似的一划，一搂麦子就无声地躺在地上了。她穿了件碎花长袖布褂，一条深蓝色的长裤，两条短辫拿块手绢扎在脑后，腰一弯，布褂下摆恰与腰际对齐，愈发显出了她的细腰肥臀。他看得有点发呆，手里捆的麦子散掉了也不知觉。后来歇息时，他接过鲁芹递来的一碗绿豆汤，边喝边有点夸张地称赞着，好喝，这样的绿豆汤我盼着天天都能喝上。鲁芹笑道，不过是解渴、去火的东西，有什么好喝的。鲁芹的笑也是不出声的，嘴角上翘微露牙齿而已。他原以为鲁芹是个闷人，说话闷，干活儿也闷，其实哪里是闷，是内秀呢！他看着鲁芹就想，这个宏曾和啊，真他妈的会挑女人啊！后来他一去鲁芹家干活儿，就有意无意地要提到宏曾和，不是说宏曾和会挑女人，就是说宏曾和不知心疼女人，自个儿跑到城里享清福，苦累活儿扔给老婆一个人。鲁芹就说，他那可不是享清福，咱干农活儿不过动动身子骨，他教书得动脑子，动脑子的事可不是谁都干得来的。他不服地说，种庄稼也得动脑子啊。鲁芹说，那不一样，动脑子的人懂得多，看事开，比方找你帮忙，搁别的男人兴许会小心眼儿，他可不，跟我尽夸你了，说没有你干不了的活儿，你一来他心里就踏实了。他听着，愈发觉得鲁芹聪明，这么一说，不显山不显水地就使他再不好说宏曾和什么了。他只有在心里骂，宏曾和真他妈的有福啊，自个儿笨，老婆还当菩萨一样地供着。这辈子，他不讨厌文化人，但讨厌笨手笨脚的人，当生产队长时，见哪个干活儿笨手笨脚的不上套，他忍不住开口就骂，伸手就打。对宏曾和他自是不敢，但有一回看鲁芹颤巍巍站在瓦房上一筐一筐地往房上拽红薯片，宏曾和却站在房下打下手，他便忍不住虎了脸子，说，宏曾和你是不是男人？那天宏曾和倒没说什么，鲁芹却不高兴了，一整天挂着脸儿，对他爱答不理的。鲁芹敢跟他挂脸儿，他却跟鲁芹挂不下脸儿，这村里他挂不下脸儿的人唯有鲁芹一个。

　　很多年里，黄块都在寻找在鲁芹屁股上拍一巴掌的机会。去鲁芹家多了，鲁芹说话也多起来，有时黄块干完活儿，被留下吃饭，鲁芹还烫二两酒给他喝。鲁芹自个儿从没喝过，无论黄块怎么劝她也不肯。黄块总想着，哪天她只要肯喝酒了，机会也许就会来了。在这个家里肯陪他喝酒的只有宏曾和。宏曾和干活儿不行，喝酒却与他不相上下，有时酒喝得多了，会跟他掏心窝子说话，学校里的钩心斗角，城市人的小里小气，什么什么都不瞒他，还一口一个兄弟地叫，叫得他心里直发虚。他知道他从没做过什么，所以发虚是因为这个家里另有一双眼睛在盯着他。这眼睛像是把他看透了，做什么没做什么她知道，想什么没想什么她好像也知道，一遇上她的眼睛他立刻就害怕似的躲开了。这叫他恼火透了，有时他就带了这恼火迎上前去，那眼睛却也不躲不闪，目光里的恼火像是比他还大，看着看着，他不由得就败下阵来了。这眼睛就是宏小慧的，他怎么也想不明白，一个小孩子有什么好怕的，他是谁，他怕过谁啊？他还想不明白，鲁芹和宏曾和那样的人，怎么会生出这样的孩子，都快跟他的二妮有一拼了，难怪有人传是他的孩子呢。笑话，要真是他的孩子就好了，那样即便有一天小慧恨到要杀了他，他也心甘情愿地认了。后来，二妮、小慧果然凑到一块儿去了，虽说是二妮主动找的小慧，可小慧肯接纳她，想必也跟小猫小狗似的，嗅着了什么味道了吧！

按了黄块的生活经验，天下大大小小的事都会有变化的，大到国家的政权交替，小到人与人的往来交际，不外乎三十年河东三十年河西，一成不变的事几乎是没有的。可唯独他和鲁芹的关系，好像从来没有过什么进展。要说一成不变，好像也不全是，时间长了，鲁芹和宏曾和都拿他当兄弟待，进门一定有饭吃有酒喝，手头紧了一定有零花钱送到手里，有时还说点跟旁人不说的话，即便是鲁芹，有话要说了也敢把他叫到家去，倾心倾肺地说完，然后静下来听他的意见。凡这时候他的非分之想倒像天上的云彩一样变啊变的给变没了。有时候想想，他和鲁芹变化是变化了，但方向有了偏差，他盼望的变化没变，他没盼望的变化倒出现了。多少年来村里经历了多少件事情，但在跟鲁芹的事上，他才别有一番滋味地体会了"世事难料"这说法的意味。

鲁芹家的门和前街其他人家一样，天一黑就从里头插上了，有人敲门，总是小慧出来开门。黄块去过几次，见总是小慧晚上就再不去了，因为小慧的脸子叫他受不了，她不吵不嚷，往地上吐口唾沫转身就走。他问鲁芹，小慧为什么？鲁芹只说，小孩子不懂事，甭跟她一般见识。他倒真不想跟一个小孩子一般见识，但一想到小慧，就不由满身的不自在。反过来，他的二妮要敢这样，看他扇不死她！前街人不兴打孩子，气急了扇自个儿一巴掌也舍不得打到孩子身上，听说鲁芹两口子就从没碰过小慧一手指头。树靠砍人靠扇，从小到大不给她整枝打杈还不长疯了？

好在，过了鲁芹家就是大队部，大队部就是他黄块彻底说了算的地儿了。大队部门口有两块上马石，他通常将一只脚踏上其中的一块，拿下夹在耳朵上的一根烟卷点着，放松地享受一会儿，然后就朝了后街的方向去了。那烟卷里装的是旱烟末，事先在家撕了孩子们用过的课本卷成的，从前是随抽随卷，当了多少人也敢拿出装烟末的布袋子和撕好的纸条出来。如今做了村支书了，就不能那么鸡零狗碎的了，惹村里人笑话。

向后街走去时，黄块就愈发地放松了，那里有他的家，还有他的队，在家是家长，在队是队长，即便他如今到了大队，后街谁家跟谁家起了纷争，还是要他出面说了才算。况且，前面不远就是后街东头那个新盖的副业大院儿了，像木工组、瓦工组、供销社、理发铺什么的，全在里头了，还有碾米、磨面组，也从大队部那边搬过来了。大院儿里还垒了戏台，立了杀杆，开大会、演电影都行了。他出前街往那里走，想象是一个前街人去那里碾米、磨面，或者买东西、推头发，或者开大会、看电影……他心里的滋味有说不出的好。他相信每个前街人都有这样的需要，都会像他这样从前街走向后街。不像从前，只有后街人往前街去的份儿，特别是春节拜年，前街人辈分大，后街人成群结队地往前街走，后街里却很少见前街人的影子。就往后看吧，在他黄块的领导下，一切都会变化的，前街不可能总是前街，后街也不可能总是后街，至于鲁芹，虽说不像盖副业大院儿那么容易，他却也不相信他们会永远地偏差下去，他黄块对她有足够的耐心。

18. 宏先生和卫生所

前街里有个小学校，有个大队部，如今又有了卫生所、缝纫组了。卫生所、缝纫组安排在了大队部里，原来还算清静的大队部，如今就像后街的副业大院儿一样，也开始变得人来人往的了。

卫生所和缝纫组占的是门洞里左右两个耳房，原来贫协会和团支部办公的地儿。贫协会和团支部都是个虚摊儿，开会时才叫上人来，便把俩部门合并到大院儿西侧的大会议室去了。正北面是大队党支部和会计室，东侧是治保会、妇联会什么的。治保会和妇联会倒常有人走动，但门总是关着的，因为不是两家起纷争的就是女人来哭诉的，两个部门的人怕黄块听见心烦。大队部的人都有点惮黄块，生怕一不小心黄块会骂起娘来。

大队部盖成了一出大四合院儿，不过房顶不见一片瓦，全是光秃秃的平顶。据说那是当时的贫协会要死要活坚持的，说贫下中农不能学地主老财的样儿。后来黄块去了大队，不止一次地说，要是当时我做主，就得盖成瓦房，比地主老财的瓦房还要他妈的高一截子。

卫生所里管事的自是宏先，缝纫组则是鲁芹，两人虽在一条街住，平时却很少说话。宏先这个人，不只跟鲁芹，跟其他人也说话不多，走个面对面，不是看天就是看地，你若不搭腔，他一定不认你这茬儿。村子里这么对人的，也就是宏先了。人们倒也不怪他，谁让人家会瞧病呢，看着要死的人了，吃人家一服药，竟又活过来了，比起救人一命，架子大就是屁大点事了。再说他又不是势利眼，见着黄块这样的头头脑脑他照样像没看见一样，黄块还得上赶了找他说话呢。

卫生所和缝纫组是两门相对，出出进进的人虽各不相干，可一个村子的人，碰上了就要寒暄几句，于是门洞里就成了人们闲话的场所了。

这一天，要去卫生所的一个女人和要去缝纫组的一个女人碰上了，两人先是各自站在卫生所和缝纫组的门口，后来说着说着就凑到一起去了。正说着又来了个女人，见着闲话的俩女人眼睛一亮，立刻加入了进去。三个女人一台戏，果然是愈发地热闹了，争抢了说不算，还常爆发出一阵大笑，震得两边的窗纸都呼嗒呼嗒的了。

就在这时，只听砰的一声，卫生所的风门被关上了。三个女人便怔了一下，齐转头看去，见那风门上镶了玻璃，透过玻璃看不到一个人影，也不知是谁干的，好像是嫌了她们的笑闹了。接下去三人便把声儿放低了些。可说着说着兴奋起来，哪儿忍得住，声儿又一次抬高了，笑声又一次爆发出来。三人的笑还各自不同，有尖细如划玻璃的，有响亮如哨音的，还有粗哑如男声的，合在一起，虽可称得上高低不同的三重奏，却是极难入耳的喧哗之声了。

这时，就听缝纫组那边砰的一声，门也被关上了。三个女人便又是一怔，其中一个说，看病的怕吵也罢了，做衣服的还怕吵，缝纫机蹬起来，嗒嗒嗒嗒嗒，莫非比说话还不吵得慌？另一个就说，这回我看清了，是那个二妮关的，还直往咱这边翻白眼儿呢。又一个说，她翻什么白眼儿，要不是她爹她凭什么，待会儿问问她，一条西裤裁成几片看她知道不？另两个一拍手笑道，对对对，看她知道不，一准儿她答不上来。想象着二妮尴尬的样子，三人愈发有些来劲，其中一个指了卫生所那边说，一个二妮还不够，还有个大妮，大队部快成他家自个儿的了。另两个附和了说，就是就是，学都没见上过几年，就敢坐这儿给人瞧病了。还有宏斯家的小子也在，听说是宏斯求了黄块才来的。反正他们是近水楼台，村里有好事咱们边儿都甭想沾。那要去缝纫组的一个，便撺掇要去卫生所的两个，说你们进去不妨直接奔大妮去，要他把把脉，看他说个什么？二人答应着，便与那去缝纫组的一个道别，拉开了卫生所的风门。

结果，走进门去，一见那端坐正中的宏先生，两个女人就乱了分寸了。

就见那宏先生穿一件深灰色中山装，干干净净的面庞，偏分的丝毫不乱的头发，一副黑边眼镜，眼镜下一册打开的发了黄的书本。另一张桌子旁坐的是肥硕的大妮和瘦小的宏涛，他们手里也各拿了本书，听到有人进来目光立刻转移到了来人身上。而那宏先生，头仍埋在书里，就像没听见没看见一样。

仿佛宏先生那里，有什么东西在牵引着，两女人不由自主就奔了宏先生去了，至于挑衅大妮，哪还顾得？谴责那宏涛，就更说不上了！如同一下子矮了几寸，由风风火火的大女人，变成了唯唯诺诺的小孩子了。

而宏先生，这时才拉开身前的抽屉，将一只脉枕拿出来放在桌上，仍不看她们，只指一指脉枕，示意她们将胳膊放上去。然后是一个一个地号脉，一个一个地开方子。房间里安静极了，几乎能听到各人的呼吸，呼吸最粗重的，要算两个女病人了，谁都听得出，那是由紧张造成的。就连有支气管炎的大妮，此时也平和、安静，好人一样的了。

方子最后递在了大妮手里，大妮高高兴兴地到药橱那边抓药去了，剩了宏涛一人，只好仍老老实实看自个儿的书去。两个女人虽说紧张，却也细心地注意到，那宏涛是和大妮同时去接方子的，宏先生却将两张方子叠放在一起，闪过宏涛的手，直接交给了大妮。她们都有些诧异，宏涛显然要比大妮聪明、灵活些的，为什么不讨宏先生的喜欢呢？

自打进屋，两个女人的目光一直在宏先生身上，她们能肯定，宏先生一眼没看过她们。大妮取药的当儿，她们不甘心傻站在那里，便壮了胆子问宏先生，又号脉又开方子的，这半天我们是谁，你可知道？宏先生仍低头看书，并不搭话。她们又问，不知道吧？宏先生低了头答，看病又不是看人。她们其中的一个说，这就不对了，中医不是讲望、闻、问、切吗，你望也不望，问也不问，叫我们怎敢吃你的方子？另一个便悄悄捅这一个，生怕惹恼了先生，药也甭想吃了。谁知宏先生听了这话，嘴角倒上扬起来，头没抬就开口说，不望也知你是后街的兰枝。那叫兰枝的不由得一怔，又一喜，你咋知道是我？又咋知道我叫兰枝？宏先生这才抬头看了兰枝说，不知道你是谁，我怎敢开方子？兰枝奇怪道，刚才你不是还说看病不是看人？宏先生不答话，只把嘴角上扬着，露出微微的笑意。另一个见此，也趁机问，我呢，你可知道我是谁？宏先生却不理她，只把目光对了兰枝。兰枝娇嗔道，你看什么？宏先生说，你还知道望、闻、问、切？兰枝说，这有什么稀罕，人身上的穴位，我还知道不少呢。宏先生有兴趣道，说说看。兰枝便从百会说起，到以下的风府、风池，到腰间的肾俞，到腹前的神阙，手上的合谷，腿上的足三里，脚上的太冲、涌泉等等。宏先生一直耐心地听着，脸上笑眯眯的，与平时面无表情的样子判若两人。倒是兰枝一旁的那位，听得不耐烦，跑到大妮那边看他抓药去了。

待到大妮将药抓起来，过来递给兰枝的时候，已不是兰枝说宏先生听，倒变成了宏先生说兰枝听了。

就听宏先生正说道：……脏俞五十穴，腑俞七十二穴，热俞五十九穴，水俞五十七穴，头上五行行五，五五二十五穴，中胂两傍各五，凡十穴，大椎上两傍各一，凡二穴，目瞳子浮白二穴，两髀厌分中二穴，犊鼻二穴，耳中多所闻二穴，眉本二穴，完骨二穴，项中央一穴，枕骨二穴，上关二穴，大迎二穴，下关二穴，天柱二穴，巨虚上下廉四穴，曲牙二穴，天突一穴，天府二穴，天牖二穴，扶突二穴，天窗二穴，肩解二穴，关元一穴，委阳二穴，肩贞二穴，喑门一穴，脐一穴，胸俞十二穴，背俞二穴，膺俞十二穴，分肉二穴，踝上横二穴，阴阳跷四穴，水俞在诸分，热俞在气穴，寒热俞在两骸厌中二穴，大禁二十五，在天府下五寸，凡三百六十五穴，针之所由行也。

兰枝和大妮站在宏先生的对面，嘴巴都张得老大，一个是不懂，一个是吃惊，不懂的吃惊的脸上却都是钦佩。大妮听出来这是《黄帝内经》里的一段，自个儿刚开始看，宏先生却已是背得滚瓜烂熟的了。他觉得宏先生说给兰枝是假，背给他大妮是真，这是在要他发奋学习呢。待宏先背完，他红了脸说道，先生，我会以你为榜样的。宏先生却没理他，只看了兰枝道，咋样，比起你说的，我知道得多吧？兰枝说，天啊，快甭提我说的了，我这是在鲁班跟前抢斧子，在关公跟前耍大刀呢！宏先生便笑起来，这一回是出声的笑，却是低沉的，就像滚在喉咙里不肯放出来一样。屋里的几个人大概从没听过他的笑声，都一副惊诧的模样望着他。那个宏涛，惊诧之余还伴了几丝冷笑，好像在笑大妮，又好像在笑宏先生。

两个女人从卫生所走出来后，恰巧那进缝纫组的女人也出来了，她问两个道，看得咋样？叫兰枝的说，挺好。那被宏先生冷落的一个没好气地说，好个屁，那个宏先，整个一色鬼！兰枝听了便有些挂脸儿，说，人家没跟你说话就是色鬼了？小气。那女人说，你大气，谁比得上你大气啊，知道望闻问切，还知道这穴位那穴位的。兰枝说，知道咋的了？那女人说，知道才能招人家待见啊。去缝纫组的女人其实满肚子都是自个儿的事，便趁机打断她们，将自个儿刚才的经过说给她们听。自是只讲过五关斩六将，撇下走麦城不讲，那俩女人被讲得重又高兴起来，笑了一阵又一阵的，直到该分手了，还站在街中心说啊说的，总没个完了。

19. 鲁芹和缝纫组

进缝纫组的女人名叫王环，住在前街西头的一个大杂院儿里。院儿里七户七姓，在前街无一不是独门小户。愈是如此，与大户宏姓对抗的意识就愈强烈，仗了出身贫苦，权力分配、活计分配，处处都要计较。生产队的权力，无非是生产队长、会计、保管之类，大杂院儿里每计较之际，大家便掰了指头数，一个个的不是歪瓜就是裂枣，没一个能胜任这些角色的。其实，前街的人大多怕苦，并不觉得这些角色有多好，若是有人肯担当，倒巴不得。王环是田姓家的媳妇，在大杂院儿里敢说敢做，倒是数得着的人物。或正因如此，她就愈发地处处表现，要为这大杂院儿争一口气似的。

这回成立缝纫组，王环曾无数次地找过宏斯，宏斯不答应，又找宏斯的老婆，先把宏斯一家夸得一朵花似的，看不成又撕破脸把宏斯骂了个狗血喷头，最后竟还拽了宏斯闹到了村支书黄块家里。黄块岂是好惹的，几句话就把王环顶得一声不敢吭了。

王环不能进缝纫组的理由自是没有缝纫机，可黄二妮没有缝纫机不是也进去了？黄块的答复是，二妮到缝纫组是服务去了，工分只挣到其他人的一半，你要也想去，就把二妮换下来。王环虽半信半疑，却也不便说什么了，又见黄块一脸的阴沉，比宏斯可要吓人多了，只得灰溜溜地偃旗息鼓了。

不过，王环心里到底是憋了一口气的，有一天从箱底无意翻出块蓝哔叽布料，是结婚时娘家人送的，一直舍不得用，这时，王环拿在手里，忽然就想往缝纫组去一趟了。

进缝纫组之前王环还有些莫名的紧张，幸好碰上两个去卫生所的，说笑了一阵，便从容多了，心平气和地走了进去。

缝纫组里是四台机器五个人，机器的主人，都在缝纫方面有很好的声誉，一个是近六十岁的宏印，曾在城里裁缝铺做过的；一个是五十来岁的凤姐，是这村第一个有缝纫机也是第一个会裁做制服的人；还有两个四十来岁的，便是鲁芹和一个叫喜萍的了，到了年根儿下，村里大人孩子的新衣服大多是要靠她俩的，那两个岁数大了，平时若没来往，哪好意思上门求人家呢？

剩下的一个，便是岁数最小的二妮了。有机器的人都在机器前忙活着，二妮没机器，便在几个人之间递递剪刀、尺子、布头什么的。鲁芹有时腾下空来，会教二妮蹬蹬机子。二妮学活儿心切，往往上去就不肯下来。鲁芹不急不恼，自个儿找别的活计干去。鲁芹是缝纫组组长，对二妮有负责的义务，那几个就不行了，缝纫机二妮是甭想沾边的，问他们点什么，也是话金贵得很，一个字两个字地往外吐，把二妮急死也不肯多说。二妮原本是奔了下脚料来的，一看这样，倒格外要学点什么了，心想等自个儿有一天学会了，也学她们的样儿，把架子摆得足足的，还有人敬着。

王环进去的时候，二妮正拿了块没用的布头儿在鲁芹的缝纫机上嗒嗒嗒嗒地乱蹬呢。

王环将屋内的人扫了一遍，粗哑的嗓门叫道，哎哟，姐姐们，都忙着呢？

屋内的几个抬头看一看她，又都埋头干活儿去了，没一个搭她的茬儿。

这几个除了二妮，哪个也是大辈分，王环公婆还管宏印叫爷爷、管凤姐叫奶奶呢。王环自是知道辈分的，可仗了自个儿也会点缝纫，便想往近里套套，表面是套近乎，其实也还有层不敬在心里头。这些人多么聪明，又知她闹着要来缝纫组的事，岂是听不出来的？

碰了软钉子，王环却也并没收起笑，没事人似的奔了二妮就去了。屋里的几个只有二妮比她小，还是后街的，她便看了二妮针头下那块巴掌大的布头儿叫道，哎哟，二妮啊，这是个什么东西，鞋垫儿？还是月经垫儿？

这让二妮有点始料不及，她在这里本自认是最没有发言权的，她也做好了不发言的准备，可没想到，王环竟找到她的头上来了。

二妮却也不是好惹的，打了个怔，即刻回道，这都看不出来，屁股垫儿。

王环说，哟，还真没看出来，缝纫组做屁股垫儿，大材小用了吧？

二妮说，给你的，别人想要还不做呢！

王环说，我可承受不起，瞧瞧你做的这活儿，松一针紧一针的，毛毛虫爬一样，谁敢要啊？

二妮说，你屁股又没那么金贵，凑合点呗。

说着二妮断掉线，将那满是横七竖八的针脚的布头放在王环脸上比画。王环说，你干什么？二妮说，比比大小呗。屋里人哄地笑起来。

王环将那布头抓起来摔在地上，气急败坏地嚷，可真是啊，什么老子什么小子，你爹坏，你比你爹还坏！

二妮不甘示弱地也嚷，你爹坏，你爹才坏呢！

这时，鲁芹正拿了尺子和粉饼裁一条裤子，面前是一块门板搭成的工作台。王环见着了，忽然像发现了救命稻草似的，一步蹿到工作台前嚷道，婶子啊，你是管事的你给说说，我做错什么了他们这么对我？他们就是这么为大伙儿服务的啊？

鲁芹停下手里的活儿，看了王环说，田二家的，你是要裁还是要缝？

王环说，什么田二家的，我叫王环，你不会跟他们一样也想挤对我吧？

鲁芹说，挤对你，我还没腾出工夫来呢，说吧，裁还是缝？

王环解开手里的布包，将那块蓝哔叽布扔在工作台上，说，也裁也缝，做条裤子。不过我有个条件，得让宏印爷给我做。

鲁芹说，行，宏印爷的活儿要多付一天的工分。

王环说，凭什么？

鲁芹说，凭他是宏印爷啊。

这时，一直没吭声的宏印忽然开口说，不做，多付一天的工分也不做。

鲁芹说，听见没，你就是想多付人家还不做了呢。

王环暗自后悔，没想到无意间得罪了宏印爷，她只好转守为攻，指了二妮说，别人我用不起，那就让二妮，不过二妮活儿差，得少付一天的工分。

大家一时都有些大眼瞪小眼的，为了一天的工分，就豁出去那块布料了？

二妮也有些怔怔的，不知该怎样应付，只恨自个儿手笨脚也笨，没有大家那样的功夫。

鲁芹说，二妮不行，她做不了。

王环说，做不了她凭什么待在缝纫组呢？

鲁芹说，这事跟我们说不着，你问大队去。

王环说，我不问，我是做裤子来了，她要不是白吃干饭的就得接我的活儿！

凤姐和喜萍也忍不住插言道，你这不是不讲理吗？

王环说，我咋不讲理了？待在缝纫组又不接活儿，是我不讲理还是她不讲理啊？

这一说，大家倒有些无话可答了，本来二妮进来就不占理，大家对这事也是有意见的。

这时，二妮忽然就咚咚咚走到工作台跟前，一把抓起那块布料说，我接，不就一条裤子嘛，你能豁出去我也能，做不好还做不坏啊！

王环说，二妮你听好了，我可不是要豁出去，我这是压箱底的东西，裤子只能做好不能做坏，让我挑出毛病，工分甭说不给，你还得包赔我的损失！

二妮说，田二家的你也听好了，裤子要是挑不出毛病，从此你就闭上你这张臭嘴，不许再胡说八道，我听见一回，就敢打你一回！

二妮虽比王环年岁小，身架子却要猛壮得多，王环说，哟，自个儿不占理还来劲了，少他妈的废话，量尺寸吧！

鲁芹从工作台那边转过来说，由我来吧。

王环挡了鲁芹说，不行，谁的活儿是谁的，要是尺寸都量不了，搁我就一头扎到地底下去了。

二妮从鲁芹手里抢过皮尺，说，我来，看我能不能量！

鲁芹担心地看着二妮，说，这可不是赌气的事。

二妮说，放心吧，要量不了，我还真就不在这儿待了！

二妮蹲下身来，要王环将上衣撩起来，先量裤长，再量裤腰、臀围，再量立裆、裤口……量一处，记一处，虽说不那么熟练，但一步一步的，倒也做得不差。

鲁芹几个都有些惊讶地看她，连宏印都停了手里的活儿转过身来。

好容易量完了，王环连说，哎哟哟，累死了累死了，我蹬机子做一身衣裳，也没这么累过啊。

王环说王环的，鲁芹几个倒都松了口气，鲁芹说，行了，没事了，田二家的你忙你的去吧，我们也该关门干会儿活了。

王环还想说什么，二妮却已站在门边等了她了。她边往外走边不服道，以为谁没做过，还要关门做，也不怕憋死你们。

鲁芹说，说什么呢？

王环这时的脚已经迈出去了，二妮将门砰地关上，王环再说什么，屋里的人也无心去听了。

鲁芹满脸的喜色问二妮，你是什么时候学的？

二妮说，天天守着你们，这点事再不会就忒笨了吧。

鲁芹说，想不到你是个有心的，来吧，从王环这条裤子开始，我教你。

鲁芹把那块蓝哗叽布料熟练地抖开，展展妥妥地铺在了工作台上。

20. 二妮和日子

自从去了缝纫组，二妮觉得日子像是过得快了，转眼就是一天，不像在地里干活儿那会儿，从太阳出就盼着太阳落，一天下来，就像一年那么长。而在这缝纫组，风不吹日不晒，还能跟着师傅们学手艺，虽说有时候难免把活儿做砸挨几句骂，但二妮不在乎，比起下地的苦，几句骂算得了什么呢？自打王环来过之后，二妮就开始对几位长辈一口一个师傅地叫了，最初没一个应这茬儿，鲁芹是不好意思，其他几个是不想教她，可她总叫总叫的，手脚又勤快，让干点什么小跑着就过来了，日久天长，不应也得应了。既是应了，活儿上的事，就不好含糊了，凡张口问到的，一定会说个明白。特别是问到宏印，其他几个也会直了耳朵听个仔仔细细，都是同行，她们哪好意思像二妮似的去问，有了二妮，她们倒可以既不失脸面，又能从宏印那儿学点东西了。

当然，二妮一点没忘做被褥的事，每天师傅们下工了，她都要在缝纫组一块一块地拼接布头儿，有一回吃饭、睡觉都忘了，一抬头看窗外，天都快亮了。二妮娘和她的弟弟妹妹们巴不得她不回来，不回来他们就可以自由多了，睡觉前不用洗脸洗脚了，衣服可以脏着穿了，饭桌多脏也想不起那块抹布来了……可只要二妮一回来，就再没他们的好日子过了，去了缝纫组以后，二妮是愈发地脾气大了，稍不小心巴掌、拳头就挨上了，好像她在外面受了多大的气一样。有一天大菊忍不住说，不顺心就甭在缝纫组干了，省得让家里人受你的冤枉气。二妮又吃惊又好笑地说，我咋不顺心了，谁说我不顺心了？我顺心着呢，从小到大我就没像这么顺心过！大菊说，顺心你回来还这个一巴掌那个一拳头的，烧的？二妮说，还不是你们气的，我一天天地为这个家低三下四地忙，你们还不给我争口气。大菊说，看看，还是受气了吧？二妮说，咋受气了，我说受气了吗？大菊说，"低三下四"还不是受气？二妮不由也奇怪着自个儿，咋就说出"低三下四"来了？

　　不管咋样，也就俩月头上吧，二妮家的炕上已全然换了样，有了炕被，铺了床单，添了两床棉被，棉被叠得方方正正的，上面压了枕头，枕头上搭了枕巾。全都是花花绿绿的小方块，映得昏暗的屋子都亮起来了。几个小孩子乐坏了，趁二妮上厕所的工夫，一哄而上就在炕上闹起来了，身上的尘土、兜里的石子、沙子也趁机滚出来了，硌了他们的小身子他们也不觉得。这实在是件大事，在他们的记忆里谁家娶媳妇布置新房才可能收拾得这么光鲜呢！他们高兴得把二妮在家的事都忘了，待每人的屁股上挨了巴掌，他们才惊醒了似的滚下炕逃走了。大菊看着她的孩子们，是乐也不是恼也不是，多少年了，她也想过这样的光鲜，但也只是想想，没想到，二妮轻而易举地就做给她看了。这里没她的一点功劳，她屁股坐在炕沿儿上有点酸酸地扯了那拼接的花花绿绿的炕单子说，打你娘跟了你爹，就没铺过这玩意儿。二妮不客气地把她拽起来，一边拍打着她坐过的地方一边不屑地说，那怪我爹啊？日子是你俩人儿过的。大菊说，不怪你爹怪谁，要不是他咋会有一堆孩子？二妮说，人家七八个、十几个孩子的，也没见过成猪窝狗窝一样。大菊看着二妮，长长地叹了口气，她自知二妮已经长大了，无论做事无论说话，她都不得不甘拜下风了，就像是一节一节的玉米棵子，顶出一节新的，那旧的就永远在下面了，上不去了。可待黄块回来，大菊也没忘把黄块拽到炕跟前说，看看，都是你的主意，这回可遂了她的心愿了。黄块两眼发亮地说，咋了，这不挺好的？大菊说，是挺好，可往后屁股不能往炕沿儿上坐了，你堵心不？黄块说，咋不能往炕沿儿上坐了？大菊说，怕坐脏了呗。黄块说，那就不坐呗。大菊说，说得轻巧，你们一天天地不着家，剩我一人儿缝缝补补的不坐炕沿儿坐哪儿啊？黄块说，坐树杈儿上去。说完就再不理大菊了。比起二妮带来的变化，坐不坐炕沿儿的算个屁事啊。

自打二妮去了缝纫组，大妮去了卫生所，黄块变得喜欢跟他们说说话儿了。别看都在大队院儿里，白天各在各的屋，很少见得着。就是能见着，黄块也通常虎了脸不说话。回到家里就不一样了，黄块先有点巴结地问二妮，缝纫机那玩意儿，好学不？二妮就说，那得看是谁，要是我二妮就好学。黄块又问，哪台机子上学的？二妮说，小慧妈的呗，除了她的，哪台机子我敢给人家嗒嗒嗒瞎蹬啊。黄块说，怕什么，没有我，他们还不是整天在地里风吹日晒的？二妮说，你以为那是一两块钱的东西啊，就喜萍那台，把年底分的红全搭上了，过年新衣裳都没舍得买。黄块说，分红哪儿来的钱，还不是你爹我这两年领导得好，搁前几年，喜萍她甬说缝纫机，一只猪崽儿买得起不？二妮说，爹啊，要真像你说的，我咋从没听人家夸过你啊？黄块说，那是他们没良心，二妮你记住，管事的落不是，你管得再好，永远甬指望有人夸你。二妮说，那干吗还要干呢？黄块说，你不懂，干不是为落个好，是为一种滋味儿。二妮说，什么滋味儿啊？黄块看了二妮，意味深长地说，你要不是个闺女，是个小子就好说了。二妮不以为然地瞥她爹一眼，把鞋一脱就坐炕上去了。现在这个家，炕是唯一让她满意的了，就连她爹少见的巴结似的说话儿她都有点不放在眼里了。她靠在新做的被子上，脚丫子踩在两朵红色的云彩上，"云彩"是一件花布衫的下脚料，凤姐给做的，下脚料她通常是不给人的，可那回不知怎么就扔给她了。她这一给，其他人也开始给了，好像知道她要做被子似的。后来，她明白是鲁芹说给他们的，显然他们对她有施舍的意思，当然也许还有讨好她爹的意思，嘿，管他呢，只要抓住了老鼠，白猫黑猫还不是一样？

黄块跟二妮说不下去了，就去找大妮。他对大妮本不报什么指望，但他对宏先有兴趣，他希望从大妮这儿对宏先有更多的了解。他就问大妮，宏先对你咋样？大妮说，挺好。他说，比对宏涛呢？大妮迟疑了一会儿，说，对我更好。他说，知道为什么吗？大妮摇了摇头。他说，因为宏涛比你聪明，宏先怕宏涛将来超过他。大妮说，不会吧，宏涛一辈子也超不过宏先生去。黄块说，就算超不过，宏先也不会喜欢他。大妮说，为什么？黄块说，人聪明了都爱耍小聪明，宏先要的不是小聪明，是尊他敬他跟他一心的人。大妮说，论辈分宏涛还叫他叔呢。黄块说，宏先这种人，在外边混了半辈子，心有多大谁说得清？辈分，在他眼里算个屁啊！黄块一说脏话，大妮就知道他快烦自个儿了，便嘴巴一闭再不吱声了。黄块还想问点什么，见大妮蔫头耷脑的样子，也一下子泄了气，转身离他远远的了。

二妮在做被子的同时，还不忘给明悦和小慧一人做了个椅垫子。明悦在学校坐的是椅子，需要这个；小慧也许不需要，可总是她二妮的一片心意。二妮一天天地忙啊忙，总想着哪天空闲下来，明悦也从学校回来了，她将椅垫子给她们送去。

第 五 章

21. 三少女和石榴

这一天，明悦从城里的学校回家来了。村里许多人都看见，她背上背了行李，手上提了盛脸盆的网兜，像是再不去上学了，彻底地回家来了。

二妮和小慧听到消息就往明悦家去了，二人正巧在明悦家门口碰着，不由得拉了手就往里走。进了院儿，一口一个明悦地叫，也听不到明悦的动静。倒是明悦妈迎了出来，悄悄告诉她们，明悦不知怎么不想上学了，问她也不说，都快急死了，希望她们能替她问问。

二人答应着，挑门帘进了明悦的屋。就见明悦侧身躺在床上，脸朝了窗外，眼睛瞪得大大的，动也不动一下。屋子是敞开的两间，只摆放了一个立柜，一张三屉桌，一张老式的单人床，往常二人来了是敞亮的感觉，这一回却觉得空荡荡的，躺在单人床上的明悦显得瘦小而又孤单。二妮张口便说，几天没来咋觉得少东西了？小慧悄悄打她一下，说，少胡说八道，哪都好好的，咋就少了？

二人一个坐在床边，一个搬了只一人凳坐在一旁。明悦眼睛仍望了窗外，像没看见她们一样。

窗外是一棵石榴树，树上挂了几个红艳艳的大个石榴。不过这石榴中看不中吃，嚼一口，能酸倒满口的牙。每年她们都要拿这石榴籽开一开心，比赛着往嘴里塞，比赛着弄出龇牙咧嘴的怪相，然后是前仰后合、东倒西歪、没完没了地笑……

坐在床边的小慧握了明悦的一只手，轻轻地摇一摇说，明悦，想什么呢？

二妮也凑上前去，抓住明悦的另一只手，说，学上得好好的，咋就不上了呢？

小慧瞪一眼二妮，又看了明悦说道，要是想吃酸石榴，让二妮摘一个下来？

二妮起身要去，明悦摆了摆手，欠身坐了起来。

明悦的短发有些凌乱，眼皮有些浮肿，像是哭过的样子。

小慧用手指替明悦理一理头发，说，太长了，该梳起来了。

小慧示意二妮去拿梳子，自个儿从兜里掏出两个皮筋儿。待二妮找来梳子，小慧脱掉鞋子，跪在明悦身后，一下一下地为明悦梳起头来。

小慧为明悦在脑后扎起了两把小刷子，小刷子之间的分印儿露出了明悦白白的干净的头皮。小慧又让二妮找来了镜子，端在明悦跟前照啊照的。明悦随她们这样那样，不反对，也没有笑意，两只大眼睛怔怔地对着镜子，看得小慧和二妮心里都有些发空了。

小慧说，明悦，能说说吗？

明悦摇一摇头。

二妮说，有人欺侮你了？是谁？我找他算账去！

明悦仍是摇头。

小慧说，甭管什么事，总会过去的，一赌气就不上学了，早晚你会后悔的。

二妮也说，是啊，我们想上还上不成呢，早晚你会后悔的。

明悦又坚决地摇了摇头。

小慧说，就算你不想上了，你爸妈肯干吗？

二妮说，是啊，你这样的家庭，不上学你爸妈肯定不干。

明悦看看她们，忽然一跃跳下床，给了她们个背身。

小慧也从床上跳下来，跟明悦站个对面，手搭在明悦的肩膀上，说，你真决定了？

明悦点了点头。

小慧说，永不后悔？

明悦又点点头。

小慧看着明悦，忽然说，嗨，不上就不上，也没什么了不起的，其实我们心里，巴不得跟你天天一起玩儿呢，是吧二妮？

二妮没想到小慧会这么说，她打个怔，很快地点了头，因为她内心也是这么想的。

就见明悦的脸上有了几丝笑意，眼睛里也似有了活气，脑后的两把小刷子稚气地翘着，一整个的人儿，比刚才是精神了许多了。

小慧和二妮，便知明悦不上学的决心有多大了，她们替明悦惋惜着，却又心生喜悦，想着三人常在一起的情景，高兴得眼睛眯成了一条缝，嘴巴都有点合不拢了。

二妮也不说一声，自个儿就忽然跑出去了，转来时手里托了个张开嘴的石榴，她说，既是不上学了，咱就塌下心来吃石榴吧！

小慧和明悦一齐响应，三人你争我抢地掰起石榴来。

石榴籽红艳艳的，它们就像含了酸汁的石子击中了三少女的牙齿。三少女的嘴咧开了，牙齿沾满了鲜红的汁液，眼睛和鼻子不由分说地挤到了一起……她们难以忍受地忍受着，同时也享受着，石榴是酸的，心却是甜的；日子是苦的，三人在一起却是快乐的。她们哈哈地笑着，又一次笑得前仰后合东倒西歪的了，又一次笑得泪水涟涟分不出是哭还是笑的了。

三人正笑得忘形时，明悦妈忽然一挑门帘走了进来。明悦妈显然受了她们的影响，也是一脸的笑模样，可她们的笑她是不懂的，她还以为她们做通了明悦的工作，明悦又答应上学了呢。

她们谁也不说什么，仿佛共同保守着什么秘密。笑声终于停下来，二妮拿出早已备好的两个椅垫儿送给小慧和明悦，作为这次聚会的结束。

小慧和明悦捧了椅垫儿去看二妮，才发现二妮又有了变化了，脸变白了，衣服穿得更整洁了，两把小刷子梳得光溜溜的，中间的分印儿也和明悦一样干净，整个的人儿，简直都可以称得上俊俏了。小慧说，哼，到底是缝纫组的。明悦摸摸二妮的脸蛋儿，指指城里，意思是说她的白都能跟城市人比试比试了。

明悦妈呢，站在一旁只够听的份儿，一句话也插不上。好在对她们她一向是随和、可亲的，随她们说，甘愿做个听众。依她的心愿，还想留小慧和二妮在家吃饭，可她们怀揣着秘密，哪里肯留，眨眼的工夫，就溜得不见人影了。

22. 明悦和城市

明悦处理难题的时候，通常是喜欢退一步的。这一回，依然是退一步的方式，只不过这一退，像是永远不能进到原来的位置了。

其实在这之前，明悦是从心里喜欢这个位置的。一个城市中学的学生，意味着她的生活和这个城市的亲近。每当走在城市宽敞的马路上，或坐在有独特音响效果的电影院里，或看到工厂门前涌出的排山倒海般骑自行车的工人，或闻到哪个食品店甜腻腻的味道，她都莫名地心生喜悦。甚至，马路上的汽油味，卷烟厂的烟味儿，制药厂的玉米糖味儿，她闻着也是好的。有一回，她到一个女同学家去，那同学住在四层楼上，木楼梯，木地板，窗外是高大的梧桐树，伸手就能够着那肥大的叶子。当时正有油漆工在油她家的门窗，浓郁的油漆味儿后来竟变成了一种美好的记忆，一闻到油漆味儿，就会想到城市人的家，仿佛所有城市人的家，都带了那好闻的油漆味道似的。

不过明悦对城市的喜悦感是整体的，若具体到个人身上，往往就叫她喜悦不起来了。比如班里有几个强势的女生，常常要拽了她玩儿打沙包的游戏，她若不玩儿，她们就一脸的不高兴；她若去玩儿，她们又串通好了将她一个当靶子，直打得她狼狈不堪，直打得她们欢声大笑。她们有的来自城市，有的来自农村，她们之间的关系也很一般，但在对她的态度上却出奇地一致。这么对她，据说是因为明悦的表情。其实也不是表情，是这张天生跟别人不同的脸相，它是太干净了，没一点瑕疵，让看见它的人不由得就会自惭形秽。它却又是不肯入流的，像别的脸那样见人先带出几分笑来，它轻易不笑，一笑起来就是真的，一整张脸就像一只灿烂的花朵。要说，这样的人大家该喜欢才是。倒也确实有人喜欢，比如那几个课任老师，动不动就喊宏明悦的名字，眼里似只有个宏明悦似的。这样的对比，几个强势惯了的女生自是别扭得很，她们便存心将这别扭散播了出去。很快别扭的心理就多起来，到打沙包时，班里几乎所有的女生都参与进来了。有一回，她们的喧闹声太大了，招引得男生们都围拢来了，女生们便愈发兴奋，一次次尖叫着将沙包抛向明悦。名义上与明悦一拨儿的女生形同虚设，她们有时甚至还对明悦设置障碍。而另一拨儿女生脸上带了笑，手上却又准又狠，次次都打在明悦难接又易疼的去处。明悦的额头已被打青了一块，对方的进攻势头却有增无减，围观的同学也愈来愈多。几乎绝望之际，围观的同学里忽然有人喊道，明悦加油！明悦没去看那同学，觉得无非是哗众取宠，一种变相的嘲弄罢了。内心的绝望自是又深了一层。她却不知，这一回的绝望已到了极限，极限有时倒会生出反转的力量，就看某一瞬间，她仿佛开始变得灵活、准确，那凶狠狠的沙包打来时，她竟纵身一跃，抢先将沙包截在了手里。对方便是一怔，接着打来的沙包更是凶狠。明悦呢，此刻就仿佛得了神启，啪、啪、啪、啪，无论多狠多狡诈的沙包，都被她奇迹般地连连截取了。围观的人群不由自主地响起掌声，明悦愈发地腾挪跳跃着，以自个儿都意想不到的动作一次次占据着优势……

那回的打沙包就像是个分水岭，后来明悦就再也没玩儿过它了。她想起来就有点怕，在一个不友好的圈子里，就算取胜又有什么乐趣？再说那个腾挪跳跃的近于疯狂的明悦果真是她吗？她的本性，是一刻也不想活在众人的注视下的呀。她觉得那几个强势女生正是喜欢众人的注视才公开来欺侮她的，众人的注视是会叫人变个样的。而那几个女生，岂知她如此的想法，安静了几天之后，又三番五次地来"请"她参加了，说唯有她才配得上这游戏，没有她参加的这游戏会黯然失色。她们显得客气了许多，仿佛要和明悦友好起来了。友好不怕，明悦怕的是被注观，她只好能辞就辞，能躲就躲，与人友好的机会似都要坚决地舍弃了。

可明悦又能躲到哪里，无非是她最喜欢的图书馆罢了。让她没想到的是，被她当作了救命稻草一样的图书馆，却最终让她的学校生活走到了尽头。

事实上也不是图书馆，是在图书馆里出现的一个城市男生。

最初，明悦是把城市学生当了景儿一样看的，有距离的，模糊一片的；后来时间长了，距离拉近了，谁跟谁都分得清了，想模糊也难模糊起来了。

但由于看景儿的心情没变，景儿总会看到的，这边没有，那边总会有的；认识的人里没有，不认识的人里总会有的。果然，有一天在图书馆里，明悦忽然眼前一亮，一道景色就突如其来地与她相遇了。

那是个她在图书馆从没见过的男生，高高的个头儿，城市口音，白衬衫，白球鞋，一身的干净和潇洒。他来图书馆不是为了看书，而是为了拉一个正在看书的男生去踢足球。那男生就坐在明悦的对面，他对高个子说，我不想去。高个子说，你必须去，就等你了。那男生说，不想去，你找别人吧。高个子说，别人看书我不管，你看书我还非管不可，我不能眼看着你变成书呆子，变成一废物！那男生说，踢足球就不废物了？高个子说，当然，试试你就知道了，人生的苦辣酸甜，足球场上全都找齐了！

明悦就是在这时候抬起头来的，这之前她听着他们的对话，一直是站在看书的男生一边的，她不喜欢强人所难的人。但在她看到那高个子的一刻，仿佛被什么击中了一样，一下子就动摇了。

巧的是，这时候高个子也正在看她，他朝她笑了笑，满口洁白的牙齿。接着他指了她对那看书的男生说，看见没有，这种地方女生待着才合适，你一个大男生，不操场上征战去，好意思啊？

明悦还是头一回听到这说法，看看四周，果然大多都是女生。

看书的男生却也固执得很，仍坐在那里动也不动。高个子像是失去了耐心，在他身边来来去去走了两趟，忽然就将那男生拦腰一抱，一使劲扛在了自个儿的肩膀上。那男生使劲挣扎着，嘴里喊，书，书还没还呢！高个子也不去管他，就如同扛了把椅子，轻轻松松地从大家面前走过去，消失在了图书馆门外。

书最终是明悦帮那男生还的，从此她知道那男生叫王刚，还知道了扛他走的高个子男生叫张瑞，他俩从小在学校附近的一条胡同里长大，十分要好，只是一个爱动，一个爱静，爱静的就常常要受爱动的搅扰。明悦暗笑着他俩的名字，刚和瑞换一换就对了，张瑞，跟那个在足球场上叱咤风云的人多么不相配啊。

那以后，明悦就格外地爱看足球了，课外活动时图书馆里很少能见到她的影子了。她有时还去看打篮球，因为张瑞有时也打篮球；她还由在教室吃饭改在了饭厅，因为张瑞总在饭厅吃饭；她还喜欢有事没事到操场转一转，因为爱动的张瑞除了上课，操场上多半都有他的身影。但她从没跟张瑞打过招呼，张瑞于她就好比这座城市，虽说近在咫尺，却有点不相干，各是各的，走个面对面也有点遥不可及。

那个王刚，因为明悦替他还了书，见到明悦他开始点头微笑。他长得不胖不瘦，脑袋却有点大，五官看上去不知为什么有些散乱。不笑还好，一笑嘴角都扯到耳朵上去了，丑得都叫人不好意思看他了。不过明悦发现，王刚喜欢的书，往往也是她喜欢的，书里附着的借书单上，多半都有王刚的名字。为此她很是欣喜，不为王刚，只为王刚和张瑞要好，她和王刚近了，和张瑞也就近了一步似的。她还意外地从王刚嘴里得知，那回喊"明悦加油"的人竟是张瑞，是一旁的王刚告诉他名字的，而她的名字王刚早就从借书单上得知了。

明悦的反常，很快就被同学们看出来了。有心的还看出，她的反常全来自那个被许多女生心仪的白马王子张瑞。要是那个王刚还没什么，可偏偏是张瑞，同学们便有点想笑了，一个哑巴，还是农村来的，多么不自量力啊！

让同学们更吃惊的是，这事传到张瑞耳朵里以后，他不但没疏远明悦，反上赶着去接近明悦了。变成了，明悦在哪儿，张瑞就出现在哪儿，图书馆，操场上，饭厅里，路灯下……人们看到，明悦反倒像个受了惊的兔子，要躲避那张瑞了。人们十个有九个都觉得，张瑞一定是有意的，不是有意喜欢明悦，而是有意要取笑明悦，明悦固然可怜，可谁让她多情在先，自惹麻烦呢？人们听说连张瑞的朋友王刚都开始为明悦抱打不平了，为这还跟张瑞吵了一架，说张瑞自私自利，不顾忌人家女孩子的感受。张瑞说正是顾忌她的感受他才去追她的，他是为了消除她的自卑。人们听了就更觉得张瑞是有意的了，虽说明悦长得还算楚楚动人，可一个哑巴，对张瑞那样的人，念想都不该有的吧。

张瑞的举动自是让明悦万万没想到的，她原本只是想看到张瑞，看到张瑞就算达到了目的，可张瑞反攻起来，她就有点手足无措了。有一回在排了长队的饭厅里，张瑞再次喊起了她的名字。那天她去晚了，排在了队尾。刚刚站定，就听到一个城市男生的口音喊，明悦！明悦！循声望去，竟是张瑞！躲是没法儿躲了，她只好朝了张瑞走去。她和张瑞之间是长长的一排好奇、嘲讽的目光，一束目光就是一颗子弹，她很快就有了千疮百孔的感觉。待来到张瑞跟前，她听到张瑞告诉她，他排的是第二名，她可以排在他的前面。他还告诉她，今儿食堂包饺子，看这一个个的饿狼似的，排在后面怕是连饺子汤都喝不上了。她听了有点感动，更多是难以言说的失望，原来不过是加个塞儿吃顿饺子而已。她用眼睛告诉他不必这样，她不喜欢。他却一点没注意她的眼睛，只顾了将一只手搭在她的肩头上，催促她排到队里。一切都不是她最初对他的想象，他仪表堂堂，帅气又潇洒，然而他却把排队吃一顿饺子看得是如此重要！

那天的饺子明悦是端到教室里吃的，张瑞要留她在饭厅她执意不肯，张瑞还特意提醒她，饭厅的桌子上有大蒜吃，教室里可没有。张瑞却不知，明悦这顿饭是什么滋味都吃不出来了，因为她心里的滋味已经太多了，她原本那一腔明净如水的纯情已被他搅得再难找到了，她自个儿的心里，头一回变得混乱不堪一塌糊涂了。她觉得张瑞比那几个强势女生还难以招架。不过是做个学生，却事事如打仗一样，须要成倍的努力才可将日子一天天地挨下去。唉，为什么一定要待在这里呢？

明悦和张瑞的接触开始在图书馆，结束也在图书馆。那天明悦刚在图书馆外的阅览室坐定，张瑞就从天而降似的坐在她身边了。张瑞手里拿的是一张本市报纸，他一边装作看报纸的样子，一边在一张白纸上写着什么。然后他把纸推给她，她看到上面写道，去操场走走吧。明悦接了在下面写道，为什么要这样对我？张瑞写，因为喜欢你。明悦写，喜欢什么？张瑞写，喜欢你漂亮。明悦写，谎话。张瑞写，喜欢你温柔的性格，在一起生活不吵架。明悦写，谁说要一起生活了？张瑞写，我说，我家总共八口人，姊妹多，我是老大，今年初三毕业我就要离校找工作了，然后还要成家。不吵架，必须是我选女朋友的首要标准。明悦看了怔在那里。张瑞又写道，这下相信我追你是真的了吧？别以为我在开玩笑，我是认真的，不信你问王刚，他最了解我。

这时，王刚又一次坐在了明悦的对面，他看的是一本明悦也正想借来看的小说《牛虻》。明悦看了王刚忽然想，张瑞要是王刚该多好啊！

明悦在张瑞的纸上最后写道，张瑞，你是认真的，我也是认真的，可你的认真和我的认真不一样，我从没想过成家的事，也没想过选男朋友的事，要是一定得想，我的回答是，不成家是我选男朋友的首要标准。

明悦将纸推给张瑞就起身离开了。有眼尖的人看见那是张从白抄本上撕下来的白纸，纸上写得密密麻麻的，张瑞看着，脸上露出了莫名其妙的笑意。

张瑞当然不肯罢休，一件他认为轻而易举的事，一下子没了希望，他不知问题出在哪里，只知道这事在全校都传开了，他若不能摆平，面子可就丢大了。

他对明悦开始展开更强烈的攻势，写情书，约见面，在明悦可能出现的地方堵截等等。为此王刚报告了老师。老师开始还不相信，答应调查一下再做决定。就在他要找明悦做调查的时候，却发现明悦已把教室、宿舍的东西收拾得干干净净，离开学校回家去了。问题没解决，王刚和张瑞的关系倒彻底地掰了，王刚骂张瑞毁了个好女生，张瑞就骂王刚良心被狗吃了，为一个小女生发小都不认了。

而这时回到家里的明悦，已经完全不去想那个张瑞了，满脑子都是对自个儿的自责，她想她大约是把张瑞当成一个城市去想象了，一个人怎么能代表一个城市呢，何况还是张瑞那样的人！

23.　小慧和农村

明悦回村后，就和小慧一样下地劳动了。明悦对离开学校的原因，始终沉默着，小慧和二妮问，明悦爸和明悦妈问，到底也没问出来。好在大家对明悦都是放心的，明悦爸妈从心里对明悦又没抱多大指望，便谁也没逼明悦再回学校。

和小慧比起来，明悦下地劳动还是个百事不通的孩子。同样地锄草，明悦没一会儿手上就磨出了泡，有透明的，有黑紫色的，大大小小的在手上排着队。小慧看到了，放下自个儿的垄子就帮明悦。大家本是一人一垄的，小慧总帮总帮的，劳动量就大出了许多了，可小慧到头来还是能在大家的前头，锄过的垄子还又干净又匀实。同样地给棉花棵子打杈，明悦是先看后打，小慧却可以先打后看，手比眼睛还快，别人打一棵，小慧两棵都打完了。小慧自是仍要帮明悦的，且仍要在大家的前头，等和明悦一块儿到了头，累得腰都直不起来了。明悦要拉她坐一会儿，她却还不肯，强挺了腰走来走去的，没事人似的。两人拉同一辆小车，明悦汗湿得像水洗过的，小慧却浑身上下干干爽爽的，像没使劲一样。其实小慧比明悦出的力多多了，装车是她，卸车是她，驾辕还是她。连平时瞧不上她的小媳妇们都上来说话了：小慧啊，甭太逞强了，工分比别人又不多挣，何必呢？听上去是一片好心，其实也不知不觉是带了刺的，一刺小慧的逞强，二刺明悦的混工分。明悦是个生手，她们通常是有些欺生的；而小慧平时对她们又不理不睬的，即便同情，也是心有不甘地要刺她一下。小慧和明悦岂是听不出来的，明悦只能听着，小慧就不同了，小慧张口就回道，我逞强也不是一天两天了，管得着吗？工分算老几，也就是你们把工分看得磨盘大，工分在我和明悦眼里连个屁都不如呢！小媳妇中的一个就说，小慧你咋听不出好歹呢，大家还不是怕你累着，工分要真是个屁，记工员不给你记你干不？小慧说，它就是个屁也得有这东西吧，凭什么不给记啊，你放了屁还能把它收回去啊？是吧明悦！明悦配合地点着头，然后两人就呵呵地笑起来。几个小媳妇气得咬牙又跺脚的，指了两人说，早晚叫你们说不上婆家！两人就更笑了，小慧说，以为多大点事呢，说不上婆家，我们巴不得呢！媳妇们后悔起她们的"好心"，其中一个索性变得恶毒起来，指了小慧说道，你这么巴结人家明悦，是看上人家哥了吧？那我们可真就狗拿耗子多管闲事了，不过老话儿说了，上赶着的不是买卖，你可小心竹篮子打水，白费了力气，到时候人家哥那边不认账，你哭都来不及了！这回是媳妇们哈哈地笑起来了，小慧气得脸都白了，也更恶毒地回击说，你们这些害群之马，前街的男人都瞎了眼了，把你们娶来，前街的地都脏了，天都黑了，空气都变味儿了！

这种话，小慧不是头一个说，前街的老人们早说开了，说如今的媳妇们，是一个不如一个，在家不懂得孝敬公婆，在外讲话没个分寸，合起伙来还敢光天化日下扒人家男人的裤子，成何体统，这么下去前街不就成后街了？媳妇们对前街后街的没感觉，对小慧这话却有点受不了，她们其中的一个张口回道，要说脏啊，还没准儿是哪个呢，尿泡尿照照自个儿，是前街的种还是后街的种啊？

这话说出来可非同小可，一地的人一下子安静下来，看看小慧，又看看那说话的媳妇，仿佛闪电闪过了，就等一声雷响了。

果然，就见小慧一声不吭，直了眼就朝那媳妇去了，到跟前一手揪了她的脖领子，一手就左右开弓打她的耳光。要说那媳妇比小慧个头也不低，可不知怎么就是挣脱不开，啪啪啪啪，每一下都响亮得吓人，小慧像是疯了，打得那媳妇嘴角都流出血来了。

大家一时都傻在那里，想起这个小慧，井都跳过了，什么做不出来呢？有人甚至想，那嘴不老实的媳妇，也该给她个教训了。就连那几个多嘴的媳妇，也像被小慧的样子吓坏了，你推我我操你的，没一个敢上前去。还是明悦，忽然惊醒过来似的，飞跑上前一把就将激愤的小慧抱住了……

事过之后，小慧埋怨明悦，干吗要抱我，你该抱她才对。明悦看着小慧，眼泪一下就出来了。小慧慌了说，别哭别哭，我不是说你，我是太恨她了，你说，她说的是人话吗？明悦摇摇头。小慧说，明悦你再说，我帮你是有目的的吗？明悦又摇摇头。小慧说，那她还不该打吗？明悦不摇头，也不点头。小慧说，我明白你什么意思，你见不得跟人动手，可你不知道，村里跟学校不一样，你退一步，人就进一步，你软一点，人就欺侮你，欺侮你的时候你要不还击，他们绝不会手软，他们会得寸进尺，把你踩在脚下，踩进土里，直到再也看不见你为止。小慧又说，以为我想动手啊，到那时候不是想不想的事，是还没来得及想身子就先扑上去了，身不由己，你懂不懂？

明悦听着，忆起学校的桩桩件件，想这世上，原来哪哪都是一样的。不过这一样之中，因为有小慧和二妮的存在，"一样"也就不一样了。她便看着小慧，指指自个儿，表示都是自个儿的错，是自个儿连累了小慧。小慧说，我自个儿乐意，搁旁人我还不帮呢，知道吗明悦，你这一回来，我再不觉得自个儿孤单了，其实你也帮了我呢。小慧这一说，明悦对那"不一样"就更有了感觉，她忽然抓住小慧的一只手，将自个儿的一只手贴上去，比试大小的样子。小慧说，不用比，当然我的大。明悦却连连摇头。小慧终于明白，原来明悦是要沾一沾她手上的灵气，变得跟她一样心灵手巧，往后，再不会为了她明悦跟人生气打架了。小慧便笑了，说，想赶上我可不容易，地里虽说都是些粗活儿，可用的都是巧劲儿，虽说用的是巧劲儿，可又要有一股子蛮力，你看看我的手就知道了。小慧伸出两只手，交给明悦。明悦就见那手十分好看，细长的手指，清晰的手纹，饱满的指甲。小慧说，捏一捏。明悦一捏，骨头却是硬的，特别是关节处，硬到了有些硌手，全不似自个儿的手指那么柔软。小慧指了手心又说，摸摸看。明悦一摸，几乎吓了一跳，手指与手掌交接处，坚硬得如同钢板一样。小慧说，这就是干庄稼活儿的代价，你手上的那些泡，我也有过，慢慢就变成老茧了，你那棉花团一样的手，也慢慢会变得硌手的。这还没什么，要紧的是耳朵也得长茧子，心也得变硬起来，那些外来的媳妇们天天以说下流话取乐，还有一些坏男人，看你的眼神儿让你杀了他的心都有，你要没有这样的手，这样的耳朵，这样的心，在这村里你就一天也甭想过下去！

明悦将信将疑的样子。小慧说，不信是吧，只要你待在村里，总有一天会信的。明悦指指后街，又指指前街，意思是前街总比后街要好些吧。小慧说，我看是一样，前街人不过是驴粪蛋子表面光罢了，骨子里跟后街人是半斤对八两。宏先你知道吧，那可是个不苟言笑的正经人，可只要跟哪个女病人对上了眼儿，宏先也就不是宏先了，比后街的黄块还要不正经了。明悦自是知道宏先的，他有时也会去自个儿家闲坐，爸一见到总是请为上座，还要把刚沏的茶水倒掉，单为他沏一壶好茶。可小慧都知道的事，爸和闲坐的人们难道会不知吗？小慧说，农村是很怪的，同样的事，张三做了不行，李四做了就行；同样的事，一个人做了不行，一群人做了就行；同样的事，后街人做了不行，前街人做了就行，或者有的事是反过来，前街人做了不行，后街人做了就行。小慧这么说着，目光朝了很远的地方，仿佛自个儿身处农村之外，是个局外人似的。小慧又说，明悦，你回村来我自是巴不得，可这事搁我，我是死也不要回来的，早晚，我要在城里找份工作，找不到，将来嫁也要嫁到城里去！

明悦知道小慧爸一直是有让小慧去城里的心思的，可小慧妈不肯放，小慧自个儿也好像雷声大雨点小，整天说要走，可又始终没走。听说这几年户口已经卡得很死了，进城也只能做份临时工，心高气傲的小慧，岂是肯做临时工的？明悦自个儿，倒没想得那么远，只觉得回到村里要比在学校好受多了，别人是次要的，有小慧和二妮对她的好就够了。

不管怎样，明悦的农村生活是开始了，她和小慧是那么相同，可又那么不同，她们一个淡然，一个孤傲；一个文静，一个躁动不安。同与不同两人自都是有感觉的，只是从没说出来过。前街的其他人像是也有感觉，有一天忽然就有人说，明悦到底是在城里念过书的，比小慧有见识呢。据说这话的根据只不过是明悦对小慧的那一抱而已。小慧听见，便很是不屑，她和明悦不一样倒是事实，要说见识，多少见识都是她说明悦来听呢，只凭那一抱就得出有见识的结论，她想，多么可笑，多么没见识啊！想是想，再见到明悦，便不由多了几分观察，观察的结果：明悦与她小慧比无非就是个安静、平和，明悦一个不会说话的人，不安静、平和又能怎么样呢？她便不理那评说，顾自跟明悦谈自个儿的见识，也顾自跟明悦友好下去。生产队的集体劳动同时也给了她们每天形影不离的机会，锄草她们要挨在一起，拉车她们要拉同一辆车，就连最不能在一起的看水浇地，她们也要垄沟挨了垄沟，趁水没浇满畦子的工夫跑到一起待上一会儿。有人认为是明悦离不开小慧，因为活计上小慧总要帮衬明悦，也有人说是小慧离不开明悦，因为他们亲耳听到过小慧对明悦说，怪事，你一会儿不在身边，我心里咋就空落落的呢？

后来，有一回明悦莫名其妙地遭了生产队长的呵斥，小慧要冲上去为明悦打抱不平，又一次被明悦揽腰抱住了。小慧问明悦为什么，明悦的眼睛告诉小慧，有小慧在，什么话她都可以当耳旁风的。小慧说不好这是否算是见识，但明悦有她的主见是肯定的，那主见像是长在心里，平时也显不出什么，有时甚至是一副没主见的样子，可说不准什么时候，它就出人意料地出现了。她小慧当然也有主见，可她的主见更像是情绪的作用，有一就一定有二的，有树就一定有影的。她搞不懂明悦那些主见的来路，看似偏狭，却绝不能说短浅，倒有些深谋远虑的。反正她小慧是没有的，而小慧的那些主见，她明悦当然也不会有。

不知是明悦的影响还是什么，渐渐地，小慧像是也安静些了，别人干在她的前头，她变得可以接受了，别人对她出言不逊，她有时也可以做到不理不睬。而明悦，身体也在向小慧靠近，脸晒黑了，手上的泡成了茧子，身子也有些发沉，脚下咚咚的，那个走路悄悄的猫一样的明悦，已经再难找到了。

24. 大菊和贵生

庄稼活儿，不像学校的课本那么细密，明悦很快闯过了庄稼活儿这一关，剩下的就是和小慧、二妮在一起了。她们看书、谈书，有时候还穿过一片坟地，走过深沟一样的土路，到市边上的一座化肥厂去看电影。村里有时也能看上一场，但隔的时间太长了，一两个月才放一回，她们等不得。她们谈书的时候，二妮是插不上话的，谈电影就不同了，谁说起什么人来，二妮立刻就演上了，地主婆，二流子，女特务，小鬼子，是学谁像谁，虽说革命同志学得差点，也够让小慧和明悦笑破肚皮了。小慧赞赏又羡慕地说，看不出啊二妮！这样，二妮就愈发地懒得看书了，一见到小慧、明悦就往电影上扯。在小慧和明悦眼里，看电影也和看小说一样地迷人，又有二妮的模仿，何乐不为呢？后来，二妮还鼓动她爹，跟市郊电影放映队说说，多来黄村几趟，哪怕一个月一回呢。她爹还真去了，因为二妮说她每天都受到小慧妈的称赞，还因为二妮说小慧妈也爱看电影。二妮爹的请求还真起了作用，那放映队的头儿受不得夸奖，二妮爹一夸一捧，再强调一下电影对村里人的意义，他的积极性就调动起来了，牺牲掉队员的假日，给黄村很是加映了一阵，算下来，都合上半月放一回了。但二妮和二妮爹都没想到，这一加映，最高兴的不是二妮，也不是鲁芹，倒是最不爱看电影的大菊和米贵生了。

自从二妮到缝纫组以后，大菊是愈发地感到，在这个家说了算的，已经是二妮而不是她大菊了。她虽心有不甘，却对二妮又无可奈何，二妮就像刚施过肥浇过水的庄稼棵子，嗖嗖嗖地往上长，拦也拦不住；而她大菊呢，已经被掰了果实，撅了棵子，扶都难扶起来了。

事情是在村里放映电影的夜里发生的，贵生本惦着跟二妮一起去看电影，可二妮早早地就找明悦、小慧去了，黄块是睡前从不在家待的，三妮、四妮、五妮、六妮更是跑得不见踪影，大妮天天到卫生所去，家里就只剩了大菊一个，守了一堆没洗的碗筷发呆呢。贵生见不到二妮，先就没了去看电影的兴致，却又懒得回家，便在大菊身边一屁股坐了下来。

大菊坐的是砖头支起的木板，通常是给孩子们坐的，这会儿一下坐了俩大人，木板便有些吱吱呀呀的。贵生吓得要站起来，大菊随手拉他一把说，没事，坐吧。这一拉，倒叫贵生心里一热，不由得看了大菊一眼，往近里坐了坐。大菊虽是个粗人，却也不傻，挪开些吧不合适，不挪开又满身的不自在，便忽然推一把贵生笑道，晚饭就屎吃的吧，一嘴的臭气。谁知贵生放肆地将嘴送到大菊脸跟前，一口一口地呼气，嘴里说，你闻闻，就的屎还是就的尿？

要说，贵生总来总来的，早拿大菊不当外人了，可这么开玩笑，跟大菊还是头一回。大菊只怪自个儿那一把推得有些轻贱，话说得也太过随便，让贵生捉到了机会。她就见贵生虽嬉皮笑脸的，眼睛却亮得有些吓人了，便又推贵生一把说，起开起开，老娘还要刷碗呢！

这一回，贵生竟就势抓住了大菊的胳膊，脸对脸的，气喘得呼哧呼哧的，想说什么又说不出来，眼见得是一个毛头小伙在女人面前的紧张了。

大菊的心也有些突突地跳，可看出贵生的紧张，又可怜起他来，自个儿也不知怎么的，就势往贵生怀里一靠，笑道，看你能把老娘咋着？

这时的贵生，就如同点着的干柴又添了把火，忽然拦腰将肥胖的大菊一抱，嘿一声站起来，噔噔噔地就往屋里去了。大菊自是挣扎着，但比她瘦出许多的贵生就像忽然有了千钧的力量，一双手将大菊箍得死死的，使大菊没了一丝挣脱的可能。待进到屋里，大菊已不由自主地停止挣扎，两只手反牢牢地吊在贵生的脖子上了。

有了头一回，贵生就像只沾了腥的猫，千方百计要寻觅两回三回了。这种事，也只有指望放电影的晚上了，大菊家这时候安静得让贵生一进门就忍不住往大菊身上扑。大菊于他，已经远超过二妮对他的吸引了，他想，大菊才是真正的女人，二妮不过是个不知事的小丫头片子罢了。他躺在大菊的怀里，把这话动情地说给大菊时，大菊不由得眼圈都红了，她想，为这个家忙啊忙，到头来知她体贴她的，倒是这个家外的人了。

再放电影，二人便约也不必约，迫不及待地就在一起了。有时贵生晚到一会儿，大菊还撒娇地罚贵生抱她一会儿。多少年来，没人娇她惯她，她都忘记撒娇了，想不到一个贵生，竟叫她变回到初婚那会儿了。做起那种事来，虽不如跟黄块更习惯，可贵生到底新鲜，嘴巴又甜，又是她引他入的门，感觉就说不出的好。有时贵生问出幼稚的话来，大菊就咯咯地笑，引逗得贵生就愈发地贪心了。

当然二人也怕过，不怕别人，都怕一个黄块。黄块的分量，二人加在一起也是抵不过的。可那事就像一条馋猫的鱼，二人都挡不住诱惑，吃起来就把那怕忘得干干净净了。

终于有一天晚上，二人正难分难解之际，忽听得院门被敲得咚咚响。大菊家的院门原是从不关的，自二人有了这秘密，院门才有了用途。二人吓得急忙穿戴，贵生更是如惊弓之鸟，顾不得大菊只身就往屋外的土墙头跑，只要跑到墙头那边，这边的事闹翻天他都可以不认账了。

可谁知，墙头还没翻过去，一把木杈就戳到了脑袋上。仗了年轻，他忍痛一跃，总算安然翻到自个儿家去了。他想，幸亏是木杈，要是铁杈自个儿这小命都难保了。

原来，是二妮回家扛板凳来了。她和小慧、明悦看电影从不带板凳，站在场子的一角，进退自如，又与众不同。可这天晚上演的是《刘三姐》，外村的人都来了，场上黑压压的，角角落落都是人了。便有那不自觉的，只图看得真，动不动就站到板凳上去了。前面一站，后面也波浪似的站了起来，没有板凳的二妮几个站在后面干听到刘三姐脆生生的歌唱不见人影，都要急死了。二妮二话不说转身就往家去了，一是离自个儿家最近，二是只有自个儿家有一条没上漆不怕踩的长板凳，小慧和明悦家的板凳油了漆不说，还死沉死沉的，就像衣柜一类的家具一样，是各有各的位置，从不随意搬动的。

二妮却万没想到，家里有事发生了！好在她家的门太破旧了，手指伸进去一拨就开了。拨门时她只当是大菊在院儿里洗身子呢，见到有人翻墙头儿她也只当是小偷呢，待进了屋，看到惊慌的衣衫不整的大菊，她才明白家里发生的是什么事了。她看着大菊，怕冷似的哆嗦着说，那……那个人……那个人是谁？大菊像是受了她的传染，也有些哆嗦，衣服错系了扣子，鞋子还没来得及蹬上，头发乱得像个鸟窝……二妮恶心地移开目光，手却不由得抓住大菊肥胖的身体，拼命地摇晃着，是谁？那个王八蛋是谁？是谁啊？她喊叫着，声音愤怒而又悲伤。是谁，还用问吗，翻墙而过的，跟大菊来往最多的，除了贵生还能有谁？

可二妮想不通，为什么会是贵生，贵生想要的不是她二妮吗？她更想不通，她娘这么个粗粗拉拉的女人竟能做出这花花事来，就不怕她爹知道吗？二妮自是还不懂男女之事，但爹娘做那事时她曾碰上过，她本能地反感，觉得那就像猫狗一样，简直有点下流呢。眼下，就更是下流了，娘还是娘，爹却已不是爹了，且还躺在她亲手做的炕被上，炕单子满是大大小小的皱褶，每个皱褶似都带了被肆意践踏过的无奈和愤恨。

大菊被二妮摇晃得几乎都要散了架了，她却也不反抗，任凭二妮抓了她从里屋摇晃到外屋，又从外屋摇晃到里屋。她没说出贵生的名字，只说，你娘不是人，你娘该死啊！她还说，千万别让你爹知道，只要他不知道，我这辈子情愿给你二妮做牛做马了！二妮说，不稀罕不稀罕，你这样的人只配做猫狗，做牛马都不配呢！大菊说，你真想让你爹知道吗？二妮说，自个儿敢做还怕人知道嘛！大菊说，你知道你爹的脾气，他会把我打死的。二妮说，这么活着还不如死了呢！大菊说，那我就跳井去。二妮说，你跳，我准保不拦着！

二妮摇晃得累了，放开大菊，自个儿往地上一蹲，不由得先呜呜地哭起来了。

大菊也被摇晃得累了，靠在墙上，身不由己地一点点地往下出溜，终是出溜到地上去了。要搁以往，说跳井她就一准儿跳去了，可如今，不知是有了岁数还是有了贵生，嘴上说跳，身子却纹丝不动。她想，这种事村子里多了，凭什么就该我去死，只说黄块，他这辈子可是干净的？

　　二妮自是不知大菊心里在想什么，她也不想知道，呜呜地哭了一会儿，忽然想起小慧和明悦还在等她呢，便扛起板凳，咚咚咚地往外走。大菊吃惊地问，你上哪儿？二妮说，等着吧，找我爹去！

　　二妮没想到，她一脚刚跨出房门，大菊就从后面抱住了她的一条腿。大菊说，你敢去，今儿我就碰死在这儿！

　　二妮动弹不得，心里就更气了，边挣扎边嚷，碰啊，你去碰死啊！

　　大菊说，以为我不敢啊，不过死之前我得叫你明白，你娘落到今儿这地步，都是你们给逼出来的！

　　二妮冷笑道，自个儿不要脸了还怪旁人，你们，你们是谁？

　　大菊说，你，你爹，还有那群兔崽子，拍拍良心想想，你娘对你们咋样，你们又对你娘咋样？做饭、缝补、洗涮，一天天地侍候你们不算，还要下地挣工分养活你们，多少年了，是石头也该焐热了，可你们一个个的，给过你娘一个好脸子没有？

　　二妮有些怔怔地看着她娘，只以为她是个没心没肺的，却不知她还这么在乎别人的脸子。就听她娘又说，知道你会说，你也洗涮了你也缝补了，你也下地挣工分了，哼，你才干几天，你娘都干了半辈子了！可这半辈子，还不抵你这几天了，看这一家子，大小人儿都得看你的脸色，当娘的倒要待在一边儿了。

　　大菊这么说着，手已抓得不那么紧了，二妮趁机将腿抽了出来。二妮却也没立刻走开，她发现她娘跪在地上，身子蜷缩着，蓬乱的脑袋上似还闪了几根白头发，很有些老态了。她想，这就是她的娘吗？

　　就听她娘说，去吧，想去就去吧，你爹知道了也好，知道了就到头了，省得跟他过这日子，这日子我早受够了。

　　二妮说，想得美，你想不受就不受啊？这种烂事，他爱知道不知道，指望我说出来，还怕脏了我的嘴呢！

　　大菊看看二妮，也不知是腿跪麻了还是心放下了，一屁股坐在了地上。她说，二妮你当真不说？

二妮也不理她，顾自扛了板凳就走。她听到她娘在后面喊，你娘也说话算话，这辈子给你当牛做马，什么都听你的!

二妮气得，眼泪又流了出来。她就这么一路眼泪哗哗地往电影场走，心想，要是小慧妈、明悦妈有了这事，一准儿不会像她娘的。可是，她们又咋会有这事呢?

25. 三少女和电影场

二妮回到放电影的副业大院儿，见她们原来站的地儿已被几排长板凳占领了，她便在黑压压的人群后面转圈找。搁以往她会大喊小慧和明悦的，可今儿她的嗓子像是被什么东西卡住了，张了几回也没发出声儿来。

就见长长短短的板凳一排又一排的，上面的人一个挨一个的，有的只够在板凳的一头站一只脚，另一只脚悬在空中，却还是一动不动地坚持着;有的，站在板凳上还嫌不够，又摞了只小板凳，小板凳腿被踩成了八字，眼看着那八字在大板凳的边缘，都有蹾翻的危险了，可上面的人像是已沉浸在电影里，脚下的事是横竖顾不得了;还有的，一家五口站在一条板凳上，当娘的抱了小的，当爹的抱了老二，老大的个头，大约刚够看着电影的上半截，便不时地蹦一下蹦一下的。终于有一下蹦得猛了，撞着了两边抱孩子的，站在板凳上本就不稳，再抱上孩子，岂是禁得住风吹草动的，结果一家五口全滚下凳来，孩子哭大人骂，引得一心看电影的人们都忍不住来看他们了。

这些，二妮早见怪不怪了，演一回好电影，总要添些热闹的。她心里想着小慧和明悦，目光便多半要洒在女人身上。这一洒，竟洒出几对叫她吃惊的男女来。一对是宏先和一个她不认识的女人;一对是王环和瓦工组的黄保;还有一对，竟是缝纫组的喜萍和前街一个没结婚的毛头小伙!喜萍差不多有四十岁了吧，儿子都有十七八了;那个王环的丈夫田二她是知道的，黄保她就更知道了，后街西头的，家里一群孩子和一个多病的老婆;至于宏先的老婆，她也是见过的，知书达理，但邋里邋遢，笨手笨脚……他们都没带板凳，就像通常的她和小慧、明悦一样，空手站在人群后面。后面是黑暗的，不细看很难被发现。他们却仍装作看电影的样子，眼睛向了前方，却脑袋对了脑袋，不停地小声说着话。时而哪个男的伸出手去，揽一下女的肩膀，很快被女的拂了下去；女的却又安慰男的似的，悄悄拉住了男的一只手……他们显然是不为看电影的，显然是借了看电影亲热来的。

这种事二妮平时也听到过的，只是从没碰到过，今儿也不知怎么了，家里外头哪哪都是了。二妮心跳得厉害，恨他们不知羞耻，来这里丢人现眼，就算人后一片漆黑，就算人们只顾了看电影了，万一被他们的家人发现，又该如何收场？

正为找不到小慧、明悦着急呢，黑影里忽然跟一个人撞了个满怀，定睛细看，竟是自个儿的爹黄块。二妮说，你怎么也来了？黄块却不答，转身往回走，瞬间就又拉了个人过来。二妮一看，是一个再熟悉不过的身影——小慧妈鲁芹！只听她爹对鲁芹说，你运气就是好，缺啥来啥，二妮的长板凳就是给你扛的。二妮是个直性子，出口就说，不是不是，小慧、明悦还等着我呢。黄块说，这孩子，眼里没大小，就算她们来了，也不能没你师傅的地儿！说着把二妮肩上的板凳倒在自个儿肩上，找啊找的，好容易找了个合适的位置放下来，说，你们看吧，我大队里还有事呢。也不待鲁芹和二妮说什么，顾自就转身走了。

剩了鲁芹和二妮两个，一时竟有些沉默。停了会儿，鲁芹才开口问道，小慧跟明悦在哪儿等你呢？

二妮却答非所问道，我爹从不来这种地方，今儿倒有点怪。

鲁芹说，我也是刚碰上，问他咋来了，他说都说刘三姐好看，来看一眼。这不一眼也没看，又走了。

二妮听鲁芹答得从容，便放下心来，暗想，就算爹看上人家，人家也不会看上他呀。

这时，二妮忽然被一双手蒙住了眼睛，一摸，知是明悦，不知为什么，心里是又喜又悲，不由得眼睛一湿，眼泪流了下来。

明悦吃了一惊，急忙拿开手去看二妮。明悦后面跟了小慧，小慧跟妈打着招呼，没注意二妮的异样。二妮也很快调整自个儿，跟小慧说找她们找得好苦。然后四人一齐蹬上了板凳，挤是挤点，但侧了身，照相似的一个挨一个的，倒也满站得下了。

她们前面是两对青年男女，像是外村的，她们从他们之间的夹缝里看着光彩照人的刘三姐，很快就看进去了。

直到电影结束，四人才醒过来似的，跳下板凳，活动着腿脚。她们的腿脚都有点麻，跳在地上就像跳在了棉花垛上，不知疼不知痒的。

这时，看电影的人们拥挤着向外散去，她们闪在一边，目送他们先走。她们一向不屑与拥挤的人群为伍。

电影看完，大家通常是要感慨一番的，可小慧今儿头一句话却是，二妮，刚才听你说找我俩找得好苦，还真急哭了？二妮说，没有啊。小慧说，说话鼻子囔囔的，谁还听不出来？

二妮就不再答话。

小慧说，那点出息，要搁我，巴不得找不到呢，自个儿一条板凳站上去，要多自在有多自在，手脚准保不会麻。

二妮仍没吱声。

小慧说，哎，今儿是怎么了，还想着刘三姐呢？

二妮说，刘三姐多好，心里想什么嘴里就唱什么，哪像我，甭说唱，说都不能说呢。

小慧看看二妮，说，出什么事了？又没人堵你的嘴，你可说呀。

二妮却又不吱声了，目光移向散去的人群。大家也朝人群望着，见人已稀疏了许多，在场上灯光的照耀下，一个个是蜡黄的脸色，有扛板凳的，有抱孩子的，还有的一手扯了孩子一手抱了小板凳，那孩子像是要睡着了，一步三摇晃，若不是大人的扯拽，几乎都要倒下去了。

这时，小慧妈鲁芹挪动脚步，要走的样子。

小慧和明悦也随了鲁芹，要往回走了。

只有二妮一动不动。

小慧和明悦要帮二妮扛起板凳，二妮却摇摇头，反一屁股坐在板凳上，说，你们先走吧，我再待会儿。

小慧和明悦望着二妮，便知她是有什么事了，不然她绝不肯跟她们分开的。小慧便让她妈先走一步，自个儿和明悦留下来陪二妮。

很快地，看电影的人就陆陆续续地走光了，最后只剩了她们三个，还有放映机跟前的几个人。一会儿，场上的灯忽然灭了，那几个人也在离开，场上恢复了它本来黑暗、静寂的面目。三人站在场子的一角，一时间显得孤零零的，原本热烘烘的身子竟觉出了几丝凉意。

明悦悄悄拉住了二妮的一只手。

小慧手按在二妮的肩上，说，到底出什么事了，说吧。

二妮沉默了一会儿，才勉强答道，没什么。

小慧说，少装吧，还不知道你？

二妮说，真没什么。

小慧说，真没什么？

二妮说，真没什么。

小慧说，那我们可就走了。

二妮说，走吧。

小慧拉起明悦，要走的样子。

二妮却仍不说话，也没有动身的意思。

小慧奇怪道，哎，你不是要跟什么人约会吧？

这一说，二妮被吓着了似的，猛地站起来扛起板凳，拉起二人就走。

小慧和明悦便笑了，二妮这举动让她们觉得她并没有多了不起的事。三人在黑暗里走着，小慧哼起了刘三姐的山歌：什么水面打跟头，什么水面起高楼，什么水面撑阳伞，什么水面共白头……明悦和二妮都惊奇着小慧的聪慧，刚看过一遍竟能唱下来了。二妮却也不像往常一样不甘寂寞地模仿哪一个，只是安静地听着，直到与小慧、明悦在明悦家的马道口分手，也没说出一句活泼泼的话来。

剩了小慧和明悦两个，小慧说，你知道二妮为什么吗？明悦摇了摇头。小慧说，不是又跟她娘吵架了吧？明悦点了点头。小慧说，我信你，你猜的总是对的。可跟她娘吵架有什么不好说的呢？到了明悦家门口，小慧又说，算了，不想她了，我肯定，下回见面，她一准儿就瞒不住了，不说出来才怪。明悦笑着点点头，两人便各回各家去了。

26. 黄块和贵生爹

后来的一天，小慧和明悦终于知道二妮娘和贵生那天晚上的事了。却不是听二妮说的，二妮这一回前所未有地嘴紧，小慧和明悦知道时，那事早已在村里传得沸沸扬扬的了。她们听说，二妮爹拿了铁叉去找贵生算账，幸亏贵生跑得快，铁叉插在了贵生家的那条黄狗身上，黄狗惨叫一声，瞬间就一命呜呼了。事后二妮爹拉了宏斯，在大队部喝了个酩酊大醉，宏斯不得不就近把他背到了鲁芹家，这一回，连小慧都没敢出面阻拦，只躲在自个儿屋的竹帘子后面察看动静。

要说，这种事是没人敢跟黄块说的，可偏那贵生的爹为人促狭，一天隔了墙头，理直气壮的样子跟黄块要烟抽。两家虽说是近邻，却很少来往，平时贵生爹见了黄块，能躲就躲，躲不及就装出一脸假笑，黄块则不理也不笑，如同见着条狗一样就过去了。这时，黄块见要烟的人是贵生爹，就是一怔，沉下脸说，我欠你的？贵生爹说，欠不欠的，凭咱两家的关系要根烟抽总不框外吧，嘿嘿。贵生爹个子不低，却有些驼背，长长的脖子探出背来，顶了张黑黄的小脸儿，一笑，眼睛、鼻子、嘴巴全挤在了一起，是愈发地叫人嫌恶了。黄块说，扯淡，跟你家啥关系？贵生爹说，你不待见我家，有人可待见。黄块说，谁待见你找谁去。说罢转身就向门外走。贵生爹说，大菊待见，我可找她去了？黄块回过头来，就见贵生爹一脸的坏笑。这种玩笑，过去他可没敢开过。就听贵生爹又说，大菊可不像你，人见人恨，大菊可是人见人爱呢。黄块呸了一声，懒得跟他纠缠，顾自出门去了。

可贵生爹的话，却像只苍蝇一样在黄块耳边嗡嗡了一天。晚上从大队往回走时，见几个女人正站在马道里那口水井旁交头接耳，一个女人说，大菊可真不知足，黄块那样的一个顶俩，还要贪吃外食。另一个女人说，黄块一个顶俩你见着了？那女人就呸一声说，你才见着了呢，不过贵生那玩意儿我可见过，有一天他裤裆破了个洞，小雀雀不老实钻了出来，哎哟哟，人儿不大，东西可不小，难怪大菊稀罕呢。几个女人便哧哧地笑起来。直到黄块在昏暗中走近了，她们才大吃一惊地停了笑，你推我我搡你地离开井台散去了。

回到家里，见大菊正坐在灶前呼嗒呼嗒地拉风箱，灶膛里的火映着她脏兮兮的脸和乱蓬蓬的头发，头发上沾了几根麦秸，就像刚从麦秸垛里滚出来的。黄块忍无可忍地扯起大菊，大声吼道，说！都他妈的给我说出来！

大菊本就是心虚的，早晨贵生爹的话也让蹲在茅厕的她听到了，心里骂了贵生爹一天，也战战兢兢了一天，这时候，只好听天由命，黄块问什么就说什么了。

大菊向黄块交代时，他们的孩子们先是站了一圈围观，后被二妮统统赶到大街上去了。待孩子们回来，黄块已经拿鞋底子把大菊抽得鼻青脸肿，正拿了把铁叉往贵生家去呢。他们亲眼看到了贵生抱头鼠窜、那条黄狗死在叉下的情景，狗血淌了一地，贵生的脸色跟狗毛一个颜色。他们惊恐又兴奋地看着黄块，期待他干出更精彩的给他们看，那个四妮还追出贵生好远，然后回来向黄块报告贵生逃走的方向，可黄块从狗身上拔出铁叉就回家去了，仿佛叉死那狗已把力气耗尽了。

　　其实这事，孩子们早就听到过只言片语了，只是不懂，以为大菊和贵生就像小孩子过家家一样没什么了不起呢，见到差点出了人命，才知这事非同小可了。他们回到家里，没一个对哭哭啼啼的大菊表示同情，倒是二妮，在黄块扔下鞋底子抄起火钳抡向大菊的时候，拼力把火钳夺了下来。接下去黄块对大菊使用了他的巴掌和拳头。二妮无数次想象过黄块对这事的反应，但真到来时还是把她吓坏了，黄块的眼睛是鲜红的，脸色是铁青的，嘴唇颤抖得就像个打摆子的病人。她看到了一个受了奇耻大辱的男人相，在这一刹那间，男人似是不管不顾的，什么死活，什么人命、狗命，全都他妈的不去管了！要不是二妮再次用身体挡住大菊，大菊说不定会死在黄块的拳头下的。然后黄块就抄起铁叉往贵生家去了，追上前去的二妮跟逃窜的贵生撞了个满怀，同时黄狗的惨叫也传进了她的耳朵。

　　几天之后，那个多事的四妮又向黄块报告说，贵生从外面回来了，他亲眼看见的，回来就钻进屋里去了。他贴在窗下听到贵生爹骂贵生说，没出息的东西，看把你吓的，没脸见人的是他，你躲个球啊。他就是把你叉死，老婆也是让人睡了，一辈子他都甭想痛快了。贵生说，就为了他不痛快，换一个你儿子的死，什么老子啊……没待四妮报告完，黄块就大喝一声滚，把四妮赶出去了。

　　黄块醉酒之后在家里整整待了三天，村里的事有人来找他，除了宏斯他一律不见。他对宏斯说，他的支书看来是当到头了。宏斯安慰他说，这算什么事，偷鸡摸狗的是他们又不是你。黄块说，我也想这么想，可精气神由不得你，它说没就没了，你想想，一个有头有脸的人，忽然有人泼了你一身屎尿，大伙是笑你还是笑那泼屎尿的人？宏斯说，泼了就洗洗，它还能在身上带一辈子？黄块叹口气说，那不是一般的屎尿，洗不净了，真要带一辈子了。

　　这三天里，黄块不理大菊，也不吃她做的饭，使唤二妮给他单做。夜里睡觉，一盘大炕黄块和大菊各占了一头儿，中间是几个孩子。大妮常睡在卫生所里，二妮早学小慧和明悦的样儿，自个儿把盛杂物的偏房收拾了出来，睡在那里。她的房间是谁也不许进的，上工前就一把铁锁锁起来。这几天黄块没让她锁，她走了黄块就把自个儿关在那屋里。屋里不过一张木板床，一张没刷过漆没带抽屉的小桌子，一个松松垮垮的一人凳，可收拾得一尘不染，就连没铺砖的土地都光溜溜的，仿佛碌碡轧过了一样。黄块躺在床上，身下是二妮在缝纫组拼接的花花绿绿的床单子，脑袋下是有几分皂香的枕巾。他自知这么躺在闺女的屋里有点不像话，就如同个理不清事只会赌气的小男人。可他哪里是赌气，他是没办法出门啊，门外的哪双眼睛不是把刀子，不等他走到大队，身上就得是千疮百孔的了。再说大菊在外面走来走去的，他看见她就想攥拳头，万一忍不住打出个好歹，这群孩子谁来管呢。大菊这回也怪，打成那样也不肯跳井了，只是不停地洗啊涮啊缝啊补啊，看不见她吃喝，听不见她说话，好像变成了一台只会干活儿的机器了。隔门听着大菊的动静，黄块就觉得是个生人似的，他想，哪怕她妈的求一声饶呢。他又想，莫非她对那个扶不上墙的贵生还真动了心了？

第四天头上，宏斯又来找黄块了，他说不想出门也得出了，上边派工作队下来了，要搞运动了，点名要见你呢。黄块说，工作队也不是没来过，就说我病了，你就支应几天吧。宏斯说，这回可不一样，说是什么"四清"运动，来头儿不小，那工作队长一说话就是大词儿，阶级斗争、资本主义、社会主义，他一说话，那些工作队员都不敢吱声呢，你看看去就知道了。

黄块只好从二妮房里走了出来。这时，就见贵生爹正隔墙往这边探脑袋呢。黄块吼道，看什么看？贵生爹吓得转身就往屋躲，嘴里却仍不肯老实，嘟嘟囔囔地说，自个儿不痛快找旁人撒气，有本事也找痛快去啊。黄块说，大声点！贵生爹却早蹿进屋里去了。宏斯说，你也是，闷了几天，见识倒短了，跟他这种人较什么劲啊？随即扯了黄块，便往大队部去了。

第 六 章

27. 小慧和小程

黄块把工作队的人安排到鲁芹家住去了。鲁芹家房子宽裕，离大队近，更要紧的是鲁芹不多事，让黄块放心。工作队总共六个人，队长据说是从省里下来的，黑瘦黑瘦的，一脸的严肃，其他五个人全看他的眼色行事。

六个人住进来，鲁芹没说什么，小慧先不高兴了，说好好的住进一帮生人，日子还咋过啊。鲁芹说，小声点，让人家听见。小慧说，听见就听见，这是我家，还不让说话了。鲁芹说，这回来的都是大干部，咱可得罪不起。小慧说，就怪你，谁让你答应的？鲁芹说，这种事哪有不答应的，上边派来的人。

工作队住在后院一排北房里，但水井在前院儿，他们便不断地有人来前院儿打水，有人甚至蹲在井边洗起衣服来。小慧从窗口望着他们，心里觉得这前院后院都像是归了他们了，出来进去的再也不那么自如了。

工作队里有个白白净净的年轻人，看不出多大岁数，说他二十六七岁有人信，说他三十几岁也不会叫人吃惊。他几乎天天来井边洗衣服。他的洗衣盆里，肥皂沫子白花花的，远看就像是一大盆刚摘下来的头喷棉花。他洗衣服，先打一遍肥皂，再搓一遍洗衣粉，白沫子弄得满天飞，到脸盆里清清亮亮不见沫子时，少说也用过了八盆水了。盆里的水来自井台上的一口大水缸，小慧妈每天睡前都要呼隆呼隆地摇上一阵辘轳，把水缸打得满满的。有月亮的时候，天上一个月亮，水缸里一个月亮；有太阳的时候，天上一个太阳，水缸里一个太阳。小慧和小慧妈用盛了太阳、月亮的水来洗衣服、洗脸、洗脚，有时被太阳烤得发烫时，还用来洗头洗身子。可现在，老远地再也难看见缸那边晃眼的亮光了，还没等晒热乎呢，就被工作队这人一盆一盆地舀走了。工作队的其他人还好，提个水桶，用多少从井里打多少，唯独这人，用的水多不说，还从不提水桶，水缸里的水，倒像是为他打的了。

这一天午间，这人端了盆衣服，又往井台上来了。小慧从窗口望见，不由得推开房门，也往那边去了。

工作队的人都称这人小程，小慧走到跟前，就也叫道，小程。

小程回过头来，见是小慧，便笑了，说，你也叫我小程？

小慧见他笑起来眼睛是弯的，嘴角是翘的，一脸的热情，她努力保持着自个儿的敌意，说，你不叫小程？

小程说，程是我的姓，你这岁数该叫我老程吧？

小慧便说，老程，有水桶吗？没水桶我借你一个。

小程说，什么水桶？

小慧说，你洗衣服，没水怎么洗？

小程一指水缸说，缸里有啊。

小慧说，缸里的水是你打的？

小程看看小慧，又看看水缸，再一次笑了说，是你打的？

小慧说，不是我打的，可我不喜欢不劳而获的人。

小程说，你是叫小慧吧，小慧，我可不是不劳而获的人，看，老张、老李的衣服都是我洗呢。他们说了，我管洗，他们管打水，我们是各有分工呢。

小程抖着盆里的衣服，手也是白的，手指细长细长，手背上的筋络清晰可见。小慧不由得呆了一下，她注意过明奇的手，手指也细长细长的，可不这么白，还瘦骨嶙峋的，就像是比他的脸老了几岁。

小慧嘴里说，水是我妈打的，我可从没见老张、老李打过。

小程说，不会吧？

小慧说，不信你就问问去，看他们往水缸里打过一桶水不？

就在这时，小慧妈鲁芹走过来了，她一边催小慧回屋，一边赔了笑脸对小程说，程同志，小孩子不懂事，说话着三不着两的，你可千万别跟她一般见识啊。

小程说，没事，这事怪我，只以为水是他们打的。这样吧，往后打水的事我们包了，您就甭管了，下地干一天活儿怪累的，我们不下地，正好活动活动筋骨。

小慧妈急得连连摆手说，哎呀呀，几桶水算什么？甭听她孩子家胡说八道，给你们下乡干部做点事，还不是应当的！

小慧到底被推回屋去了，小程要回后院儿提水桶去，被鲁芹硬是拦下了。后来，水缸里的水，鲁芹是愈发地不敢怠慢了，稍有亏欠，就要及时地补充。而那小程，用了水缸的水，也总要把老张或者老李唤出来，摇动辘轳，打上几桶水上来。

小慧不明白，这小程好大的口气，要包起打水的事，可事到临头，却辘轳把儿都不肯摸一下，就算是他们各有分工，他也过于计较了吧。

她对小程不满，却又有些莫名地被他吸引，只要他去井台洗衣服，她便坐在窗前呆呆地看呀看的。他的一双手在白沫子间钻进钻出的，她觉得有说不出的好；他把脸盆里的水扇子面似的洒出去，她一样觉得好；他把院子洒得湿漉漉的，空气中飘荡着肥皂的香气，她还是觉得好。可她却又为自个儿这看寻找着冠冕堂皇的理由，她想，她其实是要看看，这些城里人在生活上是如何的小气，如何的斤斤计较各管各的。她对她的母亲鲁芹说，比起地里活儿，打水、洗衣服算什么活儿，他们可真做得出啊。鲁芹说，你不也一样在计较啊。她说，我跟他们又不认识，要是跟明悦，我才不会分得丁是丁卯是卯的。鲁芹说，不认识才要小心，工作队的人，一向是不讲情面的，咱千万不能因小失大。小慧不再吱声，心里一边暗笑着母亲没必要的担忧，一边又有几丝莫名其妙的滋味涌在心里，她并不知这滋味是什么，只知是和那小程有关的，就像那满院子的皂香，虽说跟自个儿没一点关系，可它简直无孔不入，从门缝儿、窗缝儿就进来了，赶都赶不走。

后来的一些天里，小慧与明悦、二妮见面，不由得就要把小程挂在嘴边上，自然是嘲讽的口气，不仅嘲讽他的小气，还嘲讽他那双女人一样的手，嘲讽那满盆的肥皂沫，甚至嘲讽那满院子的皂香，说城市人跟农村人就是不一样，一盆水也要有所用，弄得院子天天像过年一样。二妮说，你这是夸他还是骂他呢？小慧白她一眼，真笨，有这么夸人的吗？二妮问明悦，你说呢？明悦却只笑，不表态。不过她们也并不多想，小慧平日刻薄惯了，熟人还没几个能入她的眼，何况一个陌生人呢？

又过了些天，再见到明悦、二妮，小慧就闭口不再提小程了，二人问起，小慧也只三言两语地敷衍，二人只当她是习惯了没什么好说的了，便也不再问，是啊，一个外来人，跟她们有什么关系呢？

却不知，小慧的不提，其实是她的怕呢！怕别人提起小程，更怕自个儿对小程的态度。也不知哪一天，小程没到前院井台上来，小慧心里竟有些空落落的，到第二天再见到小程，心才踏实下来，却也不去搭话，仿佛见到了就够了。倒是那小程，有两回反要冲了小慧的房间，"小慧、小慧"地喊。一回是水桶掉到井里去了，喊小慧帮他。他本是不打水的，可那天老张、老李都不在，水又被他用去了半缸，他便不得不打，结果桶一下去就脱了钩了。小慧帮他捞上水桶，才知他从没用过辘轳，头一天到这儿桶就被他掉井里一回，他怕给大家惹麻烦才不敢再打水的。又一回把小慧喊出去，只为把一个巴掌大的小本子送给她，说，听说你爱看书，这本子想是用得上的。小慧又惊又喜，看那小本子除了小，也没什么特殊，软皮封面，隐隐的横格子，但因是他送的，就觉得有说不出的好。但她没马上接，只说，平白地送我东西，我哪敢要？小程说，怎么是平白，你帮我捞水桶了啊。小慧一听，不禁有些微的失望，原来是答谢的意思，城里人就是小气，捞水桶算个什么事呢。但这毕竟让小慧有了接过来的理由，她说，那就谢谢你了。她将那本子接在手里，心想，他也许正在心里说，这下我跟你可两清了。

尽管这样，小慧还是对小程又多了层滋味，那个小本子，就像虚无缥缈中小程抛过来的一条细细的丝线，虽经不得扯拽，却到底是可见的实物，小慧紧紧地攥在手里，字都不敢写上去一个，仿佛一个字的重量，就足以将那"丝线"弄断似的。

这样的滋味真不好受，孤单单的，没有一个人可以去说。还不如最初，可以与明悦、二妮轻松地数落一个外人。可现在，这个外人却变得不知如何对他好了，"小程"二字一出口，她竟还没来由地脸红心跳，小程真人站在面前，她更是心乱如麻，想不出一句要说的话来。小程就像是一块刚烤熟的红薯，拿在手里烫人，扔掉又绝不舍得。好在，小程他像是不知不觉，见了就小慧小慧地叫，有时还拉了小慧在井台边说话儿。无非是说些村里的事，前街、后街，这个人那个人的。小程来的时间不长，知道的事可是不少，连缝纫组有个二妮，卫生所有个大妮他都知道呢。跟小程说话儿，小慧不由得就要掏心掏肺的，有的话，跟明悦、二妮她们都想不起说呢。比如说到前街、后街，小慧就说，前街、后街就好比城市、农村的区别，你懂吧？小程摇摇头，一脸困惑的样子。小慧说，亏你还是城市人，这都不懂，就好比洗衣服，你打一遍肥皂还要搓一遍洗衣粉，而前街的人顶多打一遍肥皂，后街的人呢，干脆肥皂都不会打，晒一盆草木灰水完事。小程说，他们是买不起吧？小慧说，买得起他们也不会想到买块肥皂，肥皂在他们眼里那就是不正经的玩意儿，要是看你这么洗衣服，他们会骂你败家子的。小程便笑起来，他一口雪白整齐的牙齿，笑得小慧心里暖暖的，笑得一整个院子都亮堂起来了。

这么一回一回地说话儿，于小程看不出什么，于小慧却是满心的欢悦，有一次说完话回到屋，在镜前照照自个儿，她不由大吃了一惊，镜子里的小慧，红扑扑的面庞，亮得吓人的眼睛，像涂了胭脂的嘴唇，还有翘得高高的闪了亮光的鼻子、下巴……整个人，犹如喝醉了酒一般。小慧庆幸着没到母亲房里，若是鲁芹看见，她会怎么想？接着又想到小程，自个儿这样子，岂是会逃过小程的眼睛？再见到小程，小慧便装出一脸的淡然，仿佛上回那个小慧没有过一般。小程却像没看见她的淡然，仍如同以往与她说话儿。说着说着，小慧就不由得忘了淡然了，又一次地兴奋起来。有一回，小程还提到了村支书黄块，并问小慧对他怎么看。小慧率性答道，他是村里最坏最坏的人了。小程眼睛一亮，说，怎么呢？小慧说，你打听去吧，打人骂人，瞒产私分，乱搞女人，还把自个儿的儿子、闺女弄到副业上去，还不够坏吗？小程说，乱搞女人，你……看见过吗？小慧红了脸说，还用看见？坏人带相，他一进门就能看出他不安好心。小程说，对谁不安好心？小慧说，对我妈啊。小程说，你妈是什么态度？小慧说，我妈……我也说不清，反正不拒绝他来，有时还留他吃饭，给他零花钱。小程说，还给他零花钱？小慧说，我妈干不了的活儿，他有时会帮了干。小程说，哦，原来这样。小慧看着小程若有所思的样子，还以为是对自个儿的关心呢，正想再说点什么，小程却被那个老姜叫走了。老姜一叫，小程小跑着就去了，小慧想说的话只好咽回去了，这让她多少有点别扭。

小慧并不觉得自个儿的话会对小程产生什么影响，要紧的，是她自个儿想说，小程就犹如一股奇妙的力量，在他面前她似什么都可以和盘托

· 111 ·

出。她看到小程的一双眼睛亮了又亮的，想到镜子里自个儿的那双，心神不由得有些恍惚，莫非，她小慧对他也有同样的力量吗？

28. 工作队和黄村

小慧哪里知道，她对黄块率性的评价，却对工作队的一个决议起了至关重要的作用，那就是把黄块作为运动的重点开展调查。因为正当工作队在黄块问题上举棋不定的时候，小程发言说到了一个令大家不再犹豫的理由：连鲁芹的女儿都说黄块是最坏最坏的人，他这个村支书还能再当下去吗？

很快地，黄块、宏斯和大小队的所有干部们都被停止工作，整天整天地开起会来了。会上先一个个地做自我检查，然后开始相互批评，批评党外的，更批评党内的，批评小队的，更批评大队的，批着批着，就批到黄块身上去了，因为黄块身上的毛病太多了，一抓一个准儿，还因为有工作队的幕后安排，那些平时害怕黄块的人，一反常态，指了黄块的鼻子说了一桩又一桩的。黄块他哪里知道，自是不服又纳闷，嘴上骂骂咧咧的，还总想以工作为名请假。假准不下来，他就四处嚷嚷说，开会能开出粮食来吗，什么工作队啊。

他这样子，工作队就更认定他们决议的正确了，怪不得上边要抓阶级斗争，清思想、清政治、清组织、清经济，这种对中央指示都不看在眼里、肆意横行的人，若不及时清出，党和国家真就危险了呢。

黄块嚷嚷了几回，后来看形势不妙，就再不敢嚷嚷了。村里那些见风使舵的人他倒不怕，恨他借机整他的人他也不怕，最怕的是那个工作队长老姜。老姜本来就长得黑，还一天到晚阴沉了脸，像是全世界都是他的敌人似的。他轻易不说话，一说会吓人一跳，那么瘦个人，发出来的声音却洪钟似的震人耳朵。有一回开全村干部会，有人揭发黄块瞒产私分的事，黄块站起来就往外走，主持人问他去哪儿，他说撒尿，主持人正不知如何是好，就听一个人说道，回来，我看你敢再走一步！话说得不慌不忙，却震得黄块耳朵嗡嗡的，他看都没敢看那人一眼就老老实实地回来了。后来黄块才听说，老姜是当过兵打过仗指挥过千军万马的，怪不得，他黄块鬼使神差似的两条腿不听使唤了呢。

那以后，黄块有了个180度的大转弯，一开会就痛哭流涕地检查自己，别人揭发过的说，没揭发过的也说，还不留情面地揭发别人，有一回甚至揭发到了宏斯头上，说宏斯利用职权之便，把对医药一窍不通的儿子弄到卫生所滥竽充数。会后宏斯见着黄块，一低头就过去了，黄块却追上去，反怪宏斯不理他，说，你这个人就是小心眼儿，我揭发了你你也揭发我呀。宏斯说，我可没你那么不是人。黄块说，你儿子的事是秃头上的虱子，让别人说出来倒不如咱自个儿人说出来，我的事也一样，你畅快地往外说，好歹咱都过了关，省得受这份罪了。你难道没看出来吗，那个老姜，鹰钩鼻子眍眍眼，你要豁不出去不是人，他可不会叫你好好做人的。宏斯说，老姜怎么是鹰钩鼻子眍眍眼呢？黄块说，我也不明白，老觉得他是鹰钩鼻子眍眍眼，见着他知道不是，可一闭眼又是了。宏斯哼一声说，还没见你怕过什么人呢。黄块说，就是，真他妈的。

即便这样，最后的结果也让黄块没料到，他和宏斯，除保留党籍外，统统都一撸到底，回生产队劳动去了。他妈的，大会小会地做检查，脸皮扒了一层又一层的，到头来全白白地折腾了。更可恼的，代替他俩的，竟是贵生爹和原来曾被黄块换下的黄二牛！理由自是不容置疑，两人都出身雇农，是黄村当之无愧的无产阶级。当然，也因为他们在对黄块的揭发中表现积极，成了运动中党的重点依靠对象。大队的其他成员，除保留了会计、出纳外，也几乎全换了，一色儿的贫雇农，一色儿的后街人，按工作队老姜的话说，印把子攥在谁手里，是当前运动的首要问题，贫雇农不上去，难道还拱手让给地主老财吗？至于黄块的出身，老姜几次在会上说，我们从没怀疑过黄块的苦出身，但人是会变的，如今他已经变质、蜕化，看资产阶级一朵花，看无产阶级豆腐渣，让这样的人再掌握权力，我们贫下中农就只有吃二遍苦受二茬罪了！黄块知道，老姜说的资产阶级，是指他重用的宏斯、鲁芹、宏先这类人，这类人中只有宏先出身富农，要想把其他人也裹进去，也只有说成资产阶级了。宏斯、宏先倒没什么，让鲁芹跟了他背黑锅，他心里有点不好受。在一遍遍的检查中，他什么都不否认，什么都敢揽在自个儿头上，唯有跟鲁芹的关系，他是铁嘴钢牙，拒不承认有人揭发的不正当的男女关系。在外人看来，他和鲁芹都好过一百回了，可他黄块却口口声声说他是清白的。会上的人都不由得笑起来了，你黄块要清白了还是黄块吗？黄块急得，下跪、发誓的心都有了。他想到当初他还把工作队弄到鲁芹家住了，要知这样，把他们打发到贵生家去，让他们也受一受贫雇农的罪去。

不过用不着黄块费心，很快地，人家工作队就从鲁芹家搬出来了。新住处是新上任的村支书黄二牛安排的，先是自个儿家，老姜嫌太挤了，五个人住不开；又去了贵生家，老姜一句话没说皱着眉头就出来了；明悦家倒叫老姜十分满意，干干净净，又位于前街、后街之间，去哪条街都方便，可一听黄二牛说这是个中农户，老姜的脸立刻沉了下来。黄二牛正为难之际，小程忽然一拍脑门说，大队部！大队部那么多房子，闲着不是闲着，开会院儿都不用出了。老姜当下就点了头，一行五人，跟鲁芹招呼都没打一个，就收拾了行李往大队部去了。当然，跟小慧也没打招呼，一个小孩子，就更不必了吧。

不管怎样，这算得上后街人的最兴盛时期了。你就看吧，在大队部出出进进的，在大街上晃来晃去的，在会上声高气粗的，全都是意得志满的后街人。后街人识字的、不识字的，都开始要在会上讲几句了，因为当了众人说话是个脸面，从前后街人哪有这么多的脸面啊。也是要开的会太多了，晚上开，白天也开；群众会开，党团会也开；青年民兵会开，老年会、妇女会也开。许多人在这边的会上发完言，又小跑着赶到那边的会上发言去了。没多长时间，就有一批发言的人才出现了，说起话来不怵场不打结，一套一套的，没人制止他都能一个人啰唆大半天。而这样的人，还大多是那些大字不识一个的，识点字的，受了字的拖累似的，反倒有些瞻前顾后、结结巴巴的了。

后街的兴盛，还表现在村里的几个摊点上。一是大队的值班民兵，二是碾米、磨面房的人员，还有供销社的售货员、理发铺的理发员、卫生所的司药什么的，因为这些人，全都换成贫雇农出身的了，除了值班民兵有一个是前街东头大杂院的以外，其余全是后街的。卫生所的大妮、宏涛都吃了老子的挂落，重回生产队劳动去了，宏先一个富农，按理也不该待下去的，只因没人能替代他，便另外找了两个雇农家的孩子帮他，同时也起监督的作用，一旦宏先轻举妄动，这两个就立刻转换角色来专他的政。至于缝纫组、木工组、瓦工组什么的，在清完它们的经济账之后，都被作为"资本主义的草"锄掉了，缝纫组占的那间耳房，一夜之间就换成了团支部和民兵值班室了。常有几个趾高气扬的值班民兵，动不动就跑到对面的卫生所串门子，他们扎了腰带，扛了木枪，会把看病的人吓一跳。宏先撵过他们一回，他们用枪指了宏先说，你一个富农分子，敢对贫下中农指手画脚的，反了你了！宏先气不过，进院儿里找到工作队评理，工作队的人却说，你能在卫生所留下来，应该感谢党的政策，感谢对你的宽容，对他们这个态度，你的立场站到哪里去了？一向傲气的宏先，在工作队的威严面前，也再难傲起来了。过去对黄块，他还可以表现他的傲气，而工作队和现在的领导班子，连表现的机会都不给他了，他们就像一群犯人的押解者，哪个敢抬一抬头，脑袋上立刻会挨一下子，犯人是没有理可讲的。

这回运动，黄村最难过的要算黄块了，倒不是因为他的挨批，也不是因为他的下台，最叫他难过的，是他一直在为后街人说话，一直希望后街人能出人头地，可到头来，他却被看作了前街的代言人。而被他看不起的黄二牛和贵生爹，居然不费吹灰之力就让后街人一夜之间变得扬眉吐气了，这可是他黄块做梦都想的景象呢！可是，靠黄二牛和贵生爹，这样的扬眉吐气能维持多久呢？

29. 小慧和明奇

工作队的搬走，黄块的下马，缝纫组的解散……一桩又一桩的，小慧一时有点反应不过来，就像是树倒了砸到了房子，房子倒了又砸到了房子里的人，样样是突然而又难料。按了她从前所想，这结果该是叫她高兴的，可现在，她心里却乱糟糟的，倒不如还回到原来的样子了。那个小程，自从搬走后再没来找过她，有时开会遇见，也是一脸的郑重，看也不看她一眼，就像压根儿没跟她说过话似的。小慧因此就更加心乱，想起自个儿跟小程说过的话，冷不丁就冒出一阵冷汗来，黄块的下马，不会跟自个儿也有关系吧？

这么想着，小慧就迫不及待地要找小程问个清楚。大队部与小慧家本就一墙之隔，可小慧连去了两趟，小程都说正在开会。到第三趟，小程还是说在开会。他也确实出了这屋进那屋的，大队部每间屋的人都满满的，每间屋都离不开他似的。有一刻，小慧就忍不住拦了小程道，你就不想知道我有什么事吗？小慧的眼睛亮得要冒出火来，她自是为心里的狐疑而来，却也是以此为由想见到小程。小程躲闪了小慧的眼睛说，什么事？小慧只好直入正题道，那天，我说黄块的话你都当真了？小程说，什么意思？小慧说，若它是假的呢？小程皱起眉说，是真是假，我们自有判断。小慧说，你们才来几天，凭什么判断？小程说，凭调查研究啊。小慧哼一声道，我敢说，评价一个人，这村里没有一个是本了公正心的，就好比我，因为恨黄块，就乱说他的坏话，其实他那些事，我都是从地里听来的，没一件是我亲眼看见的。小程说，那你为什么恨黄块呢？小慧说，因为……因为他爱骂人，再说恨他的人不只我一个，黄村加起来半数人都不少了。小程说，你现在说的可是真的？小慧说，当然。小程说，一个遭半数人都恨的村干部，就算你那天说的是假的，再替他辩护还有意义吗？小慧立刻有点傻，这绕来绕去的，竟是把自个儿绕进去了。小慧说，谁替他辩护了，我是想要你明白，那天的话，我不是对工作队的你说的，是对一个……对一个跟这事不相干的你说的。这时，也不知哪屋的人在叫小程，小程忙应着去了。剩了小慧一个，正不知如何是好，忽见一个黑黑瘦瘦的人站在了她的对面。小慧吓了一跳，认出是那个工作队队长老姜。

就听老姜说，你跟小程的话，我都听见了。

小慧吃惊地看着他，她跟小程说话的时候，前后像是没什么人的，他是在哪儿听见的呢？

老姜说，你要记住，小程的身份只有一个，那就是工作队队员，他既不是什么不相干的人，也不是你想象的任何人。

老姜表情严肃，话说出来就像背书一样，说完便扔下小慧不见了。

小慧左右看看，院子里不见一个人影，只有一条黑狗这里嗅嗅那里嗅嗅的。小慧捡起一颗石子，狠狠地朝它打过去。但石子打偏了，黑狗只吓了一跳，然后仍继续着它那愚蠢的行为。小慧看着，不知为什么忽然想哭……

小慧走出大队部，没回自个儿家，径直往明悦家去了。

小慧知道这阵子开会的人多，不开会的人大白天也早下地去了，可她还是不管不顾地往明悦家走。明悦是不会被人叫去开会的，她想要是明悦下地去了，她就跳进马道那口井里去。

小慧下了赌注似的，一路上眼前晃着明悦的影子，走到明悦家门口，人没进就明悦明悦地叫。

果然不见明悦从屋里走出来。小慧走到明悦窗前朝里望，屋里空荡荡的，哪有明悦的人影。小慧心里一阵绝望，转身就走。要说，明悦纵然再有主见，与她说了又能如何，可不与她说，她小慧又能与哪个说呢？

谁知，转身的一刻，却见明奇从对面房里走出来。

明奇说，明悦下地去了，你没去？

小慧摇了摇头。

明奇说，有事？

小慧又摇摇头。

明奇说，要不，到我屋坐会儿？

小慧摇着头，两条腿却就朝了明奇的房里走。

待在房里坐定，明奇问道，出什么事了？

小慧因这问话吃了一惊，看了明奇说，没有啊。

明奇说，就不能跟我说说？

小慧说，我能出什么事？

明奇说，照照镜子就知道自个儿出没出事了。

明奇将桌上的一个方镜推给小慧。小慧看看镜子里的自己，脸色苍白，神情呆滞，嘴角下拉，仿佛一个从没见过的陌生人。小慧害怕地推开镜子，硬了头皮说，怎么了，这不挺好的？

明奇好脾气地笑笑，说，你不想说，那我就猜猜？

小慧说，随便。

明奇说，我猜，和工作队有关。

小慧惊道，你怎么知道？

明奇说，因为工作队在你家住得好好的，说搬走就搬走了。

小慧松口气说，他们搬他们的，跟我有什么关系？

明奇说，有没有关系，就只有你自个儿知道了。

小慧再次把心提起来，说，你怎么就认定和他们有关系呢？

明奇说，因为听你说起过那个小程。

小慧说，跟你？

明奇说，跟明悦。

小慧说，你偷听我们说话儿？

明奇说，没有，是你声儿太大，太兴奋了。

小慧脸红了说，兴奋什么，我有什么好兴奋的？

小慧嘴里争辩着，心里却回想着跟明悦一起说话儿的情景，那时候的自个儿，当真是兴奋的吗？

小慧就听明奇说道，他们也来这儿看过房子，老姜和小程来的。那个小程，一看就是个靠不住的。

小慧说，怎么？

明奇说，他长得太光鲜了，还总贴了老姜的耳朵说话。

小慧说，我倒没觉得，只是他这个人一会儿热情，一会儿冷淡，叫人说不清。

话一出口，小慧索性就把事情从头到尾说了一遍。她自是不会说到自个儿对小程莫名的感觉，但明奇多么聪明，小慧从他的眼神里，分明感到他是知晓一切的。小慧发现，明奇的神情好像与以往不同，以往是高傲的，又有些孤独的，让人不由得就要跟他拉开距离；而现在，他的眼神是专注的、关切的，脸上有几丝少有的忧虑，他的个头也像是高了些，肩膀宽了些，整个人看上去已是个大男人的样子了。

小慧从没这么认真地注意过明奇，即便与他面对面地谈小说，心思也是在小说上面。她当然知道明奇是聪明的，但从没把这聪明和自己联系起来过，可眼下，明奇于她忽然有了自己人的感觉，她看着这张熟悉又有点陌生的脸，有条不紊地述说着。有一刻，她竟吃惊地发现，明奇的眼圈红了，眼睛里闪烁着差一点就要掉出来的泪花。天啊，他竟然为她的事动了真情，他竟然是一个有情有义的人呢！

小慧停了话，看着明奇。

明奇也看着小慧。

久久地，四目相对。

小慧终于说道，你知道，黄块下马不下马，我是不管的。

明奇说，我知道。

小慧说，我是后悔我的傻。

明奇说，我知道。

小慧说，他只是个工作队员，不是任何人。

明奇说，没错。

小慧说，要不是遇上你，也许我就投了井了。

明奇说，那你就更傻了。

小慧便笑了，眼睛里却也变得泪花花的了。

30. 二妮和贵生

小慧走出明奇家时，往对面那口井望了一眼，就觉得自个儿像重新活过来一样。她想起明奇方才说，二妮也来找过明悦了，不知她说了什么，只看见她眼睛红红的。是啊，缝纫组解散了，她爹又下了马，比起自个儿，她也许要难过得多呢。这些天只顾自个儿的事了，竟把她忘得干干净净的了。不过她也多少天没来找自个儿了，莫非她听说什么了？

这么想着，小慧的一双脚不由自主地就往后街去了。走出马道，她停住朝二妮家的方向望了一会儿，知道自个儿是不会去二妮家的，从前没去过，现在也不会去，她和二妮，只清清爽爽的两个人，跟两家儿没一点关系。她就这么站了一会儿，便又转身回前街了，仿佛只在后街站一站，去找二妮的心愿也可以了却了。

小慧哪里知道，这时的二妮正在大队部的一间屋里开会呢。当小慧站在大队部的院儿里万般难过时，二妮却连难过都顾不得了，她在众目睽睽之下，不得不对她爹黄块做着不情愿的表态。

二妮开的是共青团员会，她这团员是她爹撺掇成的，说入了团才可能入党，入了党才可能在这村里硬气。二妮并不以为然，却也没咋反对，反正不是坏事，入就入呗。想不到，党还没入呢，她爹就先硬气不起来了。

团员会自是在团支部占据的耳房里召开，缝纫组解散后，这里只剩了一块木板支起的工作台，团员们开会时便以工作台为中心，坐成了几圈。团支部书记原来是前街的，由于受黄块的牵连，已停了职，暂由米贵生临时负责了。米贵生自是沾了他爹的光，这时站在工作台前，一脸的得意，一身的煞有介事。二妮原本坐在最后，忽然就被贵生叫到前面去了，要她面对大家，对她爹黄块的事表个态。二妮对爹的事正一肚子的不快呢，指令她的又是她一万个瞧不上的贵生，便一下子拉了脸。她说，表态可以，站在这儿不行。贵生说，哟嗬，看把你金贵的，以为你还是村支书的闺女啊？贵生是一张长脸，尖尖的下巴，一翻脸下巴有些扯，脸也有些变形。二妮见惯了他巴结讨好的样子，这样的嘴脸让她暗暗吃惊。更想不到，贵生还是个能煽动的，他说，团员同志们，黄二妮作为一个共青团员，主动跟党内腐败分子黄块划清界限才是正路，可看她这态度，分明是受了黄块的教唆，大家说她是该坐着还是该站着啊？大家就齐声答道，站着！

在这个村子里，黄二妮除了小慧和明悦，就再没有要好的人了，倒不是人家不想跟她要好，是她平时总扬了脑袋，对人爱答不理的，尤其是后街人，几乎没一个让她瞧上眼的。而共青团员后街又占了大半，自是就没什么人向了她说话了。别人倒罢了，米贵生敢这么对她，是她万万没想到的，她想，米贵生啊米贵生，你个流氓无赖，你个说翻脸就翻脸的势利小人啊！

但二妮哪抵得住大家的呼声啊，到底是没能坐回去，站在了她熟悉的工作台前了。

所有的人都坐着，连主持会的贵生都坐下了，二妮孤单单的，两手不由得抚住工作台，要找个依靠似的。谁知，这双手一抚，熟悉感、亲切感油然而生，竟意外地给她壮了胆量。她抬起眼帘，面无畏惧地与大家的目光对视着，她说，我爹他犯了错误，上级处分他是应该的，我当然不能跟他站在一边。不过我爹这个人，除了吃饭、睡觉，根本不在家待，整天地忙，所以他都犯了什么错误，我还真是不知道。她说得不慌不忙的，连自个儿都有点奇怪，话不知怎么就说出来了，鬼使神差似的。

就听贵生说，不知道是什么意思，是你爹没犯错误，大伙冤枉了他？

二妮说，我可没这么说，不是让表态嘛，我是说就算不知道，我也不会跟我爹站在一边的。

贵生说，村里的事你不知道，家里的事你总知道吧？

二妮说，家里什么事？

贵生说，你爹动不动就打你娘，你敢说不知道？

二妮说，村里打老婆的人多了，你爹不也总打你娘？

下边就有人哧哧地笑，有人还说，男人打老婆算什么事！

贵生手一挥说，安静安静，她爹打老婆可不一样，他是在外面乱搞女人，作为一个村支书，喜新厌旧，腐化堕落，搞资产阶级、修正主义那一套，问问二妮，是不是有这回事？

就有人响应了说，是啊二妮，你爹打你娘是咋打的，巴掌还是鞋底子？巴掌打就是亲，鞋底子抽可就是恨了。恨打哪儿来的？哪个女人教唆的？

二妮咬了嘴唇不吭声，她想不到贵生会在这种事上做文章，自个儿屁股底下还一堆屎呢，莫非他以为负责开个会，那堆屎就能变成香饽饽了？

这时，贵生站起来，忽然就啪的一声，将手拍在了工作台上。二妮吓了一跳，遂听贵生说，快说，哪个女人教唆的？

贵生的脸愈发地显长了，他的脖子是细的，使那张长脸晃来晃去的。他脖子的一侧有个扣子大小的黑痣，黑痣上竖了几根寸把长的汗毛。二妮看看他的脸，又看看他的黑痣，心里忽然没来由地一阵疼痛，大菊啊大菊，你咋就跟这么个人混到一起了呢？她便不管不顾道，这种事我怎么会知道，你米贵生该最清楚吧！

贵生说，我怎么会清楚？

二妮说，那天夜里，是哪个翻墙头的时候挨了一杈？

二妮这一说，大家立刻交头接耳起来，是啊，贵生那档子事谁不知道啊，他这么装腔作势的，都差点要把他当正经人了。不过二妮也真够二的，自个儿娘的事，还要在会上抖搂出来，生怕知道的人少啊。

谁知，贵生却没事人似的说，什么翻墙头什么挨了一杈的，我咋不知道？

二妮冲贵生狠狠地呸了一口。

贵生说，黄二妮你要注意你的身份，你是黄村最大的资产阶级腐败分子黄块的闺女，只有老老实实地对黄块检举揭发，才是你唯一的出路！

这时，工作队的小程走进来，在贵生耳边小声说着什么，贵生鸡啄米似的点着头。大家不作声地看着他们。

小程走后，贵生像被打足了气，声音比刚才高了八度，他说，经过这些天大家的检举揭发，黄块的错误是严重的，他不光是以权谋私，不光是乱搞男女关系，他还大搞副业，带领大伙走资本主义道路。程同志说了，是走资本主义道路还是走社会主义道路，这是个大是大非问题，务必要大家擦亮眼睛，明辨是非，跟资本主义倾向做坚决的斗争！

贵生的嘴巴是好使的，转达的又是程同志的意思，大家就又郑重起来，毕竟大白天开会，还记着工分，就绝不好等同儿戏。

这时贵生又说，黄二妮，说说你爹是咋带你走资本主义道路的，这回你可不能说不知道了吧？

二妮明白他指的是缝纫组的事，但不明白缝纫组怎么就是走资本主义道路了，谁家不穿衣裳，谁家不要量体裁衣，有了缝纫组，省了人们多少工夫啊。可这好像是工作队的意思，工作队的意思就是上级的意思，哪个敢说上级是错的?

二妮想不明白，又不敢说想不明白，只好就闭了嘴不吱声。其实，在缝纫组这事上她心里多少是有点发虚的，不为走什么道路，只为自个儿从中得了好处，那一块块花花绿绿的下脚料，成全了她多少心愿啊，况且还是她仗了爹的权力进去的……

她的周围，多少双眼睛都在盯了她，旁边的贵生也一遍再遍，甚至连小慧妈都扯出来了，说她和小慧妈都是黄块以权谋私的铁证，更是黄块利用她们走资本主义道路的铁证。二妮从小到大，还从没这么被逼迫过，若搁平时，她可不会把谁放在眼里，可眼下一个贵生，就可以让她不得不低头了。她弄不懂，像贵生这样的，一夜之间竟变成了人上人了，莫非是工作队偏听偏信? 还是贵生跟这运动合了拍，凑巧弄到一堆儿去了? 但她还是更愿意相信前者，只要工作队是偏听偏信，贵生就不可能永久地站在台上对她二妮这么一遍再遍。

31. 二妮和小程

正当二妮被贵生逼得苦不堪言时，明悦忽然从天而降般地到了二妮跟前，她也不看别人的脸色，一把拽了二妮就走。二妮开始还有些迟疑，看明悦拽得紧，索性心一横，脚步比明悦还快了几分，到了门外，倒像是她拽了明悦在走了。她们听到贵生急赤白脸地喊，黄二妮，反了你了，回来回来!

直到走出大队部，二妮才想起问明悦咋回事。明悦告诉她，自个儿是从地里赶到这儿的，没别的，就是想帮她离开这儿，从早晨她找了自个儿，这一上午活儿也没干好，就想着这事了。二妮说，没一点别的事? 明悦肯定地摇着头。二妮说，没事咋行，没事连你也要倒霉了，这样，就说我娘肚子疼得厉害，派三妮找大夫时碰上你了，你这才来叫我的。明悦迟疑着，二妮说，来不及说别的了，你看贵生都赶出来了。明悦回头望去，果然就见贵生赶得气喘吁吁的，离她们不过几十步的距离。

就听贵生喊，黄二妮，到底什么事啊?

二妮说，我娘病得不轻。

贵生说，编吧你就。

二妮说，肚子疼得直打滚儿，不信你就跟上看看。

二妮说得认真，又是她娘大菊的事，贵生便不好再阻拦，只说，甭管什么事，也不能说走就走，连个交代也没有。

二妮没再理他，拉了明悦急匆匆地奔后街去了。经过明悦家的马道，二妮看看前后没人，不由一下子就把明悦抱住了。二妮说，真有你的，看不出你还有这胆量啊。明悦先是一怔，听二妮这么说，不由开心地笑了。二妮说，你就没想想，要是弄不出我来呢？明悦摇摇头，表示没想过。二妮说，不过你这个人做什么，别人总是想不透的，因为他们太复杂了，他们才不会相信你有这么简单。

二妮看着明悦走进门去才迈步往自个儿家走，她娘今儿正巧没下地，说是做鞋没袼褙了，要在家抹一天袼褙。她得让她知道这事，袼褙就甭抹了，赶紧趁到炕上去。

二妮回家安顿好了大菊，自个儿就接替她坐在饭桌前抹起袼褙。

饭桌放在当屋，用来抹袼褙的破衣烂裳和一块块的碎布扔得满地都是，桌上的一只破碗里盛了糨糊，糨糊上爬了几只绿头苍蝇。二妮说，大菊啊大菊，叫我说你什么好呢！

大菊已经躺到里间的炕上去了，她巴不得这么一躺呢。她说，大菊可是你叫的？二妮已不止一次地这么叫她了，每次她都要反抗反抗，不反抗二妮就越要蹬鼻子上脸了。

二妮说，不把这个家弄成猪窝你是不甘心啊。二妮边说边不得不先整理着地上的东西。其实聚起来，这些东西不过很小的一堆，可她娘硬是鸟拉屎似的铺排得满地都是。二妮想起自个儿一早就拿了笤帚、抹布，哪哪都打扫得干干净净，就又说，不想干可早说啊，看把这好好的家祸害的。

这么说着二妮忽然觉出哪里有点不对劲，她想是啊，抹袼褙的活儿她娘一向是不想干的，她多次说过，我宁愿出回大圈也不想抹回袼褙。可这回咋倒积极了呢？二妮就又喊，大菊，我咋觉得你有点心怀鬼胎呢？

大菊那边说，我咋心怀鬼胎了？

二妮说，你不是想给什么外人做鞋吧？

大菊一下子从炕上坐起来，说，二妮呀二妮，在你眼里你娘就是一堆狗屎吧？

二妮说，这可是你自个儿说的。

大菊跳下炕来，来到二妮跟前，一只手捋了散乱的头发说，为叫你高兴，你娘头发都不敢乱一乱了，还想咋着啊？

二妮头也不抬地说，去去去，这儿说做鞋呢，又扯到头发上去了。

大菊没走开，却也没说话，就那么站了一会儿，忽然说道，要说做鞋，二妮我就跟你说实话吧。

二妮抬起头看她。

大菊说，说出来，可千万别让你爹知道。

二妮说，快说。

大菊说，你说的外人，还真有一个。

二妮心里一沉，说，谁？

大菊说，贵生爹。

二妮鄙夷地看着大菊，说，又换人了？

大菊说，换什么人？你娘再没脸，也不可能再有那事了。

二妮说，那是你疯了？

大菊说，我是为你爹，如今贵生爹说话算数了，有双鞋托着，对你爹好歹还不留点情面？我没疯，我是瞎心，你爹对我不好，我还总想着他。

二妮把手里的碎布头往地上一掼，说，你是没疯，可你快把我气疯了，指望那老东西讲情面，才是瞎心呢，先甭说他，只那个贵生，长脸一拉，亲娘老子也敢不认。再说还有工作队，工作队要想整我爹，他们不想也白搭；工作队要不想整，他们想也没用。趁早收起你那蠢念头，好像咱怕了他们要巴结他们了。你越认尿，他们就越欺侮你，你给他一双鞋，他说不定还要说你腐蚀拉拢村干部呢！

大菊不服地说，好歹是多年的邻居，我就不信……

二妮打断她说，不信不信，你懂个屁，你不是还惦着那个混蛋吧？

大菊看着二妮，一时有点答不上话来，她忽然转身就往里屋走，进屋就咕咚一声躺到了炕上，仿佛那是个藏身之地，那么一躺就什么都可以了结了。

二妮看着，疑心大菊是真让自个儿说中了，心里的气更是不打一处来，索性把饭桌一脚踢了个底朝天，破碗碎成了八半，糨糊溅了满地，整理好的破衣烂裳被她狠狠地踩了又踩……她明白这烂摊子早晚还得自个儿拾掇，可她就是停不住。她想，米贵生这个王八蛋，他凭什么在人前人五人六的呢？

这一天里，二妮没再出门，也没让大菊出门，到厨房做饭，二妮大包大揽，仍逼大菊躺在炕上，因为贵生回家后一直探头探脑的，那道土墙太矮了，大菊稍有动静就会被发现的。下地回来的黄块问起缘由，二妮一说，黄块指了几个小孩子说，你们，吃完饭跟我捡砖头去。孩子们问捡砖头干什么，黄块说，垒墙头。二妮心里赞同，却也没吱声，这些天她跟黄块话不多，虽说替他抱不平，但他做的那些事，特别是早年男女关系的事被指名道姓地揭发出来，她从心里跟他疏远了不少。不知为什么，她倒巴望着他跟小慧妈的事是真的，那些被揭发出来的，都是些什么烂女人啊。

这天夜里，黄块带孩子们捡砖头去了，二妮也没待在家里，有些鬼使神差地，竟跑到大队部找工作队去了。她胸口是太堵得慌了，一整天贵生的样子都在她眼前晃，晃得杀他的心都有了。她觉得不能让贵生这么折磨她，唯一的办法，只能去找工作队了。

大队部各屋的灯都亮着，老姜和工作队员们仍在组织着各种各样的会议。小程是刚从一个会上出来，要往门外的茅厕去，便与进门的二妮走了个碰面。院儿里的灯光虽说昏暗，两人还是都认清了对方。二妮看出小程一脸的警惕，便直截了当道，我是来找工作队反映情况的。小程说，什么情况？二妮说，贵生的情况。小程说，贵生什么情况？二妮说，贵生他……他人品不好，乱搞男女关系。小程说，你怎么知道？二妮说，我亲眼看见的，不只我知道，这事全村的人都知道。小程说，是跟你娘那档子事吧？二妮怔一怔，点了点头。小程说，是你爹派你来的？二妮摇摇头。小程说，回去跟你爹说，态度放老实点，不要搞小动作，不要彻底走到贫雇农对立面去，哼，人品，阶级斗争的大是大非才是唯一识别人品的标准！小程说着就要往外走，二妮急忙拦道，程同志，我来这儿我爹他真不知道，是我，是我太恨这个米贵生了！话说出来，二妮后悔已是晚了，因为小程立刻问道，为什么恨他，因为他让你揭发你爹？因为你爹挨了处分，他爹受了重用？二妮说，不是……小程说，你恨他，就找工作队把他压下去，你把工作队看成什么了，报复的工具？以为你报复的是谁，雇农的后代，无产阶级的革命骨干！实话告诉你吧，他跟你娘的事我们早调查清了，是你娘诱骗的他，诱骗，你懂不懂？说着小程要扫清道路似的推了她一把，就匆匆往外面的茅厕去了。二妮踉跄了一下，觉出了小程对自个儿的难以容忍的嫌恶，她绝望地想，完了，米贵生注定是要骑在她家人头上拉屎了……

二妮回到家里，黄块和几个孩子还没回来，大菊躺在炕上正一声一声地打着呼噜。二妮想，这么一来米贵生更要在会上拿她说事了，不是揭发她爹，而是要批她二妮了，把工作队当工具是什么性质？报复革命骨干是什么性质？拿她说事她不怕，米贵生她也不怕，她就是咽不下这口气，白天受米贵生的气，晚上又受工作队的气，她二妮如何就尽剩了受气了呢？到这会儿，她忽然觉出她爹这个村支书有多重要了，要是村支书还是她爹的，给她气受，看他们哪个敢！

二妮在院儿里坐了一会儿，不知不觉地站起来，往茅厕那边去了。茅厕的一个角落，有个粗短的农药瓶子，那是二妮下地治棉铃虫剩下的，她没交回队上，备了治家里的老鼠、跳蚤的。她觉得眼下自个儿在这村里，倒有点像叫人嫌恶的老鼠、跳蚤了……她没有停顿，离那瓶子愈近，脑子里就愈是一片空白，直到将那瓶子抓在手里，打开瓶盖，让瓶子里白色的液体顺利地流进了身体……

第 七 章

32. 二妮和入党申请书

二妮若知道"四清"运动之后紧跟着就是"文化大革命"，她就绝不会去喝农药了。因为"文化大革命"这个在她看来奇妙无比的运动，轻而易举地就把黄二牛和贵生爹赶下台来了，既没有工作队的指导，也不需要党支部、团支部、贫协会什么的各个组织的讨论，只一面红卫兵组织的旗帜一个红卫兵袖章就做到了，因为除了红卫兵组织所有的组织说话都不算数了。不过二妮也没白喝一回农药，在她被捡砖头回来的黄块及时送进医院后，她醒来的第一个感觉就是后悔，她想凭什么是我二妮死，凭什么不是他贵生死呢？几天后她就和爹及弟弟妹妹们把和贵生家之间那道墙垒起来了，墙头上还插了密密麻麻的玻璃碎片。贵生家的人再探头探脑也休想看见什么了，贵生他跳墙头的事也不可能再发生了。贵生自是气得不轻，把这看作是与无产阶级的对抗；贵生爹却相当沉得住气，说，一个下了台的人，他就是闹出天大的动静也没人注意他了，他家二妮都快闹出人命了，去他家看望的有几个？

后来二妮听说这话时，虽恼恨老东西的老奸巨猾，却不得不承认这话说到了点子上，那天来看她的只有明悦和小慧，两个无权无势在运动中分量如一片树叶的人，而以往与黄块一起进出大队部的人，以及见了黄块称兄道弟或是点头哈腰的人，一个都没出现。

那天小慧是头一回来二妮家，虽说黄块不在家里，她却一直拉了明悦的手不放，仿佛因为明悦她才肯待在这里。二妮看在眼里，没有一丝的计较，不是满足小慧来看她，而是这类小事与她仿佛已离得很远了。她仍热切地跟她们说着话，说到动情处，惹得小慧、明悦都眼泪哗哗的了，她却仍能继续说下去，眼泪控制在眼睛里，就是不让它掉下来。

小慧给二妮带来了一件从未上身的格子上衣，说做肥了，二妮穿上应该合适。明悦带的是一篮苹果，是她爸专从市里买回来的。大菊一副高兴得不知说什么好的样子，相比之下，二妮却显得镇静得多，她没有立刻试穿衣服，也没有夸奖鲜亮的苹果，只将东西让大菊收起来，拉了两人进自个儿的房间去了。三个人说啊说的，要分手时，小慧终于没忍住，脸稍稍拉下来说，二妮，衣服送来了，好歹也该穿上让看看吧。二妮这才一拍脑袋说，看我高兴的，把这事都给忘了。二妮取来衣服穿在身上，自是哪哪都挺合适，若搁以往，二妮会情不自禁地说太多讨小慧喜欢的话的，可这会儿，却只短短地说了一句，这黄村里，对我好的也就你们俩了。

二人走出二妮家，小慧把明悦的手抓得更紧了，她说，这个二妮，好像不一样了呢！明悦也同意地点点头。小慧开始回忆二妮说过的一些话，那些话二妮像是从没说过的，比如，咱们都活得太傻了，以为穿戴得整齐点、家里拾掇得干净点就是好了，其实这点好，在那些说话算数的人眼里屁也不是呢。比如，世上是没什么理好讲的，谁说话算数谁就是理，哪怕那个说话算数的人是个混蛋王八蛋呢。还比如，缝纫组解散了是有点可惜，可它哪天再成立我也不会参加了，干那玩意儿顶多管台机器，要干个村支书，一村的人都归他管呢。小慧听着，觉得这话太离谱儿了，就说，你爹可是村支书，不是说下台就下台了？二妮说，正因为下台，人家才想咋欺侮就咋欺侮呢。小慧说，莫非你还想弄个村支书干干？二妮说，只要有可能。又沮丧道，不过只要贵生爹在上边，这辈子我也没可能了。在小慧眼里，贵生爹和黄块是半斤八两，谁也好不到哪去，便说，就甭做梦了，没有贵生爹也轮不到你干，原以为你是个好的，说到底你还是个后街人，光看见眼跟前这点事，以为天下就属村支书大了，岂知村外有村，市外有市，省外有省，国外有国，相比之下，村支书才屁也不是呢。穿戴得整齐点，家里拾掇得干净点，你后悔了？后悔了好啊，把你那脏兮兮的衣服还捡回来穿上，把你千辛万苦做的棉被一把火烧掉，它们不过是个屁，还留着做什么啊？二妮不作争辩，却也没歉疚之意，只是淡淡地笑着，仿佛小慧说了也是白说。

二妮把前前后后的经过都对小慧和明悦讲了，讲到小程时，目光一直在小慧身上。那意思小慧岂不明白，可二妮哪里知道小慧心里的苦呢。两人的苦不一样，结果也不一样，小慧好歹遇上了明奇，而二妮虽说有明悦相助，但明悦像是个世外的人，二妮想要的明悦是绝不可能帮到她的。这一切三人心里都明镜似的，三人有种难以言说的预感，这场看似与她们毫不相干的运动，好像不由分说地要与她们有点什么关系了。

果然，自那以后，二妮与小慧、明悦的交往少了许多。二妮以一个共青团员的身份，出其不意地向当下的村支书黄二牛递交了第一份入党申请书。入党申请书她先请的明悦代写，不知为什么明悦把头摇得拨浪鼓似的；后又去找明奇，明奇干脆地说，要是情书就代她写。她自是还想到了小慧，但也只是想想，到底还是回家自个儿磕磕绊绊地写完了。她选在一个夜晚，独自一人去了黄二牛家，她声声唤着二爷，不留情面地批判着她爹黄块。黄二牛开始还有所警惕，渐渐地，就被二妮说得眉开眼笑的了，说到底是一家人，她爹尽管混蛋，闺女明白就好，况且后街的闺女有几个像二妮这么明事理、有抱负又口齿伶俐的呢。

二妮去黄二牛家之前是和黄块打了招呼的，黄块先是一怔，听着听着就变成了吃惊了，他觉得这种事该是男孩子去想的，大妮不行，四妮他想着长大了要调教调教，可想不到二妮竟是个有心的，只可惜，自个儿如今是帮不上她了。不过，他告诉二妮，他正面帮不了，可以从反面帮她，她尽可以去说他的坏话，跟黄二牛跟工作队甚至在会上都可以说，只要那坏话不至于开除他的党籍就行。二妮听着，没再说一句话，她不想有一种跟黄块串通一气的感觉，她想方设法地上进只不过是为了免受欺侮。

由于黄块的牵累，二妮的表现并没有得到工作队的重视，但她至少在黄二牛那里挂上了号，大队那边有了忙不过来的工作，比如整理材料、布置会场、出黑板报什么的，黄二牛宁愿用二妮也不想再用写一手好字的前街人。前街写字好的太多了，明奇就是一个，明奇也被叫到大队帮过几天忙，但明奇面儿大，见着大队干部眼皮一耷拉就过去了。前街的另几个虽稍好点，但面上和气心里想的什么谁也猜不出。为用二妮黄二牛还和贵生爹起了纷争，贵生爹以黄块为由坚决要把二妮赶回生产队去，黄二牛就坚决不允，说党的政策对地富子女还要重在表现，何况二妮出身贫农，她爹好歹还是党员呢。二人闹到工作队去，工作队先是支持贵生爹，见黄二牛不干，又让贵生爹服从黄二牛，说，不过是让她为你们服务，又没把印把子交给她，你怕什么。这么一说贵生爹才放了心，在大队部见到二妮，一张脸扬得高高的，理也不理。二妮也不去理他，只尽心尽力做好自个儿的事。有时遇上工作队的人，二妮倒会凑上去说几句话。虽只简短的几句，却是二妮想了又想的，内容、分寸，既要符合自个儿的身份，又要让他们听来入耳。渐渐地，工作队对她的印象果真好起来，有一次那个小程，还主动提起她在一次会上的发言，说她能认识父亲的错误很好，她申请入党的事他也知道了，要她继续努力，努力总是件好事。又一次，小程竟然还向她问起贵生的人品，因为贵生得意起来，尾巴就翘到天上去了，仗了出头露面，对姑娘媳妇们时有不良行为。二妮没忘小程说她报复贵生的话，她也不知那"不良行为"指的什么，便尽量以客观、诚恳的语气对答着，让小程听来既言之有理，又没有情绪上的偏差。这微妙的变化，比家里讲卫生带来的变化可有意思多了，虽说要处处经心，有时还有点提心吊胆，但乐在其中的感觉是空前的，为了这乐在其中，她是宁愿要有点提心吊胆了。

33. 小慧和进城介绍信

二妮是不怕吃苦的，在大队部里，她就像在缝纫组时一样勤奋，每天早来晚归，分内的事干，分外的事也不推辞，这里那里的，到处可见她忙碌的身影。每天开会的人到来之前，各屋已经打扫得干干净净的了；会上讲话的人还没到位，一杯热气腾腾的水已经在桌上了；开会的人刚刚坐好，学习材料就及时地发在手上了。以往这些小事，村干部是不大看重的，如今有人做得好了，倒格外地凸显出来，又是黄块家的闺女，就惊讶又有几分赞赏，说，看不出黄块还有这么个闺女，比她爹懂事多了。更叫人惊讶的是，二妮小事上勤快大事上也不含糊，凡让她参加的会议，她一定会举手发言，一发言就让大家有点傻，声音好大，口齿好清，一板一眼的，就像领导在讲话一样。这么发了几回言，再开会，主持会议的往往就不忘点她的名，黄二妮，先说说吧。有一回，老姜也在场，听完二妮的发言，当下没说什么，会一散就把二妮叫住了，问她，你是团员吗？二妮点点头。又问，写了入党申请书了？二妮又点点头。老姜便说，好，好。脸上没有一点笑容，说完好就走了，剩二妮一个人怔了半天，也不知他这

"好"是好还是不好。回去跟黄块说，黄块喜道，闺女，好兆头啊。二妮说，好什么，板着个脸，像审犯人一样。黄块说，不板着就没人怕了，要紧的是他问的这两句话，说明他对你入党有考虑啊。你想啊，他一个工作队长，是轻易跟一个小毛丫头拉闲话的吗？二妮想想，也有道理，会上发言的年轻人，就一个个地数数，怕是没一个比得上她的。不过，她下的什么功夫，大队里订的报纸，她哪天不拿回去看上大半夜？上边发下来的学习材料，她更是近水楼台，先睹为快。不为学习，只为发言用得上。要说，她哪是个当了众人会说话的，自个儿偷偷地对了镜子，练了多少回啊。还好，一上场还没砸锅，说了几回，竟是有些上瘾，不发言还有些憋得慌了。说得多了，不怯场了，也不结巴了，思路还清楚，啪啦啪啦的就说出来了。有时她自个儿都有点纳闷儿，这是自个儿在说话吗？

二妮的发言，有时是谈对当前运动的认识，有时是谈对她爹黄块的认识。别人谈黄块都大同小异，她谈黄块到底有所不同，她是一桩桩一件件具体形象地谈，有点像讲故事，然后再把这些上纲上线，提到政治、思想的高度去认识。比如说到钱，她说黄块常常把钱藏在帽子里，顶在脑瓜顶上，通常也就一两块钱吧，可他看得比命还要紧，跟他要一百回，也休想要出一分钱。这就是他为什么搞副业走向资本主义道路的原因吧，视钱如命，他怎么能不走到邪路上去呢？说到打骂，她说黄块是个目中无人的家伙，对人想骂就骂想打就打，打别人她没见过，打她娘他是没轻没重，抄起什么是什么，鞋底子、铁铲子、小板凳、笤帚疙瘩……有一回还把根火钳举起来了，要不是她二妮拦得快，她娘早一命归西了。她娘是三代贫农，黄块这么对一个贫农，不仅是目中无人，更是目中没有贫下中农啊。

参加会的人，都喜欢听二妮发言，不喜欢的唯有贵生和贵生爹。贵生的嘴皮子好使，但空话套话多；贵生爹是肚里有点东西，但一发言就东扯一句西扯一句，半天说不到正题上。开始他们对二妮还没太在意，发了几回言，他们便有些坐不住，直到见老姜对二妮都关注起来了，就觉得这二妮远不像工作队说得那么简单，作为老奸巨猾的黄块的闺女，印把子将来在谁手里，也许还真说不准呢。

就在这时，小慧由于开介绍信的事，来大队部找贵生来了。大队部的公章本是由贵生爹来管的，可他大字不识一个，开信的事只能让贵生来代笔了。

小慧是要到城里一所中学的食堂当临时工去，工作不大理想，但她爸已尽了最大的力量。若搁平日，小慧是绝不去的，可现在，她在村里已是一刻都不想待了，临时工也要去了，食堂打杂的也要去了。几天时间里，发生了太多的事，工作队从家里搬走了，黄块、宏斯都下台了，她妈鲁芹伴随了黄块的下台也屡遭村人的辱骂，虽没被指名点姓地揪上台去，在人前的滋味总不好受。还有那个小程，还有二妮，他们一个让自个儿傻瓜似的轻信，一个却变得陌生人一样地不敢相信。在黄村这个世界里，她就只剩了明悦和明奇两个可以信赖了，她像抓救命稻草一样紧紧地抓住他们，每天每天地跟他们在一起。他们有时在明悦家，有时在小慧家，有时还到月光下的野外去。这些天也不知谁传的，说看见明奇和小慧趁天黑钻进玉米地里去了，剩了明悦站在地头，为他们站岗放哨。这话传到他们耳朵里的时候，村里几乎所有的人都知道了，明奇气得在街上大喊大叫，但没一个人肯出来搭腔。这时候的小慧，才真正动了进城的念头，她想，反正也无路可走了，反正早晚要去的吧。

小慧家与大队部虽只一墙之隔，她却很少进来，就像生产队的办公室她也很少去一样，跟这种地方，她总有一种莫名的疏远。现在，她站在贵生爹的办公室里，看贵生代笔为她开着介绍信。

贵生问过中学的名字，在纸的第一行歪歪扭扭地写下了抬头。他的手里是一支蓝色蘸笔，由于用劲过猛，笔尖分了叉，写成的字都是双笔画了。他的笔在第二行停顿了一会儿，忽然抬头朝桌对面问道，这种事，应该贫下中农优先吧？

桌对面坐着的是贵生爹，贵生爹清一清嗓子，说，是啊，这几年招工少了，来一两个招工指标，贫下中农还照顾不过来呢。

小慧急忙说，我这不是正式招工，是临时的，也许一两年，也许才一两个月呢。

贵生不理小慧，仍看了他爹说，要不要问问二妮？

贵生爹看看贵生，忽然会意地一拍大腿，说，问，问问问，这种事贫下中农不去谁去？

小慧急道，人家招的是我宏小慧，跟二妮有什么关系？

贵生看也不看小慧，起身出了房门，片刻就听到他声声地叫喊，黄二妮！黄二妮！

132

喊了两声没人应，他就还喊，直喊到七八声，才听到二妮答应。

小慧这边等待着，心想就看二妮的吧，看她敢不敢跟我说声去。

可等了一会儿，却只见贵生一个人回来了，一副垂头丧气的样子。贵生爹问，怎么，她不想去？贵生一屁股坐在椅子上，说，比不想去可糟多了，老姜正找她谈话呢。贵生爹说，啥意思？贵生说，我说给二妮的话老姜全听见了，老姜走出来说，她不能去。贵生爹说，不能去是啥意思，留她揭发她爹？贵生说，那样倒好了，我看像是要重用她呢。贵生爹说，不可能，她凭什么？贵生说，是你说了算还是工作队说了算啊？

小慧上前，把那张只写了一行字的纸再次推到贵生跟前。

贵生不看纸，只看了对面的爹说，老姜把脸一拉，还真叫人怕得慌。

贵生爹说，瞧那点出息，怕什么，他也是个人。

贵生说，说得好听，你到跟前试试，腿肚子不哆嗦才怪。

贵生爹叹口气说，啥也甭说了，快开信吧，除了开信你还能干成啥事呢？

贵生下意识地拿起蘸笔，在墨水瓶里蘸了蘸，开始写第二行字。刚写下一个"今"字，忽然不甘心似的抬起头看了小慧说，老姜还说了，食堂那种地方，是贫下中农该去的吗？

小慧没答话，面无表情地望向窗外，她想，幸好她是上中农，只要能离开，就是扫大街淘大粪也认了。

34．二妮和老姜

贵生只注意到了工作队对二妮的看重，却忽略了工作队对自己的不满，一天吃过早饭，他正要往大队部去，他爹忽然对他说，甭去了，回生产队吧。他吃了一惊，问为什么，他爹说，问你自个儿吧，老子给你把路铺得好好的，你硬是走不好。他说，你说让我甭去就甭去啊。他爹说，这都听不出啊，工作队的意思。他说，工作队咋不跟我直接说？他爹说，你够得上不？人家跟我说的都是转告，半点没商量。他说，我又没犯黄块那样的错误，凭什么？他爹说，凭什么你问工作队去，跟我嚷嚷没用。他说，啥时候的事啊？他爹说，昨儿后半晌。他说，咋不早说啊？他爹说，怕你夜里睡不着觉。他说，瞧你这耽误事的，早说我好早想个办法呀。他爹说，没办法，除非工作队撤走了。他不想听，拔腿就往大队部去了。可离大队部愈近，脚下就愈发地沉，终于大队部到了跟前了，在门前来来回回走了几趟，到底没敢进去，一转身，一脸的沮丧回生产队去了。

黄块正在后街生产队的田地里，黄块看见贵生的样子，心里疑惑又欢喜，中午回家问二妮，才知贵生想撵走二妮的事让老姜挺生气，说贵生这样的人才应该挪挪地方。黄块还知道了老姜找二妮谈话的事，老姜虽仍没说什么实质性的，但越是谈虚的说明他对二妮就越重视。黄块说，二妮啊，你爹估计是翻不过身了，你就猛踩吧，疼着伤着爹都不怪你，你好了，爹这疼这伤就算不白挨。二妮却不想听这话，说，好像我是靠踩咕你才受重视的，要不是你，我入党的事兴许早解决了呢。黄块倒也不生气，一心巴望着二妮在村里会有个好前程，二妮上去了，他黄块的好日子还会远吗？

老姜找二妮谈话后没几天，黄二牛也来找二妮了。黄二牛把二妮叫到党支部，让她坐在办公桌的对面，一脸严肃地讲起中国共产党的指导思想、性质和理想。说他讲，还不如说他念，他手里拿了个小红本子，看一眼，抬头对了二妮说一句。二妮不知他要做什么，心里有些紧张，又有些想笑。好容易说完了，黄二牛脸上才缓和下来，说他这是在对她进行培养呢。二妮说，培养什么？黄二牛说，培养你入党啊，老姜点了几个人，你是第一个。二妮惊喜道，真的？黄二牛说，看咋样，你二爷有眼力吧，当初用你的时候，多少人说三道四啊。二妮说，二爷放心，你对二妮的好，二妮会记一辈子的。黄二牛说，二爷不是那意思，是说后街人起来不容易，你哪天有了出息，可千万别学你爹，一头扎到前街，把后街忘得干干净净的。黄二牛说着，还有些激动起来，手一挥说，提起你爹我就气不打一处来，整天跟前街人混一堆儿，还能有后街人的好日子过？黄二牛自从当上村支书后，当众讲话的机会多了，身上衣服干净了不少，但他手上的指甲总也想不起剪，指甲里一段黑黑的泥垢，手一挥，让人看得清清亮亮的。他却还总喜欢把手挥来挥去的，不挥手就讲不出话来似的。二妮想不到黄二牛会这样在乎前街后街，她一边点头，一边下意识地看看自个儿的指甲，心想，幸亏跟明悦、小慧交往了一场，指甲才跟黄二牛不一样了啊。

之后，二妮又主动找老姜和黄二牛做了几次思想汇报，大会小会上又做了几回叫人不敢小视的发言，二妮的入党申请便在一次党支部大会上被通过了。不过二妮后来得知，另外几个通过得还顺利，到了她这儿，支部里9个人竟有5个反对，5个全是原支部的人，新支部是增添了工作队的两个人，就是说，原支部只有两人表示赞同。好在她的入党介绍人是老姜和黄二牛，他们凭了各自的地位，三下五除二就让那5个改变了态度。二妮知道反对她的人是冲她爹来的，这说明她今后的路会有多难。不管怎样，她是再不可能退回去了，前面就算是刀山火海她也得迎着上了。想到与明悦、小慧的交往，想到缝纫组里那色彩斑斓的布片，她都有恍如隔世之感。最初本是赌了一口气来对付贵生的，却没想到，竟真的走到她从没想到过的一条路上来了。

二妮意识到再不可能退回去，其实是从跟老姜的一次谈话开始的。那是在老姜住的房间里，老姜坐在一把椅子上，二妮则坐在靠近床铺的一个一人凳上。二妮第一眼发现的，是床铺上那个军绿色的四棱四角的方块，那像是被子，却又不像，絮了棉花的被子怎么可能如木板块一样周正呢？即便可能，这个老姜又怎么可能有这耐心呢？二妮看了又看的，很想伸手去摸摸，却终也没敢，老老实实地坐在凳子上，等待老姜的开口。她注意到褥单子是一尘不染的白色，单子上放了两件衣服，都被叠得整整齐齐……她想，真看不出啊。

这时，二妮闻到了一股烟味儿，是老姜点着了烟在抽，这烟味儿远不像她爹的烟味儿那么呛人。二妮抬起头看向老姜，见老姜也正在看她，他将一支香烟夹在食指和中指之间，神态严肃又有几分悠闲。他的眉骨很高，眉毛很长，一双眼睛深陷在眼窝里，放出的光亮很难让人接住。不知为什么二妮没有退缩，以一个晚辈看长辈的神态看着老姜。这神态虽在黄二牛那里已经体验过，可面对黄二牛和面对老姜到底不一样，黄二牛眼睛里的光不那么集中，看上半小时自己也不会紧张，而老姜眼睛里的光像把锐利的尖刀一样，稍稍一碰就有刺啦啦的痛感。

这段时间不算长，却也绝不算短，足够二妮受的了。就在她难以坚持几乎要低下眼帘时，才忽然发现老姜的脸松弛下来，仿佛显出了一丝笑意。她从没见过他的笑容，这一笑，倒让她一颗心更提了起来。然后，她听到老姜就那么带了笑意说道，你们黄村，跟我对视还没有超过半分钟的。二妮不由长长地舒了口气，就是说，她刚才不自觉的大胆老姜是欣赏的呢！她忽然觉得自个儿就像个摸黑走路的人，脚下是路是井全然不知，撞大运一般地，竟是一步就踏在了路上了。

接下来，老姜闲聊天似的，问了二妮一些问题，比如，上过几年学，看过什么书，这些年的农村劳动有什么体会，对前街后街的人怎么看，作为共青团员有什么具体打算等等。二妮都一一地答了，一切都实话实说，不作一点隐瞒。倒不是实诚，是在老姜那双眼睛的盯视下，二妮觉得再无任何办法。甚至，涉及对前街后街的看法，她连小慧、明悦、鲁芹都提到了，说她们曾给她带来怎样的新奇和改变，而现在，那些新奇已经过去，更吸引她的是当前这场运动。这场运动最初对她的吸引是他爹的被查处，然后是贵生这样的人的表现，她对他们其实都很不满，她觉得要真正搞好当前运动，必须出于公心，踏踏实实地一步一个脚印地按照上级的指示去做才行。她一边说，老姜一边点头，老姜越是点头，她就越是放松了说着。有时，她还会俏皮地反问一句，姜队长你说我说得对不对？这时，老姜严肃的脸又会露出一丝笑意，不说对，也不说不对，只嗯嗯地点着头，就更促使二妮说了下去。

将近结束时，老姜忽然问道，小慧和明悦，是跟你交往最多的？

二妮点点头。

老姜说，那你说说，她们跟你有什么不同？

二妮想想说，她们看的书比我多，她们吃的住的穿的也比我好。

老姜说，还有呢？

二妮说，她们比我傲气，从不上赶了跟人交往，一旦交往上，她们倒也真心对人好。

老姜说，还有呢？

二妮说，爱干净，爱说不切实际的话。

老姜说，还有呢？

二妮说，还有……想不起来了。

老姜将一支烟夹在手指上，来不及点着就先一语道破似的说道，你忽略了你和她们最重要的一个区别，就是你的无产阶级觉悟，这觉悟她们是没有的！

无产阶级觉悟？二妮怔怔的，有些茫然地看着老姜。

好在老姜也没想让她说什么，很快接着说道，她们为什么没有？一是出身，一是衣食无忧的家庭环境，跟你比起来，她们其实更属于小资产阶级。不要以为她们对你的影响是好的，政治运动是考验一个人的试金石，你在这场运动中主动选择了积极正确的态度，立刻比较出了她们跟你的差距。她们是不可能有你这态度的，在政治风暴来临的时候，小资产阶级总是小鸟一样地躲藏起来，或是一副事不关己高高挂起的样子。想想看，她们是不是这样？所以，你一定要看到自己的优势，不要总以为不如她们，其实她们是远远不如你呢！

老姜的眼睛像是更亮了几分，他的声音如洪钟似的嗡嗡作响，二妮坐在他的房间里，觉得自个儿只有服从的份儿了，因为那亮光和声音都太强大了，强大到了不可抗拒。当然，她也没想抗拒，反而是喜悦的，因为还从没有一个人对她这么高看，还从没有一个人拿她和小慧她们做过这样的对比。在她的意识里，小慧和明悦永远是比她二妮优越几分的，而这个姜队长，却石破天惊地对她说，她们是远远不如她的！天啊，这话简直像一道闪电，一下就把她懵懵懂懂的小脑瓜照亮了，是啊，用姜队长的标准来看她们，她们当然是不如她二妮的，小慧是要躲到城里去，明悦是对村里的事不闻不问，她们可不就是像小鸟一样地躲藏，可不就是事不关己高高挂起嘛。而她二妮，不躲不藏，冲破重重阻力，堂堂正正地参与进来了，不说别的，只当众对自个儿爹的揭发批判，她们哪个能经受得起呢？这么想着，二妮的眼睛不由得湿润了，这个封闭的多少年如一日的黄村啊，在姜队长的真理面前，简直是是非不分，简直是浑浑噩噩呢！

老姜自是看到了二妮闪了泪花的眼睛，他伸出手轻轻拍了下二妮的肩膀，然后开始去点那支还没点着的烟。他点着烟深深地吸了一口，烟雾在他和二妮之间弥漫着。

这时，小程忽然走进来，在老姜耳边说了句什么，然后冲二妮笑一下，就又匆匆地出去了。老姜说，催饭来了，人家户里等着呢，今天就先到这儿吧。

二妮点点头站了起来，她听到老姜说，二妮，再不要想不开了，寻死觅活的事，可不该是你干的。

二妮不由吃了一惊，说，你怎么知道？

老姜说，我怎么就不知道？我一听说，就知道你这闺女不同寻常。

老姜用了"闺女"，而不是常说的"同志""社员"之类，二妮听出了这区别，泪水不由放肆地流了出来。这时，她无意间又看到了床铺上那军绿色的四棱四角的方块，她忽然能确定那是一床棉被了，也确定是老姜自个儿叠的了，老姜这样的人，什么事能把他难住呢？

35. 明悦和二妮

自从明悦和小慧去家里看过二妮之后，两人就再也没见过二妮了。小慧已到城里去了，剩了明悦，更觉得二妮是该来了。可是一天又一天的，到底也不见她的影子。记得小慧进城以前说，二妮怕是要受重用了。她再受重用，跟她来见她明悦有什么关系呢？这事连明悦妈都有点纳闷儿了，说，怪了，别人不来也罢了，二妮咋也不来了呢？

明悦妈指的"别人"，是那些常来家里喝茶闲坐的人，这阵子一搞运动，人们就像是嗅觉灵敏的狗，立刻不大串门子了。因为像"资产阶级""封建主义""修正主义"这一顶顶的帽子，是随时都可能被戴到头上的。前街一个地主分子已经被揪出来了，家里的绸缎布料、老式家具以及各种瓷器都作为封建主义的东西被没收了。也已经有人在会上提到过了，说明悦家每晚的聚会，喝着茶水，讲着封资修的东西，有百害而无一利，再也不能继续下去了。现在每晚敢来坐坐的，也就只剩了霖爷和五子了。

明悦明白妈的意思，二妮爹现在是个下了马的，没人嫌弃二妮就算不错了，二妮总不会还嫌弃别人吧。明悦倒不这么看，她只是有点想二妮和小慧了，三个人在一起玩耍的日子，多么好啊。可眼下走的走忙的忙，好好的日子说变就变了。

小慧走之前的一个晚上来了，一直在明奇房里聊天。通常都是有明悦参加的，可那晚霖爷讲《聊斋志异》里的《婴宁》，明悦挡不住那女子的诱惑，听着听着就把小慧给忘了。待终于听完从爸妈房里走出来，见明奇房里的灯仍亮着，从窗口可看到二人对坐的身影。不知为什么明悦就不想进去了，她长长地打了个哈欠，给自己找了个太困的理由，就进了自个儿房间。也是白天干了一天的活儿，的确是又累又困。待一觉醒来，起身去外面的茅厕，见明奇房里仍亮着灯，二人对坐的样子仍是没变。回屋看看桌上的闹钟，天啊，都快1点了呢。也许二人听到了明悦的动静，一会儿，房门响了，明悦听到了他们走出来又走出去的脚步声。也不知过了多久，才听到明奇回了房，灯灭了，里里外外全都黑下来了……

明悦却是再也没睡着，第二天吃早饭时，见明奇没吃几口就放下饭碗回房去了。明悦妈追了问他，他也不答。明悦吃完饭去看他，见他四仰八叉躺在床上，眼睛睁得大大的，正望了屋顶发呆。明悦摇摇他的脚，不动，又拍拍他的腿，还是不动，明悦转身要走，明奇忽然坐起来拉住了明悦。明奇说，明悦你说说，她为什么非要去城里？她为什么对城里人就要高看一眼？从小到大她见过几个城里人，她知道城里人好在哪儿啊？明悦自是明白他在说小慧，想必昨晚他一直想把小慧留住，小慧却是没听他的。明悦想起小慧曾多少次地说过，我早晚是要去城里的。明悦看着明奇痛苦的样子，自个儿也不由伤起心来，本是刚刚对农活儿熟悉起来，身边又有小慧和二妮两个，可今后……她听到明奇又说，从今儿起我就复习功课考大学，明悦你看着，这辈子我要不上大学不做个城里人，就绝不活在世上！

房外响起母亲的催促声，明悦知道该下地了，而明奇以头痛为由，下地从来是随心所欲，明悦便不去管他，自个儿拿了家什，和母亲一起去了。

走出家门，两人本是往前街走，明悦忽然回头往后街方向看了一眼。谁知这一看，竟是意外地看到了二妮！就见二妮刚从后街进了马道，穿了身洗得发白的蓝衣蓝裤，头上两把小刷子，走路啪嚓啪嚓的，虽还是那么笨重，整个人却格外精神。明悦心里一喜，示意母亲先走，自个儿站住了等二妮。

待二妮走近，明悦见二妮也是一脸的喜悦，便放了心，故意嘟起嘴埋怨二妮不来看她。二妮却只是笑，不解释，也不争辩，仿佛一切都正常似的。明悦无奈，只好邀二妮晚上来玩儿，看二妮点头答应，才有些不舍地放二妮走了。

到了晚上，明悦没去正房听霖爷讲《聊斋》，也没去明奇屋里，一心等二妮的到来。明悦先拿起本书，翻了几页，兴趣不大，又拿起一本，随便翻到一页，倒是很快看了进去，直到看完一节，抬头看闹钟，都快9点了，却仍不见二妮的影子。明悦心里一急，不由得起身就走。

出了家门，又出马道，一路上黑黢黢的，只后街有几盏昏暗的路灯。街里不见人影，只有一两条野狗在幽魂似的游荡。明悦心里不由怯怯的，却也没止步，径直就往二妮家的方向走。眼看快到了，也不知从哪里蹿出来一条白狗，忽然就咬住了明悦的裤口。明悦吓得一心要逃，不知怎么方向反了，是回家的方向。那狗竟松了口，一双大眼巴巴地望她。明悦试探着再回身往二妮家走，狗却又一次扑了上来。明悦只好放弃二妮家，彻底向回转了。她一边往马道走，一边看那狗也已不再望她，向了另外的方向去了。明悦暗自奇怪着，它显然不是二妮家的，也显然不是条凶狗，却仿佛专意来挡她去找二妮的。

回到家里，见明奇在父母房里，便将这事向大家述说了一遍。明奇不相信地挽起明悦的裤腿，果然见哪哪都好好的，只裤腿一道湿痕。母亲说，怪了，咱村里从没见过白狗啊。父亲反驳说，有什么怪的，我来回上下班，白狗、黑狗、花狗、黄狗，什么样的狗没见过。母亲说，我说的是村里。父亲说，狗是活物，村外的狗就不兴来村里？两人的语气都跟吃了枪药似的，脸色也不大好看。明悦看看这个，又看看那个，见桌上的几个茶碗都干干净净的，像是还没用过。要说，天还不晚，霖爷和五子怎么就都早早地散了？

就听明奇说道，咱家也挨了狗咬了……

母亲急忙阻止说，胡说什么呢，小心被人听见。

明悦再问，才知一帮民兵来过了，没收了霖爷的《聊斋》，还说霖爷用封资修的东西毒害年轻人。五子不服跟他们理论，他们其中的一个还打了五子。

明悦听着，忽然就不指望二妮来找她了，她想，变了，好像一切都变了呢。

36. 五子和二妮

明悦再也没去找二妮，二妮也像是把明悦忘了，每天忙在大队部里。听说她在会上的发言愈来愈出色了，有时稿子都不看，啪啦啪啦的能说上十几分钟。明悦不明白二妮前些日子还千方百计地想远离大队部，这会儿竟一百八十度大转弯了，大队部有什么吸引她的？要说也就是二妮了，换个人试试，岂是想去就能去得了的？

明悦每天和母亲下地去，晚上回来有时到生产队开会，没会了就到明奇那里找书看。霖爷和五子晚上还是会来，只是话少多了，闷闷地坐一会儿，不声不响地就离开了。明奇果真就如他说的那样，开始天天复习功课，准备高考。也怪，这么一抓紧，头竟是不疼了，他便信心倍增，奔了那目标去了。

这天晚上，明悦不知为什么心绪很是烦乱，先是在明奇屋里翻了会儿书，那些书一本一本的，字句都有些跳跃，没一本是安生的。明悦无奈，只好放下书去了父母房里。见父母一个在看报纸，一个在缝补着什么，五子还没来，霖爷正一口一口地喝着热茶。明悦感受着这少有的安静，心里却仍是烦乱，没待一会儿就又走了出来。

这时，就见五子走进院儿来，先叫了声明悦姑，然后问明奇叔在吗。明悦点点头，五子说，有个事务必得让他知道。说着便径直往明奇的房间去了。

明悦不由得一惊，想这五子跟明奇素无来往的，平时见到，一个头一低，一个脑袋一扬，话都没有一句，这会儿能有什么事呢？明悦便随后也跟着去了。

五子叫了声明奇叔，明奇的目光从书本移向五子。明奇的目光是惊讶的。这让明悦想起明奇曾说，霖爷天天来这儿闲坐也罢了，五子天天来就有点过分了。母亲问他怎么过分，他不客气地说了八个字：不学无术，虚度光阴。

头一回来找明奇的五子显然有些拘谨，他没敢接住明奇的目光，求救似的看看明悦。明悦搬了张凳子，要五子坐下说。

明奇问五子什么事，五子坐下来，才看了明奇说道，明奇叔，你有不少书吧？

明奇说，怎么了？

五子说，今儿在地里听贵生说，凡封资修的东西都要往外交，不交的就上家去搜呢。

明奇不以为然道，书是封资修的东西吗？

五子说，是不是我不清楚，反正听贵生说，他从你这儿借过一本，下流得叫他睁不开眼，还说你家有满满一箱子这种书。

明奇攥起拳头重重地砸了下桌子，五子被吓了一跳，五子说，明奇叔你别生气，贵生还不是仗了他爹在大队，才敢胡乱逞强的！

明奇站起来说，我得找他问问，是哪个把这下流书昧在家里，想据为己有的？

明悦和五子急忙拦了他，按他重又坐下，五子说，跟那种人，你理论得清不？再说贵生既那么说，定是从他爹那儿得知的，他爹的意思也就是大队的意思了，所以明奇叔你还是要多加小心，早做准备，省得他们有一天来了，真把书搜了去，不是什么都晚了？

明奇看着五子，觉得平时真把他小看了，想不到他竟这么有心。明奇便道，五子你找我，就为这事？

五子点点头说，我知你把书看得重，万一弄没了，不是要命的事吗？

明奇更惊奇了，他竟明白是要命的事呢！明奇的眼圈立时有点红，他把一只手搭在五子的肩膀上，重重地拍了拍，说，谢了五子，谢了！

五子看着明奇，反倒有些不好意思起来，说，这算什么，不过一句话的事嘛。

明奇说，对我可就不是一句话的事了，是一辈子的事，我会一辈子念你的好的。

五子被说得也有些激动，一把抓了明奇的手说，明奇叔，今后有什么事只管说，五子虽说没本事，跑跑腿出点力气没说的！

两人说得亲热，一旁的明悦看了也满心高兴，但她指指书架，又指指床下，问他们这些书该弄到哪里。

明奇一时也想不出什么办法，明悦指指二妮家的方向，明奇明白她是要去找二妮想办法，便说，不必，自个儿的事还是自个儿办吧，当初人家让我帮了写入党申请，我没答应，这会儿哪好意思，再说她在大队又不是说话算数的。明悦听了，只好作罢。这时五子忽然说道，你们要信得过我，就先在我家放些天，等势头过去再送回来，他们总不会去我家搜书吧？

明奇和明悦都有点喜出望外，是啊，咋就没想到这主意呢？不过，五子有个疯癫的爱摔盆砸碗的养母，可是靠得住？五子说，你们放心，不就是只箱子嘛，拿把锁锁得死死的，任谁也甭想打开。

两人一下放了心，即刻就将那箱子从床下拖出来给五子看。五子更是个急性子，腰一弯就要拎到肩上去。明奇急忙说，慢，慢来。明奇打开箱子，从书架上选了些书装进去，又从明悦房里拿了几本，然后找来把铁锁锁了，才交给了五子。明奇原本是要与五子合力抬走的，五子却执意不肯，就见他嗨的一声将箱子扛上肩，竟是脸不变色心不跳，轻轻松松就迈开了步子。明奇赞道，好，到底是五子啊！

谁也没想到，第二天搜书的人就到了，带队的是民兵连长，身后跟了几个民兵，民兵的后面，明奇和明悦都吃了一惊，原来还跟了二妮呢！

就见二妮一脸的严肃，见到明奇、明悦也不露一丝笑意。一行人直奔明奇房里的书架，一本一本地翻，把他们认为是"毒草"的书啪地就扔在地上。最后扔在地上的书，竟也有了几十本。明奇拿起其中的一本刚想与他们理论，却被民兵连长噌地夺了回去，干什么干什么，老实待着！民兵连长长得五大三粗的，蠢蠢的大眼，鼓鼓的长脸，让人不由得会想到牛头马面。后来他还指使一个民兵爬到床下去，自是没找出什么，他便指了书架问明奇，就这些？明奇说，就这些。他说，箱子呢？明奇说，什么箱子？他说，少装傻，早有人举报了，说你有一箱子大毒草呢。这时，明悦忽然上前来，对民兵连长比画着什么。民兵连长看了明奇说，她说的什么？明奇说，她是说，原来是在箱子里的，后来有了书架，就都放在书架上了。民兵连长说，可是实话？明奇说，不信你调查去。这时，明奇和明悦都不由自主地看了二妮一眼，二妮却转过了脸，明显是不想与他们有任何交流的。二妮的样子让他们有点寒心，却也让他们放了心，至少二妮没有把那箱子书供出来。

民兵连长的耐心是有限的，一本书一本书地翻阅早已让他心烦，他很快就命令手下，走走走，下一家下一家！

一行人闹哄哄地走了，二妮仍跟在他们身后，就像个跟在身后看热闹的人。明奇、明悦看着他们的背影，长长地舒了口气，好险啊，幸亏昨儿五子把书弄走了，不然岂不就落在他们手里了？

即便这样，明奇也心疼得要命，那几十本多是新中国成立后出版的革命小说呢，像《红旗谱》《野火春风斗古城》《青春之歌》《林海雪原》《山乡巨变》《创业史》……明奇抓了明悦的手说，不行，我得找二妮去！明悦脱开明奇，把脑袋摇得拨浪鼓似的，她想让明奇明白，过去借书不还的是个人，如今把书弄走的比个人的力量可大多了，不要说二妮不想帮忙，她就算愿意，这忙她帮得了吗？

这道理明奇岂是不明白的，可他还是一脸不明白的样子，他说，他们凭什么这么对我？凭什么？明悦，二妮跟你好得一个人似的，怎么说变就变了，怎么连个五子还不如了呢？她好歹也该提前报个信儿吧？

这疑问眼下也正是明悦的，她想，是啊，她好歹也该提前报个信儿呀。

书虽说是保住了，两人却总也高兴不起来，明奇是愤怒，明悦则是心痛，小慧走了，跟明悦好的也只剩了二妮了，可现在，明悦和二妮显然不可能再好下去了，从二妮走进明悦家门的一刻，明悦就敏感地预见到这事了。明悦想，她要是想跟自个儿好下去，就绝不会跟来的，既是跟来了，想必是做了最坏的打算的，她可真做得出来啊！

二妮一行人走的时候，天已快黑了，明悦妈那边在厨房做着晚饭。明悦妈有意没露面，这些天这种事她见得太多了，露面也没用的，让一群恶声恶气的年轻人给脸色看，她实在不想。

晚饭做好的时候，明悦爸也回来了，明悦妈把晚饭摆上桌，声声唤着明奇和明悦。明奇很快过来了，明悦却一直不见动静。明悦妈到明悦房里去看，就见明悦坐在桌前，呆呆地望向窗外。唤她一声，她也不应，上前拉她，她也不动。明悦妈说，是为二妮吧，忘了她吧，她跟你不是一路人。这话明悦显然是听见了，就看她的眼睛里，两行泪扑扑地流了下来。但她到底也没去吃晚饭。在明悦妈的记忆里，不吃晚饭明悦还是头一回，唉，这孩子是太重情重义了。

其实，重情重义岂是可以说明白此刻的明悦的，随了眼泪流了擦擦了又流的，明悦就觉得心里最结实的一块地方像是被泪水冲塌了，见面少也好，有别的想法也好，怕的是说也不说一声就跟你分道扬镳了，就陌生人似的认都认不出了。若真是这样，那从前多少年的友情岂不是假的不可信的了？而她明悦对这友情，恰恰一直是无比坚信的，比那些信佛信耶稣的还要坚信，村里曾有人悄悄向明悦传递过主的福音，跟友情对比，明悦一直觉得那"福音"遥不可及。可现在，她的友情她的坚信，却像是刹那间就消失得干干净净了。她不由得抱紧了肩膀，那个遭整个世界遗弃的梦境仿佛又一次要来了……

第 八 章

37. 黄块、宏斯和鲁芹

黄块和宏斯已好久没在一起说话儿了。他们有各自的生产队各自的活计，白天劳动一天，晚上早早就睡了，即便想说话儿，也难找到方便的地点，村里到处都可能有给工作队通风报信的人。不过他们好像也从没想过往一起凑，下台让他们沮丧是沮丧，但一些话都心知肚明，不是一定要说出来的。

这一天也是巧了，黄块和宏斯干活儿的地块紧挨着，下工时别人都风风火火地往家赶，他俩家里有做饭的，便都不急，不知不觉就落在了后面了。这时太阳已下了山，只剩了红彤彤的一片彩霞，他俩相对望了望，都看到了一个披了霞光的黑脸汉。在大队时他们是不大下地的，一个是黄脸，一个是白脸，如今天天下起地来，黄脸、白脸都变成了黑脸了。他们便笑了，一个说，前街的，你也有今天啊。另一个就说，好家伙，跳猪圈里都分不清谁跟谁了。一个说，哈哈，你跳进去一个熊样儿。另一个就说，我好歹只一张脸，你可就难说了。一个说，脱了衣裳比比，敢不？另一个就说，脱就脱，大江大海都过来了，还怕脱个衣裳？两人这么说着，下意识地看了眼身后，却没想到，身后竟真的有个女人。这女人不是别人，竟是鲁芹！

鲁芹走在离他们几十步远的地方，就像从天上掉下来的，黄块和宏斯看着，不由得又惊又喜。宏斯虽说跟鲁芹同一个生产队，但与黄块一起见到，感觉还是不同，他捅捅黄块，说，还敢脱不？黄块哪还顾得理他，心思全到鲁芹身上去了，就见鲁芹短衣长裤，头上一顶金黄色的麦秸草帽，她的身后，便是那照亮了半个世界的彩霞。乍看上去，鲁芹就像刚从云彩里走出来的。

看黄块呆鹅一般，宏斯不由暗笑，一只手在他眼前晃了晃，他才有些醒过神来。待鲁芹走近，看到鲁芹虽也是一脸的笑意，却是有几分吃力，就像人累得不行了，笑一下都须使出全部的力气了。

这样自然的相遇，三个人都显得很高兴。所有的人都跑到前头去了，田地里只剩了他们仨了。他们走着说着，说着走着，直到前街和后街的分手处，他们才站下来，却也不走，仍说啊说的。

也不知什么时候，彩霞不见了，天忽然变了脸似的，一下子就暗下来了，他们仨，开始还能相互看出眉目，渐渐地，变得模糊起来，到最后只剩了一个黑影子了。而远方，城市的灯已闪闪烁烁地亮起来，天上的星星也东一颗西一颗地多起来了。

这是一条离村口不远的岔路，一条通往前街，一条通往后街。前街、后街的路灯都亮起来了，隐约能听到小孩子的喊叫声，偶尔有几声狗叫，格外响亮，就像到了跟前一样。

还是宏斯先说了要走的话，说，散了吧，站得肚子都空得慌了。黄块却不理他，继续说着，他在讲今年的庄稼，夏季的麦子不行，秋季的玉米眼看着也不如往年，都是贵生爹那个狗头军师，那是个小人，让他管庄稼，庄稼一准儿会跟着倒霉。

这时，鲁芹忽然开口说道，要不去我家吧，家里还搁了瓶汾酒呢。

这话从鲁芹嘴里说出来，二人都吃了一惊，她可从没主动请过他们，他们每回都是自个儿找上门去的。他们自是满心欢喜，满口应承，黄块说，今儿日头打哪边出来了？宏斯就说，少废话，去不去吧？黄块说，去，甭说有酒，就是没酒也得去，千金难买鲁芹一声请嘛。鲁芹便笑了，这时的笑，已不那么吃力了，反添了一种少见的恣意和放肆。

前街里静悄悄的，只有几个小孩子在路灯下玩着纸三角。经过宏斯家门口时，宏斯说，我得说一声去。黄块一把攥了宏斯的手腕，说，省省吧，你那老婆我还不知道，进去就难出来了。宏斯附在黄块的耳边说，那不正对了你的心思？黄块说，你不是怕了吧？宏斯说，你还不怕，我怕什么？鲁芹说，你俩嘀咕什么呢，要不想去，那酒我可就一人儿喝了。这话又让二人吃了一惊，鲁芹是从不喝酒的，今儿倒是没喝就要醉的样子了。

到了鲁芹家，见院门、屋门全都锁着，打开锁走进去，院门口堆了几块砖头，屋门口也堆了几块砖头。二人知道鲁芹一向是爱整洁的，便问这砖头干吗用的。鲁芹说，防狗用的。黄块说，门一插狗还能进来？鲁芹说，狗进不来人能进来，人还不如狗呢。黄块急忙问，谁？哪个不如狗的东西？鲁芹说，不知道，蒙了头巾。黄块说，还他妈的真的啊，偷东西的？鲁芹说，偷东西倒也好了，不过也没让他占了便宜，一块砖头就把他打跑了。

鲁芹说得平平淡淡的，黄块和宏斯却沉默了半天，他们忽然明白鲁芹的变化了，小慧和宏曾和都不在家，她一个人在这大院子里，工作组来住她要接受，工作组搬走她也要接受，缝纫组的解散她要接受，黄块下马给她带来的风言风语她还是要接受……她要接受的东西太多了，却又没有一个人来为她分担，反倒是雪上加霜，竟有歹人趁机打她的主意了。

两人在桌边坐定，鲁芹为他们端上一盘切好的咸蛋和一盘水煮黄豆，随后，一瓶汾酒和两个酒杯也上来了。鲁芹正转身要走，黄块拦道，不对啊，应该三个杯子吧？鲁芹一笑说，急什么，我先做饭，饭好了我一准儿喝。黄块和宏斯就坐了等。虽鲁芹一再让他们先喝，他们却也没肯。酒香和菜香分分秒秒地诱惑着他们，但对这个女人的等待，好像也表示了一种分担似的。

鲁芹是麻利的，饭菜很快就备好了，她解下围裙，当真坐下来，当真端起了酒杯。

因为是头一回和鲁芹喝酒，两个男人都很兴奋，每一杯都一饮而尽。开始他们还盯了鲁芹，直到鲁芹将杯里的酒喝得一干二净，到后来，看鲁芹一杯一杯地下去，脸不变色心不跳，说出话来依然是那么条理分明，而他们自个儿，倒是有些脸红脖子粗的了，他们便惭愧道，真人不露相，真人不露相啊。黄块甚至借了酒劲儿啪地打了自个儿一耳光，他说，你叫什么男人，喝酒不行，做人也是个屁，有人欺侮女人，听都没听说，什么男人啊！说着，眼睛里竟有泪花闪起来了，嘴唇还有些哆哆嗦嗦的。鲁芹却笑道，又不是你的女人，听没听说的有什么要紧？黄块说，知道吗，在我心里你就是我的女人！鲁芹说了句"疯话"，转身就往厨房去了。宏斯说，适可而止，小心咱被赶出去。黄块说，不是那意思，我是难受，难受啊。宏斯说，也甭难受，不怪你没听说，我在前街也才知道呢，这种事，谁愿意跟人说去，跟咱俩说，她也不知下了多大的决心呢。黄块说，你这家伙，像是比我还了解她。宏斯说，别的不了解，鲁芹好面儿你是知道的，请咱俩上门，没人看见还罢，有人看见不知又会有多少闲话，这面儿她都不要了，你想得下多大的决心吧。黄块听着，闷了半晌，忽然就站起身也往厨房去了。宏斯问他干什么他也不理，宏斯说，省省吧你就。黄块这时却早出屋到了厨房。他站在厨房门口，张口就问，那个人到底是谁？

这时鲁芹正挑起一筷子面条，锅里热气腾腾的，她像是被吓着了，又像是被热气嘘着了，筷子一松，面条又掉进了锅里。她说，不是说了，不知道。

黄块说，估摸是谁？

鲁芹说，这种事哪有估摸的？

黄块说，前街的还是后街的？

鲁芹说，不知道。

黄块说，是高是矮，是胖是瘦？

鲁芹说，就甭问了。

黄块说，我得叫他明白，叫全村的人明白，欺侮你是没有好下场的！

鲁芹说，他不是也没欺侮成吗？

黄块说，他要是再来呢？

鲁芹说，他再不敢来了。

黄块说，你怎么知道？

鲁芹说，你俩这一来还不把他吓住？

黄块怔一怔，忽然嘿嘿苦笑了两声，说，原来你是为这啊。

鲁芹重又将筷子下锅，捞一碗，让黄块端走一碗。

饭菜端齐，鲁芹坐在桌前，郑重说道，我娘家那边的风俗，是女人跟男人一桌喝了酒，就要以兄弟相称的，你俩都大我两岁，往后我叫你们哥，你们就把我当弟看吧。黄块哥，我明白你的心思，多少年来你没少帮我，我从心里是拿你当个兄长看的，从没想过别的。今儿有宏斯哥在场，我把话说到明处，你要不愿意，那以后就是不想再来了。

黄块怔怔地看着鲁芹，他万想不到鲁芹会说出这样一番话来，敞敞亮亮，大大方方，倒真有股子丈夫气，可是……

鲁芹避开他的目光，先去问宏斯，宏斯哥，你说呢？

宏斯说，我没说的，就看他老兄的了。

宏斯去看黄块，鲁芹也去看黄块，黄块被看得不由得有些急，说，你没说的我就有说的了？有说的想来都来不了了，谁还敢有说的啊？

黄块半笑半恼的，弄得宏斯和鲁芹倒不知说什么好了。就见黄块，不再理他们，端起碗呼噜呼噜地就吃起来。他们只好不再吱声，也把碗端了起来。

直到吃完，三人也没说一句话。收拾碗筷时，黄块一定要帮了鲁芹一趟一趟地往厨房收拾，宏斯说，这辈子你都没干过这活儿吧？鲁芹就说，这才是日头打西边出来了呢。黄块说，我这是给宏斯做榜样呢，既是兄弟相称，就不能总拿人家当女人使吧。

黄块这一说，鲁芹和宏斯一颗心才算踏实下来。随后，三人又聊了会儿村里的事，无非是对庄稼担忧，对大队那拨儿人也担忧。不过，有时宏斯也会拿黄块打趣几句，说，你担忧个什么，如今大队部出出进进的，全都是后街的，你该高兴才是啊。黄块就说，狗屁，后街里除了我黄块，你就一个个数数，哪个是当村干部的料啊？宏斯说，这回可是你自个儿说的。黄块说，我是巴望着后街人能出息起来，可这么个弄法，一刀切得齐崭崭的，这边的人都行，那边的人都不行，甭说人了，一块地的庄稼也不会棵棵都一样吧？宏斯说，你呀，真是白学习了，如今讲的是阶级斗争，阶级斗争可不就是一刀切呗，不切怎么能分清阶级，不分清阶级又怎么斗争呢？黄块说，那你说我是哪个阶级的？宏斯说，你是雇农，自然是无产阶级。黄块说，无产阶级咋还挨批呢？宏斯说，因为你犯了错误啊。黄块说，我没犯错误。宏斯说，你走资本主义道路了啊。黄块说，搞副业对大家伙过日子有好处没有？宏斯说，有没有好处也是资本主义道路，是资本主义道路就是错的，这还不明白？黄块说，那你说什么是社会主义道路，只种庄稼不搞副业就是了？宏斯说，这话你找老姜掰扯去，我是不懂。黄块说，找就找，他老姜也得讲道理。宏斯说，吹牛吧，老姜不吓死你。黄块说，我找不找的没大用了，我闺女可不怕他，在大队部没待几天，就被老姜叫去谈话了，这一谈，她在大队留下来了，贵生倒被赶出来了。

黄块的语气颇有些得意，宏斯和鲁芹却都不吱声。黄块说，你们咋不说话？宏斯说，老话儿说福祸相依，好事坏事谁说得清呢。黄块说，这事要落在你儿子头上，看你不乐得屁颠儿屁颠儿的。宏斯说，这事也落不到我儿子头上，工作队几时正眼瞧过前街啊。黄块说，等着吧，二妮有一天上去了，看前街会比看后街还亲的。宏斯不以为然地摇摇头，说，她带人去查明奇的书，知道不？黄块说，她是跟去的，人可不是她带的。鲁芹说，反正她是去了，她跟明悦又从小要好，往后还怎么见明悦？这种事，还是劝她少干吧。这回倒轮到黄块不吱声了，他想，他们哪里知道，如今老姜一句话，比他这当爹的一百句都管用呢，再说她要不去查书，立马就得被赶回来，一切不就白忙活了？黄块喜欢鲁芹归喜欢，但这类事他绝不会听鲁芹的，鲁芹也明白他不会听。有时候，两人之间就像隔了层玻璃，相互看得真真的，却是谁也不可能走近谁的。

黄块只好岔开话题，问起鲁芹家的小慧，说，礼拜天呢，小慧咋没回来？宏斯说，说明人家在城里过得好呗。鲁芹叹口气说，好不好的，反正俩礼拜没回来了，孩子大了，管不了了。黄块说，那她爸呢？鲁芹说，小慧不回来他还能回来？闺女总比老婆要紧。黄块说，也好，不回来咱哥仨就凑一堆儿喝酒。鲁芹和宏斯便哈哈地笑起来，黄块"哥仨"的说法，像是把他们的兄弟关系更巩固了一回，他们很愿意为这丈夫气地笑一笑，很快地，黄块也跟他们一起哈哈地笑起来了。

38. 小慧和城市

小慧礼拜天不回来，是因为学校食堂礼拜天不休息。准确地说，是食堂礼拜天少数人不休息，因为学校还有住校的师生。小慧自告奋勇，做了这少数中的一个，她说，我家里没事，每个礼拜天我都可以不休息。她还说，比起农活儿，食堂这活儿就等于休息了。

小慧说的倒是实话，但还有一层实话她没说出来，那就是她对城市的喜欢。

小慧的喜欢，是总体的全部的喜欢，大到高耸入云的楼房、烟囱，小到路边的花草、树木，以及商场、影院、公园、文化宫……哪哪她都是高兴看的，哪哪她都看也看不够，即便是马路边上的一个小人书摊位，也会吸引她蹲下来看上一会儿。至于抬眼即是的城市人，她虽羞于盯了看人家，但只要有机会，她总要看几眼的，城市人的着衣打扮、城市人好听的口音，都会叫她生出莫名的喜悦。食堂没事的时候，她便走出学校，随意地走上一条街道。街道有遛弯儿的老人，她会跟人家拉上几句；有被大人牵了手的小孩子，她会摸摸孩子的脸蛋儿；有匆匆行走的年轻人，她会留意人家衣服的搭配和走路的姿势。在这城市里，她真是看什么都好，人好，路好，车好，树好，树上掉下来一片树叶，她也要捡起来看了又看。同样的杨树叶子，就是觉得比村里的好，干净，叶子又大，在手里左一卷右一卷再一穿，做成个小燕子，随手就送给了走着的小学生。城市的小学生也是好的，穿得整洁，懂得说谢谢，跟陌生人说话一点不怵，大眼睛一闪一闪的，看得大人倒有些不好意思了。有一次，遇上一个背了书包的女孩子，书包上有个洞，从洞里掉出只橡皮来。小慧看见，捡起来递给她。那女孩接过橡皮，说声谢谢，像拉家人一样拉起了小慧的手。小慧任她拉着，一直被拉到了女孩的家。小慧在孩子家坐了一会儿，帮她缝好了书包，又看她写完了作业，才被她依依不舍地送出来。家门钥匙挂在孩子的脖子上，父母上班还没回来，孩子小小的孤单的身影让小慧不由得回头望了又望。奇怪的是，这忧伤也觉得无比地好，她一路哼了歌回到学校。待意识到这快乐，她不由得吃惊自个儿，你快乐的是什么呢？

那是小慧进入的第一个城市的家，那印象她从没忘记过。宽敞的客厅，明亮的卧室，书香四溢的书房，种满绿色植物的阳台……特别是那书房，高至屋顶的书架贴了三面墙壁，屋中央一张书桌，书桌上除了书和笔筒，还醒目地摆放了一只玻璃花瓶，花瓶里一束怒放的五颜六色的鲜花。鲜花让她呆了半晌，以至于那女孩子自豪地说，是她妈妈去郊外采摘的，妈妈说，一个有书有花的家，是她最喜欢的。女孩子的话让她一直记着，记到了从城市回村，又记到了从村里回城。

若不是学校里发生了两件事，小慧就要在这城市待下去了，她从没想过还要回去，她压根儿是属于城市的，而黄村，于她已是十分地淡远了。

一件是和黄小石的事情。

黄小石是食堂一名正式员工，接的他爸的班，小慧来食堂时他已经有两年的工龄了。但小慧真正注意到他，是小慧提出礼拜天不休息时，他也跟着举了手。在小慧的印象里，他是个在乎报酬的人，而礼拜天有没有加班费还没定下来。小慧就说，要是没有加班费呢？黄小石立刻有点脸红，说，既是举了手，没有加班费也认了。他的脸红让小慧有点奇怪，也有点好感，城市人中他是第一个在她面前脸红的人。但有一次，食堂的邱嫂说，你傻啊，看不出他对你有意思吗？邱嫂说话不多，但一说就是吓人一跳的话。她对男女间的事格外关注，人家老李端炒勺的手打了个软，她张口就说，昨晚床上使过劲了吧？老李呢，一点不恼，还嘿嘿地讨好地笑。他有时会悄悄捏一下邱嫂的屁股，小慧觉得他是为了捏邱嫂的屁股才讨好邱嫂的。这样的几个人，小慧是没有一点兴趣的，但若没有他们为伴，她的工作又从何谈起呢？若没有工作，她又何以待在她喜欢的城市呢？她爸宏曾和在这方面很是面薄，食堂这份工作还是秦老师热心帮忙促成的。秦老师是这学校的音乐老师，比她爸小了不少，比她又大了不少，她爸让她称秦叔叔，她看着那张年轻的脸怎么也叫不出来，只好就叫秦老师。小慧觉得秦老师几乎可以作为城市的代表，白皙的面庞，匀称的身材，整洁的服饰，好听的普通话，还能歌善舞，与人说话说得高兴时，或歌或舞，自然大方，脸都不红一下。小慧心目中的城市人，无非就是秦老师这样的了，但愈是这样的人，就愈是得远远地观望，因为他与自个儿毫不相干。至于黄小石和邱嫂、老李这样的城市人，她倒可以每天每天地见到，但她从心里是不把他们当城市人的，他们不过就是持有城市户口的村人罢了。因此她听到邱嫂的话时，真是吓了一跳，没有喜悦，反倒有些心堵，黄小石对她小慧有意思，哪跟哪的事啊。

　　再见到黄小石，小慧就有了留意。在小慧这里，一个人对另一个人有意思，至少该有浪漫的行为，比如到公园散步、到电影院看电影什么的。可黄小石没有，他只是在食堂这一小小的空间向她示好，比如扛米、扛面的力气活儿，他总是抢在小慧前面说，我来吧。有时遇到大量洗菜的活儿，他也会说，我来吧，小慧不小心划破了手指，他会快速地从自己布包里取出纱布、药水，为她及时处理。这些事，若是换了邱嫂，他就不会那么主动，反还有些计较，有一次邱嫂支派他去和面，他说，我这儿忙着呢。邱嫂不容置疑地说，和面去和面去，你一个大老爷们儿不和谁和？他沉默了一会儿，忽然说，我挣的又不是和面的钱。小慧知道，邱嫂的工资比黄小石还高出不少，可一个男人和女人计较，总是让人小看几分的，小慧便带了这几分小看，自告奋勇走向了面盆。面盆好大，面粉也忒多，小慧挽起袖子，两只手插进去很快就不见了。过了一会儿，面盆里又多出了两只手，小慧不抬头也知是黄小石的，她似感到了邱嫂的冷笑，但她想，两人既是都不让她喜欢，她又何必在意呢。面盆里，两个人的手难免会触碰到，每次触碰，黄小石都一激灵似的躲闪开去。小慧不由得暗笑，这个城市人，哪里有一点城市人的做派啊。

不过，当着邱嫂和老李，黄小石明显地偏护小慧，帮小慧做事，这又是农村青年做不来的，比如明奇，愈是在众目睽睽之下，明奇可能就愈是要显出与她小慧不相干的样子。黄小石这样子对小慧是新奇的，不过也只是新奇而已，离打动她的心，还差了十万八千里呢。

这一天，小慧看最后一个学生吃完早饭离开食堂，便拿抹布擦着一张一张的饭桌。饭桌擦完，围裙解掉，一直到上午十点，又是她的自由时间了，她将又一次任意走上一条街道，与她的城市任意地共处。现在，她愿意把这城市看作是她的，因为无论她多么任意，城市都会带给她意料不到的新奇和喜悦。

出了食堂，经过几排教室，又经过篮球场和足球场，就是学校大门口了。大门口有间传达室，传达室外停了辆飞鸽牌自行车。这车小慧似曾相识，看着看着，忽然想起是谁的了。果然，就见秦老师从传达室走出来。他看见小慧，现出一脸的笑意，问小慧去哪儿，认不认识路，要不要帮忙。小慧都一一答了。他道声再见，车把朝了教室方向，都要骑上去了，忽然又跳下来转过身问，宏小慧，你一定喜欢唱歌吧？小慧一怔道，你怎么知道？他说，听你说话就知道。小慧说，我没说唱歌的话啊。他便笑了，一边蹬车子一边说，有空到我那儿试试嗓子！

小慧看着他的背影，满心欢畅。她并没打算去试嗓子，她觉得这几句话就足够了，仿佛一个天上飞下来的人，叫声她的名字就又飞上去了，她怎么能指望他再次飞下来。她就这么满心欢畅地走出大门口，拐向了一条她从未走过的胡同。

这胡同与学校错对面，胡同口的蓝牌子上写着：大江胡同。小慧边看边暗自发笑，江也罢了，还大江，整个城市连条水沟都不见呢。她发现这城市里，许多街道、胡同的名字都跟水有关系，比如蓝湖街、波浪街、江海路、水印子胡同、三井胡同什么的。她曾问过她爸，她爸说，这些名字200年前就有了，200年前的事，哪个说得清楚？但她还是不停地猜想，莫非200年前这是个水上城市？或是恰恰相反，压根儿不见一滴水，这些名字不过是对水的企盼？

正胡乱想着，忽听得身后有自行车铃声，小慧便闪在右侧，继续走。后面的自行车骑过来，却又猛地在她跟前停住，一个声音说，上车吧。小慧吓了一跳，转头去看，自行车上的人原来是黄小石呢！

黄小石的自行车有些老旧，小慧曾听邱嫂鄙夷地说，那是辆杂牌车。黄小石的模样对小慧来说也有些模糊，她从没细看过他，只觉得他跟后街的五子有点相像，人到了跟前却又差了不少，可一转身还是会把他想象成五子的模样。现在，黄小石背对了她骑在车上，她就想象着五子那张平常极了的脸问道，上车去哪儿？

黄小石说，你想去哪儿就带你去哪儿。

小慧故意说，我想走遍所有的大街小巷。

黄小石说，那你就算找对人了，所有的大街小巷我都熟悉。

小慧相信黄小石的话，一个从小在城市长大的人。可是，她为什么要坐他的自行车呢？

小慧看见黄小石回了下头，他显然是想知道小慧的决定。这次回头，让小慧再次看到了他和五子的差别，他实在不像五子，他的眼睛此刻是有神的，一张不容易被记住的圆乎脸让眼睛竟带得颇有生气；他的声音是温和的，就像是在轻轻地告诉她，他会对她千般好，千般地好啊。

小慧知道她是该拒绝的，因为即便他比五子眼睛有神声音温和她也不会喜欢他。可是，不知怎么，她还是挪动脚步，从车座的一侧一跃坐上去了，她觉得有这么个熟悉大街小巷的城市人引路，拒绝他也许是愚蠢的。她为自个儿的实用主义稍稍有些不安；可又为自个儿开脱，想，若拒绝了他，他伤起心来，她是不是也会不安呢？

车子动起来了，虽说老旧，却是结实的，没有想象的吱吱呀呀的声响；车座也擦得蛮干净，跃上去时见那车圈、辐条都稳稳地闪着不大刺眼的光亮。

自行车到底比步行快多了，黄小石带了小慧，如鱼儿游水一般在大街小巷穿行着。他知道哪一条跟哪一条相连，知道街巷里曾发生过什么骇人的事件，还知道如何巧妙地避开警察不必让小慧跳下车来。他还让小慧看到了这城市桥东和桥西的差别：桥东的街道宽，楼房多；桥西的胡同多，平房多。桥东的大学多，工厂多；桥西的小学多，商铺多。两相对比，桥东更是小慧想象中的城市，而桥西，也就好比黄村的后街吧。在桥西一条狭长的胡同口处，黄小石忽然停下来说，他就是在这条胡同里长大的。他又说，过去这还曾是市中心呢。黄小石的脸上洋溢着几分自豪，小慧却很不以为然，她不知黄小石说的过去是什么时候，只看见这一带全是高高矮矮的平房，比黄村前街的房子还不如，若市中心就是这样，和农村又有多少区别呢。黄小石问她要不要去家里看看，小慧坚决地摇了摇头，黄小石像是看出了什么，只好依她又往前骑去了。不管怎样，小慧心里还是高兴的，凭借了这车这人，如此快速地抵达了城市的角角落落，转不够，也望不够。她坐在黄小石的身后，心里一次次地感叹着，这城市是多么大，却又是多么小啊！

按照村里的习惯，坐在一个男人的车座上逛街，这男女之间的关系就算进了一步，可以是男女朋友，甚至可以谈婚论嫁了。但黄小石没说出一句让小慧为难的话来，他只是表示，这城市大大小小有69条街道，200多条胡同，只要小慧愿意，他会带她把它们全都逛遍。小慧自是点头答应，逛遍大街小巷本就是她的愿望，她为什么要拒绝呢。有一刻趁了下车，她倒是有点新奇地注意了黄小石，他眼睛不大不小，眉毛不粗不长，鼻子、嘴巴也都没什么特点，难怪叫人总也记不住他模样了。不过他的耳朵又厚又大，长在他这张脸上，就像是搭配错了一样。那时黄小石正停在一家饭馆门前买缸炉烧饼，因为小慧说了句，这烧饼一定好吃。小慧见他问了价钱又问粮票，问了粮票又问分量，问了分量又问是不是刚出炉的。这让小慧对他的模样又有了新的评价，多么小气的一张脸啊。最后是小慧抢先把钱付了，黄小石只付了2两粮票。那是两个小小的缸炉烧饼，粘了芝麻的一面起得鼓鼓的。他俩捧了相对吃着。小慧看到黄小石吃得格外仔细，一只手拿了烧饼，另一只手小心地接着掉下的饼渣。黄小石还告诉她，这是他第一次在街上买东西吃。小慧看着听着，不知为什么只想笑出来。不过黄小石身上还是有一种东西把小慧打动了，那是村里人很少有的，比如无目的地逛这大街小巷，小慧觉得好，黄小石也觉得好，他不是附和小慧，他是真觉得好，有时他自个儿也会这么逛逛。而这搁在村里，会被视为吊儿郎当、不务正业的。还比如骑车时他会让小慧先坐上去，进门时他会把小慧让在前头，横穿马路时他会把手揽在小慧的身后，他就像小慧的一个保护人，时时负着一种责任。小慧还知道，他在家里是常常洗衣做饭的，他还经常买菜买粮，他蒸的馒头比他妈蒸的还好吃。而这一切，村里男人都是难做到的。小慧想不出打动她的是种什么东西，好像有些柔和，有些轻盈，还有些优雅，它也许是少分量的，但比起村里男人的生硬、粗糙，小慧还是觉得不知要好出多少倍。

至此，小慧接触的城里人，黄小石可说是最近距离最清晰的一个了，她一点没想走近黄小石，却还是很高兴对黄小石的了解，她把黄小石看作城市的一部分，就像她每天要去走走的大街小巷一样。

将近十点钟时，小慧和黄小石一起回到了学校。经过传达室门口，小慧不由想起秦老师要她试嗓子的话，张口便说了出来。谁知黄小石快乐的表情立刻不见了，他说，最好别去。小慧说，为什么？黄小石说，他那种人。小慧说，你跟他熟悉？黄小石说，不熟悉。小慧就没再吱声，心想，你有什么资格评价他呢？

过了些天，小慧恰巧经过秦老师办公室门口，当真就被秦老师试了嗓子，效果很好，小慧被秦老师大加夸赞，且在夸赞的同时，忍不住拥抱了小慧。开始小慧还有飘飘欲仙的感觉，直到秦老师愈抱愈紧，一只手还试图伸进她的衣服，她才从天上跌到了地上。凭了她干农活儿的力气，她将秦老师一把推倒在地，羞愤交加地逃了出去。

秦老师的这事，便是在学校发生的第二件事了。不过这两件事小慧没跟任何人说过，跟她爸宏曾和都没说。她只跟她爸说，食堂的活儿没意思，她不想再干下去了。她爸一向喜欢做个开明的家长，不大干涉孩子的选择，便问也没问地放她回村去了。

临走前，小慧看见黄小石正骑了自行车经过操场，他身后背了绿色的布包，骑得飞快。小慧想起药水和纱布就是从那布包里拿出来的，也不知他是天天预备着，还是凑巧那天带上了。小慧想象着黄小石今后见不到她的样子，很想叫住他，但一犹豫，黄小石已骑过操场，往食堂那边去了。

39. 小慧、明悦和二妮

小慧回来了，叫明悦好高兴，她每晚每晚地去小慧家，有时说话晚了，索性就在小慧家住下来，早晨一起吃饭，一起下地去。失了二妮，她像是愈发地要看重小慧了。她到底还是更愿意相信友情，因为小慧一个活泼泼的人站在跟前，她不由得就会心生喜欢。

明悦这样子，让明奇都不高兴了，他一直想跟小慧单独说会儿话，去了小慧家两次，见明悦总也不走，只好就自个儿先走了。他正在复习功课，考上大学争一口气也是为的小慧，可小慧进了趟城，与他的关系像是退了一步，临走前的彻夜长谈，小慧全忘了似的，脚尖还没往他的房间迈进一步呢。

明奇的不快明悦哪能看不出来，但她更看出来，小慧是不想和明奇说什么的，有一次明奇来，小慧捏了捏她的手指，显然是不要她走的。她自是为哥哥难过，但这种事，岂是强求得来的？

明悦和小慧，都是在城市待过的了，又同是住在学校，便有太多的心领神会。她们都认为，城市是个适合她们居住的地方，关系简单，不必跟更多的人打交道；可她们又认为，城市的人并不像她们想象的那么好，城市里若都住上像她们这样的人，城市会变得更加美妙。说到这一层她们很是兴奋了一阵子，打开留声机，一个随了唱，一个跟了打拍子，一个唱得情真意切，一个打得恣意飞扬。唱罢，小慧拉起明悦的手，意犹未尽道，明悦你说，人到底为什么活着？像我爸我妈和你爸你妈那样为结婚过日子吗？明悦坚决地摇摇头。小慧说，既然不是，我们就不结婚，一辈子不结婚，好吗？明悦使劲地点点头。小慧便笑了，情不自禁地和明悦拥抱在一起。她们还从没拥抱过，村里人是没有拥抱的习惯的，可她们已在心里把自己和村人分别开来了。她们岂止不是村里人，她们也不是城里人，她们其实是比城里人还要好上百倍的人呢。

可拥抱的同时，小慧脑子里还不由自主闪现着学校发生的那个丑恶的场景，她试图彻底忘掉，那场景却不可救药地愈发清晰。她放开明悦，索性拉明悦坐下来，把在城市里发生的一切都毫无保留地说了出来。她说，明悦啊，我其实是在城市待不下去了，那么好的地方，有人却把它当成了茅房，想拉就拉想尿就尿呢。当然也有好的，比如黄小石，可黄小石，我怎么老觉得他配不上城市这地方呢？

小慧的述说，也让明悦想起了那个叫张瑞的男生，就一个闪念吧，仿佛黑白电影的一个镜头，淡淡的，曾有过的痛感已经一点没有了。她开始向小慧描述，从容得就像在描述别人的事情。

小慧恍然明白，原来明悦回村也因为一个男性，就如同息息相通一样，她们的境遇、体味是多么相似啊！但小慧又吃惊着明悦的淡定，这个无比看重友情的明悦，有时却又似无比地“冷酷无情”。她再一次拉起明悦的手，重提了“一辈子不结婚”的话题，明悦也再次使劲地点了头。

城市终于说完了，小慧开始提到了二妮。其实，从小慧回来的那一天她就想问明悦，二妮怎么没来？第二天第三天，仍不见二妮的影子。小慧问起明悦，明悦避开未答，二人就又扯到别的话题上了。这一天，小慧终于忍耐不下去了，张口就说，二妮到底咋回事，面儿也不照一个，反了她了！

这是个有月亮的夜晚，小慧拉了明悦走出屋门，站在银白色的月光里，向不远处的大门口张望着，好像二妮立刻就会出现在那里似的。过了一会儿，两人又走出院门，朝了后街的方向望着。前街偶尔有人走过，身后留下了路灯和月光的影子，就像走过去的是两个人一样。

小慧说，我们去后街找她吗？

明悦不作声。

小慧说，她去你家搜书的事我知道了，见着她看我不骂她一顿。

明悦还是不声不响。

小慧说，你不想去，我更不想去，那我们就等她，看她来不来找咱们？

说着，小慧注意地看明悦，然后问，她没怎么着你吧？

明悦摇了摇头。

小慧说，那是叫你失望了？

明悦只长长地叹了口气。

小慧有点疼惜地看着明悦，心想不一样啊，她们和二妮从小就是不一样的，后来好在一起，是二妮上赶着要跟她们一样。到这会儿，她露出不一样的面目，自也是没什么奇怪的了。可是，她们出了屋门又出院门，她们傻乎乎地站在这里是为了什么呢？

小慧拉了明悦正决意要返回时，忽然就见从大队部走出来一个人，朝了这个方向走过来了。

这人的身影太熟悉了，高高壮壮的，走路一蹿一蹿的，除了二妮还能有谁，身上的格子上衣还是小慧给她的呢。小慧不由得一喜，先要喊她，忽然又改主意，拉起明悦躲在了院门后边。小慧说，看她这回来是不来！

二人站在门后，就听那脚步声愈来愈响了，好熟悉，好真切啊。有一刻，她们几乎认定她是往院儿里走来了，几乎都要冲出门去了。可是，脚步声渐渐地又往另一边去了，她显然只是经过吧。

小慧的心跳立刻加快了，她不顾明悦的阻拦，冲出门外大声喝道，二妮，你给我站住！

就见二妮转回身来问了声，是谁？

小慧更气道，是谁是谁，滚过来好好看看！

二妮竟是惊喜道，原来是小慧啊，什么时候回来的？

二妮边说边往这边走，脚步快似小跑一样。

很快地，小慧的手就被二妮攥住了，那双厚墩墩的手散发着热气，把小慧纤细的凉凉的手指都焐热了。

二妮又看了小慧身后的明悦说，明悦也在这儿啊，小慧回来，你咋也不言语一声啊？

小慧甩开二妮的手说，装，装吧你就，全村的人都知道了，也就你一个不知道吧！

二妮说，我是真不知道，要知道早去找你了。可话说回来，你咋就不来找我呢？

小慧说，嘀，长能耐了，知道以守为攻了，你这么大个人物，上哪儿找去啊？要是正跟姜领导谈话，岂不坏了你的好事？

二妮说，你呀，伶牙俐齿铁嘴钢牙，我是一辈子都要受你的欺侮了。

二妮身后有两个影子，一个长，一个短，一个瘦，一个胖。小慧看看二妮，又看看那两个影子，说，谁欺侮谁还真说不准呢。

二妮说，当然是你欺侮我们，到家门口了都不让进去，是不是啊明悦？

随即二妮一手拉起一个，乐呵呵地就往门里走。她的手太有劲了，小慧和明悦仿佛被她裹挟着，是只有顺从的份儿了。

一直来到小慧的房间，二妮才松了手，可这时小慧和明悦的抵触，早已被二妮热乎乎的手消解了大半。二妮的嘴也没闲着，她说，见着你们，跟在大队就是不一样，真想你们啊。二妮的话就像她有劲的手一样，有一种莫名的热力，让她们觉得，从前的那个二妮仿佛又回来了。

三人在这熟悉的房间里坐了下来。一人一个方凳，那个两头儿翘中间凹的小板凳抢先被二妮蹬在了脚下。小慧看着，想起上回来，小板凳是坐在二妮的屁股底下的，二妮还讨好地说，你家尽是好东西，连小板凳都是好的……

明悦的目光则正在二妮的鞋子上，那是一双家做的黑春富尼方口鞋，没穿袜子，肥厚的脚面将方口撑得走了形……明悦想起那个下雨的晚上，二妮为见小慧，执意不打赤脚，穿的就是这种家做的布鞋。那鞋遇水灌水，遇泥沾泥，有时陷进泥里，脚丫子拔出来了，鞋子却被糊在泥里看不见了。二妮也不沮丧，用手将鞋子拔出来，在水坑里涮一涮，再次套在脚上……

二妮呢，则在方凳上坐得安安稳稳的，身上那件上衣，黑白分明的格子，简洁大方的"一"字领，微微收起的腰身，像是叫她端庄了不少。也不知是这衣服的缘故还是什么，她再不像过去翻翻这儿看看那儿的，连那个她最稀罕的梳妆台，她都没进里间看上一眼。

二妮自是意识到了小慧和明悦的目光，不由得笑道，看什么呢？

小慧说，看你变得懂事了。

二妮说，挖苦我。

小慧说，工作队培养的？

二妮说，还挖苦。

小慧说，我们家梳妆台等着你呢。

二妮笑道，那都是过去的事了。

小慧说，怎么，还真被培养得懂事了？

二妮说，说实话，人这辈子眼里不能都是那些东西，你俩看的书多，一叶障目，听说过这个词吧？

二妮说得很是自信，在她们面前惯有的几丝谦卑也一扫而光，就像一叶障目这词给了她力量似的。

小慧和明悦一时都有些怔怔的。

小慧说，眼里不能都是哪些东西？梳妆台还是针头线脑，还是手套、袜子，还是你身上这衣裳？

二妮说，物质的东西，物质的东西想多了，精神的东西就少了，前面的路就看不清了。

二妮肯定的口气让小慧和明悦听来就像另一个人的。小慧便说，二妮啊，真是三日不见当刮目相看啊，记得上回我们说你太实的话吧？你这个人，差的就是这点，太物质，缺点理想，缺点精神。

二妮说，小慧，你说的精神跟我说的精神可不一样，你说的精神是小资产阶级，我说的精神是无产阶级的。

二妮的口气更肯定了，把小慧和明悦说得又是一怔。这些词她们都是知道的，可她们从没想过跟自个儿还有什么关系。

小慧说，我说的怎么就是小资产阶级了呢？

二妮说，你喜欢看外国小说吧？

小慧说，喜欢啊。

二妮说，外国小说里讲爱呀爱的，是不是小资产阶级？

小慧说，讲爱就是小资产阶级啊，那无产阶级讲什么，讲恨？

二妮说，当然，无产阶级讲斗争，不斗争就没法站稳脚跟，就会让资产阶级、地主老财夺走印把子。

二妮看小慧、明悦一脸的茫然，愈发带劲地说道，政治运动是考验一个人的最好的试金石，在政治风暴来临的时候，小资产阶级总是小鸟一样地躲藏起来，或是一副事不关己高高挂起的样子，他们脑瓜里想的都是自个儿那点事，至于国家的命运，资产阶级对无产阶级的进攻，无产阶级政权的危机，他们想也不会去想。可是他们哪知道，要是有一天国家变了色，资产阶级、修正主义掌握了政权，受苦的不仅是贫下中农劳苦大众，小资产阶级也会跟了吃二遍苦受二茬罪的！

这些话，小慧和明悦在社员会上早不知听过多少遍了，可从二妮嘴里说出来，她们就像头一回听到似的。小慧说，听你这意思，我们就是那躲藏起来的小鸟了？

二妮说，我是说不关心政治运动的人。

小慧说，我就不关心政治运动。

二妮不示弱地说，你不关心就是说你。

小慧说，真说我？

二妮说，真说你。

小慧猛地站起来，将二妮脚下的小板凳一脚踢开说，反了你了！

二妮吓了一跳，那双肥脚悬了一刻，终于落下地来，她说，我说这些也是为你们好。

小慧说，好个屁，带了人一家一家地搜书，还搜到明悦家去了，你就是这么为她好的吗？

二妮说，我没带人，我是跟去的。

小慧说，你为什么要跟？

二妮说，领导派我去的。

小慧说，派你杀人你也去啊？

二妮说，可没派我杀人。

小慧说，书是明奇的命根子，弄走书就等于在杀他，懂不懂啊你！

二妮说，我知道那箱子书他藏起来了，要想杀他早杀了。

小慧和明悦一下子有点默然。

半晌，小慧才问，你咋知道他把书藏起来了？

二妮说，是我给五子出的主意，藏到他家去的。

小慧看了明悦问，可是真的？

明悦摇头表示不知。

二妮说，是我不让他说的，说出去我就甭在大队部待了。听贵生说的也是我的主意，不信你们就去问问五子。

小慧说，算你在这事上还算明白，大队部待不下去就不待，什么好地方，还待上瘾了？

这时，明悦站起来就往外走，小慧、二妮还以为她去厕所，便没在意。

二妮回答小慧说，那地方叫人长见识。

小慧说，就你那无产阶级、资产阶级的见识？看看报纸全有了。

二妮说，我说的见识，都是报纸上没有的。贵生你知道吧，雇农，亲爹还在大队，可他就没待长。

小慧说，那还用说，贵生哪是你的对手？

二妮说，贵生要怪他自个儿，大队那地方，看不出谁是你的对手，可又像所有人都是，时时事事你都要把心提到嗓子眼儿上……

这么说着，二妮忽然把头一低，一张脸就埋在了张开的手里。

小慧诧异地看她。

待二妮抬起头来的时候，眼睛红红的，脸上已是挂了泪痕了。

小慧说，看你跟演戏似的，说哭就哭，那你干吗还想待下去呢？

二妮说，我说过了，长见识。

小慧说，我可记得你还说过，谁说话算数谁就是理，要干个村支书，一村的人都归他管。

二妮怔了一下，说，那也就是随便说说。

小慧说，这话要让姜领导听见，他会说你是资产阶级还是无产阶级呢？

二妮显得有点儿慌乱，她说，那都是胡说八道，你可千万别给我说出去啊。

小慧冷笑道，一个姜领导就把你吓成这样子了，还以为你真长见识了呢？

二妮说，小慧你不知道，我这些日子是咋过来的呀……

看二妮又要泪花花的，小慧挥挥手说，别，千万别，有人进来还以为我欺侮你了呢。

两人朝门口望一望，忽然意识到明悦早该回来了，咋就不见人影了呢？探头看窗外，月光亮如白昼，厕所那边，形单影只地亮了盏灯，却不见一丝的动静。

二妮说，不会是去找五子了吧？

小慧说，看看，都是你闹的。

二妮说，问个什么，我还能骗她啊？

小慧说，骗不骗的，这些日子你去找过明悦没有？

二妮立刻不说话了。

小慧说，还真没找过？你个见利忘义的小人啊！

二妮沉默了一会儿，忽然站起身来，看了小慧说，我算看透了，在你们眼里，我是一辈子都要矮一头的。说罢转身就走，房门砰的一声，将小慧一个留在了房里。小慧怔了半晌才冲出门外骂道，你他妈的说走就走啊！

40. 小慧、明悦和二妮

明悦的确是找五子去了。五子正在她家和霖爷一递一句地闲嗑牙呢。自从没收了《聊斋志异》，霖爷就再没讲过了。原本这伤心之地他也不打算来了，可两条腿走熟的地方，不知不觉就把他的打算动摇了。又有五子每天相陪着，不来的打算只得不了了之了。

明悦把五子叫到明奇房里，当了明奇问明了搜书的前前后后。果然是二妮透露给五子的，主意也是二妮出的。五子说，要不是二妮，他哪想得出那样的主意啊。明悦和明奇听了，很是感慨了一阵，却从心里也没能恢复起跟二妮的亲近。二妮毕竟已是大队部的人了，对大队部的人，不知为什么他们总是近不起来。

后来的日子，二妮一天天地忙，再没找过小慧和明悦，小慧和明悦也就不再找她，只在开社员大会的时候可以看到她在台上搬桌椅、试麦克风、提了暖瓶为讲话人倒水的身影。小慧说，有什么劲，还美得什么似的。

但让小慧和明悦没想到的是，几个月后，二妮竟被任命为黄村团支部书记和党支部宣传委员了。就是说，二妮已正式地成为黄村一名村干部，从此再不必撅了屁股在田里劳作了，从此是一个说话算数的人了。

几乎是同时，明奇的大学录取通知书也到了，他考上了千里之外一所大学的中文系。小慧和明悦欢快之余有意大举庆贺，请明奇吃饭，和明奇一起去城里看电影，与人说话必谈明奇，谈明奇必谈他考上大学。她们也有意只字不提二妮，在明奇的大学面前，二妮的村干部算个什么呢？她们真是感谢明奇的录取通知书，让她们有机会来忽略二妮。对，忽略，眼下似唯有忽略才是她们最最想做的了。

可让她们更没想到的是，明奇上学走后没多长时间，二妮又有了变化，原来的村支部委员，一下子变成了支部副书记，与同为副书记的贵生爹平起平坐了！

不过这又怎么样呢，说到底不过是个村干部，说到底它随时都有被人顶替的危险，而且不需要有任何的手续、仪式。小慧和明悦第一次在台下看到二妮煞有介事地走到台前时，她们不由得这么想。不过，现在是别人为她搬桌椅、试麦克风、提了暖瓶倒水喝了，这个别人是个比二妮岁数还大的壮汉。二妮，可真有她的啊。她们在台下全神贯注地听了二妮的每一句话，每一个词，竟然没挑出什么毛病。当然她说的多是报纸上说过的话，必须没毛病，一旦有毛病就可能是大毛病了。她们看到，二妮在台上站有站相坐有坐相，讲话声音粗哑却十分有力，比整天披件夹袄晃来晃去的黄二牛和挽了一条裤腿的贵生爹要体面多了。她们猜想，为了这一天，二妮想必是下足了功夫吧，一个下此功夫的人，哪里还有时间和她们在一起呢？可是，若没有和她们在一起的日子，她二妮能有眼下的站有站相坐有坐相吗？

一次开社员大会，二妮在台上讲话，台下的贵生就不停地说小话儿。小慧和明悦恰巧坐在贵生前面。她们听到贵生说，甭看她人模狗样的，躺下了准保跟她娘一个德行，说不定比她娘还叫得欢呢。周围便响起哧哧的笑声。小慧和明悦立刻血涌上了头，小慧还没反应过来，明悦已一个转身，冲了贵生啪啪就是两个耳光。明悦的快疾让所有的人都没想到，贵生捂了脸不知所措，周围的人怔怔的，小慧半天才有所悟地拍了手说，好样

· 164 ·

的，打得好啊！

台上二妮的讲话继续着，她对下面的事毫不知情。可贵生再没敢说什么了，他不是怕了明悦，是被明悦打得有点回不过味儿来，妈的，她一个哑巴，这种事也懂啊。

散会后，小慧一下抱起了明悦，说，真没想到,你也会打人啊！明悦却低了头，脸红红的，做了错事似的。再抬起头来的时候，小慧从明悦的眼睛里忽然悟道，她也许不单为贵生的下流话，更为失去的二妮，若不是贵生对二妮的打压，二妮何以会走到今天这步？

一天晚上，小慧送明悦出门，又一次和从大队部出来的二妮相遇了。

三人都怔了一下，还是二妮先同她们打了招呼。

这一天没有月亮，只有路灯和灯下数不清的飞虫。仿佛是那飞虫搅的，小慧和明悦总也找不出要说的话来。到底是二妮，首先提起那天贵生的事，说早有人说给她了，那人说当了书记就是不一样，有人替你出气了。小慧就说，哪个混账东西说的，把我们看成什么人了？二妮说，人还不就是这样，随他们说去。小慧说，二妮，你没也这么想吧？二妮说，看你说的。瞧二妮轻轻淡淡的样子，小慧便说，唉，那都猴年马月的事了，我们早忘了，是吧明悦？明悦点点头。二妮看看明悦，又看看小慧，忽然说，咋一见到你俩我就想，什么时候能从你俩手里解放出来呢？小慧说，像是你受了压迫似的，如今你讲的话我们句句都要学习呢，不压迫我们就算烧高香了。

三人脸上都挂了笑意，话里的夹枪带棒却都明白。有一刻，明悦为书的事向二妮拱手表示了谢意，这动作显然过于客气了，二妮却并不觉得，反有几分得意地说，咋样明悦，我没骗你吧？

接下来，小慧没说请二妮到家里坐坐，二妮好像也没去的意思，明悦呢，则没理会二妮的反问，只对小慧摆一摆手，转身就往马道那边去了。

小慧和二妮看着明悦的背影便有些发怔，二妮明摆着回家要路过马道的，明悦咋就一个人先走了？

二妮无辜的样子说，我说错话了吗？

小慧说，一定是。

二妮说，说错哪句了？

小慧说，哪句都错了吧。

其实小慧也没细想，只觉得她们之间是不对的劲儿，再没有以往的融洽了，即便有藏书和贵生的事，也代替不了她们之间的话不投机，那是难以言说的，二妮就算句句都没错也无济于事了。

更让小慧气恼的，是她本想在院门口跟明悦聊聊明奇的，这下全让二妮给搅了。明奇上学走后已经连写了三封信给她了，对她的爱意表示得明明白白，就在等她表态了。她不想答应，跟明奇太熟了，总不是她要的感觉，却又怕伤了明奇，便想跟明悦讨个办法。但在房间里面对面的，到底也没好说出来，直走到院门口，明悦的面目模糊起来，才不由得要张口了。结果话还没说，该死的二妮就从大队部那边走过来了。

41．二妮和"文革"

二妮代替黄二牛坐上一把手的位子让所有人包括二妮自个儿都没想到。只二妮爹黄块曾开玩笑地说，照我闺女这速度，不出半年就得是村支书了。二妮说，不可能，二爷呢？黄块说，要想说话算数，就甭想二爷三爷的。二妮当然想说话算数，她已遭遇无数次说话不算数的尴尬了，听上去是副书记，却只有念念文件、报纸的份儿，轮到发表意见，没一个把她的话当回事的。更可恶的是贵生爹，她不说话便罢，一说话贵生爹就阴阳怪气地反对，仗了他对村里事务的熟悉，还往往就占了上风。而黄二牛对她也不如从前，好像见惯了她跑跑颠颠当差的样子，一旦跟他坐在一起就不舒服起来。好在有工作队的支持，谁也不便把她怎样，但她每天每天，几乎都是活在被小视的环境里的。

正当郁闷时，工作队不知什么原因忽然又撤走了，说是有更重要的任务。临走前，老姜把二妮叫到他住的房间，进行了一次长谈。老姜仍不停地抽烟，手指被熏得黄黄的，眼睛里放射出不容忽视的犀利的亮光。老姜说了许多话，让二妮记忆深刻的有这么几条：一是中央要有大的行动了，不只在农村，很可能是全国范围。二是要二妮的眼界放宽些，不要只盯在村里，也不要在意周围人的眼光，当个村干部哪怕是村支书都远不该是最终目标。三是人往高处走水往低处流，只要有机会就去担当，不必谦让，因为机会不是总有，错过去就可能再不会来了。叫二妮惊讶的是老姜还又一次提到了小慧和明悦，说有一天在地里看见小慧和明悦，都是肥长的上衣，瘦短的裤腿，城里人刚时兴起来，她们就学上了。这看似是小资产阶级的虚荣，没什么意义，但一跟了学，路就错了，方向就错了，会影响人的一生的。二妮听着，边频频点头，边奇怪地想，这个老姜，竟然还会注意人的穿戴。最后老姜为二妮留下了几本书，《实践论》《矛盾论》等等，二妮无以回报，只流下了几滴依依不舍的眼泪。她庆幸这眼泪流得及时，在老姜送她出屋时，她鼻子一酸，眼里的泪水让老姜看得真真的。这时老姜轻轻拍了拍她的肩膀。至此离别便完满地告以结束。走出老姜的房门，二妮如释重负地舒了口气。她不知为什么会有这种轻松，仿佛老姜把她给解放出来了似的。

工作队走后不久，中央果然就有了大的行动，"文化大革命"开始了。铺天盖地的大字报，响彻云霄的大喇叭，遍地可见的红卫兵，天天都在召开的批斗大会……一切好像都在表明，旧有的那个世界不能再继续下去了，什么规则，什么传统，什么权威，统统地都不作数了，所有一切都要重新来了。

二妮在这其中，兴奋而又迷茫，因为戴红袖章的人，一时间超越一切权威，直接聚集在了毛主席旗下，不要说黄二牛这样的村干部，就连区长、市长、省长，就连和毛主席一起工作的比省长还大的官，也纷纷被打倒在地了。很快地二妮就听说，老姜作为一所中学的工作队负责人也被红卫兵视为保皇派赶出学校去了。这个消息对二妮的震撼最大，老姜在她心里是党的代言人一类的角色，就像是电影《红色娘子军》里的洪常青，而她虽不像吴琼花那么苦大仇深，却也是在无望中被老姜慧眼识人拉了一把。她几次生出去看望老姜的念头，但都被她爹黄块阻止了，黄块说，甭以为他提拔你是为你着想，他是工作需要，为了需要，不是也把你爹拉下马了？

黄块的话让二妮十二分地信服，但即便是需要，她不是也需要老姜吗？至少有一点她是肯定的，老姜说的话，没有一个人对她说过，也没有一个人说得出来，仅凭这点，她也更需要老姜的指点。比如现在，她是该随了黄二牛任凭被打倒，还是反戈一击，成为戴红袖章的造反组织的一员？但因找不到老姜的确切住址，她到底也没能见到老姜。多少年后，二妮很是庆幸这次的没见到，因为"文化大革命"结束后她有机会见到老姜，知道老姜那时正每天遭受着红卫兵的折磨，他本是市委领导中的一员，被赶回市委后立刻定为走资派出现在了批斗台上。不要说她见不到老姜，就算见到，老姜也绝不会指点她去造反的。

然而，二妮凭了直觉的指引，还是去参加造反组织了。她想，反正毛主席是支持造反的，跟着毛主席总是没错的。她先是加入了后街人成立的一个造反组织井冈山，后凭了在大队部练就的讲话能力和对黄二牛、贵生爹的反戈一击很快被推举为组织头头儿。成立组织就要造反，造反就要勇于破坏旧有的东西，这让二妮格外有一种莫名的彻底解放的感觉，是啊，多少个心怀不平的人啊，谁不想重新洗牌，从头再来啊？

这时的二妮，自个儿拉了块军绿布，自己剪裁做了一身军衣军裤，袖子上一枚鲜红的袖章，走在大街上格外精神。她想起老姜对衣着打扮的轻视，很是不以为然，因为她能肯定，若没有这身行头，她是绝没胆量把黄二牛亲手揪到批斗台上的。一天晚上这身行头被泡在了洗衣盆里，她换了另外的衣服，竟神使鬼差地跑到黄二牛家里去了，她嘱咐黄二牛说，第二天造反派要来家里搜查，要他做好准备。她的组织可以走走形式，贵生的组织可就不敢说了，贵生是想钓大鱼放走他爹那条小鱼呢。她不知不觉做了个通风报信的角色，若是身上有那身行头八成就能挡住她的脚步。但过后她也没后悔过，因为她想钓的大鱼是贵生爹，贵生为保他爹而自立组织让她倒愈发地想保护一下黄二牛了。

黄村共有3个造反组织，一个以二妮为首，一个以贵生为首，一个则以前街大杂院儿里的王环为首。贵生和王环的组织都不过十几个人，二妮的组织则达到了一百多人。因为"文化大革命"给人带来了当众说话的机会，批斗会要说，辩论会要说，学习会要说，举了旗子抱了大字报聚会在街头还是要说，而在这其中，二妮就如同鹤立鸡群，唇枪舌剑，滔滔不绝。她常常在人群中独当一面，把贵生和王环击得落花流水。她的组织里大多是后街人，也有少部分前街人，比如宏斯家的宏涛，和宏涛从小要好的元芳等。宏涛、元芳都上过中学，文章、毛笔字都拿得起，元芳是个不甘寂寞的姑娘，凡事爱凑个热闹，她拉了宏涛听二妮和贵生在街头辩论，听着听着就想加入进去了。二妮自是巴不得，立刻把编写大字报的事交给了他俩，还封宏涛做了组织的副手。另一个副手是后街的喜子，喜子对二妮重用宏涛很不以为然，说井冈山的天下是我们打下的，他凭什么？二妮不容置疑地说，你要是会写文章会写毛笔字我都敢让你当正头儿。结果证明二妮是对的，宏涛和元芳的加入影响了十好几个前街的年轻人，他们不是拥护二妮，而是和元芳一样不甘寂寞，有话说有事做总是好的，况且还是有刺激的话有刺激的事。到后来，二妮爹黄块都忍不住要参加进来了，却被二妮严厉阻止了，说，不行，你是一个有污点的人！

大队部原有的班子瘫痪了，却并不影响生产队长对农活儿的安排，庄稼照常生长着，社员们照常劳作着，二妮的组织活动多是在中午和晚上进行，不像贵生和王环的组织，整天整天地耗在大队部里，不干活儿还记着工分。当然他们在大队部也不闲着，找来地富反坏分子训话，逼供历史上有污点的人。宏先就是个历史上有污点的人，他多次被他们罚跪、吊打，卫生所早被他们砸烂了，有人生病还要跑到外村去看。为此二妮曾跟贵生、王环理论，宏先他是有污点，可贫下中农没污点，要是把贫下中农的病耽误了谁来负责？贵生就说，让一个历史反革命给贫下中农治病，这是政治立场问题！一说立场问题二妮就没话说了。宏先曾在国民党军队里当过大夫，据说还是个什么主任，万一查出更大的事来，岂不是自找麻烦。有一次贵生和王环两组织批斗宏先，贵生对宏先拳打脚踢，一脚踢得重了，竟将宏先从台上踢到了台下。台下数十个人，眼睁睁看宏先躺在地上，没一个敢上前搀扶。这时，就见一个不声不响的姑娘冲到宏先跟前，小心扶他坐了起来。台上的贵生喊着，少他妈装疯卖傻，快上来！宏先在姑娘的帮助下试着站了几回，腿却颤了又颤，就像是扶不起的庄稼，终是又倒了下去。这时人们已经看清了，那姑娘竟是马道里城子家的明悦呢。唉，敢做这事的，也就是一个不知事的哑巴吧。就见明悦不管台上喊不喊，竟把身子一蹲，将宏先的两手往自个儿背上一搭，整个的宏先就被她背起来了。台上台下的人就这么看了明悦一步一步地往场外走，没有一个人上前阻拦，像是被这突发的情景吓住了。直到要走出人们的视线，才见贵生跳下台飞奔过去，拦住了明悦。让人没想到的，是贵生左边拦，明悦就从右边走，贵生右边拦，明悦就从左边走，明悦是一步不停。贵生急了眼，抓住宏先的胳膊就往下扯。谁知明悦就像有千钧之力，背在身后的手把宏先箍得死死的，用尽力气也无济于事，反倒让明悦在他打怔的瞬间，噔噔噔地逃脱了。后来，也不知大妮打哪儿跑来的，接过宏先，换下了明悦。明悦这才发现，自个儿的衣服里里外外已经湿透，刚一迈步，就不由得瘫坐在了地上。

那天，村里许多人都看到了明悦背宏先的一幕，大家议论纷纷，说那明悦就像有神助一般，小小的身子骨背一个大男人竟身轻如燕，贵生左拦右拦都没拦下。看来老天对贵生的恶行都看不下去了，特差了明悦来救宏先的。宏先再有问题，他毕竟救过不少的人，他的善行别人不作数，老天是桩桩件件都会看在眼里的。

那天小慧和二妮都没在场，小慧一听说立刻就跑到明悦家去了，上上下下地打量明悦，连声说，天啊，你哪来的力气啊？明悦只是笑，不吱声。明悦妈说，这事做得好便好，可往后街坊邻居更不敢往咱家来了。小慧说，不来就不来，来了还嫌烦呢。明悦妈说，咱还是小事，往后宏先生的日子估摸就更难过了。小慧和明悦相互看看，都长长地叹了口气，是啊，宏先生的事，连二妮都敌不过贵生，她们又能有什么办法呢？

好像是被明悦的行为影响的，二妮第二天就以井冈山组织搞革命调查的名义把宏先弄到被贴了封条的卫生所隔离了起来，门口日夜有人把守，饭菜由家人做好了送来。而贵生和王环是想见见不到，想批斗更是痴心妄想。事实上，二妮一边保护宏先，一边也确实调查清了宏先的历史问题，他在国民党队伍里当过大夫不假，是军医主任也不假，但从没对任何人开过枪。他的罪恶仅限于，错入了国民党的队伍，并用医术救活了一个个国民党反动派的生命。仅这一点，贵生和王环也认为已是罪大恶极，几次组织了队伍来抢人，却都被人多势众的井冈山造反队吓了回去。这样的局面一直持续到了黄村革委会成立，二妮担任了革委会主任。

原本，革委会里是有贵生和王环这样的组织头目的，可他俩不屑二妮的领导，暗自找到所在公社的革委会主任姜新国说二妮的坏话。他们却哪里知道，二妮正是姜新国欣赏、力荐的呢？姜新国一气之下，便将他俩的革委会委员一笔勾掉了。二妮自是愈发轻松，在革委会里说一不二。她却也没忘了"促生产"，经她三番五次地上门，将宏斯重又请回了大队主抓生产。其实她最初请的是黄二牛，黄二牛却始终闭门不见，说这辈子再不想上他们父女俩的当了。二妮对宏斯很是尊重，把宏斯的儿子宏涛也安排为大队农业技术员，宏斯便在生产上一如既往地用心。只可惜二人合作没多长时间，二妮便调到公社去了。后来党委会、党支部恢复，二妮由一名普通的公社干部，一跃成为公社副书记兼革委会副主任。二妮的一跃再跃让黄村所有人都有点目瞪口呆，直到有一天得知她和姜新国成为夫妻，姜新国的父亲正是当年的工作队队长老姜时，人们才忽然明白过来，啊，怪不得，怪不得啊！

第 九 章

42. 明悦和宏先

宏先被关在卫生所里的时候，其实并不寂寞。

除了一天三次来送饭的家人，还常有找上门来的病人。二妮力排众议，坚持允许宏先给村人看病，因为她爹黄块总说，宏先是个宝贝，让你们给糟蹋了。她哥大妮一直不肯跟她说话，见着贵生不理不算，还要狠狠地吐一口唾沫。

卫生所原有的东西还在，宏先将它们摆放整齐，打扫干净，仍坐在自己原来的位置。有病人进来，依是宏大夫、宏大夫地叫着；宏先这里也依然绷了脸，并没有受宠似的慌张。若不看把在门口的俩人，就如卫生所重新开张了一般。

宏先的脸倒也不总是绷了的，比如明悦来的时候。

明悦却不是来瞧病的。她在两个看守面前装出病人的样子，一进屋一双眼睛就明亮起来。宏先也一反常态，紧绷着的嘴唇奇迹般地打开了，眉头舒展开来，眼睛里堆满笑意，一个冷冰冰的不近人情的人，一下子变得像是慈祥起来了。

明悦通常是坐在宏先的对面，宏先说话，她就亮了眼睛认真地听。宏先不想说话的时候，是一个字也不肯说的，一旦说起来，那话就如决堤的流水，想阻也阻不断。

宏先和明悦显然是相互欣赏的，明悦的眼睛从没这么亮过，宏先的一张脸也从没这么慈祥过。倘若这时有人进来，一定会不相信自个儿的眼睛，这样的两个人，咋回事呢?

最初，宏先对明悦可没这么友善。宏先从卫生所被赶到大田里劳动，劳动的人群黑压压的一片，他是谁也不看，谁也不理，队长让干什么就干什么，让干多久就干多久，一张脸永远是阴沉的，那身中山装也换成了一身黑衣黑裤，仿佛真成了一个阴暗的阶级敌人一样。人们多是势利的，见他这样，倒巴不得，正可以离他远远的。唯有明悦，人们愈是对他远离，她倒愈是要靠近他了，不知为什么，一看到他形只影单的样子，她就不由得会生出怜悯之心。农忙的日子，早饭是要在地里吃的，家家户户的老人、孩子，用扁担挑了饭菜，一头儿饭罐，一头儿竹篮，熙熙攘攘地来到田里。地头儿上，黑压压地蹲了一片，三个一伙五个一群的，个个头是低着的，只看得见黑黑的或光光的头顶。吧嗒吧嗒的咀嚼声响成了一片，酸的、甜的、咸的、辣的以及说不出的味道弥漫了饭场。其间还夹杂了大人的叫喊和孩子的吵闹，更有那爱热闹的，拿了干粮和筷子，在人群中串来串去的，谁家的菜对了心思，啪地就夹起一筷头儿送进嘴里。明悦的饭自是明悦妈送来，明悦妈的饭罐、竹篮里永远是热腾腾香喷喷的，饭罐里通常是小米粥，篮子里是刚出锅的干粮和炒菜，在篮子的边缘，有时还会有两个煮蛋。明悦母女俩在人群中默默地吃着，剥那蛋皮的时候，不管多么轻声，总会有人朝她们看，就像被雷声惊着了似的。明悦不喜欢母亲送来鸡蛋，母亲却说怕明悦伤了身体。明悦觉得母亲也是有意在炫耀自个儿会过日子，一样地分红、分粮，一样地有挣工资的，就有人家的饭菜少油没色，有的甚至菜里只放一把盐，粥里能照出人影子，干粮硬邦邦的，啃一口能看出牙印来。他也不是没有，就是凑合惯了，好好的日子不会用心过。倒也有不少用心的，饭是饭菜是菜的，样样不含糊，但用筷子一尝，立刻就有了分别，母亲的饭菜味道谁家也比不上。母亲挑来的饭罐也是擦得最亮的，盖干粮的搌布也是洗得最干净的，用的碗盘，是蓝花金边，小巧玲珑，有说不出的好。明悦用惯了不觉得，但看见别人家的碗就有点吃惊，碗口比脑袋还大，力气小的还端不起来呢。明悦家也有这种大碗，叫作钵碗，是专用来盛炖菜的，从没把它当过饭碗。就是在这闹哄哄的早饭中，明悦发现了宏先的形只影单的。宏先总是站在离大家几十米远的背静处，一口一口地抽烟。像是在等送饭的人来，又像是要以抽烟代替吃饭。因为这边人们的饭都快吃完了，他那边仍是孤身一人，见不到送饭人的影子。常常地，这边人们吃完饭了，碗筷都洗了，稳在地头儿就等一会儿开工了，才见一个小孩子挑了担子，晃晃悠悠地朝他走来了。明悦妈说，一个慢性子的女人，太耽误事了。明悦明白她是在说宏先的女人，都知道那女人又慢又笨，长相也一般，不知怎么就跟宏先成夫妻了。

好像为了消化得快，宏先把菜拨进饭碗，一只手端了碗，另一只手攥了干粮，手指夹了根大葱，自始至终站着吃饭。那个小孩子倒是坐在了地上，一大一小，愈发地显得宏先孤单了。老远地，明悦觉得那拨进碗里的菜不过是几根咸菜，碗里的饭不过是能照出人影子的清汤寡水。有几回她不顾母亲的阻拦，提了自家的饭菜拿去给宏先吃，却碰了一鼻子灰，宏先只说声不用，便自顾吃，再也不理她了。明悦看到，那小孩子大眼睛长睫毛，长得白白净净的，便想孩子妈必定也好看过，不然宏先怎么会要呢。问母亲，果然说那女人好看过，母亲说，岂止好看，刚结婚那会儿赛如天仙呢，女人啊，一生孩子就完了。

宏先终于对明悦有了笑容，是有一次明悦把自家篮子里的一根大葱给宏先送了去。宏先接过大葱，翘一翘嘴角，脸上的表情随了嘴角就显得生动起来。宏先说，你咋知道我爱吃大葱？明悦抿嘴一笑。宏先说，好东西，不妨你也试试。明悦摇摇头。宏先说，你就看不爱生病的人，他准保爱吃大葱。宏先说这句话的时候，是看了明悦的眼睛说的。他很少这么看了人说话，明悦知道，自个儿在他眼里至少已不是视而不见的了。她把目光低了下去，心里却是欢悦的。她不知为什么要欢悦，就像上学时攻克了一道难题一样。

那以后再见到宏先，明悦就随意了许多，总是宏先先打招呼，然后或者不发一言，或者不停地说话。宏先说不说话，明悦都默默奉陪，她的眼睛只要看着宏先，就能让宏先明白她的所想。他们的见面多是在下地干活儿的时候，只要在一块地里干活儿，放歇时就凑到一起。宏先没话说了，便找来些石子和草棍儿，在地上画几十个小格子，与坐在对面的明悦一块石子一根草棍儿地对杀起来。有时会有两三个或三五个人围上来，默不作声地看他们你来我往。直到生产队长一声"开工"，他们才停下来，丢下那几个方格子和石子，朝了地里走去。

渐渐地，他们这样子便在人们眼里变得习惯起来，一个哑巴，一个被赶回家的历史反革命，不过是互不嫌弃罢了，有什么好奇怪的。倒是明悦妈说过明悦几回，说有怜悯心不框外，可在众目睽睽之下没必要惹人注目。明悦却不理不睬，依然是我行我素。直到发生了贵生从台上踢下宏先的事，明悦挺身而出，使她和宏先的友谊便更加牢固了一层。对，友谊，在明悦心里，就是这么下定义的，友谊这词就像是一道屏障，她在里面多少是心安的。眼下除了和小慧谈得上友谊，跟村里其他人就再说不上了，而这宏先，比她大了十多岁，她对他的中医虽一无所知，却奇妙地有了种亲近感。她说不清这亲近感是什么，便愿意把它叫作友谊。村里老与少投缘的人是常有的，比如霖爷和五子。她记得霖爷曾有一回对五子这么评价她：明悦这闺女眼高。五子不服地说，眼高的是小慧、二妮，明悦姑才不像她们。霖爷说，懂个屁，眼高可不是凡人不理，眼高是不随大流，跟旁人反着来。明悦听了吓了一跳，她什么时候给霖爷留下这印象了？可细想想，从小到大，多少事都是跟别人不一样的，就连她的不能说话，虽不是她所愿，也是个不一样，和所有人都区分开来的大不一样呢！但她可不是像霖爷说的，有意跟旁人反着来，她觉得她是不管反正，只管内心，内心想反就反，内心想正就正，她不过是借了不能说话的"方便"，让自个儿更任性更自由一点吧。这么想着她心里一下敞亮了许多，既是为了自个儿，就不必再想什么友谊不友谊了，认为对的，只管去做就是了。

宏先被二妮禁在卫生所里的时间并不长，很快地，就有了与他历史问题对上号的政策条文了，按他国民党军医主任的头衔，定为历史反革命绰绰有余了。于是，他又一次被赶出卫生所，扛了扫帚扫大街去了。大街扫完，便去出大圈或是淘大粪，作为阶级敌人，他是再没机会和大家一起下地干活儿了，他和明悦也再没机会面对面地一块石子一根草棍儿地对杀了。而明悦，果真又是跟旁人反着来的，宏先扫大街的时候，别人都躲得远远的，她却偏偏要走上前去，做手势打个招呼，或是跟宏先说点什么。宏先也不回避，打招呼就应着，想说话就说几句，见着戴红袖章的出现了，就低头还接着扫他的大街。

不过，宏先自从定性为历史反革命后，就再不肯给人看病了，说是大队的命令。大队干部确实有人这么公开说过，但好像并不当真，大队干部们有了病，仍悄悄地去找宏先。没想到宏先却当了真，对来者一律都用两个字打发掉：不敢。多数人也就罢了，宏先不看就去外村看，头疼脑热不大当紧的病还有去找大妮的。大妮用心，看过宏先太多的方子，照葫芦画瓢开个方子，病人竟也就好了。却也有那死心眼儿的，只信宏先，非宏先不看，找了一趟又一趟，看宏先心如铁石，便忽然想到了明悦。明悦答应得倒是痛快，只是提出条件，要那人往后见了宏先不能躲，该打招呼打招呼。这条件看起来容易，却很是吓退了一些人，跟一个敌人打招呼，自个儿不也成敌人了？那没被吓退的，经了明悦从中努力，宏先果然就把脉开了方子。病人很快好了，倒也不食言，见着宏先就旁若无人地打招呼。宏先反是不理不睬，头一低便过去了。

尽管这样，还是不断地有人来找明悦。明悦在其中的作用是这样显眼，这样不容忽略，又这样让人们有说不出的滋味儿。都知道宏先有些好色，见着俊俏、聪明的女人话多，可对明悦，人们可不想瞎猜疑，就看那张脸，那双眼睛，干干净净的，一丁点儿的杂物都不见呢。

但让人没想到的事情还是传开了，这事情让黄村几乎所有的人都目瞪口呆。

43. 明悦和流言

这一天傍黑，太阳往山下走，下工的人们往村里走。明悦坐在地头儿上，看披在人们身上的霞光，看血染了似的太阳一点点地沉下山去。不断有人招呼着明悦，小慧还特意从另一块地里跑过来，要与她结伴回家，可明悦到底没走，指指西边的太阳，好像是说只要太阳在她就不会走。人们也不奇怪，一个哑巴，总是和常人有点不同。

可就在这一天，太阳落下山之后，有人看见在猪圈里干了一天活儿的宏先，凭借一把粪叉嗖地从猪圈里跳上来，然后扛上粪叉，往不远处的一片玉米地里去了……

第二天一大早，后街桂枝的男人就把宏先堵在宏先家的茅房里，打了个鼻青脸肿。很快地，这事就传开了，说是宏先昨儿傍黑把桂枝诱到玉米地里去了，说宏先一言未发，任凭桂枝的男人拳打脚踢，好像默认了那事似的。

要说，这种偷鸡摸狗的事在村里并不稀奇，当事人被打也不稀奇，做过了打过了人们议论议论，事情就算过去了，日子该咋过还咋过。可谁料想，后来桂枝对那事改了口，说她那天早早地就回家了，和宏先钻玉米地的绝不是她，她男人打宏先是错听了别人的闲话了。

桂枝这话是贵生带宏先游街时说的，贵生认为这是历史反革命的现行问题，不严惩不足以平民愤，便绑了宏先，唤来桂枝，游一处让桂枝控诉一遍。可哪知桂枝竟是个不听话的，上街一看围观的阵势，死活不认账了，说跟宏先相好的女人有的是，而她桂枝恰恰是清白的，把清白的拉来，真有那事的反逃之夭夭，岂不是柿子拣软的捏人拣善的欺嘛。贵生问不是你又是哪个？桂枝说是哪个我咋知道，这种事人家又不跟我商量。贵生逼宏先交代，宏先则依然是任凭拳打脚踢，不发一言。

明悦听到街上的热闹，也跑出来看了。就见街道两旁挤满了人，贵生和几个民兵押了宏先走在中间，那宏先两手背在身后，手腕上露出被绳索捆绑的血痕。他的身后，走着正在挣扎的桂枝。桂枝的嘴也不闲着，一遍一遍地否认那事，还说自个儿是贫农出身，随便拉一个贫农游街是反动行为……明悦的目光停在宏先的手腕上，怔了一会儿，忽然就拨开众人，冲到宏先跟前，伸手去解那捆绑的绳索。

这时，所有的人都看见了，所有的人也都怔住了，直到绳索解开，被明悦团在一起嗖地扔到谁家的房上，贵生他们才想起去阻拦。可早已晚了，绳索已不见踪影，宏先背在身后的手已自然落下，两旁的观众已发出了哧哧的笑声。贵生气急败坏，扯住明悦，抡胳膊就要打过去。谁知，他的胳膊举在半空被什么人死死地拖住了，回头一看，竟是鲁芹家的小慧！贵生更是气不打一处来，挣开小慧道，干什么干什么，要造反啊？小慧就说，没人要造反，倒是你，一不是村干部二没有组织，弄了人游街示众，可经了谁的批准了？贵生说，斗争反革命还要经谁批准吗？毛主席说，阶级斗争要年年讲月月讲天天讲，有毛主席的指示就足够了！小慧正想说什么，忽然一个声音接了过去，毛主席他老人家也说过，谁是我们的敌人，谁是我们的朋友，这个问题是革命的首要问题！毛主席还说，要文斗不要武斗！这声音贵生是太熟悉了，如今村里的大会小会上几乎全是它了。

就见二妮站在贵生面前，洪亮的嗓音先就压了贵生一头。贵生不敢咋样二妮，对反革命总是敢的，他说，黄主任你说得对，谁是我们的敌人，这就是我们的敌人，我们决不能手下留情！说罢狠狠一脚，便把邪火发泄在了毫无防备的宏先身上。

宏先重重地趴在了地上，二妮、明悦、小慧都吃了一惊，明悦立刻去搀扶宏先，刚弓起腰，却被贵生从身后又是一脚，宏先被他踢中了腿部，哎哟一声再次倒了下去。明悦放开宏先，转身对了贵生，眼睛的亮光要将贵生烧掉似的。就这么对峙了几秒钟，贵生的眼睛倒意外地先退却了……贵生示意几个民兵上前，可有二妮在场，民兵只是看二妮的眼色，谁还敢听他的。这时，就见明悦已将宏先搀扶起来，在众目睽睽之下旁若无人地朝了宏先家的方向走去。贵生气急败坏地手指着二妮说，你就这么放了他们吗？二妮说，是抓是放，革委会说了才算，你擅自行动，无视革委会的领导，跟我走一趟吧。

贵生说，干什么，真正的反革命放走，真正的革命者倒要抓起来？

二妮手一挥说，什么抓呀放的，给我统统到革委会说清楚去！

贵生不肯，二妮给民兵一使眼色，民兵们立刻会意，上前把贵生围了起来。二妮又派其中的一个去喊宏先，要宏先也马上到革委会去。有人说还有桂枝呢，人们便巡视一遍，哪还有桂枝的影子，想必早趁了混乱溜回家了。

二妮却没想到，搀扶宏先回家的明悦又搀扶了宏先到大队来了。二妮悄声问明悦，你来干什么？明悦指指宏先一瘸一拐的腿。二妮不禁恼火道，这跟你有什么关系？

二妮声高了些，让一旁的贵生听得清清楚楚的，贵生就说，没关系才怪，看他们这亲热劲儿，钻玉米地的八成就是她吧！二妮喝道，胡说，哪个让你说话了？贵生说，不是让说清楚嘛，不让说话咋说清楚？二妮说，你给我闭嘴！

二妮虽这么说，贵生的话还是让她犯起了猜疑，明悦一向平和，咋偏偏在宏先的事上就不管不顾了呢？她把明悦叫到另一个屋，屋里的几个人被她赶出去，然后关了门，看了明悦问，你说实话，这事跟你有没有关系？明悦摇了摇头，却又马上表示她和宏先是有关系的，就像她和小慧的关系一样。明悦没提二妮，让二妮有些失落，却同时也放了心，总算没明悦什么事，若真和宏先有瓜葛，那贵生岂不更有话说了？

二妮接着又单独去问宏先，宏先面对二妮，倒不再沉默，问一说一，问二说二，原来，宏先是去玉米地里解手，往外走时正巧碰上也去解手的桂枝。两人本就互有好感，又在玉米地里相遇，自然就发生了那事。二妮说，看来贵生没冤枉你，那你为什么死不交代？宏先说，他说是我勾引的，勾引进一步就是强奸，强奸的罪过可就大了。二妮听着这些字眼儿，脸不由得发热，她打断他说，你倒是明白，哼，要真明白，就不会办那恶心事了。然后又问，你跟明悦是咋回事？宏先说，没事，就是投缘。二妮说，你跟桂枝投缘，又跟明悦投缘，一个地下一个天上，谁信啊。宏先说，各是各，缘跟缘不一样的。二妮说，不管缘不缘的，没事就好，要是有事，我二妮绝不会饶过你的！

问完走出来，见贵生正巴巴地等着，二妮就说，不过是进玉米地撒了泡尿，小题大做。贵生说，不可能，进去老半天呢。二妮说，跟谁？贵生说，反正是个女的，有人亲眼看见的。二妮说，是看见进玉米地了还是看见那事了？贵生说，看见进玉米地还不够吗？二妮冷笑道，进玉米地能干的事多了，拉屎、撒尿、拔猪草、掰棒子，你咋就认定是那事？贵生说，你，你这是包庇反革命，包庇大流氓！

革委会的人这时陆续地到齐了，原本二妮通知了大家开会的，她便不再理贵生，自作主张将宏先放了。看革委会人多势众，贵生不便再说什么，只得与宏先一前一后地向外走。宏先仍由明悦搀扶了，那腿像是瘸得更重了，不搀扶就要摔倒似的。两人往前街走，贵生往后街走。贵生心里憋气，呸他们一口，一路上还不肯闲着，逢人便说钻玉米地的女人弄清了，原来是城子家的哑巴闺女明悦，明悦心甘情愿，这会儿还手拉手地跟宏先在街上走呢，真看不出啊！

没多会儿工夫，全村的人就都知道宏先和明悦的事了。

这时明悦已回到家里，还没进屋，就被母亲挡在了门外。母亲劈头就问，外头传的，可是真的？明悦搀了宏先在街上走时已感受到了人们猜疑的目光，想到那天下工时她执意要留下来看太阳，便明白自个儿也许跳进黄河也洗不清了，可宏先，可怜巴巴的没一个人肯帮他，他又确实需要有人扶他一把，她只是做了件再简单不过的事。人们愿意嚼舌头根子，就让他们嚼去吧。她没理母亲，继续往自己房里走。她感觉自己的后背挨了一拳，接着是母亲带了哭腔的声音：你爸你妈这辈子，从没让人家这么说三道四的啊！

明悦没觉出后背的疼痛，不过是搡了一把。母亲从没打过孩子，看来实在是忍无可忍了。不过明悦还是觉得委屈，外人瞎猜也罢了，家人也不相信自个儿了。房门还没推开，明悦已是满眼满脸的泪水了。

44. 黄块和宏斯

二妮在村里当革委会主任那会儿，宏斯和黄块是常会面的。

二妮不懂生产，把这事全托给了宏斯。革委会多是张口革命闭口斗争的人，开会偶尔说到生产，也是差之千里，驴唇不对马嘴。村里唯一可以和他宏斯说说的人，也就是从前的老搭档黄块了。

他们有时在鲁芹家里，有时就在地头儿上。别人下工往回走，宏斯往地里走，一眼一眼地看，终于见着黄块了，便拉他就地坐下来。黄块是喜欢宏斯来找他的，二妮当着一把手，村里的事就是他黄块的事。

他们说一会儿当下的生产，该种什么，怎么个种法，哪块地种更合适，将来收获多少，除去公粮，社员嘴里能落下多少等等。说着说着，宏斯就会说一句，不对劲，真他妈的不对劲。黄块说，哪不对劲？宏斯说，哪哪都不对劲。黄块明白他在说什么，就说，为了咱家二妮，凑合干吧。宏斯说，是你家二妮。黄块说，对对，我家二妮。宏斯说，我凭什么为你家二妮干？黄块说，那就甭干，让他们一群外行折腾成啥样算啥样。看宏斯不吱声，黄块就说，看看，还是舍不得吧？宏斯呸一口说，屁，以为跟你似的，自个儿不行搭上闺女也得上，要不是心疼庄稼，要不是看二妮还懂事，我早他妈的不干了。黄块笑道，旁的本事没长，脏话倒快赶上我了，好，好啊。

其实，除了生产，黄块也有话跟宏斯说，二妮眼看着一天比一天往上走，今后走到公社走到区里都说不定，这叫黄块得意，却同时也叫他不踏实。二妮咋长大的他最清楚，书没读过几本，庄稼活儿一窍不通，二十四节气都背不过几个，就凭了政治运动积极，会上发言不怵头，才受到了工作队的赏识。可是，这样的头儿能当多久呢，甭说跟他黄块比，就是跟下台的黄二牛比，二妮她也还差得远呢。可是，二妮自个儿可不这么看，她崇信老姜，老姜说她行她就一定行，她不屑黄块的担心，说他老了，跟不上趟了；她连明悦、小慧都瞧不起了，说她们胸怀狭窄，小资产阶级，她二妮已经远远地在她们前面了。黄块就问宏斯，你说句实话，二妮和明悦、小慧，哪个更好？

宏斯不解道，当干部还是嫁人？

黄块说，不说当干部也不说嫁人。

宏斯说，没法比，风马牛不相及。

黄块说，咋就风马牛不相及，都十八九岁，都是这村长大的，又从小好得形影不离的。

宏斯说，好便好，我看是二妮上赶着人家，哪天不上赶着了，不是就散了？

黄块脸一拉说，你要这么看，我还宁愿她们散了。

宏斯说，看看，还让我说实话，实话还没说呢就先恼了。

黄块说，以为她们就多好，明悦和宏先的事，没听说啊？

宏斯说，别人信这事，你可不该信，男女之事你都老油条了，甭说别的，众目睽睽之下明悦敢帮宏先，就证明她是一准儿没事。

黄块说，没事说没事，反正不好听的话都说出去了，就像一池清水撒了泡屎尿，屎尿总比清水要惹眼。

宏斯叹口气说，还不是你们后街人祸害的。

黄块说，你们前街人好，站出来帮明悦的有哪个，还不是我们家二妮？

宏斯移开话题说，咋忽然问起她们几个？

黄块不屑地笑笑，但还是收起笑正色答道，我是看二妮在家说起小慧、明悦，动不动就小资产阶级、小资产阶级的，好像自个儿如今多了不起了。要真了不起我也就踏实了。你说句实话，她在这村里，是不是……

宏斯说，是不是了不起？

黄块说，我的意思你明白。

宏斯说，当然，二妮一把手都当上了，她不了不起谁了不起？

黄块说，少废话，说正经的。

宏斯说，你说实话，我也说实话，二妮这闺女，还真没白跟小慧她们好一场。

黄块说，啥意思？

宏斯说，懂事，不胡来，就好比宏先的事上，往小里说宏先会念她的好，往大里说全村人都得念她的好，一个好大夫，多少年才修成一个啊。

黄块说，那是我叮咕的，有小慧她们啥事啊？

宏斯说，你甭不服，咱把小慧、明悦俩抹了，二妮压根儿没见过她们，二妮会不会跟贵生一样失了分寸？

黄块说，胡说八道，有我在，她就不能像了贵生！

宏斯说，看看，又恼了又恼了，不说了不说了。

黄块说，说，只要不提贵生，咋说都行。

宏斯说，我是想说，二妮其实是个人精，跟小慧、明悦一起，她没稀里糊涂，她是上了心了。自打她要讲卫生，把你们家弄得鸡飞狗跳的，我就知道这孩子不简单。

黄块说，早这么说不结了。

宏斯说，二妮的长处是不怕辛苦，把你那猪窝一样的家，硬是弄得干干净净的了。

黄块呸一声说，你家才猪窝呢。

宏斯不理他，继续说，缝纫组里，见缝插针，没日没夜地学习，硬是待住了。可惜好景不长，"四清"运动来了，缝纫组散了，你也被撸下来了。这时候，可就见出二妮自个儿的本事了，人家瞅准了工作队要的是什么，看报纸，学政治，靠会上一张嘴皮子，硬是力转你给人家带来的逆境，进了村里的领导班子了。这事啊，不要说小慧她们干不来，你黄块也还差一截呢。

黄块说，啥意思，这是夸她呢还是骂她呢？

宏斯说，不是夸也不是骂，是想说，这才显出你这当爹的功劳来了。

黄块说，我有什么功劳？

宏斯说，因为是你黄块的闺女啊，村里所有的闺女，不，所有的小伙，就一个个地数数，哪个能做到？年轻轻的，没权没势，忍辱负重，能屈能伸，你说，哪个能做到？

黄块说，倒也是。

宏斯说，紧跟着就是后来的"文化大革命"了，二妮是咋做的，你我都看在眼里了。

黄块说，看在眼里你也说说。

宏斯说，一说二妮的好话，看你这贪得无厌的样儿，我还偏不说了。

黄块说，不说就不说，我还不听了。

宏斯说，真不听了？

黄块说，真不听了。

宏斯说，不听我可走了。

黄块说，就甭拿一把了，快说快说！

宏斯说，"文化大革命"，贵生弄造反组织，二妮也弄造反组织，哪个造反组织更有人缘，你我都明白。要紧的，是人家二妮造反是造反，做人是做人，两样事分得清楚，一是不往狠里整人，二是不忘恩负义，老姜挨批斗那些天，还总想着去看老姜。可惜被一个老忘恩负义的拦住了。

黄块说，二妮跟你说的？

宏斯不理他，顾自说自个儿的。结果，革委会一成立，老姜又作为老干部代表被结合进去了，巧的是，他家儿子也进了革委会了，还是咱公社的革委会。这时候的二妮，甭说她想干什么，就是不想干都不成了。

黄块说，老姜被结合进去，我咋不知道？

宏斯说，这是人家二妮给你留着面儿呢，让你知道，你不臊得慌？

黄块说，我臊个啥，关我屁事。

宏斯说，就甭嘴硬了，你对老姜啥态度，我还不知道？

黄块说，不说老姜，咱还说二妮。

宏斯说，二妮人精便人精，不过我估摸，将来她能到公社也就算到头儿了。

黄块说，怎么？

宏斯说，文化呗。

黄块叹一口气，似认可了宏斯的说法。

宏斯说，时势造英雄，二妮也是赶上好时候了，早两年或是晚两年，她兴许就出不来。

黄块说，咋听你这口气，有点酸不拉叽的。

宏斯说，往下的话，你还想不想听？

黄块说，啥话？

宏斯说，实话。

黄块说，那以上的话都是假话了？

宏斯说，也不能说是假话，只能说不那么要紧。

黄块说，有话快说有屁快放。

宏斯说，这话憋在心里可有些日子了，今儿要不是说到二妮，我还憋着呢。

黄块说，憋着吧，等着变成屎吧。

宏斯说，我想说的不是二妮，是二妮当头儿的革委会；我说的其实也不是二妮的革委会，是全国各地千千万万个革委会。你就看这革委会的架势，只从一个村就能看到一个公社了，从一个公社就能看到一个区了，从一个区就能看到一个市了，从一个市就能看到一个省了。

黄块说，架势咋了？

宏斯说，还咋了，不信你瞧不出来，就算你闺女在里头，你也不能变成个睁眼瞎吧？

黄块说，你是说外行领导内行？

宏斯说，光是外行领导内行倒也好了，关键是这外行多是造反派头头儿，要是造反派头头儿是个贵生那样的，一个村不就完蛋了？一个公社不就完蛋了？一个区不就完蛋了？一个市一个省一个国呢？

黄块连连摇头说，不可能不可能，我肯定贵生那样的连村子都出不了，在咱村不是连生产队都没让他出吗，还一个国呢，它就有一千个一万个贵生，也抵不住毛主席他老人家一个小指头！你呀，就自作聪明吧，想想种庄稼的事还凑合，沾政治的事你还是靠边站吧。

宏斯说，你觉得挺好？

黄块说，不挺好也绝不像你想的那么糟。

宏斯说，真心话？

黄块说，真心话。

宏斯说，我咋心里就总不踏实呢？

黄块说，我看是酸劲儿闹的，后街人有了势，你心里踏实才怪呢。

宏斯说，话说到这儿，我还有最后一句实话跟你念叨念叨。

黄块说，快说快说，拉干屎似的。

宏斯说，我不像你，张口就是前街后街的，我是谁有了势都一样。我要说的，是我那小子宏涛。

黄块说，宏涛咋了？

宏斯说，你没觉得宏涛是块材料？

黄块说，啥材料？

宏斯说，村干部。

黄块说，没觉得。

宏斯说，那是你眼拙，宏涛比你家二妮只好不孬。

黄块说，你还说过他是中医的料呢。

宏斯说，没错，他是中医的料，可就是不大上心。他这孩子不会在一件事上下死功夫，说中医他懂，说种粮种菜他也懂；说化肥、农药他懂，说拖拉机收割机他也懂；说书上的事他懂，说人情世故、政治斗争他也懂。你说，这么个兴趣广泛、事事都通的人，不当村干部不是白瞎了？

黄块说，你的意思，是当村干部还是当村干部的头儿？

宏斯说，当个一般的村干部，还用跟你说吗？

黄块说，那二妮放哪儿？

宏斯说，二妮早晚是要提拔的，这都看不出来？

黄块坚决地说，不行，前街人当一把手，打解放就没这先例。

宏斯也坚决道，行不行你说了也不算，我早跟二妮说过了，二妮也挺看好宏涛。

黄块说，我咋没听二妮说起过？

宏斯说，知道你花岗岩脑袋，干吗要跟你说，也就是我不忘老交情，不像你，把老交情当成一堆狗屎。

黄块说，在无产阶级政权面前，交情本来就是一堆狗屎。

宏斯说，这可是你说的？

黄块说，是我说的。

宏斯狠狠地跺一下脚，转身就走。

那天，他们一直站在一块玉米地的地头儿说啊说的，说得红通通的太阳落下山去了，说得绿色的玉米地变成黑黢黢的了，宏斯狠狠地跺那一下脚时，连对面黄块的眉眼鼻口都模糊成一团了。就这么，两人一前一后，落了好长一截子，谁也不理谁地回村去了。

45. 二妮和黄块

二妮提拔到公社以后，宏涛果然就当了黄村的一把手了。宏涛从大队农业技术员到入党到担任团支部书记到支部委员最后到党支部书记，只经历了短短半年时间。这半年时间二妮力排众议，特别是后街人的反对，在上级领导面前力荐宏涛，终于使宏涛如愿以偿，也使前街人第一次站到了黄村最重要的位置。

二妮对宏涛的全力扶持，是让宏涛没想到的。宏涛只记得二妮第一次找他谈话是在大队部的会议室里，那时他正在看一本农药使用手册，二妮粗哑的声音在会议室嗡嗡作响。大队部没有他的专用办公室，不需要下去的时候，他就待在会议室里。二妮拿过那本农药使用手册翻了翻，然后还给他说，想不想看点别的书？他坐在第一排的位置，胖壮的二妮站在他的对面，就像一位老师面对一个学生一样。瘦小的他不由得有一种压迫感，他反抗似的没有回答。二妮又说，关于政治的。他说，不想看。二妮说，可你爸说你想看。一提宏斯，宏涛立刻意识到，二妮这绝不是无目的的闲话。他放下书本，郑重地问她什么书，还主动跟她说起对当前政治形势的看法。看法自然都是从报纸来的，但他表述得条理而又清晰，让二妮不由得对他刮目相看。二妮对他的印象还是几年前在造反组织里带他写大字报的时候，文章、大字都是好的，只是不大爱说话，还总被元芳唤来唤去的。而眼下的他，谈政治，又谈生产，谈理想，又谈实际，谈远的，又谈近的，说话声音不高，速度不快，但其条理和认识，都可说在黄村的年轻人之上。他对农村各业的熟悉也让二妮自叹不如，二妮很快就从心里认定了他，离开会议室的时候，她要求他写份入党申请书尽快给她。这是她对他的第一个要求，说得斩钉截铁不容置疑，就像对他下了个命令。这让宏涛多少感到了不舒服，但后来这做派却对他影响巨大，面对下属讲话时他眼前总会闪现出二妮不容置疑的模样。

宏涛本是个说话不多的人，他和二妮的侃侃而谈，自个儿也颇感吃惊，像是二妮给了他个说话的机会似的。那次谈话让他开始认识真实的自己，这个自己其实是不甘心做一个农业技术员或做一个多面内行的，后来果然证明了，他不仅是不甘心，还有能力坐到他从前想也没敢想过的位置。

二妮和宏涛第一次谈话时，已是到了"文化大革命"后期，党委会或党支部已经恢复，大字报不再盛行，对地富反坏分子的管制、批斗也少多了，学校开始边复课边闹革命，城市里的各派造反组织也已陆续解散，回到了生产岗位，到二妮调到公社当副书记、宏涛代替二妮的党支部书记时，村里当过造反派头头儿的贵生、王环之类，都已变得灰溜溜的，走在街上没人理睬了。

宏涛上任之前，在宏斯的强迫下，与黄块进行了一次长谈。因为黄块多次跟二妮嚷嚷，举贤不避亲，与其让一个不知事的娃娃管事，倒不如我老将出马，一个顶俩。虽说二妮一再说宏涛不是不知事的娃娃，他知的事比任何年轻人都多，黄块仍是不肯闭嘴。

宏涛的谈吐也一样让黄块吃了一惊，他把一只大手拍在宏涛的肩膀上，说，这事要怪你爸，眼跟前有这么个人才，不早跟我说，兴许他自个儿就没看出来吧？宏斯和宏涛也只好笑笑，不去揭穿他，只要他不再阻拦，往后做起工作来，后街其他人就好办多了。

其实在这之前，公社领导就已经找黄块谈过话了，说领导班子年轻化是上级的要求，作为老一辈村干部，希望他能支持年轻人的工作。至于村干部出自前街还是后街并不重要，只要根红苗正，哪条街上的人不也得为贫下中农服务？黄块提出宏斯不能再干下去，父子俩都在支部岂不成了家天下了？来人便笑了，说，放心吧，这种事绝不会发生的，宏斯自己也早就表示要退下来了。

再没有什么反对的理由了，即便反对，黄块明白自个儿的意见也不会真有人在乎，人家找他谈是全看了二妮的面子，如今二妮的意见才是最受重视的。黄块不得不表示了赞同，但心里不舒服极了，冷不丁冒出个宏涛，他觉得就像忽然发生了一场政变一样。他预感到，今后的黄村要不一样了，扶不起来的后街人将更叫人瞧不起了，虽说支部里后街人占了大半，但支部书记一言九鼎，人多势却不众呢。他看出来，宏涛比二妮要有实力得多，对农村各业的了解，二妮差得太远。二妮是沾了"文化大革命"的光，宏涛呢，又是沾了二妮胸无城府的光，真正的不知事的娃娃，也许正是二妮呢。自打二妮当了村一把手，他和二妮是愈来愈说不上几句话了，进门二妮就把自个儿关进房里，要吃饭了，叫一遍不动，叫两遍叫三遍还不动。大菊犯贱，端了饭菜屁颠儿屁颠儿地送进去，待人家吃完，又屁颠儿屁颠儿地把饭碗拿出来。他隔了门缝说句话，人家爱答不理的，说多了，屋里就砖头瓦块的扔几句，烦死了烦死了，我这一大堆事呢。他问大菊，她在干吗？大菊说，不知道，反正没干正经活儿，捧了本书又看又划又写的。他就说，知道个屁，那才是她如今的正经活儿呢。家人她不理，外人来隔了门叫声黄书记，她一下就把门打开了。她喜欢人家叫她书记，喜欢居高临下地说话，喜欢人家边听边对她频频点头。黄块看着看着就躲开了，因为他从中仿佛看到了自个儿从前的影子，他既为现在的自个儿有点不平，又为二妮有点难为情，他想，二妮你何德何能，瞎嘚瑟个啥呀。他总觉得，二妮是还没学会走路呢就先跑上了，还没真本事呢就先端起来了。她这个在开会中成长起来的村干部，是太喜欢开会了，动不动就弄个会开开，大队部里每天都有数不清的会，生产队长的，民兵排长的，妇女的，儿童的，团员的，党员的，贫下中农的，地富反坏的……党支部、团支部更是有每天的碰头会，一碰就是半天甚至一天。一年下来，有人开会挣的工分比下地还要多了。不过二妮倒也有心，如今在会上，种庄稼的事已经能说上一二了，比如麦收、秋收前，她一定要开上一次社员大会，讲讲抓革命促生产的重要，讲讲一心为集体的精神怎么带来抢收抢种的物质成果。还有初冬对棉花和大白菜的抢收，她也决不含糊，除了开动员大会，还派人跟市里的棉花收购站和蔬菜公司联系，以免大量的棉花和蔬菜下来不能及时收购。其中哪个环节出了问题，她往往要亲临现场，或者上纲上线，把问题提到阶级斗争的高度，或者一脸和气，大讲工农是一家。人家看她年轻，又讲得头头是道，先就服了几分，老干部办起来都棘手的事，到她这儿说不定就成了。比如送大白菜，最怕的是蔬菜公司那边排长队，各村的大车小车都往城里的收购点去，往往是起个大早，排一天的队，回来还要摸黑，工夫都搭在排队上了。二妮便调动前街在城市工作的人的关系，直接把大白菜送到工厂、学校，有的单位还直接开来大卡车，装上的菜，能顶几十辆小拉车拉的。这当然需要跟蔬菜公司交涉，需要跟用菜单位沟通，二妮做这些事倒也不犯怵，一张嘴立刻就能占了优势，与她同去的人基本不用张口事就成了。这当然是一个村干部本该做必须做的，可二妮能做到这些，黄块就觉得是意外之喜了。有一年，二妮还把全村的年轻人发动起来义务修路，靠了几夜奋战，硬是把那条通往市里的深沟一样的路填平了。还有一年，动员男女老少所有的劳力，蚂蚁搬家一样，把村西的好土拉到村北的沙滩上，硬是改造成了一百多亩的果园。好家伙，又是广播喇叭，又是飘扬的红旗，又是标语口号，果园连影子都没呢，弄得人们跟见着了似的猛来精神，小车上的土，辆辆都拍得小山似的。这都是意外之喜吧，有的他黄块都难做到。有一回黄块建议二妮少开会多干事，二妮却反问，不开会怎么干得成事？从二妮的口气里，黄块觉出自个儿在她眼里已是个不赶趟的人了，可他常常不服地在心里跟二妮做着比较，比较的结果总是，做这村的带头人，二妮跟他黄块还差了十万八千里呢！

不管怎样，事情的发展是不以黄块的意志为转移的，他觉得不过就打了个盹儿的工夫，自个儿那页就翻过去了，连自个儿的闺女都指望不上，说翻就翻得绝情而又彻底。

如今二妮已住到公社去了，很少回家了，偶尔回来，也是在大队部见一面，因为她在召集会议。她的会开得更多了，据说大大小小的会每天都有，她就像被会议团团包围着，很难冲出来回一趟家了。有一天，黄块路过马道时见到了明悦和小慧，她们正坐在水井旁的老槐树下，小声地说着话。她们手里没拿任何活计，只是说话。黄村的闺女媳妇也就她俩才这么两手空空地聊闲话儿了。她们脑袋碰了脑袋，低头看了地下，一点没发现他走过来。他用力咳嗽了一声，她们也没抬头。在村人们眼里，二妮已经把明悦、小慧远远落在身后，成了大人物了，他黄块多少也这么想过，可眼下，不知为什么他又有些可怜二妮了，明悦、小慧说的话，也许永远不能到会上说去，可会上的话她们是知道的；二妮呢，却只知道会上的，会下的话，特别是明悦和小慧的话，高高在上的她是休想再知道了。黄块奇怪着自个儿，咋会这么去想她们？这么婆婆妈妈的想法哪像是他黄块的？会下的话知道不知道的，有什么要紧呢？他觉得都是她们的气定神闲闹的，看不见她们的时候并不把她们放在眼里，一旦看见，就有点由不得人了，只这旁若无人的说话的范儿，谁能做到不把她们放在眼里呢？

46. 小慧和明悦

那天，明悦是出来送小慧的，小慧原在明悦房里说了会子话，走出门又想出更多的话来，边走边说，直说到大门外，仍没办法停下，小慧索性拉了明悦在井台旁的大槐树下坐了下来。

小慧原是来劝说明悦的，她觉得明悦在宏先这事上太任性了，若一时任一任性也罢，时间一天天地过去，流言起了落落了又起，二妮那边走马灯似的一会儿革委会主任一会儿又公社副书记的，而明悦这边却铁了心似的一成不变，这对比让小慧愈来愈受不了了，她直出直入地说，明悦你要气死我了，宏先有什么好的，一个老色鬼！谁知这话说出来明悦的脸立时红了，愤怒得嘴唇都哆嗦起来了。小慧才意识到，宏先在明悦心里的位置有多重要了。后来明悦在一张白纸上写道，一见到宏先生，就像见到了家人一样亲切；他见到我也一样。小慧问，是他对你说的？明悦点了点头。小慧又想骂老色鬼，到底忍住了，只说，我才不信，就因为你是个女的，长得好看，要是个男的，跟他再亲也不会理你的，他家孩子见了他都老鼠见了猫一样呢。

小慧明白这话说了也是白说，因为明悦的表情明显是不屑的。她俩好像头一回不那么默契了，头一回需要明悦用写字来表达她的意思了，小慧看着明悦，忽然有一种说不出的心痛。这一天小慧是特意跑到队长跟前替明悦和自个儿请了假的，要和明悦专意地说话儿。她觉得明悦的事就像一场病，从小到大一点点地加重着，她再不能坐视不管了，再不能眼看着明悦坠落、二妮升起了，当然二妮的升起她是无法阻止的，事实上她也不认为二妮那是升起，那只能叫作得意，但至少她可以去阻止明悦的坠落。明悦自是不大乐意，但假都请了，她也只好随小慧了。

两人坐在明悦的房里，开头儿竟是有些尴尬，因为小慧半天也找不出一句话来。小慧恼火而又奇怪，站起来去翻明悦桌上的书，一眼发现了一本厚厚的《中医学概论》，才出口问道，你学中医了？明悦摇了摇头。小慧拿起那书，不知为什么有一种要撕掉它的冲动，手上使了使劲，却终是放松下来。她问，宏先的？明悦在纸上写道，宏先生的。她说，在我眼里他不配，我就叫他宏先。明悦脸上便有些不悦。小慧说，还记得《战争与和平》里的阿纳托利吗？明悦将目光望向窗外，没有回答。小慧说，宏先就是那个阿纳托利。明悦猛然把目光转向小慧，一脸的怒气。小慧说，难道他不是吗？还有你，像不像天真、幼稚的娜塔莎？明悦攥起拳头，狠狠地砸了下桌子。小慧不管不顾地说，而我今天就要做那个玛丽娅，阻止你坐上他的马车，驶向万劫不复的深渊！

小慧很得意自个儿会忽然想起来那个可恶的流氓，眼下没有比他更适合讲给明悦听的了。

明悦却拿起笔继续写道，书里的人物是死的，现实中的人是活的，你的毛病是生搬硬套。

小慧说，错！书里的人物才最真实，它为什么会吸引一代又一代的人，就是因为它比现实还真实可信！

明悦又写道，即便真实可信我也不是娜塔莎，宏先生更不是阿纳托利。小慧，宏先生是个不一样的人，跟所有人都不一样。

小慧不屑道，怎么个不一样法？

明悦写，他身上有我向往的东西。

小慧说，什么东西？

明悦沉吟一会儿，写道，不随大流。

小慧冷笑道，不随大流是什么东西？

明悦被小慧看得立时低了头写，心里怎么想就怎么做。

小慧飞快地说，是啊，他想跟桂枝好就钻玉米地去。

明悦咬咬嘴唇，想写什么，笔尖终是没落在纸上。

小慧以为说到了明悦的痛处，继续道，这样的人，若是跟咱没关系，说他是啥人无所谓，若跟咱是亲近的人，就绝不能容忍了。你能容忍，说明跟他并不亲近。

明悦摇摇头，显然反对小慧的说法。她又写，他找女人是他的事，感觉亲近是我的事。

小慧说，亲近亲近，我怎么觉得这么刺耳呢，知道吗明悦，跟他做朋友就像林妹妹找了焦大，不，是林妹妹找了贾琏、贾容，风马牛不相及呢！

明悦写，你这么套来套去的，才是风马牛不相及呢！写完将手里的笔啪地摔进了笔筒里。

这是一支浅蓝色的圆珠笔，从前的笔筒里，是总有一支深灰色钢笔的，那笔是英雄牌的，那年考上中学时她爸买给她的。

小慧问，那支钢笔呢？

明悦没有回答，脸上现出了几分不安。

小慧不放过地看着明悦。每回来这里玩耍，钢笔都高傲地站在笔筒里，就像显示着明悦和她们的区别。不知深浅的二妮几次拿起它在手上划来划去的，都被小慧不客气地抢过去，小心地放回笔筒。买那钢笔花去了明悦爸四分之一的工资。明悦爸是个喜欢炫耀的人，他对钢笔的炫耀比对明悦的考上中学还要积极。明奇考上大学时，他花一个月的工资买了只皮箱。他每月的工资是五十几块钱，月月光不算，有时还要借钱。宏先似也是个喜欢炫耀的人，他炫耀的是他极好的记忆力，《黄帝内经》《伤寒论》《金匮要略》，背起来他都滚瓜烂熟……小慧的思绪横冲直撞着，她看了明悦，忽然问道，宏先也来过这儿？钢笔是他拿走的？

明悦怔了一下，不安忽然变成了坚定，她毫不避讳地点了点头。

小慧说，这个老东西！

明悦的脸又一次红了，拿起笔要写什么，见纸上的字鸟雀一般已落得密密麻麻的了，便打开抽屉，另拿出了一沓纸来。

这是一沓精美的纸，上方印有几个方方正正的黑字：处方笺。

小慧冷笑道，一沓纸就换走了你一支钢笔？

明悦在处方笺上写道，笔是我送给他的，纸是我朝他要的，我喜欢在这种纸上写字。

小慧说，好大方啊，明奇上大学走你都没肯给他。还喜欢在这种纸上写字，开药方用啊？

明悦写，宏先生比我更需要钢笔。

小慧说，我还更需要呢。

明悦写，他就像是自由的化身，我借用钢笔是在向自由靠近！

明悦长长地舒了口气，像是终于写出了她最想说的话。

小慧吃惊地看着明悦，心想她真是鬼迷心窍了，自由，宏先，哪跟哪啊。

明悦显然是不可改变了，小慧心里除了隐隐的痛，还有一种突如其来的失望。她便果断地说道，明悦，我要走了，我是来跟你告别的。

明悦怔怔地看着小慧。

小慧为自个儿的话也暗自吃惊，其实她压根儿就没想过要走的事。但话说出来，好像真的有点想走了，她便又说，我早说过农村不是我久待的地方，我是属于城市的。

明悦放下笔，一只手搭在小慧的肩膀上，流露出一脸真实的留恋。

小慧将明悦的手从肩膀上拿下来，说，刚才说的话，我是真心为你好，你再想想吧。不待明悦表态，便打开房门向门外走去。

明悦急急跟了上去，拉了小慧的手，边走边焦虑地看着小慧。

小慧先是不去看她，但她的手缠绕着自个儿的手，那手像是会说话的，一点点地将话儿传递到她的手上。她听到它说，小慧，都是我不好，你还是别走了吧。你走了，我咋办？它说，你一个人在城市，没了我，你又咋办？它还说，宏先的事我再想想，再想想还不行吗？

小慧不由得转向明悦，从明悦的脸上除了留恋，似也看不出她手上的那些话。她的手是柔软、温热的，握在一起好舒服。不知为什么她忽然想起了黄小石，临走说都没说一声，更不要说握一握手了。她还想起在食堂里和面时黄小石一挨到她的手就一激灵躲开的情景。想着想着便笑了。这一笑，忽然觉得眼前的明悦有点可怜，便和解地向明悦说起笑的缘由。谁知，一提黄小石，就像散漫开来的水，大大小小的事，愈说愈多起来了……

第 十 章

47. 小慧和宏曾和

小慧以为自个儿早把黄小石忘记了，没想到一说起来，点点滴滴的事都还记得，包括他那个帆布包里的药水和纱布，还有那辆老旧的擦得干干净净的自行车……

与明悦分手后，她离开村子的愿望愈发强烈了，回到家就开始收拾自己的被褥、衣服。正好宏曾和回来休息星期天，第二天星期一一大早，她便背了行李坐在她爸的自行车后座上出发了。她爸要她等等再去，还不知人家食堂缺不缺人呢。她却不想听，说就算是打扫卫生也认了。

头天晚上鲁芹问她，怎么说走就走啊？她说，嗯。鲁芹说，昨儿跟明悦不高兴了？她说，没有。鲁芹说，那为什么？她说，没意思。鲁芹说，哪儿没意思？她说，哪儿都没意思，家里，外头，都没意思。一说家里没意思鲁芹就不再说什么了，她知道小慧不喜欢黄块，可她仍允许他到家里来，还拿他不当外人地称兄道弟。为此，小慧跟她说话愈来愈省略了，多说一个字都委屈了自个儿似的。

小慧坐在她爸的自行车上，一只手抓了她爸的衣角。

路上还没什么人，偶尔遇上一个背了粪筐拾粪的老汉，宏曾和会老远地就跟人家打招呼。小慧不喜欢她爸这样，明悦爸城子就不这样，坐在车上高高在上的样子，人们反而要上赶着打招呼了。

因此宏曾和跟人打招呼时，小慧就拽一拽他的衣角。宏曾和说，怎么了？小慧说，你又不欠他的。宏曾和便笑了，说，也不知你像谁，你爸你妈都不这样。

对小慧任性地离开学校，眼下又任性地要离开家，宏曾和本是有些不快的，可小慧连叫几声爸爸，承认是自个儿的不是，他的不快就如风中的浮云，瞬间便消失得无影无踪了。

小慧说，明悦她爸就不像你。

宏曾和说，他不跟人招呼是他眼睛不好。

小慧说，我宁愿你也眼睛不好。

宏曾和说，人是没有高低贵贱之分的。

小慧说，没有让你分高低贵贱，是让你别尽上赶着打招呼。

宏曾和没有吱声。

小慧说，听见没有啊？

宏曾和说，听见了听见了。

可再遇上什么人，宏曾和仍是老远地就招呼上了，气得小慧愈发使劲拽他的衣角，拽得他身子直往后仰，车子都有些摇摇晃晃的了。

就这么一直到了学校。进校门看到的第一个人，竟是秦老师。只见他穿了身肥大的深蓝色工作服，脸上胡子拉碴的，骑了辆哗啦啦直响的破自行车，看到他们，头一低就骑过去了。小慧问她爸，他咋成这样了？她爸说，劳动改造呢。小慧说，他家出身不好？她爸说，作风问题，也不知真假。小慧说，一定假不了。她爸说，你咋知道？小慧脸一红说，书上说过，这种人都带相。她爸说，少瞎说，你知道什么相不相的？

由秦老师，小慧忽然想起黄块，黄块相貌不佳，却也该算是带相的，她从没问过她爸对黄块的真实看法，这时候离家远了，忽然就想问一问了。两人一个推了车，一个走在旁边，推车的宏曾和时而跟走过的老师、同学打着招呼。小慧就问，你对黄块和我妈的事怎么看？宏曾和似吓了一跳，丢下要打招呼的一个学生怔怔地看着小慧。小慧说，黄块早就对我妈垂涎三尺了，你不会不知道吧？宏曾和说，那有你妈什么事？小慧说，你就不怕我妈万一……动了心什么的？宏曾和说，不可能。小慧说，就算我妈不可能，黄块那边都癞蛤蟆想吃天鹅肉了，你就真没往心里去过？宏曾和说，一只癞蛤蟆，他想吃天鹅肉就能吃到啊？小慧说，原来你也把他看成癞蛤蟆啊。宏曾和说，把他看成什么不重要，重要的是你妈我信得过。小慧说，那我妈请他们到家里喝酒，你知道不？宏曾和说，每回你妈都跟我念叨，不是都跟他们称兄道弟了？小慧说，连这你都知道了，我就没什么好说的了，还以为你一直被蒙在鼓里呢。宏曾和说，我要被蒙在鼓里，你妈成什么人了？就别再胡乱猜疑了，黄块我不管，说你妈如何如何我是坚决不答应的！宏曾和说得斩钉截铁的，都有点把小慧吓住了，她看到她爸这时的脸是有棱角的，表情近于严峻，一双眼睛眯起来，像是不忍心让她看到它们的严厉。她想，天啊，这还是那个随和的简直有点软塌塌的宏曾和吗？

小慧和宏曾和是走在一条甬路上的，甬路两边开始是开阔的篮球场和足球场，场地过去则是一排排的教室。但小慧只能看到甬路两边教室的上半截，下半截被两排大字报挡住了视线。大字报已没了提名点姓的批判，多是"复课闹革命""批判修正主义教育路线"等字样，署名是几年级几班。大字报是贴在芦席上的，芦席则被捆在甬路两边的树干上，走在其中，就像走在村里的两面土墙之间，使小慧一时间有点恍惚，这是城市呢，还是那个土兮兮的黄村呢？

上次来，小慧是住在她爸的宿舍里的，不带家属的老师每人都有一间单身宿舍。可这回，宏曾和说他的宿舍添人了，小慧还得另找住处。小慧说，好好的咋添人了？宏曾和说，学校定的，说一人一屋太奢侈，助长资产阶级思想。小慧说，添了谁了？宏曾和说，秦老师。小慧差点跳起来，说，跟他？宏曾和说，怎么了？小慧说，他是个坏人。宏曾和说，又胡说，他哪儿坏了？小慧说，哪儿坏我不知道，但他肯定是个坏人。

这时，已到了宿舍门口了，宏曾和停好车子，打开房门，让小慧先进去等着，他去找后勤处说小慧工作的事去。小慧却死也不肯，放下东西，一定要随他一起去。宏曾和无奈，只好答应下来，并嘱小慧在门外等着，不准进屋。看小慧点了头，宏曾和才带了小慧，朝了教室后面的后勤处走去。

后勤处的主任姓梁，小慧在门外听到她爸一口一个梁主任地叫着，隔了窗玻璃瞧一眼，见她爸站在桌前，一个胖子坐在桌后，一口一口地喷着烟雾。她想，爸呀，行就行，不行就不行，莫要低他一口气呀。

一会儿，宏曾和出来了，拉了小慧就走。小慧问他去哪儿，他说校办工厂，看校办工厂要不要人。小慧说，梁主任他……宏曾和说，要我找工宣队去，他明知我跟工宣队说不上话的。小慧心里不由得一疼，说，爸，到了校办工厂，只管问要不要人，若说不要，再别说第二句话。宏曾和

· 194 ·

说，我也不想说第二句话，可他们都巴不得呢。

校办工厂建在操场的东侧，不过是几间原来的实验室，"文化大革命"把实验室砸了个稀巴烂，复课后为方便学生学工学农，就在这儿办起了电焊机厂了。学农呢，是在操场的西侧开辟了一片农田，由几个还没被解放出来的反动教师种植，上学农课时，就把学生带到农田里。那片农田小慧一进校门就看到了，面积不大，却玉米、谷子、大豆、蔬菜什么都有。小慧记得那原来是跳高、跳远、单杠、双杠的场地，现在也不知哪里去了。

没多一会儿，宏曾和就从校办工厂出来了，从脸色看，小慧知道仍是没戏，便也不问。

走过操场，又走过几排教室，将近宿舍时，宏曾和才开口道，这种事，你爸是最办不来的了。

小慧说，没事，办不来就办不来。

宏曾和说，办不来你可就要回村了。

小慧说，我是决不回村的。

宏曾和说，工作办不来，你不回村咋办呢？

小慧不吱声，只是想，这么大个城市，不信就没有一个小慧的立锥之地。

宏曾和说，要我看，农村也挺好的。

小慧说，挺好你咋不在村里待着？

宏曾和便笑。

在小慧的印象里，她爸对她没多亲近过，却也从没发过脾气，更多的是这么笑笑。这笑当然是善意的，可以理解为对她的娇纵，但理解为一种距离似也说得通，因为对她的事她爸很少主动过问，更多地是由她妈来说给她爸的。

小慧听到她爸又说，秦老师要不是劳动改造，办这事准成。

小慧吃了一惊，说，什么意思？

宏曾和说，跟他念叨念叨，看他有什么主意。

小慧说，千万别，我求你了！

宏曾和说，怎么了？

小慧说，我说过了，他是个坏人！

宏曾和说，就算他是个坏人，他不也帮过咱们？

小慧说，你真要跟他说？

宏曾和说，一屋住着，免不了要说的。

小慧赌气地说，想说你就说吧，反正他出的主意跟我无关！

宏曾和说，莫名其妙，你就这么恨他？

小慧说，你才莫名其妙，自个儿闺女恨的人，还要跟他套近乎。

宏曾和说，你呀，动不动就恨人，在村里恨，来这儿还恨，这么恨来恨去的，早晚你是待不长的。

小慧说，要不听我的，我这就离开。

宏曾和说，离开去哪儿？

小慧说，这么大个城市，去哪儿不行？

宏曾和无奈道，好了好了，听你的，不跟他说。可不跟他说，你爸还真找不到可说的人了。

小慧看着她爸，觉得他有些可怜巴巴的。但随他到了宿舍，看到秦老师的照片和床铺，恨意立刻又升起来，待她爸要去为她找住处时，她拦了说，找什么住处，我哪也不去，就住你屋。宏曾和说，那秦老师住哪儿？她说，他爱住哪儿住哪儿，反正不能住这儿。宏曾和说，你这不是不讲理吗？她说，我就跟他不讲理了。宏曾和说，跟他不讲理行，宿舍是学校的，跟学校不讲理可不行。她不吱声，定定地望着宏曾和，宏曾和终于被望得败下阵来，耷拉下眼皮，出门为秦老师找住处去了。

住处哪就那么好找，工宣队、学校领导，宏曾和都说不上话，厚了脸皮跟两个住单间的老师去说，人家都一口回绝了，说秦明那样的烂人，不能要。秦明就是秦老师，宏曾和和他一屋住着，觉得他对人热心，还没那么多弯弯绕，打交道倒是省心的。人们就是这样，墙倒众人推，虽说秦明尚属人民内部矛盾，可分宿舍时，除了宏曾和，没一个肯跟他同住。宏曾和只是想，他又不是吃人的野兽，一起住住又何妨呢。

宏曾和正站在甬路上发愁，忽听到自行车铃响，一抬头，正是秦明。秦明问他站在这里做什么，宏曾和无奈，只好就将事情说了，并说也就一两晚上的事，小慧找不到工作，自然就回去了。谁知秦明一听，立刻就爽快地点了头，并出主意说，农田那边缺人手，小慧又是会干农活儿的，学校也许能同意。宏曾和说，那你住哪儿？秦明说，我自有办法，一个住处，你就甭操心了。宏曾和相信秦明是有办法的，但仍是感激万分，一定要请秦明吃饭。秦明也不推托，随口就答应了。

谁知，宏曾和回屋喜气洋洋地跟小慧一说，小慧立时拉了脸，她是既不同意去干农活儿，更不同意请秦明吃饭，还砰地一摔门炝了蹶子。问她去哪儿，也听不到应答。剩了宏曾和一个，除了叹气还是叹气，他觉得小慧一定是听人说过秦明什么，才有了这抹不去的成见，年轻人看人看事，最是只看一面的，真叫人不省心啊。

这天中午，宏曾和果然就在学校附近的饭馆请了秦明，小慧果然就没参加。宏曾和先是只顾帮了秦明搬家，待要吃饭时怎么也看不到小慧的影子了。秦明搬到了种田的几个反动教师那里。其实是一间大教室，虽没隔间，却也宽敞明亮。几个"敌人"对秦明倒格外欢迎，几年的批斗批判已让他们变得沉默寡言，来一个秦明，平添些活泼之气，他们自是巴不得的。

再说小慧，离开她爸后不知不觉就往食堂那边去了。黄小石、邱嫂都还在，只是老李不知去哪里了，又多出一个黑面皮长头发的女子来，长头发是说她的短发太长了，几乎齐到了肩膀，前面的刘海也长得盖住了眼睛，就像一个被头发包裹的人。让小慧吃惊的，最是黄小石的变化，他在这里显然已是主角，说话做事，比从前多了八分的气势，连一向刻薄的邱嫂都要看他的眼色了。

48. 小慧和黄小石

小慧见到黄小石时，黄小石正在案板前嗒嗒嗒嗒地切菜，那熟练的程度，让小慧差点把他当成老李。小慧的出现也让黄小石吃了一惊，他们四目相望，一时间竟没说出一句话来。还是邱嫂，尖了嗓门儿叫道，小慧，还知道回来呀，你都让人想死了啊！

邱嫂仍是语不惊人死不休的毛病，她当然是在说黄小石想死了小慧，小慧也顾不得理她，只是看了黄小石，等待他说点什么。她看到黄小石已经放下菜刀，解下围裙，向站在食堂门口的她慢慢地走来。从黄小石看她的第一眼，就知他还是从前那个对她百般友好的黄小石。不知为什么她鼻子一酸，眼睛立时有些潮湿，她抑制住自己，向黄小石大大方方地绽开了笑容。

黄小石拉小慧坐在外面饭厅的长板凳上，问东问西，问长问短，小慧一一地应答着。对小慧的应答，黄小石表现出明显的失望，因为小慧的走或是来，都好像跟他黄小石没什么关系。愈是这样，黄小石就愈有点不甘心，从小慧看他的眼睛里，他分明是感到了什么的。他便问她，来食堂是不是找他来的？小慧点点头说，中午没饭吃了。黄小石有一点失落，却还是高兴地笑了，没饭吃首先来找的是他，不是任何别人啊。他便又问，这回来，还想在食堂干不？她怔一怔说，食堂又不是你家开的。他说，想干我就找老梁去。她说，我爸早找过老梁了。他欣喜道，你还真是为食堂而来啊？她说，可老梁没答应，说人手够了。黄小石说，人手够不够我说了才算，他懂什么？小慧不以为然道，嗬，好大的口气。黄小石脸上依然是难以抑制的飞扬，问小慧，说真的，如果老梁答应，你干不干？小慧说，当然，可他不可能答应的。黄小石说，这你甭管，只要你想来食堂，老梁那儿不行也得行！小慧看着黄小石，他的样子叫她好陌生，原本一张小小气气的脸，现在好像长开了些，身板也像是比从前宽大、厚实了，不经意间，仿佛已是一个成熟男人的感觉了。在这无助的时刻，小慧对现在的黄小石自是更添了几分喜欢，她不指望黄小石能把这事办成，但他给予她的可依靠感已让她很是知足了。

然后他们双双回到食堂，黄小石继续到案板前切菜，小慧则洗把手，帮了邱嫂去做面食。邱嫂也不客气，由了她做。小慧便打趣说，吃顿饭还要帮了干活儿，你们好小气啊。邱嫂就说，小慧你还是那么傻，他哪是为了让你干活儿啊。小慧急忙转移话题说，邱嫂，老李呢，老李干什么去了？谁知，这句话说得就更糟了，邱嫂沉默了一会儿，忽然说，哪个老李，我咋不知道还有个老李？接下来，小慧只有闷头干活儿，再想不出要说的话来了。虽说黄小石说了句，老李回老家了，但小慧还是从他们的表情、语气中觉出，老李一定是出事了。可是，老李不过是个做饭的大师傅，真正的劳动人民，他能出什么事呢？而那个正洗菜的女子，把水龙头放到了最大，哗哗哗哗的，洗了还洗洗了还洗的，几个茄子几乎都要被她洗出里面的白色来了。小慧看出来，她像是对她有些敌意的，刚才摘下来的菜根被扔在地上，每扔一下都狠狠的，好像是在扔她小慧一样。

后来邱嫂悄悄告诉小慧，这女子名叫刘雪灵，是学校工宣队刘队长农村的亲戚，人不大，心眼儿不少，天天巴结黄小石黄师傅，大约想着让黄师傅娶她，彻底脱离农村呢。猜她今儿是吃醋了，她最见不得黄小石对别的女人好，对我邱嫂好她也见不得。邱嫂的嘴挨在小慧的耳边，吹得小慧耳朵直痒，她好像是在为刚才的自个儿解围，但她还是只字不提老李，老李于她真就像没存在过似的。

小慧见黄小石并不大理刘雪灵，案板上的菜切完了，头也不回地说声茄子或是土豆，刘雪灵便乖乖地端到跟前了。邱嫂那里的面食，形状、大小，也时而要问黄小石一声，黄师傅，行不？黄小石点了头，邱嫂才放心地去做。小慧听着不由得就想笑，说，还不如叫小石呢，黄师傅，别扭不别扭啊？黄小石就说，我也这么说，邱嫂她不干。邱嫂说，一个食堂不能没有规矩，过去有……过去主事的我们叫师傅，今儿主事的换人了，总不能就不叫人家了。小慧想起，过去他们管老李确是叫师傅的，黄小石眼下也确是在干老李的活儿，切菜、炒菜、架势、成色一点不逊色于老李，这个黄小石，也不知什么时候学成的。但现在的小慧，对黄小石是横竖叫不出的。邱嫂却说，叫不出也得叫，不只是给他听，也是给老师、学生们听的，不能让他们看低咱做饭的。小慧知道邱嫂一向好面儿，每天头发梳得光光的，工作服、工作帽永远是雪白的，特别是在窗口打饭时，每次她都要事先拿出小镜子照一照。可是，邱嫂过去是喜欢指使黄小石的，这个弯儿她是怎么转过来的呢？

吃过午饭，收拾完毕，住在学校附近的邱嫂回家去了，刘雪灵也回住处休息去了，剩了小慧和黄小石两个，小慧叫了声黄师傅，自个儿先扑哧笑起来。黄小石也笑，但黄小石说，你真要在食堂留下来，还真得叫师傅，不叫她俩会觉得别扭的。小慧说，我不喜欢师傅这叫法，总觉得是叫老李那样的中年人的。黄小石说，我倒不觉得，再说本来就是师傅，连邱嫂那样的都不得不叫了。小慧说，是啊，我正想问你呢，邱嫂从前总跟你针尖对麦芒的，她咋变过来的啊？黄小石说，说来话长，以后再说吧，我先找老梁去，你这事只要说妥了，说话的机会多着呢。

黄小石没容小慧再说什么，便转身离开了。空空的食堂里，只剩了小慧一个。她不由得想，他们没有一个人知道我来食堂的原因，他们其实没有一个人想知道我来食堂的原因呢。

她走出食堂，在空旷的饭厅里坐了一会儿。这里好静，轻轻叹口气都听得真真的。从窗口望出去，是一片高高的白杨树，不过几十棵吧，但鸟窝足有十几个。鸟儿不停地飞上飞下的，也不知在忙什么。这辈子若是一只鸟儿，就不会为工作的事发愁了，也不会为躲一个人跑到这里傻坐着了。她知道她爸下午还有两节课要上，那个叫秦明的家伙，说不定这时候正待在宿舍里呢。

没多一会儿，就见黄小石一脸喜气地回来了，他说，成了，明儿你就来上班吧。小慧惊奇地看他，他就又说，老梁这种人，是不吃敬酒吃罚酒，骂他几句，打他几下，事就成了。小慧就更惊奇了，说，老梁不是你的领导吗？黄小石说，狗屁，他是小业主出身，在我这无产阶级面前，服帖得孙子一样。小慧说，你咋就是了无产阶级呢？黄小石说，我家三代都是工人，为反抗资本家的剥削，我爷爷还闹过罢工，不是无产阶级是什么？小慧说，什么是业主出身？黄小石说，大概是做过买卖的人吧，就相当于你们农村的中农。小慧想起老梁在她爸宏曾和面前趾高气扬的样子，心想怪不得，一个中农在一个上中农面前总是要优越些的。

黄小石问小慧下午在哪里休息，小慧说无处可去。黄小石说，你爸那里呢？小慧说，秦明答应搬走，不知现在搬了没有。黄小石恍然道，就是，他和你爸一屋住呢，那我就跟你一块儿去看看，若还没搬，咱就撵走他。小慧说，人家好歹是正式教师，我一个外人，凭什么撵走人家？黄小石说，你好糊涂，亲不亲阶级分，在我眼里他才是外人呢！

小慧惊愕地看着黄小石，想不到他还是个有觉悟的，便赌气道，我家是上中农，在你眼里我也是个外人吧？黄小石急忙说，他是大流氓，坏分子，跟你怎么比，甭说是上中农，就算是富农，你也不过是个子女，子女重在政治表现呢。小慧说，我要是表现不好呢？黄小石说，在我眼里，你怎么表现都是好的。

有时候，话赶话的，不知怎么就赶偏了，就像一股顺坡而下的流水，流向哪里它自个儿也难预料。小慧这时就看黄小石的眼睛亮亮的，等待她表态似的，她觉到了那亮的温度，赶紧低下头避开了。而黄小石也是个知趣的，迅速恢复了常态。见小慧不愿回她爸那儿去，黄小石便陪小慧坐在饭厅的长板凳上，面对面地，聊小慧的农村，聊他的城市，聊农村的生产队，聊城市的食堂，聊到食堂里邱嫂和老李的事时，黄小石忽然坐到小慧坐的板凳上，压低了嗓门。说完了，看小慧仍坐得板板正正的，对自个儿存了戒心似的，只好就又回到原来的板凳上，与小慧面对面地坐着了。

原来，邱嫂和老李是有"作风问题"的，有一天在食堂存放米面的单间房抱在一起的时候，被不期而至的黄小石发现了。黄小石转身就走，两人却顾不得衣不遮体，死死将黄小石拉住，哀求他不要说出去。他不得不点着头，心里却想，这种烂事，说它还怕脏了舌头呢。那以后，两人对黄小石的态度来了个180度大转弯，老李耐心教黄小石厨上的功夫，邱嫂则抢了替黄小石干那些费力气的活儿，有一回还把她自己的侄女介绍给黄小石，黄小石虽没看上，与邱嫂的关系像是多少近了几分。这时候，学校的"文化大革命"正处在高潮，一批又一批的大字报，一场又一场的批判会，许多平时见了他们这些做饭的爱答不理的老师，态度一下子好起来了，有的态度都没来得及好转就被剪了头发、戴了纸糊的帽子揪到台上去了。批判会黄小石他们也是逃不脱的，每次都要参加，不参加就可能被视为不革命甚至反革命。总参加总参加的，他们也不由得兴奋起来了，不只是跟着喊口号，有时还忍不住要批判几句了，因为他们是劳动者，劳动者是最高贵的，高贵者不发言谁发言呢？老李首当其冲，接着是邱嫂，接着是黄小石，虽然他们是只言片语，却得到了红卫兵小将的热烈支持，排山倒海般的口号声让他们瞬间觉得自个儿都变得年轻了。这样的投入让老李和邱嫂的男女之情似也有了改变，邱嫂不再给老李摸一把的机会，老李稍有企图，邱嫂就义正词严道，不要调戏妇女。有一次老李在单间里唤邱嫂帮个忙，邱嫂就是不肯去，求救似的让黄小石代她去了。事后老李很不高兴，说邱嫂，屎克郎掉进面缸里，到底还是个屎克郎。邱嫂为这话跟老李大闹了一场，声言要揭老李的老底。两人从此便谁也不理谁了，在厨房干活儿需要说话了，都是通过黄小石传来传去的。若这么下去也罢了，谁知有一天老李趁黄小石不在，竟硬是把邱嫂拉到单间房里，强行脱了她的衣服。当然邱嫂后来不再反抗，甚至还有些主动，但一提起裤子立刻就找工宣队去了。倒没提老李强奸，只说老李的中农是假的，他农村老爹查出来是漏划地主，而他至今隐瞒不报。这一揭发非同小可，工宣队立刻派人去老李的老家作了调查，果然属实，他老爹正每天扛了把扫帚扫大街呢。老李原本比教师们高一头的，这下又低下去了，比"文革"前还要低了，他哪受得了，梗了脖子不肯承认自个儿是有意隐瞒。无奈有邱嫂作证，他的强硬态度只能是罪上加罪。最后的结果，是把他赶出食堂，赶到了他的农村老家。这样被赶回老家的很有几个，都属又臭又硬的顽固分子。临走前老李对黄小石说邱嫂，这个娘儿们沾不得，你要小心啊。而邱嫂则对黄小石说，老李这个人不活络，一步步都是他自个儿走的，怪不得哪个。在黄小石的印象里，那是邱嫂唯一一次议论老李，后来就再没听她提过老李了。

小慧听着，并不吃惊老李，吃惊的倒是邱嫂，她想，她可真做得出啊。小慧便看了黄小石说，邱嫂这个人，你真要小心呢。

黄小石笑笑，说，我小心什么，跟她清清白白的。

小慧随口说，今天清白，明天谁说得准呢。这么说着，小慧忽然想起贵生和大菊来，便又说，一老一小，不是更方便？

黄小石更笑起来，是一阵长久的哈哈大笑。

这笑让小慧有点脸红，也有点气恼，不由得冲口问道，邱嫂有些主动的事，你是咋知道的？

黄小石停了笑说，老李说的，这种事，邱嫂当然不会说。

小慧的脸更红了，不由得站起身就往饭厅外走。

饭厅好大，总也走不出去似的，还接连撞上了几张饭桌。正气恼之际，就觉得忽然被一双胳膊从背后抱住了，抱得好紧，气都要透不出了。小慧极想挣扎，可不知怎么身体却酸软得要命，任凭那胳膊抱了，不抱就没了着落似的。

小慧明白这于自己是一件非同寻常的大事，可这大事就这样平平常常地发生了，她的身体继续不由自主地酸软着，心里却好沮丧，好沮丧……

终于，在那胳膊稍有松动时，小慧还是让身体用上力气，挣脱了出来。

好在，小慧发现这时的黄小石也是紧张的，在她挣脱开的一刻，就见黄小石耷了胳膊，一张脸通红通红，全然无措的样子。这让她些许轻松的同时，对他又有些怜悯，便站定了不再离开，怒了眼睛看他。

黄小石低下脑袋，半天才说出三个字来：对不起。

小慧依然看了他。黄小石的两只手不停地张了合合了又张的，终于在张开的一刻，忽然抬起脑袋，豁出去了似的问道，小慧，我想知道，你是怎么想的？

小慧稍稍轻松的心里一下子又像被拉进了深渊，她无措地反问道，什么怎么想的？

黄小石说，我和你的事。

小慧说，你和我什么事？

黄小石说，你知道刚才……我一辈子也没有过……

黄小石又说，我早就喜欢你，这次回来，我再不想放你走了！

好像是话让黄小石再次壮起了胆量，他抓起小慧的一双手，继续说，小慧，真的，我说的是真话，别拒绝我，我会一辈子对你好的！

小慧原本的一双怒目，在黄小石真切的表白下，渐渐地变得湿润起来。这辈子，她还从没听过这样的表白，还是一个城市青年对她的表白……小慧的手任凭黄小石紧紧地抓着，没有表现出一丝的反抗。

就这么待了片刻，小慧终还是不甘心地反问道，你，喜欢我什么？

黄小石说，什么都喜欢，只要见到你就喜欢。

小慧说，那我要是不喜欢你呢？

黄小石说，不可能。

小慧说，为什么不可能？

黄小石说，感觉。再说，我出身无产阶级，城市户口，还有一份正式工作……

小慧将手从黄小石的手里抽出来说，这几条，我可一条都不沾边。

黄小石说，所以才说不可能啊。

小慧不由得冷笑道，你是有城市户口，你是有正式工作，你还是响当当的无产阶级，可这跟我有什么关系呢？

黄小石说，不是不是，小慧，我是说，要不是有这几条，吓死我也不敢说喜欢你啊。

小慧这才有了笑意，心里却已冷静了许多，想这黄小石，好便好，却到底是有城市人的优越感的，而她小慧的好，他却一条也说不出，这样的喜欢，谁说得准能走多远呢？小慧便转开话题道，那个刘雪灵，对我好像不大欢迎？

黄小石说，她就那样，一个没见过世面的乡下人。

小慧说，我也是乡下人。

黄小石说，你不是。

小慧说，我怎么就不是呢？

黄小石说，你要是我怎么会喜欢你呢？

小慧说，你是说，乡下人你是不会喜欢的？

黄小石说，我从没把你当乡下人。

小慧说，可我就是乡下人。

黄小石见小慧认真得脸都红了，便说，好吧好吧，为了你这个乡下人，往后我再不说乡下人的坏话了。

小慧听了才不再计较，不过心里好别扭，觉得这有点像前街人说后街人。可是，黄小石这样的城里人，哪知道什么前街后街的，在他眼里乡下人也许就是一团模糊的影子，大约男女都懒得去分的。对，懒得，城里人对乡下人的态度，就是这个懒得吧，而她小慧若不是出现在学校里，若不是出现在食堂里，若不是出现在他跟前，他恐怕也是懒得多看一眼的。

49. 明悦和城子

若说小慧在城市并不那么如意，那此时的明悦就更不如意了。

不是流言，流言明悦是听不到的，即便听到她也不太在意，因为有宏先在。宏先就像一种倚仗，在她心里一直强大地支撑着，无论他在卫生所还是在庄稼地，无论他扫大街还是淘大粪，她心里都不会有什么变化。是因为她爸城子，在她和宏先的事上，城子简直变成了一个不讲理的暴君。

宏先原本也常来明悦家喝茶的，自从拿起扫帚扫大街后就再没来过了。再没来过的人多了，宏先来不来城子似也并不在意。可明悦发现，她爸的话明显少多了，他常常拿了一张报纸，没完没了地翻啊翻，好像永远翻不完似的。在座的霖爷和五子跟他说话，他嗯嗯啊啊敷衍一句，就又低下头去了。她爸话最多的时候，是宏先在的时候。在她爸跟前，宏先倒是话不多的，他只是眯了眼睛，看了远方，或是看了脚下，似听非听的样子。远方不过是门外的夜色，脚下不过是地上的青砖，可他就是要看它们，就是不去看正在说话的她爸。她爸呢，宏先愈是不看他他的话就愈多。他也不去看宏先，而是看了大家，就像他的话不是说给宏先而是说给大家听的。时间长了，明悦看出来，她爸话多不是因为宏先的不看他，而是因为宏先的应答。宏先的应答不过是点个头，或是两三个字，最多也就是一句话，但似已足够激发她爸的新一番话了。比如说到市里的桥东和桥西，她爸会描述桥东新建的大学、工厂、影院和公园，顺便也会和桥西做做比较，说，桥西人稠地窄，不要说大学、工厂、影院、公园，建个公厕的地儿都难找出来，不信你们就去走一趟，看在桥西能找到个像样的公厕不？这时宏先就看了门外的远方说，不是地儿的事。她爸立刻附和地接道，没错，不是地儿的事，是人的事，桥西土生土长的人多，桥东呢，从天津、上海迁来的人多，一边儿几十年前都还是农民，上街脑袋上要包块白毛巾的；一边儿是大城市的工人、学生，张口就是天津味儿、上海味儿，没法儿比啊。宏先就又说，除了天津味儿、上海味儿，也有小市民味儿。她爸怔一怔，又接了道，没错，小市民，这些年我在桥东跟他们打交道不少，别看是大城市的，钱是休想跟他们借，借一把雨伞还晚了都不高兴。兄弟姐妹间，开了支各花各的，谁花了谁的算借，一分一厘都不肯含糊。这种事太多了，讲三天三夜也讲不完。她爸便一件一件地讲起来，张三、李四、王五……直到哪个听得不耐烦，径直打断他说起另外的事来，他才不得不告一段落。事后，他会耿耿于怀地对明悦妈说，村里人就是没教养，打断别人的话，在我们那儿是叫人瞧不起的。明悦妈就说，你生在村里长在村里，你们那儿是哪儿啊？

明悦心里坚持认为她爸的话少是因为少了宏先，虽说她爸跟宏先一点说不上亲近，有时背后还说几句宏先的不是，比如，看那架子拿的，比皇帝老子都稳当。或者，看病只开药方不说病情，追了屁股问都不理人家，以为你是谁啊，大医院的大夫也没这样啊。但宏先只要在场，她爸就不一样了，话多，也有点坐不住，站在屋中央连说带比画的。宏先那边呢，眼睛不看，耳朵却字字都在听，时不时就冒出一句来，令在座的人又惊又喜，便习惯了似的去看她爸，果然，她爸就又有话接了上去。其实，宏先也不是每个人的话都仔细听，比如霖爷说话他就从不搭腔。黄块和宏斯说话他也不大理睬，常常闭了眼睛，就像睡着了一样。但黄块和宏斯的话他是听在耳里的，有时他会猛然睁开眼睛，说出一番反对的话来。那反对的话别人是绝不敢说的，而他说出来，黄块和宏斯倒也不恼，只宽容地笑笑，不跟他一般见识似的。

明悦有时候会拿宏先和她爸做比较，比较的结果她总是对她爸很失望。她爸见多识广，对很多人的话表示过反对，但从没见他反对过黄块和宏斯。当然别人也很少反对，可宏先他为什么就敢呢？有一回她忍不住把这意思说给她妈，她妈奇怪地看了她说，你这孩子，咋会这么想？宏先他就是那么个人，他反对他们没事，你爸反对他们，人家还肯再来啊？这人啊，在世上各有其位，老天爷早安排好了，你就少胡思乱想吧。

明悦很愿意让自个儿被说服，但对宏先的兴趣却有增无减，只要听到宏先说话，她就忍不住跑过去听一会儿；同时，对她爸城子的失望也一样有增无减，他的见多识广，她愈来愈觉得不过是一种消息的传递罢了，就像北方下雪的消息传到无雪的南方、南方下雨的消息传到无雨的北方一样，压根儿算不上什么真知灼见。而宏先就不做这种传递，他说出来的真正是他自个儿的见识，别人都没法儿替代。

明悦对宏先的兴趣，城子最初并没留意，直到听说明悦几次不管不顾地去救宏先，才忽然意识到了事情的严重。他这个人，对家事通常是两个极端，要么是不闻不问，要么就是专断蛮管。他采取的办法是，第一不许明悦再跟宏先有任何来往；第二为明悦介绍对象，名正言顺地谈恋爱，明正言顺地嫁人。在宣布这办法之前他自是先对明悦和颜悦色讲了番道理，因为城市的父母对子女多是这么做的，他希望自个儿在人们眼里是个城市人的样子。但看明悦不是低头看脚就是使劲摇头，他的道理如同春天的柳絮一样无效地飘荡在明悦身边，耐性不由就减了八分。他便用剩余的二分耐性，果断地宣布了他的决定。明悦自是不服，当下就以跺脚离开表示了反抗。他气得火冒三丈，追上去要拽回明悦，明悦不从，两人便撕扯起来。终于他忍无可忍，伸出手一巴掌打在了明悦的脸上……最后的结果，是明悦回房大哭一场，一直在厨房忙活的明悦妈左右劝解，城子则怒气难消，第二天就找单位同事为明悦介绍了一门亲事。

对方是辛庄的，与城市只有一站地的距离，对方的父亲是动物园园长，据说将来有望让他唯一的儿子接他的班。而明悦听了只是冷笑。

明悦答应去相亲是在一星期之后，因为明悦妈在明悦爸的压力下天天苦口相劝，她最打动明悦的一句话是，相亲是证明你和宏先清白的最好办法。这之前明悦没有去见宏先，不是怕了她爸，是觉得相亲这种事宏先不会感兴趣，不感兴趣的时候他会一言不发。她和他在一起，她最怕的就是他一言不发。

是明悦妈陪明悦去的辛庄。那是一个天气阴沉的下午，明悦和一个陌生的男子相对而坐。他们坐在一间阴暗又散发了丝丝霉味儿的南屋里，男子说，明悦听。明悦低了头没去看他。因为从开始他就在说他和动物的事，他喜欢把蛇缠在他的手腕上或脖子里；他喜欢戏弄猴子和狗熊，用半拉老玉米逗得它们气喘吁吁是他最高兴的时候；他还喜欢看动物交配，比如小狗、比如老牛，还比如蚂蚁……离开时明悦才看了他一眼，跟她想象的竟相差无几，小眼睛，尖下巴，毛发稀疏，额头有老太太一般的抬头纹，一说话嘴巴咧得好大……明悦很有以声识貌的本事，他的声音嘶哑里透了几分尖气，难听极了，要不是出于礼貌等他说完，明悦早就要起身告辞了。

那男的明悦妈也见到了，她一路上不断地看明悦，好像在等她表态。明悦却不去看她，目光只在两边的树木、庄稼上，树上的鸟儿叽叽喳喳的，忽儿从这棵树扑棱棱飞到另一棵树上；老玉米的叶子油绿油绿的，风一吹，哗啦啦响成了一片，那气势就像哗啦啦的水声。明悦看啊看的，脸上不悲不喜，叫明悦妈到底也看不出她咋想的。眼看快到黄村了，明悦妈终于忍不住说道，那孩子虽说有点配不上你，可他将来是有工作的，有工作就有支开，有支开日子就不紧巴，你看二妮家，那过的是什么日子？明悦仍是不表态，她的目光又移到了天上，天上重色的云彩好像薄了不少，它们一层一层地向东撤退着，西边云彩的边缘，好像都有了一抹亮色了。

明悦妈说，就是二妮，她也还挣着工分，想找个挣工资的也难。

明悦妈说，小慧呢，天天想着当城市人，到了城市还不是个临时工，且是个侍候人的临时工。

明悦妈说，明悦啊，你爸这辈子哪操过这心，也真难为他了呢！

明悦妈说，好好想想吧明悦，甭太任性，有时候错过了后悔就来不及了！

明悦妈说话的时候，明悦忽然加快了脚步。明悦妈边说边追赶着她，声儿也愈说愈大，待说到最后一句，明悦已消失在她的视线里，连个人影都不见了。

50．二妮和姜新国

二妮在公社挣了三个月的工分之后，终于拿到了她平生第一份工资。从会计手里接过几张硬挣挣的人民币，二妮数都没顾得数便回自个儿办公室去了，她将门反锁上，窗帘也拉得严严的，明知大白天这么待在办公室里会叫人觉得反常，但她忍不住，工资对她的诱惑太大了，新奇感甚至超越了它们的实用性。多少年来，她一直是把钱和她爹的帽子连在一起的，好像只有帽子里才可能有钱，而眼下，没有帽子她也可以有钱了，且可以月月年年地有下去，一直有到老，一直有到死了。因为她已经是堂堂正正的国家干部了，一级一级领导批过的，找她谈过话的，写过个人材料的，无比地正式，无比地靠谱儿，天塌地陷、海枯石烂都不可能有什么变动了。你看这钱，是多么沉得住气，自个儿岿然不动，却能让无数人的心蠢蠢欲动。不过就是3张10块的，1张5块的，两张一毛的，比小慧在食堂也许不会多到哪里，可它们来自国家财政，按她爹的说法就是"皇粮"了。小慧她们要是再见着她会咋样，羡慕、忌妒还是不屑？在窗帘遮掩下的办公室里，二妮不知为什么格外想知道小慧、明悦的反应。回想这些年来，她二妮一步一步是多么不易，有清醒的努力，但更多的似是磕磕绊绊、懵懵懂懂，几乎做梦一样。天啊，她是怎么走到这会儿的呀！二妮眼里的图像、数字渐渐显得模糊起来，擦一擦眼睛，一脸一手的泪湿，她想，不行，一会儿还要开会，哭个什么劲呢。

二妮把眼泪擦干把窗帘拉开的时候，听到有咚咚的敲门声。她打开门，见外面站着的是高高瘦瘦的姜新国。姜新国除了比老姜个头儿高点，那瘦那黑那模样，简直就是从一个模子里刻出来的。但正是这点高，好像稀释了身体里的精华，使他看上去远没有老姜的深谋老辣，一开口说话，反而显出了几分率真。他说，大白天又拉窗帘又锁门的，干什么呢？

二妮还未答话，他又看了二妮的眼睛吃惊道，哭了？出什么事了？快说说！

二妮说，没事。

姜新国说，没事就哭了？谁信啊。

姜新国的目光落在那些躺在桌上的纸币上，二妮还没来得及收起来。姜新国说，家里有困难，工资不够分了？

二妮说，不是。

姜新国说，嫌工资少？

二妮说，也不是。

姜新国说，那就不是工资的事，是哪个欺侮你了？

二妮说，哎呀呀，都不是，你就甭瞎猜了，到点了，咱赶紧开会去吧。

姜新国却一屁股坐在椅子上说，不行，不说明白这个会不开了。

二妮说，大伙儿都等着呢。

姜新国说，等着呗，咱俩不去看他们谁敢走。

二妮说，开完会再跟你说。

姜新国说，不行，不说明白我会也开不踏实。

二妮心里不由得一热，说，我哭不哭的就那么要紧？

姜新国说，当然，开会有什么，无非念报纸、念文件，报纸、文件是死的，人是活的，同事不高兴了，还被我拉去装样子开会，缺德不缺德啊。

二妮说，一个同事有什么要紧，个人的事再大也是小的，公家的事再小也是大的。

姜新国说，哎呀就少说废话吧，快说说，到底咋回事啊？

二妮说，你真想听？

姜新国说，快说快说。

二妮站在姜新国的对面，之间隔了张桌子，桌子上一边是一大堆学习材料，另一边是一部电话和那些工资。二妮将那工资拿起来，说，我是高兴的。

姜新国不相信地看着二妮。

二妮说，你们城市人是不会理解的，这么几个钱，高兴的哪门子？你哪知道，从小到大，我身上带的钱没超出过两块，从没超出过，我是头一回，头一回有这么多的钱呢！

二妮的鼻子再次有点发酸，她使劲抑制着，却意外地发现，姜新国的眼圈也红起来了。

二妮不由得笑道，一个大老爷们儿，红的是哪门子啊？

姜新国好像要掩饰自个儿的样子，站起来转身就往门外走，嘴里说着，走，开会去。他的脑袋几乎都要顶着门梁了，他本能地弯了下腰。

二妮从身后看着他，明白他对她是好的，三个月了，他一直这样。不仅对她，对别的女同事也这么说话。有一天，他还把女朋友带到公社来了，长腿细腰，细白的面庞。幸亏她没敢对他有什么奢望啊。可是，他关心她对她好的时候，她不由得就会想，为什么她就不能跟他好呢？

由于存了这样的念头，又天天工作在一起，对姜新国好的机会就显得多起来。遇到下乡的事，二妮总是说，我去吧，一来我熟悉情况，二来对我也是个锻炼。二妮知道姜新国从小在城市长大，身板经不得折腾，对下乡内心其实是抵触的。果然姜新国就高兴得很，平时除了非去不可的事，通常都答应二妮的请求。工作之外的事，比如吃饭，二妮总是嘱咐食堂的老田给姜书记做份小灶，因为他胃不好，要吃得热乎点精细点。话传到姜新国那里，姜新国就问二妮，你怎么知道我胃不好？二妮说，你从不喝凉水，不吃冰糕，八成就是胃不好呗。姜新国说，看来我爸是只知其一不知其二，你不光是当干部的料呢。二妮说，还是什么？姜新国说，媳妇啊，谁选了你做媳妇，岂不是享福了？二妮说，那你就选我得了，省得我费事去找了。这话是在食堂吃饭时当了大伙的面说的，说完引得大家哈哈大笑。愈是这样，就愈不会暴露她的真实念头，甭管姜新国他是真是假，她二妮好歹是有机会享受了这样的玩笑了。因为吃二妮还忽然想起了明悦家的饼干盒子，便特意跑到食品店买了个"心"形的铁盒，装了饼干，摆在自己的办公桌上。待姜新国进来，果然见他眼睛一亮，打开盒子就吃起来。从此姜新国只要饿了就往二妮办公室跑，二妮则稳稳地坐了看他吃。不知为什么，这时候二妮会觉得自个儿变成了明悦，而对面的姜新国不过就是当年的自个儿。还比如穿衣，姜新国和老姜一样，烟不离口，衣服上常挂了烧坏的大洞小洞，二妮便施展从鲁芹那里学来的本领，一针一针地织补，每次织补完都让姜新国惊讶得张大了嘴巴：天啊，看不出你还长了双巧手，简直是天衣无缝呢！姜新国的女朋友来，他还当了二妮的面向女朋友展示那杰作，女朋友虽也是啧啧称赞，表情却是敷衍和不以为然的。二妮觉得那女朋友的表情与小慧很是相似，她那骄傲的样子，反愈发刺激了二妮与姜新国好一好的念头，她预感老姜是不会喜欢这样的儿媳妇的，因为她有点小资产阶级，小资产阶级怎么配得上老姜的无产阶级革命家庭呢？

就在二妮领到第一份工资的第二天，四妮、五妮、六妮忽然来公社找她了。

打头的是个子最高的五妮，先奔二妮的办公室，又奔二妮正在开会的会议室，嘴里声声地喊着，二妮！二妮！

会议室里坐满了人，姜新国正在讲话，二妮认真地做着记录。这一喊，所有人的目光都转向了门口。

就见门口挤了三个探头探脑的孩子，衣服穿得倒也齐整，只是小脸儿脏兮兮的，头发乱蓬蓬的，叫人猜不出他们是哪儿来的。待听清是在喊二妮，人们的目光又齐刷刷地朝二妮看过来。

二妮自是吓了一跳，立刻起身跑了过去，带三个孩子离开会议室好远，才敢厉声喝道，找死啊你们，咋跑这儿来了？

三人一时不知说什么好，五妮、六妮就看四妮。

四妮眼睛眨巴几下答道，咱爹叫来的。

二妮说，干什么？

四妮说，爹说你昨儿开支了……

二妮说，他咋知道的？

四妮说，咱爹是谁，这点事瞒得了他？

二妮看着四妮，忽然说，明白了，一定是你们跟爹要钱，爹说没钱，你们才找到这儿的，爹压根儿没让你们来，他绝不会答应你们来的，是不是？

二妮用手指一个个地指了他们，是不是？是不是？是不是？

他们太了解他们的姐姐了，从小就是这么居高临下地对他们，都习惯了。他们便一个个地回答着，不是，不是，不是。最小的六妮答完"不是"还好奇地问，你咋知道爹不答应我们来？四妮、五妮便狠狠地瞪她。

二妮说，看看看看，露馅儿了吧？说着就伸出巴掌，让四妮、五妮的脑袋挨了两下。打完了二妮看看手说，好脏，多少天不洗头了？我不在家你们又反了天了是不？

二妮又说，你们咋就不学学人家三妮，三妮几时像你们这么不长进，脏了吧唧，还张口就说瞎话？

四妮说，二妮，这回你……

二妮又打一下四妮的脑袋，说，叫姐，这是在公社，不是在家。

四妮说，姐，这回你可说错了，三妮说的瞎话，比我们可大多了。

五妮、六妮也附和说，就是就是，爹气得把擀面杖都打断了。

二妮吃了一惊，问，为啥打她？

四妮说，她跟五子钻棒子地。

二妮说，胡说八道！

四妮说，开始三妮也说人家胡说八道，后来五子都承认了，她才没话说了。

二妮说，你们见五子承认了？

四妮说，爹把五子叫到家里问的，擀面杖就是那回打折的。

二妮说，打五子了？

四妮说，打了，可没打两下五子就跑了，擀面杖折在门框上了。

二妮咬牙切齿道，五子这王八蛋！

二妮的嘴唇不由得有些哆嗦，她想，诱骗，一定是五子诱骗了三妮。她想，这个家除了自个儿也就是三妮懂事了，可……该死的五子啊！

二妮恨不得立刻就回村找五子去，撕烂了他也不解气！可是，还有会在等她，定好了姜新国讲完她讲呢。她前走几步，又后退几步，终于还是朝会议室的方向转了身。

可脚还没迈出去，几个孩子已拦住了她，喊叫着，钱，钱还没给呢！

四妮说，姐，我要买支钢笔，都上初中了，钢笔还没摸过呢。

五妮说，姐，裤子都快露着屁股了，你看你看。

五妮转过身让二妮看他的屁股，果然那部位已经麻麻花花的了。

六妮也说，姐，我要买个新书包，旧书包破了个洞，铅笔盒都漏好几回了。

二妮听着，不由得有些心酸，从裤兜里掏出那几张纸币，抽一张放回去，剩余的都交给了四妮。她说，把这钱交给爹，就说我说了，省着点花，好歹也得花到下月我开支的时候。

四妮连连点着头，将钱装进了上衣口袋里。

二妮不放心，说上衣口袋浅，一摸四妮的俩裤兜，手指竟都漏了下去。又摸五妮的裤兜，也一样。二妮气得不住地骂，骂俩人太淘，又骂大菊太懒，最后没办法，只好装在了六妮的裤兜里。二妮让六妮把手也搁进兜里，抓牢叠好的钱。六妮嫌走路甩不了手，二妮就说，你是要甩手还是要钱？六妮吓得手立刻就钻进去了。

二妮将三个孩子送走，转回身，不由得吓了一跳，见姜新国正站在她的身后。

姜新国说，都给他们了？

二妮脸一红说，看见了？

姜新国说，我的工资就从没人要过。

二妮看看姜新国，说，什么意思？

姜新国说，我爸对你曾有过担心。

二妮说，担心什么？

姜新国说，小农意识，我爸说，你那个家庭成全你也给你制造障碍，你已经飞出来了，要想飞得更高，就要有义无反顾的精神。

二妮说，你爸说小农意识了？

姜新国说，我爸没说，小农意识是我说的。

二妮说，估摸就是你说的。

二妮说着就往会议室走，将姜新国落在身后。

姜新国跟上去，看了二妮脑后扎起的一翘一翘的马尾说，我其实是真心为你好，给他们几个钱不算什么，我也可以帮你给他们，怕的是他们会折断你的翅膀，让你永远像鸡一样，永远飞不了鹰一样高。

二妮说，我不是鹰，我就是鸡。

姜新国说，还真生气了？看来我爸又只知其一不知其二了，他整天跟我夸你大度、宽容，从不生气，比城市长大的姑娘好处多了。

二妮忽然回头一笑说，没有啊，谁说我生气了？

姜新国说，妈呀吓死我了，还以为你生气了呢。

二妮说，我生气就能把你吓死啊？

姜新国说，当然，二把手生了气，话也不讲了，会也不开了，乡也不下了，一把手吃饭也不管了，衣服破了也不缝了，上边老姜也惊动下来，给一把手兴师问罪，还不把人吓死？

这时二妮已走到会议室门口，待姜新国走近，笑着说了声讨厌，然后退到姜新国身后，跟随他走了进去。

二妮的讲话仍如以往一样，无非是重复一把手的讲话精神。但她的重复往往比被重复的人还受欢迎，一次次会议的锻炼，已让她愈发地从容自如，清晰、流畅，她又太了解当地村人的心理，说着说着文件，稍稍一联系现实，听会的人就从乏味中会不由得精神一振。为了这一振，也为一睹这破格提拔的年轻闺女的风采，从各村会聚而来的村干部像是多了几分耐心，很少有人如开别的会一样早早地溜走。

这一回二妮的讲话却显得有点心神不定，出现了两次磕绊，三次停顿，还有一次成语出错，把"岌岌可危"说成了"危危可岌"。讲完话她没同熟识的村干部寒暄几句就回办公室了。她知道这都是姜新国的缘故，她的笑其实一半是装出来的，若是不笑，她今后与姜新国的相处简直岌岌可危呢！可是，小农意识，这说法叫她好不舒服，她能感觉到这词从一个

213

城市人嘴里说出来时，那种难以掩饰的优越感。他也许自个儿并不察觉，可她不能因为他不察觉就将这小农意识承担下来。哼，小农意识，老姜还没对她说过这词呢，老姜说的是，小慧、明悦是小资产阶级，说她们远远赶不上她二妮的无产阶级觉悟。一个有无产阶级觉悟的人，跟小农意识有什么关系呢？

当天晚上，姜新国来到二妮的办公室，就小农意识问题和二妮进行了长谈。长谈于他们是常有的，在公社住的人没有几个，漫长的夜晚怎样打发？

两人自是唇枪舌剑，各有一番理论。让二妮没想到的是，自个儿有一刻竟心神恍惚，把姜新国当成了老姜了，她说，你曾对我亲口说过的，小慧、明悦是小资产阶级，而我二妮是有无产阶级觉悟的人，她们远远不如我呢。她的目光有些迷离，语气有些娇嗔，是从没有过的一种小女儿态。话说出来，两人都很是怔了一会儿，然后姜新国从桌子对面走过来，轻声问道，谁是小慧、明悦？二妮不答，仍那么看了姜新国。与姜新国相处不好是岌岌可危的，太好也不一定就没有危险，但现在是，她已经无法控制自己，就如同坐在了一架滑梯上，只有下滑，再下滑……而姜新国那边，似也一样坐上了滑梯，迎了二妮的目光，一步步逼近着，终于伸出手臂，将二妮揽在了怀里。他说，不管谁是小慧、明悦，你有无产阶级觉悟是肯定的，她们不如你，天下的女人谁也不如你……二妮平生头一回与一个男人如此贴近，她奇怪地感受到了一种巨大的男人的力量，这力量好像跟姜新国没太大关系，但对她的冲击是剧烈的前所未有的，她一下子变得格外地绵软无力，四肢还有些抖，牙齿咯吱咯吱地打架，若不是姜新国紧紧抱着她，她也许就要倒下了……但即便这样，她还是有一刻瞥到了未拉窗帘的窗口，身后便是灯的开关，她将脑袋贴在开关上，几乎用尽全身力气，使她的办公室瞬间变成了一片黑暗……

黑暗为姜新国带来了胆量，他一步一步，难以抑制地将一个男人能做的都对二妮做了。二妮则是十二分地配合，她的新奇、惊喜和欢叫都愈发给姜新国带来了激情……

事后，姜新国问到开关的事时，二妮坚持说是巧合，姜新国便只好说是天意。其实，姜新国这时正在二妮和女朋友之间犹豫不定，女朋友的清高、矜持常常令他不快，再加上他爸老姜也坚决站在二妮一边，他与二妮这事便如火上浇油，终燃成了不可挽回的燎原之势。

51. 二妮和两家人

二妮和姜新国的事，让二妮对三妮、五子的事愈发难以容忍。第二天正好是星期天，二妮跟姜新国说想回家看看，姜新国就问回哪个家，二妮说，你说呢？姜新国一拍脑袋说，当然是我家了。随即就把自行车推出来，催二妮坐上车去。二妮没想到会这样，但两相比较，还是将错就错，把三妮的事暂且放下，坐到了姜新国的车上。她庆幸说到回家，庆幸姜新国的误解，这时候去一趟姜新国家可说是至关重要，而如此重要的事，差点因为三妮让她错过去！

姜新国的家住在桥东区。他家原住在桥西一个大杂院儿里，老姜调到市委后，分到桥东市委宿舍一套房子，那时姜新国刚刚上小学，还挺舍不得大杂院儿里一起玩耍的孩子，但新住房的宽敞、明亮，新学校的崭新设施，很快就让他把大杂院儿忘在脑后了。二妮坐在姜新国身后，对桥东桥西的区别毫无概念，在她的意识里，城市都是一样的，城市的家也都是一样的，即便有差别，也是城市人家的差别，对农村人来说完全是可以忽略不计的。然而她却不知，老姜对她的欣赏，与城市的桥东桥西和她长大的前街后街大有关系。这在很多年后她才有所悟，因为老姜有一次说道，桥西才是这城市的根本，因为贫苦出身的基本群众都在那里，就像你们村的后街是黄村的根本一样。

两人路过一家食品店时，二妮跳下车来，进去买了各样的点心、罐头，10块钱花得只剩了几毛钱。看了几张皱巴巴的毛票，二妮真后悔没给自个儿多留点钱。走出来时，大包小包的把姜新国吓了一跳，他说，忒少了，把食品店搬到我们家才好呢。二妮也不理他，坐上车听到姜新国又说，我的同事、朋友上门很少有人买东西的，我去串门儿也一样。二妮说，我是你的同事、朋友吗？姜新国赶紧说，不是不是。二妮又说，我这是去串门儿吗？姜新国说，不是不是。二妮说，那是去哪儿？姜新国说，儿媳妇去见公婆。二妮捶他一拳说，哪个就是你家的儿媳妇了？

到了姜新国家，早有思想准备的二妮还是有点傻，那被叫作客厅的房间，大得就像大块的庄稼地一样，总也走不到头儿；那个老姜的书房，书多得不知是明奇家的多少倍；卧室呢，楼下有，楼上也有，这里一间那里一间的，到底也没数清多少间；厨房、厕所更叫她开了眼，厕所跟卧室一样干净，可以洗澡，还可以洗衣服，厨房边是餐厅，餐厅的一角还有个叫冰箱的东西，将门打开，面包、水果、饮料……吃的东西是应有尽有，比明悦家的饼干盒子又不知气派了多少倍……不过二妮也注意到，姜家的家具好像一般，就好比卧室里的梳妆台，不要说台面的做工、光泽，只抽屉的拉手，就远不如小慧家的精致、可心。

二妮在姜新国和老姜的带领下，看了这里看那里的，边看边在心里做着评价。有一刻姜新国在二妮耳边说，我爸给你的待遇够高了，他从没亲自带客人这么上上下下地看过。二妮便感激地去看老姜。老姜说话不多，仍保持着他一贯严肃的表情，这使二妮有点无法把这个舒适的家跟老姜联系起来，他于她仿佛永远是个精神的化身才对，他出现在这个家里，让她不禁有一种难以言说的错觉。

姜新国的母亲，一个老姜叫她老韩的女人，却并不显得老，神态里还总有一种年轻女人的娇嗔。在老姜他们各处去看的时候，老韩一直在厨房里忙着什么。二妮以为她在准备饭菜，到了厨房，却见厨房台面上摊开了一层大米，老韩伸了脖子瞪了眼睛，看呀看的，忽然就惊叫一声，虫子虫子，又一条又一条！二妮上前讨好地说，婶婶，我帮你拣吧。老韩却纠正二妮说，叫阿姨，乡下人才叫婶婶呢。二妮只好说，阿姨，我帮你拣吧。老韩说，也好，反正我是怕这东西，有不怕的来了，也省得我在这儿胆战心惊了。要不是老姜和姜新国的阻拦，二妮还真就帮了拣起虫子来了。老姜说，收起来吧，这活儿什么时候不能干？老韩没理老姜，明显是不想听老姜的。二妮感受到了老韩对自个儿的冷淡，自个儿买的那一大堆东西被她随意扔在门后的一个什么柜子上，她还盯了她从头看到脚，然后问，鞋是自个儿做的？二妮点点头，她就说，也是，这肥厚的脚丫子鞋也不好买啊。说完长长地叹了口气，不知是为鞋不好买还是为脚丫子的肥厚。老姜显然很不满老韩的态度，他说，挺好，这才是劳动人民的样子嘛。即便这样二妮还是让这双脚分了心，上楼的时候崴了一下，下楼的时候又摔了一跤，其实她很想不在意老韩的挑剔，但不知为什么脚却不听使唤。

午饭是二妮和姜新国做的，因为老韩刚摘了几棵菜就喊肚子疼，直到饭做好才从床上爬起来。这时，客厅的门忽然被推开了，几个高矮不一的孩子一窝蜂冲进来，先奔厕所，从厕所出来又奔餐厅。在餐桌前坐好，二妮才看清是四个孩子，三男一女，女的最小，男的最大不过十三四岁。他们狼吞虎咽吃着，对二妮不看也不问，吃完了要盛饭了，倒把空碗往二妮跟前一递，显然是把二妮当成了保姆了。二妮也不推辞，心甘情愿地侍候每一个人。姜新国说，家里原来是有保姆来着，"文化大革命"中被遣送回老家了。二妮说，要是没这份工作，我就来当你们家的保姆。姜新国说，有这份工作你也可以啊。没想到老姜却沉了脸，说，这种没出息的话，往后还是少说吧。老姜没看二妮，也没看姜新国，但他俩吓得谁也没敢再吱声了。其实二妮不过是句讨好的话，却让老姜认了真，二妮感受着老姜对自个儿的器重，心里高兴，却也有些不踏实，觉得自个儿也许并不像老姜估计得那么有出息。二妮知道姜新国原来在工厂是个科级干部，是老姜执意要他调到郊区区委机关，又逢"文革"后期大批提拔年轻干部，姜新国便很快被提了上来。姜新国自个儿却说，他不是当官的料，他其实更想念工厂的日子。这么想着二妮又觉得对不起老姜，便不再去想，只让自个儿想那好的鼓劲的：没什么了不起，没什么可以难倒她黄二妮的！

二妮看出来，这个家终究是老姜说了算的，只要老姜支持的事，老韩不同意也是白搭。她还看出来，姜新国长得像老姜，却一点不像老韩，老韩是圆盘子脸，长得还白净。而那些孩子跟她倒是挺像的。她想若真进了老姜家的门，老韩可是个难对付的。她有些心烦，却又有些兴奋，多少大风大浪都过来了，难道还怕这么个老韩吗？

吃饭时，老姜好像执意要让二妮和姜新国显得出息起来，便对公社的工作一问再问。他们自是有问必答，特别是二妮，对情况了解，嘴巴又好使，回答得让老姜很是满意。而被冷落的老韩和孩子们，二妮也不忘为他们及时盛饭和夹菜，一时间，老韩倒像从主人退到了客人地位。老韩岂肯甘心，有一刻忽然就盯了二妮桌前的饭渣说，哎呀呀，都说人老了吃饭漏饭，你年纪轻轻的咋也这样啊？说得那几个孩子也瞪了眼睛看，看着看着就哈哈大笑起来。

这时的二妮，自是十二分地尴尬，自个儿掉的饭渣，没有任何人可以帮她。不过也只是片刻，她就换了副死猪不怕开水烫的样子，她笑了说，阿姨你可不知道，这在村里太常见了，家家户户有鸡要喂，有猪要养，有狗要看家，活物都盯着饭碗呢。老韩还没答话，孩子们倒纷纷问起活物，你家喂狗了吗？大的还是小的？公鸡多还是母鸡多？母鸡都在哪儿下蛋？猪吃得多还是狗吃得多？二妮一一耐心地回答着，饭桌上老韩倒再一次被冷落了起来。

吃过饭，老姜命令孩子们洗碗，几个大人到客厅喝茶。老姜开口聊起当前形势，老韩显然不想听，起身就往卧室走，说老三要露见屁股了，得给他做条裤子去。二妮说，要帮忙不？老韩说，要帮，可你也得会呀？二妮说，试试看吧。听二妮说得肯定，老姜、小姜索性也站起来跟了去了。

果然，将那老三叫来，二妮拿了皮尺在老三身上量了腰围量臀围，量了臀围量裤口，俨然一副裁缝的做派。然后将老韩拿出的一块化纤布料抖了两抖，折成两层，铺在床上，三画两画，就画出一片裤样来。二妮说这是大片，还得画一小片，不像中式裤子，四片都一个样子。小片画好，与大片都是一剪两片。拿了剪刀剪时，二妮直说剪刀太钝了，该磨一磨了。老姜便去看老韩，老韩却不看他，只说，这剪刀认人。剪好了，老姜小姜都说，休息会儿吧。二妮说，若有缝纫机，顺便就做了，老三今儿就能穿了。老韩赶紧说，好啊，缝纫机在楼上呢。两个女人不顾两个男人的阻拦，拿了裁好的布料就上楼了。

老姜没跟上去，姜新国忍不住也陪了去了。就见二妮坐在缝纫机前，选线、装线、换针头，一切都熟练得很，然后布料压在针头下，手脚配合，嗒嗒嗒嗒地就开始了。

这缝纫机在楼上老韩的卧室里，平时很少用，只偶尔补个补丁做双鞋垫什么的，声音从没有像现在这么连贯、悦耳。姜新国听着、看着，不由得想起了从前厂里那些心灵手巧的女工。他便喜形于色道，二妮啊，还有什么你不会的不？二妮头也不抬地说，这算什么，小慧她妈一条裤子做下来，都不带断线头的。姜新国说，小慧她妈是谁？二妮说，咱爸知道。

话说出来，二妮一下子红了脸，自个儿也不知咋出来的，赶紧说，你爸你爸。姜新国就说，说了就说了，还兴改口啊？一旁的老韩见状，不得不躲开他俩，自个儿下楼去了。

见了老姜，老韩指了楼上说，看看你给新国张罗的这人。老姜说，怎么了？老韩说，八字没一撇呢就咱爸咱爸的，忒有点着急了吧？老姜说，她跟新国说"咱爸"了？老韩说，不信你问新国去。老姜却咧开嘴巴笑起来了，说，好啊，好事啊。老韩说，什么好事，我看她比晓兰，差了十万八千里呢。老姜说，我的看法正好相反，晓兰比二妮，差了十万八千里呢。老韩说，是比长相，还是比教养？老姜说，比阶级觉悟，如果没有阶级觉悟，人家凭什么对你一忍再忍？老韩说，那是她想攀高枝，什么阶级觉悟。老姜说，就算她是想攀高枝，能容忍你这样的人，也是求之不得呢。老韩说，我这样的人怎么了，进门就当后妈，还给你老姜家生养四个孩子……老姜打断她说，好了好了，你辛苦，你不容易，正因为你不容易，才需要二妮这样的来帮你啊，换个晓兰那样的，你就侍候她去吧。老韩说，你真这么想？真是要她来帮我的？老姜说，你看她今儿又做饭又做衣服的，不是帮你还是帮我啊？老姜凑近老韩，忽然说得柔声细语的，一下子就把老韩说得心化开了，老韩说，你早对我这么说话，我也早想开了，新国又不是我亲生的，我还不懂管得多落不是啊？

没有多长时间，二妮和姜新国就从楼上下来了。老韩接过二妮递来的新做好的裤子，满脸带笑地看了又看，不住口地夸道，好，好啊。孩子们也不知哪去了，老韩喊了几声老三也不见人影，便说，不用试，一看就合适得很，新国你真好福气啊。二妮和姜新国相互看看，奇怪老韩变得好快，忽然就换了个人似的了。

二妮自是高兴这样的变化，便趁机告辞，说还要回娘家一趟，就不多待了。姜新国要去送她，她坚决没让，说坐一段公交车，走不了多会儿就到了，哪那么娇贵。一家人站在门口向她挥着手，二妮很能觉出他们的满意，她有点得意地想，这么一个上得厅堂下得厨房不娇气肯吃苦的女子，寻遍全城他们找得着吗？

二妮下午回的黄村，找了三妮，又找了五子，本是要教训五子一番的，却想不到五子倒有板有眼地给她讲了一番道理。五子说，第一他和三妮是真心相爱，自由恋爱一直是党和毛主席提倡的。第二他和三妮都喜欢读书人，有共同语言。第三他和三妮都爱干净，将来过日子能劲往一处使。第四也是最重要的，他和三妮都是不受重视的人，因为不受别人的重视他俩才愈需要相互重视。第五他会以三妮的姐姐二妮为榜样，积极上进，但若二妮因他是小人物而拆散他和三妮，那会大大影响二妮在群众中的威信的。五子不卑不亢地说了以上的话，竟把一个能言善辩的二妮说得哑口无言。她想，好一个五子，真没白白地去明悦家喝茶呀。三妮自也是铁了心地要跟五子，面对这么一对恩爱男女，二妮是气恼交加，她早就想象着巴掌落在五子脸上的情景，可事到如今，巴掌只能变成拳头落在桌子上了。她说，五子你好不要脸，自个儿做了坏事还强词夺理！五子说，没有啊，我做啥坏事了？三妮也说，是啊是啊，他没做坏事。二妮说，你拉三妮钻过棒子地没有？三妮说，姐你甭听他们胡说八道。二妮仍看了五子说，那是没钻过了？五子说，钻是钻过，可就是说话来着。二妮说，放屁，说话还用得着钻棒子地？五子说，三妮做证，我要是有半句瞎话，天打五雷轰！三妮就说，我做证，我们说话就是不想让人看见，心里踏实。两个人都是急切、实诚的表情，二妮才算有点放下心来。她想起昨晚自个儿和姜新国的点点滴滴，心想她和姜新国是多么聪明的人，那一刻都难免有点束手无策，这两个又是在棒子地，就算有那心，也不那么容易实现吧。但她还是郑重地给五子定了约法三章，一是三妮还不到结婚年龄，结婚前五子不能越池一步；二是凡事都要和三妮商量，不能自作主张，不能大男子主义；三是将来对五子父母照顾说照顾，但一定分开另过，她不能让三妮一进门就过提心吊胆的日子。三条五子都满口答应，让二妮再无话可说。这时，大菊已将晚饭做好，黄块、大妮和几个孩子也先后回家来了，五子趁机告辞，剩了二妮和家人，便开始热热闹闹地吃晚饭。

饭桌上，二妮为三妮说了话，黄块沉了脸没吱声。不吱声说明是默认了，二妮预料中的一场争吵没有发生，她暗自觉得，公社副书记的身份黄块到底是有所顾忌的。接着，黄块提到二妮给钱的事，很是夸赞了一番，并要大家以二妮为榜样，将来有出头之日一定想着这个家。二妮踌躇再三，还是拿出钱包里的几张毛票给黄块看了。黄块马上明白道，钱在手里还没焐热乎呢就往回要啊，不是留了10块？二妮说，你咋知道留了10块？黄块说，哼，你爹是谁？二妮说，我反正是吃饭都没钱了。黄块说，哪儿去了？二妮说，反正没扔在大街上。黄块说，反正反正，甭以为钱是你挣的，想咋花就咋花，刚夸了你，这不是自个儿打自个儿的脸吗？几个孩子便嘻嘻地笑，大菊也笑，一副看热闹的模样。二妮说，人家姜书记，家里就从没要过他的钱。黄块说，那是因为老姜也挣国家的钱，国家的钱什么时候让你爹挣过？二妮说，那是你没那本事。黄块说，狗屁本事，那是国家不公平。二妮说，你敢说国家不公平？黄块说，国家要公平，就轮不到你这样的人当书记了，还真以为你是有本事啊，也就老姜他们不识好歹，专提两片嘴好使的人，换了我，十个二妮也休想坐到公社副书记的位置，那是啥人才能干的，好几万人的吃喝拉撒都在肩上担着呢，你凭啥，你二妮是谁啊？

黄块不紧不慢地说着，看不出他有几分是真，几分是假。但二妮认定是真的，她太了解她爹了，他说真话的时候，通常就是这种几分真几分假、不轻不重的样子。她看了他想，在他眼里她二妮原来什么都不是呢！二妮不由得也站起来，手指了黄块说道，你给我住口，你知道你是在跟谁说话？你知道你说的话是什么性质？什么叫国家不公平？什么叫不识好歹专提两片嘴好使的人？我黄二妮是党正式培养的年轻干部，是堂堂的公社副书记，党政机关有案可查的，你攻击我就是攻击党，就是攻击党的领导！

这时，看热闹的大菊先有点被吓住，急忙关了房门，压低嗓门说，祖奶奶，小点声吧，那边贵生听见，你爹还能有好日子过？

二妮说，敢说就得敢当，我这就找宏涛，叫他召集党员会，你要当众做检查！

黄块怔一怔说，召集就召集，老子还怕了你了？

二妮要去开房门，不想大菊挡在门口，肥胖的身子动也不动。黄块说，起开起开，让她去，老子还不信了，宏涛人家会听你的！

这话愈发激起二妮的火气，她用尽全力将大菊推开，打开房门，冲了出去。

谁也没料到，一直埋头吃饭的大妮这时却猛然追出去，抱了二妮就往回走。二妮徒劳地挣扎着，大妮的胳膊就像只大铁钳，把二妮卡得紧紧的，直到进了屋，看大菊咣当插了门闩，才放心地松了手。二妮看见大菊和几个孩子都警惕地守在门口，包括那个她刚支持过的三妮，而黄块稳稳地坐在饭桌前，仍没事人似的呼噜呼噜地吃着饭。她想，一转眼的工夫，一个个的咋都站到他那边去了？她不甘心地站起来，举起只碗狠狠地摔在了地上。碗碎了一地，她不过瘾地在碗片上踩了又踩，一边踩，一边不由得大哭起来……

这天晚上，二妮没有在黄村过夜，她擦干眼泪，徒步赶回了公社。原来她本打算在饭桌上公布她和姜新国的事的，这一来自是全没必要了。也好，那么一个家，那么一家人，不说也罢！黄村离公社不过五六里路，到了公社，二妮却感觉黄村早已成为遥远的过去，这遥远的感觉，好像还从来没有过。

第 十 一 章

52. 宏涛和黄块

宏涛刚当支部书记那会儿，后街人不服，前街人也并不看好，一个毛孩子，生产队长都没干过，懂个屁呀。可一打听，相邻几个村新提拔的支书也都跟宏涛差不多大，是统一的上级指示，叫作吐故纳新，领导班子年轻化。既然是上级指示，人们的不服就消了大半，剩下的少半，只冷眼看了宏涛，看他这村支书怎么个当法。

当村支书首先是要开会的，开会首先是要讲话的，别看宏涛在下边讲话还算条理，到了会上，却远没有二妮那样大刀阔斧的气势，一是声音不大，二是说了前半句忘了后半句，常常地，还要从兜里掏出事先写好的稿子，面红耳赤地念上一阵。社员大会上念，七八个人的支部会上也念。这么念了几回，人们就当笑话传开了，有顽皮的人当面还称他"老念"。这称呼几乎让他恼羞成怒，他索性放下一切工作，专心练习会上的讲话，每次开会前都要把讲话稿背了一遍又一遍的。这很是牵扯了他的精力，村里有多少大事需要他去想去办，但这事就像挡在他面前的一只虎，铲掉它才是头等大事。原来他很不屑二妮为开会下的功夫，可轮到自个儿头上，才忽然悟到，这事其实非同小可，因为事关他为官的形象，事关村民今后叫他"老念"还是叫他宏支书呢。

在宏涛自个儿也许是道刻骨铭心的难关，而在村民的印象里，这不过是很短的一段时间，不知什么时候，台上的宏涛就变得从容不迫、有板有眼的了。人一从容，声音也大起来了，也知道轻重缓急了，还常常在结尾的句子上拉一拉长声儿，就像上边来的首长讲话一样。从此，再没人叫他"老念"了，在街上遇见，开始喊他"支书"或是"书记"；他也不客气地应着，脸上不露什么笑容，当真有了种威严似的。当然，他的讲话跟二妮的讲话是有区别的，形势在不断变化，抓革命促生产，从前侧重的是抓革命，如今侧重的则是促生产了。也正对了宏涛的路子，他曾在生产技术上学习过一阵子，说生产的话比说政治的话自是要顺畅得多，再加上他爸宏斯的指点，那个主抓生产的二把手，在生产上也不得不听他的了。作为一村的带头人，革命听他的，生产也听他的，渐渐地，村里的大事小事都要听他的了。工作变化着，他的走路也在变化着，人们如今看到的他通常是低了头的，别人不喊他，他一定看不见，有时喊他一声，他也没听见似的，匆匆忙忙就过去了。人们就说，真越来越像个支书了，再也不是那个面红耳赤的"老念"了。也有人说，门风变了，小子不像老子了，看那宏斯多么和气，这宏涛，倒有点黄块的意思了。

这话传到宏斯耳朵里，少不得教训宏涛几句。宏涛闷声不响地听着，跟从前一样，决不顶嘴。可宏斯看出来，他是有抵触情绪的，他已经不习惯听他的教训了，他已经真的以为他是这个村说一不二的人了。而后街的黄块，见到宏斯还要火上浇油，大骂宏涛的目中无人，他说，以为他是谁啊，要不是我家二妮抬举他，他也配！宏斯当然明白黄块其实是气不打一处来，宏涛原本是和大妮同在卫生所的，那时的处境还不如大妮，可一来二去的，大妮卫生所都去不成了，宏涛倒乘了飞机似的，一下子坐到支书的位子上去了！宏斯就说，配不配的，是你黄块说了算还是公社副书记说了算？黄块说，见了人理也不理，我好歹还是公社副书记她爹呢。宏斯便笑了，说，跟一个晚辈一般见识，还为个理不理的事，也不怕人笑话。黄块说，只为理不理的事倒也好了，他自作主张批宅基地盖二层楼，你可知道？150亩耕地，150亩啊！

黄块说的是宏涛上任以后决定的头一件大事，他要在村西另辟新地，鼓励要盖房的社员在新地建造二层楼房，楼房要整齐划一，街道要轧成宽敞的柏油路，慢慢地，整个黄村都要变成城市一样的新村。宏涛这么做，是看到现在翻盖房子的人家愈来愈多了，因为孩子们长大了，再不愿一家人挤在一条炕上睡觉了，更因为到了娶媳妇的年龄，不盖新房连媳妇都难找了。像那弟兄五六个或七八个甚至十几个的，要盖的房就更多了，没有宅基地，他又在哪里盖房呢？

这事宏斯当然知道，宏涛的理由再充分，他也从没表示过同意，但这事已在支部大会上通过，上级有关部门也已批准，板上钉钉的事，就算天王老子不同意也难挽回了。宏斯倒不是反对建新村，他是心疼那150亩地，150亩地一年是多大的收入，平白地就没了，得不偿失啊。同时他也心疼老村，好好的一个村两条街，说没就没了？往后要想在街上坐会儿了，上哪儿去找那拴马石呢？而前街和后街的人住在一起，老辈子人还能分清，到了第三代第四代第五代……岂不是混成一团乱了套了？

而黄块的反对，则是从根到梢儿的，他一点不觉得有建新村的必要，啥是无产阶级思想，无产阶级思想就是有个地儿能睡觉，有口吃的能饱肚，不装样子，不摆阔气，不图舒坦，就是地当床天当被，以世界为家，可宏涛这小子，甭说后街，前街他都看不上了，眼睛瞄到城市去了，还要糟蹋150亩耕地，他可真敢啊！一个前街人，在前街住得好好的，却生是要把前街消灭掉，这哪是宏斯的后代，说是他黄块的后代还靠点谱吧。愈是这样，黄块就愈是觉得哪儿出了大错，怎么想怎么觉得别扭。有一天在明悦家的马道里，黄块便拦下了低了头走路的宏涛，一指水井那边说，走，跟你说句话。

黄块脸色沉沉，怒目圆睁，一下子就把宏涛的脸吓白了，他说，你，你要干什么？

黄块不由得暗笑，闹了半天，跟他爹一个尿样。他便说，怕什么，还能吃了你？

宏涛只好随他坐到了井台上。待明白黄块要说的是建新村的事时，他才松了口气，重又恢复了"支书"的神气。他说，怎么了？

黄块说，我还想问你怎么了。

宏涛说，我没怎么啊。

黄块说，第一，你用耕地当宅基地。第二，你强迫社员盖二层楼。第三，你独断专行，不征求广大党员干部的意见。

宏涛低了头不吱声。

黄块说，我说的可是事实？

宏涛说，是事实。

黄块说，既是事实，就得改正。

宏涛说，又没做错，改正什么？

黄块说，在耕地上盖房子是对的？

宏涛说，不是盖房子，是建新村。

黄块说，建个屁，你打听打听，后街有几家盖得起二层楼的？贵生家盖得起吗？五子家盖得起吗？我黄块家盖得起吗？

宏涛说，这早想过了，盖房有困难的，大队会想办法的。

黄块说，办法说出来听听？

宏涛说，不行，现在还不能说。

黄块说，为啥，莫不是来路不正？

宏涛说，随你咋想吧。

黄块说，宏涛你小子记着，要是来歪的斜的，早晚会得报应的，甭以为当了支书就是一辈子的事了，二妮那儿只要我一句话，你这支书就悬！

黄块话说出口自个儿也有点小瞧自个儿，倚仗闺女跟人说话，如今真是人微言轻了啊。

果然宏涛就笑道，才不信二妮会听你的。至于歪的斜的，你尽管放心，我绝不会瞒产私分的。

黄块一下就气红了脸，但见那宏涛声音不高，面带微笑，满脸满眼都像是对他黄块的不屑。黄块怎么也想不明白，自个儿好歹也是个老支书吧，凭阅历凭经验凭对黄村的了解，哪样不值得这小毛孩子请教请教，他的傲气他的自以为是是他妈的打哪儿来的呢？

两人最终自是不欢而散。黄块火气难消，找到宏斯大骂了一顿宏涛，待骂完了，宏斯却反问他，想想你当支书的时候，可向别人请教过？黄块就不由得一怔，说，那他还有理了？宏斯说，不是有理，是一样地自以为是。这么一说，黄块的气多少消了些，但还是忍不住找到公社，跟姜新国反映了一通，说宏涛目中无人、独断专行什么的。姜新国说，别的不了解，建新村这事公社是知道的，这是个渐进的长远的规划，还是可行的。至于钱的事，宏涛正跟工厂联系，用输出劳力挣工厂的钱的办法解决。虽说时间拉得有点长，但办工厂搞副业政策又不允许，也只能这样了。宏涛说得有道理，前街挣工资的人家多，所以能盖得起二层楼，让后街人也有工资可挣，不就也盖得起了？一年不行两年，两年不行三年，早行的早盖，晚行的晚盖，早晚新村会有建成的一天。

黄块听罢，才算明白了宏涛所说的"办法"，这叫啥办法，要真想干大事，哪有三年五年地拖着干的，说到底还是宏斯的儿子。还"现在还不能说"，真他妈的煞有介事、小人得势啊。黄块便问姜新国，这事你爸知道不？姜新国摇了摇头。黄块说，他要知道一准儿不同意。姜新国说，不同意什么？黄块说，不同意建新村。姜新国说，为什么？黄块说，因为他最知道无产阶级是干什么的，他也最知道农民要的是什么，假如一片庄稼和一座二层楼摆在跟前，农民绝不会要什么二层楼的。也就是前街那些贪图享受的人才会出这种幺蛾子，当初提拔宏涛时他就反对，一个前街人当带头人，这村子准会变味儿！

黄块神情激昂地说着这些，他的确是这么看的，但这看法不过是很浅表地浮在他的脑子里，他的内心深处，其实是十二分的不甘，不甘自个儿的下台，不甘年轻人对他的轻视，包括眼前这个年轻人，虽说他比宏涛显得和气了许多，但他的语气他的表情，好像无时无刻地不在对他黄块说，你已经是过时的人了，最好还是少管年轻人的事吧。

事实上，姜新国下面的话更让黄块始料不及，他说，说到前街，宏涛这个人还真没有偏向前街，他计划把他联系到的上工机会更多地分给后街，这样新村就会建得快些。

黄块正想说什么，二妮忽然到姜新国的办公室来了，她接了姜新国的话说，这话宏涛也跟我说过，他建新村的目的之一，就是要打破前街后街的格局。

黄块不屑道，你们都太轻信了，就算他真说过这话我也不信，我太了解他老子了。

二妮说，爹，你了解他老子，不一定就了解他，他正是要跟他老子不一样呢。再说打破前街后街的格局，不也正是你多年的心愿吗？

黄块没想到二妮会这么说，想想，自个儿跟宏涛说的还真有点一致，就说，所以你们才不能信他，他怎么可能跟我一致呢？他又怎么可能跟他老子不一致呢？

二妮说，爹，年轻人怎么想你不会明白的，就像我有时怎么想你也不会明白，你就省省心吧。姜新国也说，是啊，辛苦了一辈子了，省省心吧。

二人说罢就开始面对面说起工作的事来。黄块站在一旁，被他们理所当然地冷落起了起来。他有点酸楚楚，又有点愤愤然，他想，我黄块果真就没了用了？而他们这些毛孩子，又有何德何能呢？

黄块终是悄悄走出了姜新国的办公室，他听到二妮在喊，爹，甭走了，快到吃饭的点了，待会儿我给你打饭去！黄块没理她，步子迈得更快了，生怕她跑出来拦住他似的。他不单是为受冷落，更是为他们的头脑简单，打破前街后街的格局，哼，岂是一句话一个想头就实现得了的？就算多少年后新村建成了，格局就打破了？界限就没了？做梦去吧，那个界限就像一棵大树的根，树倒了，根可不会断的。再说，村支书的位子最是没定数的，说不定新村还没建成，宏涛就被别的什么人替换下来，又有了新想头了呢。

黄块孤独地走在回村的路上，这些念头来来回回地反复着。他还想起当年二妮和前街的小慧、明悦来往让他多么高兴，也许真正想弥合前街、后街的界限的，最是他黄块呢。至于宏涛，他才不信他会长这脑子，不过是自作聪明玩一玩花里胡哨罢了。

53. 宏涛和贵田

宏涛凭了他的大胆和谨慎，一步一步进行着他的新村计划。由于在务工一事上对后街的偏向，正在盖着的二层楼里，已有不少后街的了。贵生的弟弟贵田就是其中一个，他拿到了建筑单位一个务工名额，搬砖，和泥，抢大铲，拿抹子，什么活儿都干了一遍，到第三个年头儿，他从建筑队领回了一个媳妇，然后和媳妇一起开始盖二层楼。他挣的钱一分没给家里，还对自个儿家和媳妇家极尽搜刮，他哥贵生因为没讨上媳妇要他推迟婚期他决不肯等，为此他全家几乎和他断绝了关系。他在新盖起的二层楼里为自个儿举行了婚礼，被通知的家人和村人没一个前来，村干部也都一一通知到了，同样地不见踪影。等到几乎绝望的时候，村支书宏涛忽然到了，宏涛身兼主婚人、证婚人等多种角色，保证了婚礼的正常举行。那以后，贵田便有机会和黄村的第一决策者有了来往，他不惜力气，把宏涛家所有的脏活儿、累活儿全包了下来；他还撺掇媳妇和宏涛的媳妇元芳交往，帮元芳做种种的家务，包括纳永远也纳不完的鞋底子。而贵田娘仍如同以往供不上大家的鞋子，贵田的亲兄亲弟整天穿了鞋底、鞋帮早已分家的鞋子，呱嗒、呱嗒……那声音几乎全村都能听见。

贵田和宏涛，一个像是背叛了自己的家人，一个像是背叛了自己的族人，前街人特别是宏姓人，对宏涛偏向后街人不解而又愤怒，他们的后代不似后街那么粗壮、结实，不大胜任田地里辛苦的劳作，因此对去城里务工就格外渴望，可宏涛这个六亲不认的家伙，连一碗水端平都做不到，一头就扎到后街去了。不过前街人的不解、愤怒是不会公开表现的，多年在出身上的劣势让他们从不敢理直气壮地发出自己的声音。因此这给宏涛带来很大便利，他只管去建他的新村，反正除了黄块还没有一个人公开地反对。

　　为给大家做出表率，宏涛甚至不顾宏斯的反对，拆掉自己住的瓦房，也到新村盖楼房去了。在建筑队干过的贵田更是找到了为宏涛效力的机会，他全力以赴替宏涛张罗原料、人工等一切事项，大到一块预制板小到一颗钢钉全都经他手安排，二层楼盖完时，贵田最明显的变化是由圆下巴变成了尖下巴。宏涛看着贵田的尖下巴，眼圈红了又红，拍拍贵田的肩膀，终于答应请贵田喝一次酒。之前宏涛还从没请过贵田。正是在这次酒桌上，贵田提出了要与宏涛结拜兄弟。宏涛先是说不结拜也是兄弟，贵田就说要结拜，不然怎么来证明我们是兄弟，那些怀有小人之心的人还以为我帮你做事是在巴结村支书呢，只有哥哥你是明白的，我贵田是真把你当成了亲哥哥啊。这让宏涛又一次红了眼圈，说，那就结拜。于是两人点了香，倒了酒，双双跪在案前，成就了前街和后街第一次正式的结拜。

　　既是兄弟，就要替兄弟分忧解愁，宏涛主要的忧愁自是村中政事，贵田便提出要入党、进支部班子，说，只有这样，兄弟才能鞍前马后地为哥哥你效力啊。这时的宏涛，对贵田虽仍有几丝根深蒂固的小视，但对他的忠诚已是毫不怀疑，他身边也确需要与他一心的。他便果断决定，提拔贵田，替换掉一个不得力的喜欢唱反调的支部委员。这事他当然要向公社汇报，但此时的二妮和姜新国正面临不利的政治形势，"四人帮"被打倒了，"文化大革命"在做重新评价，这其中提拔的工农干部，要同"文化大革命"一样面临重新考核。因此二妮和姜新国对宏涛的汇报已是心不在焉，只是说到贵田时二妮问了句，是那个贵生的弟弟？宏涛点点头说，他是个上进心很强的人，为上进已经跟贵生和全家人闹翻了。二妮就说，这就对了，贵生是一个自个儿不上进还对别人的上进心怀恶意的人。

　　果然，时间不长二妮和姜新国就有了工作上的变动，一个调到另一个公社降为了普通办事员，一个则重又回到了工厂。老姜呢，因为与省里一位领导关系密切，而这领导又深得"四人帮"集团的信任，早已被停职反省，没像那位省领导一样被投入监狱就算万幸了。在这样的局面下，一个小村庄的领导班子哪还有人顾得过问，贵田便如同浑水摸鱼，顺利地摸进了领导班子。凭了他的忠心和肯干，不久就晋升副支书，真正成为宏涛的左膀右臂。

对贵田，村人们一直没什么好印象，他与家人的反目和对宏涛的讨好都是常人做不出来的，而他能做出一件两件，当然还可以做出三件四件……可对村干部的提拔，只有宏涛说了才算，宏涛爸和二妮爹都无力阻拦。宏斯为了阻拦这事，假装跳井的事都干了；而黄块跑到公社，再次在二妮和姜新国那儿碰了一鼻子灰。两人都有格外不祥的预感：黄村要有危险了。他们有一次相约在鲁芹家，一杯一杯地喝着闷酒，宏斯对自个儿当初推荐宏涛后悔不已，他说，若知如此，何必当初呢。黄块就说，我早就是反对的，你们都不肯听嘛。其实在他们内心深处，更被一种从未有过的悲观笼罩着，他们头一回有了无力感，仿佛大势已去，这辈子再不可能有什么说话的机会了……

而接下来的事实，却并不像他们预感得那么糟，改革开放的大门，开始向全国所有的村庄、城市敞开，田地可以承包到户了，城里的工厂可以和农村联办了，一切的买卖交易都可以光明正大地进行了，沉寂了多年的集市如同雨后春笋般出现在了农村的大街小巷，再没有人劳神资本主义尾巴之类的事了。此时的宏涛和贵田，就如同没头苍蝇一样在和城市有关联的人家撞来撞去。终于，在城子和宏曾和家撞对了运气，经他们朋友的朋友前来考察、协商，又争取到市里领导的支持，很快建起了一家附属制药厂、一家搪瓷厂。两家厂都能容纳百十人以上，前街后街的年轻人几乎可以统统网罗进去，不甘心种田的年轻人，从此不出村便可以和城里人一样，既不风吹日晒，又能把钱挣到手了。而被承包的田地，更是很快就显示出了优势，从前一整天干完的活儿，现在一个早晨就解决了，大片大片的田地里，经常只看到一两个人影，庄稼却绿的绿黄的黄一块比一块长得不逊色，倒像过去那声势浩大的集体劳动压根儿就是一场不必要的表演似的。很快地，农业机械也开始普及，要播种了，机器一开，种子们眨眼的工夫就埋在土里了，撒得那个快那个匀，傲气的庄稼把式们一下子就有些犯蔫儿，多少年练成的手播技术，往后岂不是就白瞎了？要收割了，还是机器，这边麦穗子进，那边麦粒子出，这边还是一垄一垄的庄稼，那边却已是一口袋一口袋的粮食了。还有施肥、灌溉、打药、锄草，也都陆续有了新办法，一户传一户的，如同春风吹绿一样，让过去生产队的传统办法，一时间说过去就过去了。如此田地里的人更少起来，一天到晚安安静静的，哪里有个人声，立刻就有人凑过去了，人在田地里倒变成了稀罕物了。要说，这场景黄块和宏斯是做梦都想看到的，就像当初置买碾米、磨面机一样，他们是多么兴致勃勃。可今非昔比，这一切成就得像是太快太容易了，没费什么力气就成了，且跟他们还没什么关系，就如同吃别人家的喜糖一样，糖再甜媳妇也不是自个儿的，那滋味儿不甜倒是有点酸的。

在宏涛和贵田的带动下，村西的二层楼也愈来愈多地盖起来了，除了在外务工和在村办工厂的个人收入，村里对盖楼者还特别有份补贴，而那些不肯搬出旧村的，不仅一分没有，平时使用农业机械、化肥、农药什么的还要排在盖楼者的后面。这样，一些不富裕的人家借钱也要把楼盖起来了，特别是年轻人，娶媳妇的嫁人的生孩子的，谁不想有一个像样的家呢。执意不肯搬的，无非是那些住惯了老街老房子的老人罢了。据说村东影壁墙下的老人反对得最欢，那面影壁墙就像是他们晚年的依靠，老街没了，影壁墙想是也就没了，他们去哪里晒太阳呢？对他们宏涛也是有办法的，一面让贵田带人趁夜色推倒影壁墙，一面在新村那边建起了自由市场。第二天太阳升起来时，一群老人看见影壁墙已成了一堆碎砖烂瓦，只好骂骂咧咧地往自由市场走去。比起影壁墙，自由市场其实更吸引他们，多少年都没有了，那一声一声的吆喝，那一宗一宗的讨价还价，那看得叫人眼花的物件，那五花八门奇奇怪怪的味道……唉，搬就搬吧，成全了他们吧！

一切，变化得是如此之快，社会就像一个人手里的魔方，瞬间就变成了新花样儿。

其中，个人生活的变化同样"魔方"，比如那个整日扫街的宏先，已被通知停止扫街，回归到与村民平等的大田里去。这决定的前提，是他"历史反革命"的身份被正式解除。当然不止他一个，全村乃至全市、全省、全国，凡在"文化大革命"和历次政治运动中被打倒被管制的人，都给了如他一样的待遇。这就如同一次解放，既有规模，又深深地触及了灵魂，其中宏先及其他千千万万当事者们，该更是万般的滋味。还比如二妮，当年进步得是多么迅速，村里村外凡是有麦克风的地方仿佛到处都响着她的声音，而现在，她除了保持沉默，还要为另一个发出声音的人提壶倒水了。相比之下，她和姜新国的婚事就要平稳多了，他们在新的工作岗位就绪后就举办了婚礼，没邀请任何人，只在姜新国家由二妮动手，摆了一桌普普通通的酒席。

二妮的事已和黄村没什么关系，宏先的事却必须通过宏涛和贵田才能办理。黄村十几个被管制的人中，宏先是最后被解除管制的一个，只因为宏先在卫生所里曾给过宏涛太多的不快。而贵田和贵生是亲兄弟，贵生整过的人贵田犯不着对这人去献殷勤。自贵田当上村干部后一家人已主动与他和好，他也借坡下驴说自个儿当初那么干正是为了今天。宏先的事，大妮和明悦都找过宏涛和贵田，可他们总是你推我我推你或是今天推明天明天推后天的。最后还是明悦跑到二妮所在的公社去求二妮，二妮亲自跑了趟黄村，宏涛才派人去通知了宏先。其实宏先和其他十几个人的档案早已改正了，文化大革命中调查的材料也烧掉了，宏先早已是个自由人了，可宏涛就是拖了一天又一天的，仿佛多看他扫一天大街，心里就会多一天的痛快。这事后来许多人都听说了，方知宏涛原来是个心胸狭窄的记仇的人。而黄块和宏斯为此又有了在鲁芹家喝酒的理由。宏斯自是羞愧不已，黄块则为二妮在这事上的做法颇感自豪，但"危险"的预感仍是共同的，他们还不知这危险到底是什么，愈是这样就愈是忧心忡忡。他们的生活比过去都宽裕了些，孩子们有班上能挣钱了，再不用在帽子里一块两块地藏着掖着了，喝一回酒，也不必计较哪个拿的钱了，可他们的精神头儿，却再也没法儿回到那时候了。

54. 二妮、明悦和小慧

二妮举办婚礼的第二天，坐在姜新国的自行车上回娘家来了。

巧的是，小慧也在家里，她是回来休星期天的。

得知二妮和小慧都回来了，明悦高兴地先叫了小慧，然后一起看二妮去了。

她们三家都还住在旧村，不是盖不起楼房，是留恋旧村，多住一天是一天的意思。明悦和小慧为二妮拿去了一对绣花枕套和虎头鞋，绣花枕套是小慧从城里买的，虎头鞋则是明悦亲手做的。她们并不知二妮结婚的事，这些东西看着好买就做了，小慧原是想留给自个儿的，明悦则就为摆放着好看，却没料想在二妮这里有了用场。

她们是听街上的小孩子说的，小孩子又是听二妮最小的妹子六妮说的，二妮被降职的事她们也听说了，因此才主动登上门去。不知为什么，听说二妮降职比听说她升职还让她们高兴，倒也不是幸灾乐祸，是一种二妮又回到她们身边的感觉，什么村支书，什么公社副书记，那跟她们熟悉的二妮有什么关系呢？

二妮家里冷清清的，孩子们不知哪玩儿去了，黄块和大妮也不在家，大菊和三妮在厨房里忙着什么，正房里只坐了二妮和姜新国两个人。

见小慧和明悦进来，二妮先是一怔，继而上前拉了两人的手，亲热而又不失礼节，她称小慧姐姐，称明悦妹妹，然后向她们介绍了姜新国。

姜新国早听二妮说过小慧、明悦，这时见了，果然感觉有些不同，她们一个长发，一个短发，一个活泼，一个安静，穿的衣服也都十分合身，袖口、裤口，都在恰当的地儿停下来，不长也不短，不肥也不瘦。更不同的是，她们脸上都有一种二妮没有的东西，什么东西他也说不好，反正是太不一样了，他甚至感到奇怪，二妮和她们怎么就好在一起了呢？

二妮的手在姜新国眼前晃了两晃，姜新国才回过神来。二妮说，看不出你还是好色之徒啊。姜新国笑道，要不好色，怎么能把你追到手啊？二妮很高兴他说了"追"字，看了小慧和明悦说，听见没有，是他追的我呢！

姜新国跟小慧、明悦寒暄了几句，便说要到厨房帮了做点什么，起身离开了。剩了她们三个，你看看我，我看看她，一时竟不知说点什么好了。

还是小慧先开口道，他还会做饭？二妮摇摇头说，哪会，不过是给咱仨腾地儿说话呗。

这时，明悦忽然把二妮的裤腿撸起来看了一下。二妮说，看我是不是做饭的命？明悦便笑。小慧就说，好长的汗毛，又是宽肩肥臀，想必是要饭来张口了。二妮说，哪有的事，就算有这命我也不想让他侍候，一个大男人，总钻厨房还不钻成小男人了？

小慧便忽然有些不悦，说，小男人怎么了，小男人比那不做饭的大男人倒是对人更知冷知热呢。

二妮笑道，倒像有人对你知冷知热过一样，莫不是你已有了给你做饭的人？

小慧仍冷了脸子说，有没有的，反正是不会要你说的那种大男人的。

二妮仍笑了说，是啊，我哪有你的命好，我只配要姜新国这样的，他是个大男人，他爹也是个大男人，没办法，我是要待候他们一辈子了。

小慧觉得二妮真是变化不小，她像是愈发地从容了，自个儿冷脸子不冷脸子她已毫不在意了，看她的笑容多么可气啊，明摆着是在说，我才不会跟你一般见识，你还是那个小慧，我却早不是那个二妮了。小慧看看明悦，见明悦正向二妮投去同情的目光，便说，明悦你傻啊，人家那是得意呢，做个饭算什么，好歹是高干家庭，就算眼下不做官了，也是城市户口，有工资挣，有楼房住，你们一个是临时工，一个是啃地的农民，怎么能跟人家比呢？我说的是吧二妮？

二妮更笑道，慧姐啊慧姐，我是一辈子都要受你的欺侮了。

小慧说，今儿是怎么了，张口姐闭口妹的，打小都没叫过，你倒能叫得出口。你不别扭，我俩听得还起鸡皮疙瘩呢。

二妮说，打小没叫过那是不懂事，如今长大了不能再不懂事了不是？

小慧说，我倒觉得，你这是成心跟我们生分呢，是吧明悦？

二妮说，人家明悦才不这么想呢。

两人都看了明悦，明悦却毫不犹豫地站在小慧一边点了点头。二妮沮丧道，天啊，我好孤单。

小慧忽然正色道，二妮，咱不说那些没用的了，你，跟姜新国跟你公公，都还好吧？

二妮显然没想到小慧会提这话题，怔一下说，好啊，都挺好的。

小慧本想二妮会借此说一说心里话的，这样的大起大落，没话说才是奇怪。可二妮的嘴闭得紧紧的，大有拒人于千里之外的意思。小慧看看明悦，明悦也正失望地看着二妮，小慧想，刚才那些半真半假的玩笑话，看来都叫我说中了，我和明悦，真他妈的有点自作多情啊！

小慧拉一拉明悦的手，示意她是离开的时候了。还没等明悦反应，二妮却忽然拿起明悦做的虎头鞋说，我只当明悦脑瓜灵，没想到手也这么巧，好漂亮，多好的人儿穿都是糟蹋呢！又拿起小慧送的绣花枕套说，瞧这绣工，瞧这图案，也就小慧有这眼力了，要我去挑，不定挑来多不入眼的呢。

二妮说着，先自哈哈地笑起来。小慧明白她是有意的，有意不让她们的想走就走得逞，便说，东西都晾半天了，这会儿才想起来，那枕上的鸳鸯、鞋上的虎头若是有灵的，也会不高兴的。

二妮正想说什么，就听得房门外有不少的人声，从窗口望去，但见一队人马已进了院子，打头的是她爹黄块和宏斯，他们身后跟了宏涛、贵田，再后是城子、宏曾和、黄二牛等等……

小慧见二妮的眼睛立时有些发亮，二妮说，我爹这是要请人喝酒了，也不说一声，桌椅板凳都没预备呢。小慧冷眼看着，说，桌椅板凳有什么要紧，人到了，站着喝口凉水你爹的目的也算达到了。

二妮顾不得理小慧，仍亮了眼睛一拉明悦道，走，借你家的桌椅板凳使使。也不等明悦点头，拉了明悦就走。小慧只好不情愿地跟在了后面。

出房门与一群男人碰面，他们相互间说着什么，有的只跟二妮打声招呼，对明悦和小慧就像没看见一样。

走出二妮家，小慧忍不住冲二妮说，到底是场面人物，一来人就眼睛放光。

二妮委屈地说，肯定都是我爹张罗的，我跟新国说了一个人都不请的，人家想来不想来的……

小慧说，你爹是太懂你的心思了，人一来看把你高兴的，刚才见着我跟明悦也没见你这么慌神儿啊。

二妮说，慧姐就饶了我吧，好歹今儿是我大喜日子呢。

小慧说，叫小慧。

二妮说，好好好，小慧小慧。

小慧说，要不是看你大喜日子，才不管你什么桌椅板凳呢。

二妮一听，知小慧也是要帮了去搬的了，便感激地拉起小慧，随她怎么去说了。

明悦家的桌椅板凳，都是上过大漆的，又红又亮，经常被过红事的人家借来借去的。明悦从没想过，有一天二妮会来借。明悦拿了几块揩布分给二妮、小慧，三人擦啊擦啊，张张都擦得油光锃亮，连腿儿上都能映出人影子了。

二妮把街上的孩子叫来几个，抬的抬扛的扛，竟也用不着她们动手了，小慧和明悦便都推说有事，没再跟了去。她俩把二妮和孩子送出门外，望了二妮那有些暗色的背影，不由都叹了口气出来。二妮今天穿了身深灰涤卡制服，涤卡虽说是刚时兴的面料，但大喜的日子，色儿也太重了些，为什么就不能穿件红衣服呢？小慧不由得喊道，二妮，送你件红衣服穿吧！

二妮回过头，毫不犹豫地答道，不用！

小慧将手拍在自个儿的嘴巴上，说，得，不长记性，又自作多情了。

明悦将小慧嘴巴上的手拿开，攥在自个儿的手里，眼睛却仍望着远去的二妮，直到她消失在马道的尽头。

小慧问明悦，你说她是不会打扮还是有意要穿成这样？

明悦摇了摇头。

小慧顾自说，我觉得她是忘不掉她的身份，一个下了台的过了气的干部，在她看来就该是暗色调的，她垂头丧气的，怎么也掩饰不住对从前那份得意的怀念。对，得意，在咱们面前她一直是得意的，现在还是。

明悦再次摇了摇头。

小慧说，你不觉得？你是看她倒了霉，有点可怜巴巴的？你这个人总是站在弱者一边的。别这样，这样显得我也忒不厚道了。可是，我不厚道吗？那副绣花枕套是我最心爱之物了，不怕你笑话，我其实是买给自个儿的，可一听说她结婚就热血充了头，想都没想就给她了。那双虎头鞋也是你的最爱吧，从看它们的眼神儿就能知道，那一针一线得要什么样的灵气什么样的耐心？可她呢，她知不知道这是咱们的心爱之物啊？

明悦听着，一边拉了小慧的手往自个儿家走。小慧顺从地跟着，边走边说，一肚子的话，不过才开了个头儿吧。

55. 宏涛和权力

黄块把一干人请到家来，是为二妮，也是为自己。他不甘心二妮的婚姻大事，就这么藏着掖着地办了，官运倒是上级的缘故，又不是二妮犯了法，有什么见不得人的？二妮头天是被姜新国一辆自行车接走的，大清早街上没见一个人。黄块在家里大骂老姜，不通人情世故的东西，好好的闺女就这么糟蹋在你们姜家了。不过若赌气在村里大办一场，二妮、姜新国一准儿反对，他们一反对就不会出钱，他总不能借了钱去办酒席吧。于

235

是，他只把村里有头有脸的人物，挨家叫了一遍。还好，没一个拒绝的，只宏涛当时有些犹豫，他眼睛一瞪说，别人可以不去，你不行！宏涛知他指的什么，立刻就点了头。贵田呢，是先问宏涛去不去，宏涛去他就去，宏涛不去他也不能去。他解释说，宏涛这人心小，要是和他不一致，要倒霉的。这话其实全不必跟黄块说的，黄块便明白，宏涛身边并不太平呢。

在酒桌上，黄块格外观察贵田的一言一行，见他对宏涛一口一个涛哥，宏涛不说的话他决不说，宏涛不喝的酒他也决不沾一口，宏涛决定要喝的酒，他把自个儿的酒喝掉，还要替宏涛一饮而尽。黄块想，难怪宏涛要与他结拜呢。

这些人，还从没机会在一起坐过，被黄块忽然请了来，一时也找不到要说的话题，只是一个个地举杯向二妮、姜新国祝贺；或是把大菊叫来，开着她和黄块的玩笑。这本也是黄块的原意，人到了，二妮的面子有了，他黄块的面子也有了，便够了。作为主人，他只是不停地劝酒，或喊叫二妮给大家满酒。话题也多是在酒上，谁的酒量大了或小了；杯里的酒倒得多或是少了；哪个喝了两杯，却说自个儿喝了三杯，大家就坚决不干，嚷嚷得都把大菊从厨房吓出来了，近前一听，不过是为一个两杯、三杯。

酒是二妮和姜新国拿回来的，山西汾酒和保定刘伶醉，众人除了城子和宏曾和，平时喝的多是从小卖铺打来的零酒，一提二两，打进瓶子里，边走边喝，到了家，瓶子空了，脑袋却沉了，嘴里还火辣辣的。这酒却不同，喝进嘴里是绵软的，还有些甜香，喝下一口还想喝第二口。这其中，贵田是喝得最多的，他喝自个儿的酒，还喝宏涛的酒，有时还作为晚辈替哪个前辈喝上一杯。渐渐地，他便有些话稠，舌头也大起来，一句话反复地说也说不明白。若是只说酒也罢，总说总说，不由得就跑了题，说到另外的话题上去了。比如新村建设，贵田伸出小指和无名指，眼睛痴痴地望了手指说，两年，最多不过两年，涛哥的新村计划就实现了，是吧涛哥？宏涛面无表情地答道，你喝多了。贵田说，没……没有，我没喝多，不信我背一个数字，113.6万，对吧涛哥？宏涛说，你真喝多了。便有人问，这是个什么数字？贵田一指城子，问他。城子奇怪道，我怎么知道？贵田就哈哈笑道，制药厂……是不是你牵的头儿？城子说，是啊。贵田说，113.6万，是制药厂一……一个月的纯利润啊。城子的两根手指变成了一根，伸到桌子中央，向大家炫耀着。那是根食指，却跟拇指一般长短，头部光秃秃的，没有指甲。大家看着它，都是一副吃惊的模样，也不知是在吃惊那一年的利润，还是在吃惊这难看的手指。这手指大家多少是知道的，在建筑队打工那年，女朋友在最后一刻改变了主意，不想跟他回村了，他便拿一把随身带的折叠刀，咔嚓将那手指切下了半截……都知道他那媳妇是被他吓回来的，宏涛也知道，但宏涛固执地认为，人跟人的关系就是一物降一物，在他宏涛面前，贵田会永远是忠诚的。即便现在，他几乎都想打他个耳光（那个数字他没说过保密，却也不想公开，因为他还另有大用），但他仍不怀疑贵田的忠诚，反认为贵田是太忠诚了，抓住机会就要显摆他宏涛的成绩，何况他又是酒喝多了，酒后方彰显他忠诚的本色呢。

在座的人，还都是头一回听到这数字，100万，天啊，一年就是1000多万呢，自打集体分红以来，黄村几十年分红的总和也到不了这个数啊。工厂赢利了，赢了大利，这是多好的事，可为什么要藏着掖着的不公布呢？大家就都去看宏涛。宏涛却埋头吃着眼前的一盘菜，好像什么都没发生似的。那菜是一盘葱花炒鸡蛋，圆圆的，如同一张薄饼，宏涛用筷子从边缘开始，一块一块地切割着，切割一块就放进嘴里。眼看着，那"烙饼"都被切割下半张了。

二妮见状，换了一盘西红柿炒茄子给他。他抬头看一眼二妮，尝了口茄子说，茄子炒得水汽太重了。二妮不客气地说，就这水平，凑合吃吧，鸡蛋好吃也不能你一人儿吃。宏涛笑笑说，嗬，还这么厉害，今儿你可是新娘子呢。二妮说，新娘子也不能眼看着你犯众怒，说吧，贵田说的数，可是真的？

二妮好像习惯了对宏涛的口气，仍是上级对下级的。宏涛却不想接受这习惯，他说，你这是在让我汇报工作？

二妮一怔说，我有什么资格让你汇报工作，可你至少应该让大家明白。

宏涛说，大家是谁，在座的各位还是全体村民？没用，大家明白了也是我一个人操持，你又不是没干过这行，就算你不明白，你爹他也该是明白的。

这时宏斯斥道，混账，她爹是谁，会不会说话啊？

黄块拦了宏斯说，没事没事，他叫不叫叔的，我跟你还不照样是兄弟。又看了二妮说，二妮你也不用在意，宏涛说得对，你不明白，你要是明白宏涛也许今儿还坐不到这儿呢。

宏涛低了头眯了眼睛，不理他爸，也不理黄块。黄块动不动就拿二妮说事，叫他反感透了，但在这样的酒桌上，他只能一忍再忍，不跟他们一般见识。他认为他爸是有点窝囊的，黄块只凭好出身就一直处于强势，而他爸只有埋头苦干的份儿，为黄块苦干不够，还为他家二妮苦干，凭什么呢？

与黄块并肩坐在上首的黄二牛，这时冲黄块重重地哼了一声，显然是在表示对黄块的不满。不满他跟宏斯称兄道弟，更不满黄块请来的人前街占了多数。这会儿可好，宏斯的亲儿子都不认黄块的账了，活该，报应啊！

好在城子和宏曾和都是平和的人，你一句我一句地替宏涛圆场说，工厂开工时间还短，一两个月说明不了什么，要是100万能持续下去，早晚会让大家知道的，是吧宏涛？

宏涛却不领这圆场的情，吭也不吭，看也不看。这让他们不由得也不快起来，不懂事的东西，起码的礼貌都没有，真白白地是前街人了！

这时的贵田，好像是真的喝多了，歪在椅子上，仰了脑袋，张了嘴巴，眼睛闭合着，仿佛睡着了一样。

贵田一则年轻，二则言行举止少些分寸，大家就都没去在意他，随他那么歪着。

还是姜新国，这时举起酒杯，开始又一回的敬酒。这回是一对一的，敬一杯，他便说一句，您随便，我干了。这样干了一杯又一杯的，竟也脸不红耳不热。待敬到宏涛跟前，就听他说道，咱俩是老相识了，换大的吧。一旁二妮听得清楚，急忙拿来两个大玻璃杯换下了两人的酒盅。

对姜新国，宏涛早就有几分拘束的，虽说如今不是上级了，可到底是高干出身，下了马也还有一种说不出的余威，至少那一口的普通话，那从容不迫的神情，还有叫人摸不着底的酒量，他宏涛就得甘拜下风。宏涛接过酒杯，不得不一饮而尽。果然，一大杯酒下肚，宏涛的脸立刻变成了一张红布；而姜新国，仍是脸不红耳不热，从容如常。大家看在眼里，都暗笑那宏涛过于狂妄，人家哪是在敬酒，分明是一杯罚酒啊。

宏斯自是又气又疼，他知道儿子没什么酒量，平时全仗贵田替他挡酒，这会儿他旁边的贵田，却早已先他歪在那里。他看着贵田，忽然生出个念头，便不由得附在黄块耳边说道，这个贵田，不会是有意为之吧？黄块说，为什么"之"？宏斯说，工厂的事啊。

黄块还没来得及细想，忽然就见大妮一步跨进门来，他的身子是粗笨的，这几年也不知是干农活儿累的还是怎么的，肩膀也有些歪斜，走路啪嚓啪嚓，一脚轻一脚重的。虽说宏涛上任后卫生所已恢复，大妮已重操旧业，黄块看见他，却还是会有莫名的习惯了的不快，他便大声喝道，这半天才回来，还不赶紧给大伙儿敬酒！

大妮朝大家望望，就近将姜新国面前的玻璃杯端了起来。黄块说，错了错了，拿小杯子，大杯子不怕喝死你啊！

那玻璃杯已倒满了酒，大妮端在手里，不去理他爹，也不去坐那不知是谁为他备下的凳子，只笑望了大家道，嗯……这么多有头有脸的人物聚在我家，我可不能错过这机会，有句话我得乘了敬酒说出来，让叔叔伯伯们、兄弟妹妹们合计合计，特别是宏涛……宏涛兄弟。

宏涛便抬起头望大妮。宏涛的脸上没有一丝笑意，大妮在卫生所的受宠让他至今都感到屈辱，让大妮重回卫生所一是看二妮的面子，二是实在找不出比大妮更合适的人选。那个宏先他一定是不用的，没有理由，就是不想用，既然如今他说了算，他就要行使他的权力，就像当年卫生所由宏先说了算便随意行使他的权力一样。按辈分，宏先还是宏涛远房的一个堂叔，但宏涛想既然他不仁在先，也就甭怪他宏涛不义在后了。大妮为此已找过宏涛多次了，宏涛一直在推托，这一回，宏涛猜想他又要旧话重提了。

就听黄块喝道，什么事？有话就说有屁就放，少啰唆！

大妮果然说道，宏先生的事，我觉得宏先生的事不能再耽搁了，一个看病的大夫，天天误在大田里，大田里不缺他一个，卫生所他可是能救人一命呢！

在座的除了宏涛，都有些意外地看大妮，想不到这个平日少言寡语的人，竟也能说出这样的话来。连歪在椅子上的贵田都睁开眼睛，正过了身子。

城子和宏曾和首先表态支持了大妮，城子说，大妮说得不错，有一技之长的人，应当让他为人民服务，不能把那一技耽搁了。宏曾和也说，是啊是啊，据说找他看病的人也不少，让他到卫生所去，不就更名正言顺了？

其实，这两个也是在还报宏涛刚才对他们的轻慢，好歹工厂最初是经了他们的，做人总不能过河拆桥吧！

就听黄二牛也说道，没错，宏先生病看得好，对两条街的人还不抱偏见，不然大妮也不会这么替他说话。我的意思，是人在做，天在看，就算当了支书，也得秉公办事！

宏涛坐在黄二牛的对面，不说话，只是一声一声地冷笑。

黄二牛说，你笑什么？

宏涛满脸的不屑，仍不说话。

这时宏斯开口道，听见没有啊宏涛，在座的哪个不比你经多识广啊？我早说过，宏先去不去卫生所不是他一个人的事，是全体村民的事，你就不听，还说宏先自个儿对这事不积极。你不找他，他再积极也没法儿去啊！

宏涛仍不作声，也不看宏斯。他身边的贵田倒是一直在频频地点头。有一刻，宏涛斜视到了他的点头，没好气地打一下他的脑袋说，瞎点什么头啊！贵田赶紧说，没有没有，我没点头啊。不过我倒觉得，这算不上什么大事，去就去，不去就不去，哥你哪天说一声就是了，犯不着在这大喜的日子讨论这事，对吧叔叔伯伯们？

二妮看了黄块说，爹，你咋不说话？

黄块说，我说啥，他老子说都不管用，我说顶个屁用。

二妮站起来说，你不说我可就说了，虽说我不在这个公社了，可我还是一名公社干部，宏涛也是我一手提拔的，做得好还罢，做不好人们会背后戳我脊梁骨的。所以宏涛你也甭不高兴，这事还真是你的不是，宏先的事不是小事！道理不用我讲你也明白，我看倒是贵田，什么去就去不去就不去，这是村干部该说的话吗？贵田你自个儿说说，去跟不去一样不一样？

贵田夹了口菜在嘴里，边嚼边说，二妮姐说我呢？其实我就随便那么一说，人微言轻，我说话还不跟放个屁一样。你这么抬举我，还真有点吓着我，如今可不兴开批判会了啊。

二妮说，你倒想开，还没那资格呢！

贵田忽然将嘴里的菜扑地吐了出来，咧了嘴说，什么味儿啊？

宏曾和便问，什么味儿？

城子说，这都看不出来，他是恶心二妮呢。

黄二牛就说，贵田，嘴里有屎啊？

贵田说，你才有屎呢。

黄二牛说，没屎就赶紧说正经的，宏先生你是同意去还是不同意去？

贵田说，我哪还敢再说，这都要挨批判了呢。

二妮看了宏涛说，宏涛你说吧，大伙儿说半天，你不表态也是白搭。

宏涛的目光仍在自个儿眼前的一尺之内，然而却出人意料地痛痛快快地答道，去吧，大妮你通知宏先生一声，明儿就正式到卫生所去。

大妮脸上一喜道，好，我这就通知他去！

大妮说着就往外走。只听宏涛又说，慢着！大妮一怔，笨重的身子和门框撞了一下，回头看宏涛。

宏涛说，甭只顾别人，自个儿的事也得抓点紧啊！

大妮立刻有些明白，说，宏涛兄弟放心，盖楼的事正备着，料齐了就盖，早晚是要搬的。

大妮说完，斜了肩膀啪嚓啪嚓地去了。

大家看着宏涛，听着大妮的脚步声，仿佛才相信宏涛的确说过这话了。可是，他怎么就痛痛快快答应了呢，不单是为了让大妮搬家吧？

连贵田都惊愕地望了宏涛，结结巴巴地说，哥，我……我可一直是跟你走的，你180度大转弯，好歹……事先说一声啊，看我这坏人当的……

宏涛站起身，也不去理贵田，一拱手道，我还有点事，先走一步，就不陪各位了。说罢顾自就往外走。贵田自个儿哪还好意思留下来，也只得随在了宏涛身后。就见他阴了脸，嘟了嘴，脚下的步子丝毫不乱。

大家看了，不由得奇怪道，这小子原来没喝多啊！

56. 宏先和输赢

其实宏涛在宏先这事上，不过是为显示自个儿的权力，显示了一阵子，瘾头过去了，恰逢他的老丈人生病，元芳不肯让大妮看，死活要宏涛去请宏先，宏涛不肯，元芳就不管不顾地自个儿去了。宏先果然药到病除，让元芳对宏先感激不尽，回去就对宏涛念叨宏先的好话，说宏涛小肚鸡肠，倒不如宏先宽宏大量。这事恰发生在头一天，第二天宏涛就被请到了黄块家，酒桌上大妮又突然提起宏先，引起大家的七嘴八舌，特别是二妮那句"大伙儿说半天，你不表态也是白搭"，让宏涛忽然有了准主意，他是一村的支书，不表态是他的自由，表态更是他的自由，这时候也许是表态的最好时机，他不但要表态，还要表得让人人都想不到，包括他身边的贵田。他不知为什么格外喜欢看到贵田那副被捉弄后的沮丧的脸相。

宏涛也想过，宏先这个傲慢的家伙，兴许会不接受他的决定，跟他对峙到底。那样更好，那样就怪不得他了，反正他已仁至义尽了，让那些乱嚼舌根的人看看，是他小肚鸡肠还是宏先他置大家的需要于不顾。

　　可事实上，宏先二话没说就到卫生所去了。大妮转告宏涛的决定时，宏先脸上毫无表情，只嘴里说了个"行"字，就像平时接受生产队长的派活儿一样。大妮回到家忍不住问他爹，这事他该高兴啊，咋一点看不出呢？黄块说，以为他跟你似的，凡事挂在脸上，他不高兴也不会应得那么快啊。停了会儿黄块又说，这事看上去是宏先赢了，其实是他输了。大妮不解地问，咋是输了呢？黄块说，宏涛让他去他就去，不让他去他也没法儿，还不是他输了。大妮说，照你这么说，宏涛是支书，一切他说了算，任谁也赢不过他啊。黄块说，宏先要是让去偏不去，折宏涛一下子，就不能算输。大妮说，那样宏涛正盼着呢，宏先生要是只为个输赢，怕一辈子都甭想去卫生所了。黄块哼一声说，你这辈子，心也就卫生所那么大了。

　　宏涛对宏先顺从的反应也多少有些失望，就像引逗一只狗，狗却不恼不怒，叫都没叫一声。

　　对这事有些失望的还有明悦。当然明悦更多的是为宏先高兴，但不知为什么她总觉得宏先的顺从有点不像宏先，按照他的性格，他该是不从或是跟宏涛要个说法。她爸城子也是这看法，她妈却说她爸，你是站着说话不腰疼，让你起圈、淘粪、扫大街地折腾上几年，看你还敢说个不字？再说地分下来了，眼看耕耨种收全套的农活儿，往后全都得靠自个儿了，他还不愁死？明悦听着就想，是啊，宏先生只会看病不会种地呢，分地以后，她妈几乎事事都要向人求教，宏先生怎么做得出来？除了服从宏涛，他又有什么办法呢？

　　这么想着，明悦那一点点失望便消失了，对宏先生的同情心反更重了几分，一天晚上还拿了只椅垫跑到卫生所送给了宏先。椅垫还是二妮当年送的，大妮看着眼熟，便问是不是二妮做的？明悦点了点头。大妮就说，还是女人们好，你投个桃我报个李的，不像男人们，是你投把刀我报支枪。宏先便笑。宏先一笑就有话要说了，他们等待着。果然宏先说道，女人也一样，投桃报李是表象，关系再好，到底都是要分开的。

　　明悦听着就有些变颜变色，她想，还真叫他说中了，她和小慧、二妮，可不就是分开了嘛，和他呢，也是早晚要分开的吗？大妮哪知她想的什么，还拍手赞道，深刻啊，就看村里这男男女女，从头好到尾的，真没见有几个呢。

宏先又说，你们要记住，甘言无忠实，世薄多苏秦，世间的人，千万莫要轻信啊。

这时，卫生所里没有病人，只他们三个，明悦和大妮明白宏先这话是只会对他们两个说的，再无第三个人了，可明悦却想，初始若没有她对他的轻信，又哪来今天他们的友情，友情的双方，总要一方是轻信的吧？这么想着明悦又有些不甘，觉得自个儿对宏先也不能叫轻信，黄村男男女女多少人，不就只信了宏先这一个吗？

就听宏先又说，况且，如今世风日下，说好听话的人都少了，径直地见刀见枪了。咱们这样的人，能做的也只是见刀躲刀见枪躲枪吧。

明悦和大妮还是头一回听宏先说"咱们"，心里热乎乎的，却又觉得宏先的傲气好像减了不少，这回的"顺从"，想必也是"躲"的意思了。大妮便说道，先生说得对，什么输啊赢的，能躲开刀枪就是万幸了。

宏先说，输赢这词，是你爹说的吧？

大妮惊奇道，你咋知道？

宏先说，你爹还一定认为是我输给了宏涛。

大妮说，是啊是啊，他就是这么说的。

宏先说，你爹错了，其实这回赢的是我。

大妮说，怎么讲？

宏先说，宏涛巴不得我拒绝他，可我没有，我躲开了，没伤着，没伤着还不就是赢了？

大妮说，对啊，我就听着我爹说的别扭嘛。

宏先面向了明悦问，你说呢明悦，我是不是赢了？

宏先用了开玩笑的语气，显然是不需要明悦回答的。但明悦还是摇了摇头。

宏先说，输赢是男人们的说法，你当然没兴趣，可没兴趣不等于没关系，这些年要没有你和大妮，我也许会输得一塌糊涂呢。

这种感激之辞，还是头一回从宏先嘴里说出来，可听其味道，不像为说感激，倒像为说恨怨的。

大妮就说，这话得反过来说，要没有先生，我大妮这辈子才是一塌糊

243

涂呢。先生也甬多想了，往后不就好了吗？

宏先冷笑一声道，好便好，不好也由不得你，是说见刀躲刀见枪躲枪，要是那刀枪让你看不见呢？

二人听罢，便有点不知说什么好了。明悦忽然觉得，在宏先面前，她和大妮其实是一样的，宏先的内心深处，大妮够不到，她也一样够不到。就看那双眼睛，黑洞洞的如同两眼深井，多么深不可测，又多么孤单无助啊！

这时，卫生所的门忽然被打开了，就见贵生和贵田神色慌张地闯进来，冲宏先叫道，宏先生，我爹不行了，赶紧去看看吧！

宏先看着他们，重又恢复了平日的漠然，他端坐在桌前说，怎么了？

贵田说，来不及说了，到家看看就知道了。

宏先说，总得说说，不说我拿什么去呀？

贵田看看贵生，贵生说，整个人儿烫得火炉子似的，烧了好些天了，上医院都没退下去，这会儿都昏过去了。

贵生说的时候眼睛看了地上，宏先也没去看他。然后，宏先开始收拾药箱，带上要用的针和药，随在贵生和贵田的身后离开了卫生所。

宏先的表情一直没什么变化，但他查看针盒的时候不知为什么手有些抖动。这抖动只有明悦看在了眼里，她忽然感到了这次出诊的非同小可，宏先生刚刚还说见刀躲刀见枪躲枪，这一回若如同刀枪，他是想躲都没处躲了啊。

大妮留在所里值班，明悦也告辞离开了。不远的前面，可见三人匆匆走在路灯下的身影，两个高个子，一个矮个子，矮个子的宏先生走在中间，就像个被押解的犯人一样。没有说话声，只听得见咚咚咚咚的仿佛整个村子都能听到的脚步声。

他们是从马道往后街走的，贵生家弟兄几个都搬到新村去了，只剩了贵生爹和贵生娘，不是不想搬，是五弟兄谁也不肯接纳他们。明悦一直跟在他们身后。从家门口经过的时候，明悦不知为什么没进去，依然随了他们走着。到了后街，路灯变稀落了，整条街暗了许多，想必是后街哪个淘气的孩子或无聊的大人用砖头打碎的，这种事不只发生了一次了。明悦叹一口气，在马道口站了下来，她意识到不能再跟下去了，跟下去她也帮不了宏先生，这和批斗会可不一样。可她的心，为什么比开批斗会那会儿还要紧张呢？

她没有往回走，站在马道口的暗影里一动不动，好像这样就能很快得知宏先生的消息。

已是该睡觉的时候了，街上时而有人走过，会奇怪地往她这边望上一眼。不知谁家的狗叫了几声，其他人家的狗也跟了叫起来，此起彼伏，好像整个村子都在面临着危险一样。

明悦正有些害怕，就见一个人从马道里啪嚓啪嚓地往这里走来。从走路的声音，明悦认定是五子，心里一下放松下来，她知道五子是从自个儿家出来的，离"文化大革命"那会儿愈来愈远了，霖爷的《聊斋志异》又开聊了，五子在家待不住。

明悦装作往家走的样子，待对面的黑影子走近，见果然是五子。

五子同时也认出了明悦，他惊喜地叫道，明悦姑!

五子不管什么时候见到明悦，都像很长时间没见到一样地惊喜。

五子问明悦去哪儿了，明悦胡乱往后街指了指就侧身过去了。五子在明悦的身后喊，马道黑，慢点走! 明悦头也没回地向后摆了摆手，五子才又啪嚓啪嚓地往后街走了。

待五子的脚步声听不到了，明悦才又转身往回走。

马道里的人家，有的垒了砖墙，有的不过一道低矮的土墙，隔了土墙会望见房里的灯光和灯光下的人影。人影们多是乱哄哄的，混杂着大人的呵斥和孩子的哭叫。而砖墙里面，通常听不到声响，只能从紧闭的两扇大门的缝隙中，看到一点微弱的灯光。其中一家，除了灯光还传出了收音机里的音乐。那音乐是一段凄婉的二胡独奏，使走在马道里的明悦，愈发地有了孤寂、忧伤的感觉。她便在马道里来来回回地走着，伴了音乐，眼睛里竟是溢满了泪水。她不知为什么要这么走，也不知为什么会哭，她自个儿觉得这走这哭又傻又蠢，可就是没办法停下来。

马道两边的人家，陆续地都熄灯了，马道里愈发地黑了，明悦便让自个儿直了眼睛，只看马道尽头的灯光，路灯是整宿不灭的，只要路灯不灭，她就不必害怕。

走啊走啊，不停地回身，不停地重复。这马道让明悦头一回感到了它的漫长和它的短促。她想，该回家了，还是停下来吧。可是，执拗的脚步不听她的，仍是走啊，走啊。

终于，有一刻在明悦走近后街的时候，听到了从贵生家那边传来的说话声。她急忙跑前几步，站在马道口向那边张望，就见几个男人正从贵生家走出来，最前面的是宏先生，他身后跟了贵生、贵田等三四个人。气氛好像很好，宏先生在让他们留步，他们却执意要多送一程。

明悦长长地舒了口气，仿佛搬掉了压在心上的一块石头。她转回身，飞快地往家跑起来，她要在宏先生进马道之前，让自个儿消失在马道。她不想让宏先生看见，这种毫无意义的行为，最好连自个儿也很快忘掉。

第二天明悦才听说，贵生爹得的是"羊毛疗"，医院的大夫是不懂这病的，所有的医书里也没这病，而宏先生只凭了经验，用一根纳底子的大针，在贵生爹的前胸后背挑啊挑的，挑出了一些羊毛似的东西，又挤出不少黑血，贵生爹才算活了过来。人们说，贵生娘那些天把贵生爹的装裹衣都做好了，棺材也买上了，一直没请宏先是怕宏先记恨贵生。结果宏先被整怕了，甭说记恨了，还上赶着救了贵生爹一命。

这事在黄村传得飞快，连同宏先为宏涛老丈人看病的事也一并传着。凡传的人，多半都会在后面加上一句，看着吧，宏先这回要时来运转了。

第 十 二 章

57. 小慧和黄小石

　　小慧在学校里，最初待得还算顺利。说顺利，是说还没有什么事可以到非离开不可的地步。那个秦老师已经调到别的学校去了；跟黄小石，跟刘雪灵，跟邱嫂，虽说时有小不愉快，却也并无大碍。黄小石对小慧自是好的，但那副食堂老大的样子叫小慧好不舒服，说了一回，黄小石还很是不服，说不这样哪能服人？可气的是邱嫂和刘雪灵果真就吃这套，黄小石稍显和气她们就得寸进尺。更有那刘雪灵仗了她叔是工宣队长，也仗了对黄小石的喜欢，动不动就使性子、撒娇，连邱嫂有时都让她三分。刘雪灵又是个不会掩饰的，由于嫉恨小慧深得黄小石的喜欢，终日对小慧冷若冰霜，小慧找她说话她也不理。小慧还从没受过这样的冷遇，有一次当了黄小石和邱嫂，她便看了刘雪灵说道，到底是县区来的，小家子气，还要硬充大尾巴狼。刘雪灵说，你说谁？小慧说，你说呢？刘雪灵说，县区咋了，县区比郊区就低一等了？小慧说，不是低一等是高一等，要不怎么说话就够不上呢？刘雪灵说，那是你贱，不爱理你还要往跟前凑。小慧说，有人倒是不贱，帮人家系围裙的工夫还要往人家身上贴。这事刘雪灵还真做过，黄小石两手沾了面，要刘雪灵帮他系一下围裙，带子长，刘雪灵揽腰绕带子的时候禁不住抱住了黄小石，好在黄小石瞬间就挣开了，没事人似的继续干活儿，才使满面通红的刘雪灵得以解脱。这情景恰好让背对了他们的邱嫂一转身望见了，小慧来后邱嫂便告诉了小慧。小慧本也不以为意，但见刘雪灵不识好歹，愈找她说话她愈蹬鼻子上脸，还动不动把她叔端出来，像是整个食堂整个学校都是她家的，便不再客气，瞅准机会舒一舒肚子里的闷气。可那刘雪灵哪里受得，扑上去就和小慧扭在一起。两人一个抓了对方的头发，一个抓了对方的脖领子，任凭黄小石和邱嫂你拉我拽，也不能让两人退让一步。这事的结果自是刘雪灵告到了她叔那里，她叔以区域划分替代阶级划分的反动思想为由决定将小慧辞退。但他还没来得及说给后勤的老梁，就接到了上级返回工厂的通知。且这次返回是全国性的统一行动，说明再也没有了返回的希望，想想刘雪灵今后还要在食堂待下去，便还是去找了老梁。却不想老梁早已得知他要撤走的消息，从平时对小慧和刘雪灵的印象，老梁觉得小慧更利落能干，又有黄小石和小慧爸在学校，刘雪灵那边便在心里落了下风。于是老梁嘴上应着，却并不付诸行动，反正也不是学校领导的集体决定。待工宣队撤走后，刘雪灵没了依靠，又不能一下子变过脸儿来，干起活儿情不自禁就乱了手脚，不是撞倒油瓶，弄得灶台上油腻腻的，就是忘了关水龙头，流得满地是水。有几回，本该轮到她打扫餐厅，她竟忘得一干二净，餐桌上有零星的剩饭剩菜，地上也浮了层纸屑、尘土，苍蝇嗡嗡地飞来飞去，端了饭盆前来打饭的师生岂能容忍，当即就告到了领导那里。结果是领导找老梁，老梁找黄小石，黄小石则正在气头上，一点不替刘雪灵遮掩，反述说了刘雪灵的一堆不是。这样不称职的临时工，自是没理由再留下来，老梁当机立断，辞退刘雪灵，给愤愤的师生们一个交代！这结果刘雪灵没想到，黄小石和小慧也没想到，只邱嫂一边冷笑一边说了四个字：自作自受。刘雪灵为此哭红了眼睛，抓了黄小石的手求他帮帮自己，还说只要能留下她再也不跟小慧作对了，宁愿为他们做牛做马。不说这话黄小石尚有恻隐之心，这话一出他反有了疑虑，更有那手被刘雪灵几乎抓出了血印子，让黄小石更觉到了她难以捉摸的疯狂。黄小石没有替她说话，其实即便说话也难已挽回。就这样刘雪灵在她叔走后不久，也一样心有不甘地离开了学校。

只剩了黄小石、小慧和邱嫂三人，按说熟人熟路，应相安无事才是，可那邱嫂，又是多了层心思的，觉得小石、小慧关系毕竟不一般，好歹自个儿是要吃亏的，黄小石的任何做法，她都不能免除是两人合谋的猜疑。小慧若向着黄小石说话，她会更确定她的猜疑；若向了她说话，她又会认为是笑里藏奸。而黄小石那边也会因此不高兴，说小慧的心不可捉摸，跟邱嫂比跟他黄小石还要亲近。其实小慧也不过是为一个和睦，由于和黄小石的关系她本就占了优势，以这优势冷落邱嫂再容易不过，可她耻于这么做，这么做就等于仗势欺人，她宏小慧是什么人，去依仗黄小石？笑话，那样她是宁愿选择让黄小石不高兴的！黄小石不知小慧的心思，小慧又不便明言，一来二去的，黄小石和小慧之间便少了默契，多了隔阂。那邱嫂自是巴不得，有机会就添油加醋，在黄小石面前说小慧对他三心二意，在小慧面前又说黄小石小男人，不够大气。这两样恰恰又是双方最在意的，只是在心里感觉还罢，如今由别人说出来，仿佛就成了铁定的事实，常常地，只为一件不值一提的小事，就闹到两人不说话的地步。这时，邱嫂则站在一旁，轻松地舒一口气，胜利者似的有了笑意。

偶然的一天，小慧从一个班的教室门前走过，门是开着的，教室里坐得满满的，门口、窗口处也都是人了。到跟前看，原来是在听袁老师讲地理课。小慧好奇，一个地理课有什么好听的。但听了几句，就还想往下听，一听再听的，不由就听到了下课。袁老师她是见过的，有一回袁老师来找她爸，问她爸这一带的花生几时播种几时收获？她爸如实答了，他说声谢谢转身就走。小慧好生奇怪，她爸便说，他就是这么个人，奇奇怪怪的，可他课讲得好，他讲地理从不看课本，画地图也不看，大到世界各国，小到国内省市，面积、人口、地形、交通、地产、矿藏，全都在他脑子里。手也灵巧，会修自行车，种庄稼也算内行，学校那块地要不是有他，还不知种成什么样呢。小慧说，那他也是反动分子了？她爸说，快别这么说，那几个种地的不都已解放出来上了讲台了？还有一回，袁老师在窗口打饭，要了两份菜两个馒头，饭盆盛得满满的。后边的一个学生就说，袁老师好胃口啊。袁老师就一指窗口里的小慧说，这么漂亮的姑娘打饭给你，没好胃口天理难容啊。大家便哈哈地笑起来。小慧倒没什么，黄小石却老大地不高兴，说，刚给点脸就烧包，这种人就该还让他种地去。小慧说，他又没说什么。黄小石说，你还想让他说什么啊？小慧气道，我想让他说的多了，怎么了？黄小石说，那就找他去呗。小慧说，找他就找他，以为你是我什么人啊？

这一回听了袁老师的课，小慧就不由得生出个想法，何不利用空闲时间，做一个旁听生去，也不枉在学校待一场了。跟她爸一说，她爸格外高兴，说也正有这想法，只是怕她没兴趣。当即宏曾和就给她列了课单，在不耽误食堂工作的前提下，一天一课。除了地理，还有语文、历史和生物。小慧坚持选了一周三课时的地理，其他三门都是一周一课。结果小慧跟黄小石一说，黄小石立刻表示了反对，说，你是来工作的，不是来学习的，若是大家看见，必会招来一堆意见，万一为这事丢了饭碗，后悔可就晚了。小慧奇怪道，我爸也是大家的一员，他怎么就没这想法呢？黄小石说，你爸那人，好人是好人，坏人也是好人，你又不是不知道。小慧看着黄小石，虽觉得他不无道理，但从他不快的表情后面，也深知他反对的根子。她的空闲时间，他是极想据为己有的，他是每天每天地约她，她却是十有八九地推辞。她倒也不是有意冷落他，只是觉得班上看到的是他，班下看到的还是他，一天到晚地待在一起，岂不腻烦？其实还有一条更要紧的，她觉得黄小石这么急火火地约她，必是想着有再一次的亲密，自从上次在饭厅抱过她之后，他们就再也没有过身体的接触，即便有时看场电影，在众目睽睽之下，也只能拉一拉手作罢。不知为什么，有过那次之后，小慧就格外地警惕有第二次了，即便只拉一拉手，她也不会顺从地回应，一有机会就会将手挣脱出来。黄小石曾多少次地表示，不管你爱不爱我，反正我是爱你的。其实黄小石是试图以此引出小慧"我也爱你"的话来，小慧岂是听不出来，可她偏不去说。她也实在找不到和黄小石一样的感觉，就连对工作队小程那种浅浅的感觉也找不到。她常常觉得有些愧对黄小石，但黄小石对她听课的反对，又使她反而更坚定了决心，她想，我属于我自个儿，为什么要听你黄小石的呢？

从此，每天的上午或是下午，小慧就搬把椅子去听课了。袁老师的课果然讲得好，一节课下来，总有没听够的感觉。他上课不带课本，不带教案，只一支粉笔就够了。粉笔是要在黑板上画一张地图，或是世界的，或是中国的，或是亚洲的，或是欧洲的。图画出来，同学们悄悄和书上的地图对照，竟是丝毫不差。比如一张分省的中国地图，几分钟就画好了，然后按地图讲各省的气温、地势、资源特点什么的。他可不是刻板地一省一省地讲，而是立足于全国，甚至立足于世界，使你感觉那一省一市绝不是一个孤立的存在，没有其他各省市就绝不会有这省市。地形是这道理，气温、矿藏什么的也是这道理，世界是一个整体，国家、省、市不过是人为的划分，人为的划分是绝替代不了上千年上万年的自然形成的。省与省之间有的以山为界，有的以河为界，更多的还是以土地为界。但行走在土地上的人们，谁会去在意脚下那条界限呢。这么讲着，便使听课的人感觉那一省一市在黑板上一下子变小了，变得可以让袁老师随心所欲，一个圆点就能说它是座山，一个圆圈就能说它是片湖，一个国家一个世界，在他那里也就是一个村庄了吧。小慧听着，想起她爸曾说过"书要越读越薄"的话，便不由得笑了，她想，书越读越薄，心也会越读越宽吧。

她觉得袁老师是注意到她的听课了，因为有一次袁老师在课堂上说，一个人会不会听课，看她的眼睛就能知道。说这话时袁老师看了她一眼。讲完课袁老师又从讲台走到坐在最后的她跟前问，你叫宏小慧？她点点头。袁老师说，你要是这班的学生，一定是学得最好的。旁边还站了不少的学生，小慧不由一下子红了脸。袁老师说完就走了。他从来都是讲完课从讲台那边的门口离开的，这回莫非只为了同她说这么一句话？回到住处跟她爸一说，宏曾和笑了说，若不这样就不是他了，他是格外看重跟学生的交流的。她说，并没什么交流啊。她爸说，眼睛就是最好的交流，我们都是看着学生的眼睛讲课的，懂与不懂，一看便知。

宏曾和的课，小慧也已听过一节了，不听不知道，一听吓一跳，原来讲台上的宏曾和，跟讲台下的她爸大不一样呢！宏曾和讲的是语文，那节课讲鲁迅的《一件小事》，课文不长，故事也简单，更没什么生字生词，可让他一讲，好像复杂起来了，小事后面有厚厚的一层又一层的背景，远不是一件小事的事了；文章的词句也不是词句本身了，处处有了弦外之音，就连那段落间的空白处，仿佛也存了微妙的难以言传的内涵、意蕴了。不过讲了什么还不是最吓她一跳的，她发现，她爸的声音是洪亮的，且说一口没一点本地味道的普通话；她爸的表情是严肃的，话的间歇嘴唇紧闭，竟是很有些威严了。这之前她对他声音的印象是飘忽、无力的，对他表情的印象是随和、软弱的。以至于下了课，她独自匆匆忙忙就走开了，生怕跟这个讲课的宏曾和照面儿似的。回到住处，她爸问她听得怎样，她只字没说吓她一跳的话，反挑剔说，照你这么讲法，书不是越读就越厚了？宏曾和笑道，先读厚了才可能读薄，没有厚哪来的薄啊？这时，宏曾和平时的声音、表情又回来了，就像刚才做了场表演一样。她心里沮丧着，不由得问，哪个才是真正的你呢？这时，宏曾和不知为什么给了她个背身，在那背身处有个脸盆架，就见他弯下腰，竟哗啦哗啦地洗起手来了。听不到她爸的回答，她便愈发急切地问道，我妈听过你的课吧？所以她才一直不会变心吧？她爸背对着她，仍哗啦哗啦地洗，但她从那轻松的背影看出，此刻的她爸嘴巴是咧开的，眼睛是眯着的，表情也许还有点羞答答，不然都可能哈哈地笑出声来了。

这一天中午，打饭的窗口已没什么人了，小慧、黄小石和邱嫂拿起自己的饭盆准备吃午饭，小慧说了句，好像没见袁老师来打饭，邱嫂就说，记性真好啊，谁来谁没来都记得住。黄小石则说，那就等等，袁老师不来，有人吃不下呢。小慧说，屁话！这时，窗口那边有人影晃动。邱嫂说，哎，来了来了，说曹操曹操就到。邱嫂和黄小石都不上前，小慧冷笑一声，自个儿凛然朝窗口走去。

那袁老师见是小慧，连声说抱歉来晚了。邱嫂便说，听听，一个人甭管多傲气，总有人降得住的。袁老师在窗外，这话听得不真，只管跟小慧说着什么。小慧也不去理邱嫂，愈发地对袁老师笑脸相迎。袁老师说，知道吗小慧，要不是"文化大革命"停了高考，你绝不会站在这儿的。小慧笑道，不站在这儿站在哪儿啊？袁老师摇了头顾自说，可惜了，可惜了啊。小慧说，可惜什么？袁老师说，天生丽质，天生丽质啊。袁老师就这么自说自话似的，小慧也不去认真，心里却是高兴的。待袁老师端了饭盆往外走，一直走出饭厅，小慧才忽然发现，应该找给袁老师的二两粮票还在手上呢！小慧急忙就喊袁老师，袁老师哪还听得见？小慧只好就去追赶。她听见邱嫂说，先吃饭吧，下回打饭再给他呗。黄小石说，那可不行，丢了饭票是小事，要是魂儿也丢了，可耽误不得。

小慧送饭票回来，有意显得笑吟吟的，也不去理他们，自个儿盛了饭菜，跑到饭厅吃去了。倒是黄小石没沉住气，端了饭盆追了过去。

饭厅里空落落的，只小慧和黄小石两个，小慧坐在一张圆桌前，黄小石站在她的对面。小慧低头吃饭，黄小石的目光却一直在小慧身上，看呀看的。

终于，黄小石开口说道，你就没什么要说的吗？

小慧头也不抬地说，说什么？

黄小石说，你知道我指的什么。

小慧说，我不知道。

黄小石说，你……你就不能把头抬起来吗？

小慧说，没看见正吃饭呢吗？

黄小石说，是不敢抬起来吧？

小慧猛地抬起头说，你到底想说什么？

黄小石说，看看你那脸，看看你那眼睛，自个儿照照镜子去吧！

小慧说，脸怎么了？眼睛怎么了？

黄小石说，那么个书呆子，都将近40岁了，值得你为他脸红为他眼睛发光啊？

小慧下意识地摸了下自个儿的脸，果然有些发热，她看不见自个儿的眼睛，却看见黄小石的眼睛再也没有了以往的善意和热情，有些阴沉，还有些仇视，仿佛一个陌生人似的了。她想也没想就把饭盆哐地摔在了地上，饭菜撒了一地，饭盆的磁漆也摔落下来。黄小石吓了一跳，她自个儿也吓了一跳，这一摔，她知道自个儿对黄小石已不抱什么希望了……

后来小慧就再也没去过食堂了，但她也不想回村，有时听听自个儿想听的课，有时就在房间里埋头读书。黄小石不甘心，曾多次到宏曾和的住处来找小慧，小慧就是不肯开门。有一次宏曾和也在，欲去开门，小慧就说，要开我就再不认你这个爸了！宏曾和便听那敲门声，当当当当！急促，还有些粗暴，有一回还用上了脚，门玻璃都哐啷啷地响起来了。宏曾和不由厉声道，黄小石，咱们一会儿校长办公室见！外面的黄小石安静了一会儿，到底是不声不响地走了。然后宏曾和看了小慧说道，你们的事我不了解，但我感觉他是配不上你的。小慧的眼泪立刻流了出来，她扑向宏曾和说，爸，从小到大，这是你说的最英明的一句话了！

58. 小慧和老师们

小慧头一回，和她爸宏曾和进行了一次朋友式的长谈。

那是个微风习习的夜晚，小慧和她爸坐在操场边上，身后是一排高高的杨树，杨树后面是一片黑黢黢的玉米地。玉米地的味道小慧是熟悉的，她和爸从宿舍里走出来，不知不觉地就走到这里来了。

小慧说，爸，教书这份工作，你挺喜欢吧？

宏曾和说，喜欢。

小慧说，你说，这辈子我能有一份自个儿喜欢的工作吗？

宏曾和说，只要努力，会有的吧。

小慧说，这种话说了等于没说，往哪里努力？努力了就一定会有吗？爸，你能不能说点真格的，能不能变成课堂上那个人呢？

宏曾和沉默了下来。小慧从没这么跟他说过话，他有点不习惯，好在有夜色掩饰他的窘态，他想，她哪里知道，课堂和现实是两个世界呢。

小慧又说，反正我是不管的，即便没有自个儿喜欢的工作，也要去找自个儿喜欢的事做。

宏曾和说，那你喜欢做什么事呢？

小慧说，读书，听课。

小慧说完自个儿先笑起来了，说，这叫什么事，不可能的。

宏曾和却说，为什么不可能？

小慧说，可能吗？

宏曾和说，当然。

小慧摇摇头说，都是没用的事呢。

宏曾和说，没用的事才有意思。

小慧的眼睛亮了亮，说，当然有意思，可越有意思的事越没可能，越没意思的事反倒遍地都是。

宏曾和说，小慧，你能有这感受，这些年的书就没白看。

小慧有点怀疑地问宏曾和，你也觉得没意思的事遍地都是？

宏曾和点点头说，不过没意思的事指的不是工种，而是做事的方式，比如讲课，有袁老师那种讲法，也有照本宣科的讲法，照本宣科的讲法还占多数；比如在食堂做饭，一年到头老三样是做，每天变了花样也是做，变了花样做的一定是少数。所以才说没意思的事遍地都是。

这回反轮到小慧沉默下来了，她目光所及的地方是一片开阔的操场，操场尽头是一排校办工厂的厂房，厂房里正有灯光在闪烁。她想，是啊，做工也一样，种庄稼也一样，没意思的事遍地都是，是因为没意思的人遍地都是吧。她想到自个儿做饭的食堂，可不就是一年到头老三样呗，黄小石没想过变变花样，邱嫂没想过变变花样，自个儿不也一样没想过变变花样？那遍地没意思的人里，自个儿也算是一个呢！

这么想着小慧便有些不舒服，好歹她已经从食堂里出来了，她已经从听课和读书里感受到一点意思了……

这时，宏曾和说道，小慧，你想听课、读书，就随你吧。

小慧说，是不挣钱、白吃饭的事呢。

宏曾和说，我倒是巴不得。

小慧说，真的？

宏曾和说，真的，比你去食堂我要高兴得多。

小慧不禁将一只手搭在宏曾和的肩膀上，说，爸，我忽然觉得，你比所有的人都高出一截。

宏曾和还从没有过这样的待遇，他竟沉默下来，不知是有些羞涩，还是找不出要说的话来。

过了一会儿，小慧忽然说，爸，你看能不能这样，农场的活儿不是缺人手么，我干起来一个顶俩，也不耽误听课、读书，省得我自个儿心里不踏实了。

宏曾和说，也好，你想这样，就随你吧。

小慧说，能办到？

宏曾和说，应该可以，听说袁老师正为这事犯愁呢，又要上课，又一时脱不开农场那边的事，忙得他都要骂娘了。

听到说袁老师，小慧在黑暗中无声地笑了，她想象不出他会如何种庄稼，但也会是有趣的吧。

第二天，宏曾和就去找了老梁，老梁果然满口答应，说，你可得想好了，农场比食堂要苦得多，去了就不能后悔。老梁说着这话已经在盘算食堂新的人选了，一位学校领导刚说了话，为他亲戚寻个活儿干，正好就补了这缺了。宏曾和说，放心吧，不会的。

回去跟小慧一说，小慧自是高兴，当天就被老梁带到了袁老师面前，说要有个交接。谁知袁老师看了小慧，一百个不乐意的表情，说，她哪行，她可不是干这个的。把小慧急得，不由得就要和袁老师去农场比试比试。袁老师说，倒不是不相信你，是觉得你年轻漂亮，干这活儿可惜了。老梁一巴掌拍在袁老师的肩膀上，说，老袁啊，你就少操点心吧。小慧觉得老梁的巴掌是油腻的，表情里带了坏笑，很是玷污了袁老师的美意。果然袁老师就没理他，一脸严肃地指了小慧说，那你跟我走一趟吧。

小慧乖乖地跟袁老师去了农场。说是交接，袁老师其实并不放心，只大致介绍了下情况，说今后干什么不干什么，还是要和他沟通一下。小慧倒巴不得省心，便连连答应。要离开时，袁老师忽然问小慧，为什么要来农场呢？小慧说，为了过得有意思。袁老师说，干农活儿有意思吗？小慧说，干农活儿是份工作，这份工作时间上宽裕些。袁老师说，那有意思的是什么？小慧脸一红低了头说，听课，读书。袁老师说，干吗要低头？很好啊！我早就看出来，你是个学习的好苗子！袁老师诚挚地表示，既是这样，他更不会对农场撒手不管了，大宗的粗活儿，他会组织学生或老师来干，她只干点细致活儿就行了。小慧说，粗活儿也没关系，比如锄草，我会一个顶仨的。

袁老师对小慧的话好奇，小慧对袁老师操持庄稼活儿也好奇，两人不由得就从机井房拿了锄头，来到一块花生地里，腰一弯，便唰唰地锄起来。

开始两人还齐头并进，到第二个畦子，小慧就锄到了前头。再锄下去，袁老师被落得愈来愈远，眼见得袁老师满头大汗，小慧却轻松得脸上不见一丝热气。手下的活儿，小慧也干得漂亮，杂草不知什么时候早被她拢到不远处的垄沟里了，只剩了绿莹莹的花生棵子和层层的波浪一般的湿土，干净，均匀，连气味都不由得叫人要深深地吸一吸了。

这时，袁老师已索性停下来，走到小慧身后好奇地看了又看，就见她的脚一前一后，基本是在一条线上的，她的右手拿了锄头，左一下右一下中一下，最后围绕花生棵的根部灵巧地转个弯子，整个过程轻巧又扎实，随心又有节奏，且那一锄一锄拉得又深又长，草被连根除掉，土也被松了一层又一层……天啊，这简直就是一种舞蹈呢！

袁老师扔了锄头，情不自禁地鼓起掌来。

小慧被吓了一跳，站起身来看了袁老师问，你咋不锄了？

袁老师说，好美，好美啊。

小慧说，什么好美？

袁老师说，难道从没有人称赞过你吗？

小慧说，称赞什么？

袁老师说，美是需要眼睛来发现的，美是什么，美就是在最凡俗的地方见出与众不同来，你把粗活儿干成了细活儿，把锄草变成了舞蹈，还不值得称赞吗？

小慧听着便笑了，说，到底是当老师的，俗事也让你说得不俗了。

袁老师说，不一样，同一件事，我干是俗事，你干就是艺术了。

小慧不好意思地摇摇头。

袁老师说，宏小慧，你不会以为我是见人就夸吧？那你就错了，你爸知道，我很少夸奖人，多半都是批评、挖苦，因为值得夸奖的人太少了，多数人都没什么意思。

袁老师说得有些急切，生怕小慧不相信似的，他又说，宏小慧，这世上的人看起来差不多少，实际上千差万别，有的人是一座矿藏，有的人就是一堆碎石烂瓦，自知还好，若不自知，矿藏会疏于开采，造成资源浪费，让碎石烂瓦倒有了可乘之机，滥竽充数不算，有的还飞扬跋扈，乱开滥采，把那一身宝藏的人置于死地！

小慧听出袁老师是有所指的，想必与他的曾被打倒有关，但把这些话说在她身上，她还是禁不住又惊又喜，长这么大，有谁给过她这样的评价，简直是鸟儿变了凤凰，一步登天了呢！

小慧望着袁老师，不由得有些眼泪哗哗的。

袁老师似也是性情中人，眼圈也有些红，仿佛为了掩饰，忽然就问道，宏小慧，你可会打杈子？茄子杈棉花杈什么的。

小慧点点头说，会呀，全队一百多个劳力，我打杈总是在最前头的。

袁老师欣喜道，那你在这儿等着，我叫几个人过来，让他们也长长见识。

不一会儿，便带几个人过来了。小慧一看，原来都是在农场劳动过的"反动分子"，其中一个教历史的，小慧还听过他的课，讲红军二万五千里长征，挺熟悉的事却让他讲得伏笔连连，意外迭出。还有那个教数学的瘦高个，教物理的大眼睛，听说从前也是这学校的宝贝，凡他们教出的学生高考成绩多是上乘。另有个小个子女老师，从前教俄语，现在改教英语了，据说她从小在国外长大，被打倒就是因为有海外关系……

小慧不知袁老师为什么叫来他们，只觉得一下子和这么多"高大"的人见面，心里是又喜又慌。

就听袁老师说道，小慧你不用慌，他们可以做你的老师，你也可以做他们的老师，就照刚才的样子，给他们做一遍吧。

小慧一再推辞，袁老师只是不允，那几位老师也都是鼓励的眼神，小慧只好拿起锄头，弯腰锄了一截。

袁老师说，咋样？

几位老师点点头，个个是赞许的表情。

袁老师又把大家带到一块棉花地前，每人一垄，开始给棉花棵子打权。小慧果然是个快手，她打三棵，老师们也打不完一棵，就见她两只手上下翻飞，还没看清权子在哪儿，权子却早已被打到地上去了，只剩了那棉花棵子清清亮亮的，就如同变了场魔术一般。

袁老师惊叹道，宏小慧你让我知道，劳动也是一门艺术啊！

那几位老师也连连称赞，说可惜她来晚了，早来一步我们就都成艺术家了。

袁老师说，早来两步我们也成不了艺术家，这跟讲课一样，也是要天赋的，我敢肯定你们几个都没有劳动的天赋。

几位老师似不想认同这说法，那大眼睛的物理老师说，既是没有，还把我们叫过来干吗？

袁老师说，这都不明白，我是惦记着你们，跟你们一块分享劳动的艺术啊。

高个子的数学老师就说，怕是惦记着你的权力吧，过去我们听你老袁的，那是没办法，如今大家都解放了，凭什么还听你的啊？

历史老师也说，老袁啊老袁，这几年尽听你教训了，不是地翻得不够深，就是草锄得不干净，连握铁锨的姿势都要遭你呵斥，天晓得我们喝了什么迷魂汤，又被你召到这儿来了。

物理老师则说，悲剧，这就是人的悲剧，他让我们习惯了服从，习惯了听教训，我们再不能把这习惯继续下去了！

老师们就纷纷举了拳头说，对，对，再不能继续下去了！

老师们慷慨激昂，就像开一场小小的批判会。这其中，只那小个子的英语老师面带微笑，安静如初。

袁老师就看了英语老师道，看看人家小陈，什么样的修养，什么样的人品，再看看你们，啧啧啧，朽木难雕也！

谁知，那英语老师忽然开口道，老袁啊，知道我为什么不说话吗？

袁老师说，因为我真理在握呗。

英语老师说，错，因为我一开口，反对你的人就百分百了，我是不忍心呢。

那几位老师哄地笑起来，说，还是小陈，不说话是不说话，一说就一个顶仨！

袁老师也跟着笑了，仿佛大家对他的攻击是一种奖赏似的。忽然，袁老师想起什么似的一指小慧说，不对不对，怎么是百分百呢，还有宏小慧，宏小慧肯定是站在我一边的，是吧宏小慧？

小慧便笑，她开始明白，这"反动分子"们，原来是把农场当了开心的去处了。

说笑间，大家又重把话题转到小慧身上，说，原来是宏老师的闺女啊，怪不得呢。有人就说，这样的人才，学校留下来才对。另有人不以为然道，留下来让人家给你们种地啊？袁老师说，你们又错了，人家不为种地，也不为留下来，只为了能有时间听课、读书。

大家听了，一时间有些安静。这回，倒是那小陈老师先开口说，难得的想法。

物理老师便说，难得是难得，可是为什么呢？

小慧老实答道，不为什么，就是喜欢。

袁老师说，听见没有，人家可没你那么目的明确，俗！

物理老师说，若真不为什么，倒真是难得了，可我咋就那么不相信呢？

小慧的脸立时有些红，正想说什么，就听袁老师说道，你是俗人之心，自是不会相信。

物理老师认真道，咱甭说那没用的，她要是你老袁的女儿，你会咋办？

袁老师说，我女儿刚上小学，到她这么大还早呢。

物理老师坚持说，假如。

袁老师说，我会首先为她解决一份她喜欢的工作。

物理老师说，这不结了，这才是根本，没有立足之地，一切都是空谈。

这时，小陈老师说，要是解决不了呢？那她喜欢的听课、读书是不是就没必要了？

袁老师说，是啊是啊，小陈就是高见，要是解决不了呢？

物理老师说，那就是另一个问题了，我是说，什么才是最重要的！

袁老师说，最重要的当然不是工作。

物理老师说，刚才你还说首先呢。

袁老师说，首先并不等于重要。

物理老师说，那你说什么是最重要的？

袁老师说,一个人的精神。

物理老师说,没有工作,精神就等于空中楼阁。

袁老师说,那你就看看宏小慧,她的精神是不是空中楼阁?

物理老师说,即便不是,也坚持不了多久的。

站在一旁的数学老师和历史老师一直在频频点头,袁老师说的他们点头,物理老师说的他们也点头。

袁老师说,你们别光点头,说说,说说啊。

历史老师说,公说公有理,婆说婆有理,难下判断。

数学老师看了小慧一眼,忽然就问小慧,你说呢?他们刚才说的,可有对你的心思的?

小慧不自觉地摇了摇头。

数学老师说,看看,你们鸡一嘴鹅一嘴的,说不定跟人家压根儿没关系呢?

袁老师和物理老师也都看向小慧,好像要等小慧做个判断。

小慧望着他们,不知为什么忽然不那么紧张了,她说,我明白诸位老师的好意,工作不工作的,我不在乎。我相信我爸说的,没用的事才有意思。工作是有用,它会让人有个城市人的身份,可工作、身份,比起自个儿喜欢的,实在还顾不上去想它们。

大家再次安静下来,惊奇地看着小慧,好像不相信她会说出这样的话来。

袁老师说,若是有一份工作恰好是你喜欢的呢?

小慧说,那当然好,可怎么会恰好呢?

物理老师说,你把农活儿干得都艺术化了,想必农活儿也是你喜欢的吧?

小慧怔了怔,对农活儿她好像从没想过喜不喜欢的事,但站在庄稼地跟前,她倒不像其他年轻人那么无精打采,反而总有一种说不出的振奋。小慧看着物理老师,还是点了点头。

物理老师说,既是喜欢,又是你的本职工作,何必舍近求远到城市来呢?

袁老师说,屁话!

小慧说,喜欢农活儿不一定是喜欢农村,就像喜欢读书不一定就喜欢书店一样，老师您喜欢讲课，可您是否也喜欢这个学校？

袁老师说，好，问得好！他这辈子最喜欢的是讲课，可最不喜欢的就是这所学校了。

大家便都笑起来，连物理老师也跟着笑了。

袁老师说，其实我和你爸是一个意思，只是一不小心，被物理王带沟里去了。

大家更笑起来，说物理老师也就配在课堂上称王，一出课堂就傻了。

这时，小陈老师忽然问小慧，你喜欢读小说吧？

小慧点了点头。

小陈老师说，怪不得？

物理老师说，看不出宏老师还有这样的女儿。

袁老师说，你个物理脑袋瓜子，看不出的事多着呢，就好比宏小慧，她若不来城市，怎么知道她干农活儿还会有人欣赏？咱们这些笨手笨脚的人，又怎么会知道农活儿还可以做得像舞蹈一样？

物理老师就说，老袁啊，你话多的毛病什么时候能改改啊？大家都明白的事，就不必再说了吧。

大家又笑了一阵，便分手散去了。离开时都特别嘱咐小慧，要她随时找他们玩儿去，想看什么书，他们也会帮她去找。小慧望着他们离去的身影，就觉得脸上有些痒，一摸，竟是眼泪流了出来。

在小慧的记忆里，这还是头一回受人瞩目，她一个中学都没上过的人，可值得这些平日高不可及的老师谈论她的事情？他们还真就谈论了，而且她还参与了谈论，而且她的谈论还受到了称赞！天啊，刚才也没觉出什么，这会儿回想，简直如做梦一样呢。

回到住处，小慧跟她爸一说，宏曾和自也很是高兴，问小慧，随时去找他们的话，当真跟你说了？小慧说，当真。宏曾和说，这话他们不会轻易说的，既说了，便是把你另眼相待了。不过你若当真去找他们，也不一定就好，顺其自然吧。小慧说，放心吧，我又不是小孩子了，不会给你丢脸的。

可是，宏曾和接下来说的一件事，又使小慧快活的心蒙上了一层阴影。宏曾和说，黄小石又来找过她了，说他打问过了，食堂按编制是3个人，只要她回食堂，就有希望转成正式职工，老梁那边他负责去说。小慧问她爸，你答应他了？宏曾和说，没有，这是你的事，你说了才算。小慧说，这个黄小石，他看重的，以为也是我看重的。宏曾和说，你一点不动心？小慧说，不动。宏曾和说，它可能影响到你的一生。小慧说，爸，要是没有你昨晚的话，要是没有今天这些老师，我也许会动心的，可现在不会了。倒不是因为黄小石有多不好，是因为有比黄小石更吸引我的。今天对我来说也许是一个分水岭，往后，我再不会随随便便地打发自个儿了。

这话说出来，小慧自个儿也没想到，分水岭，有那么严重？好在她爸似并没觉得有什么不妥，他反倒是鼓励地将手放在她的肩膀上，说了句，好，好啊。

59. 小慧和宏曾和

小慧做梦也没想到，她从此会经常地和几位老师在一起了。

袁老师没把农场的事推给小慧，他仍料理一些事务，农活儿的事则交给小慧和几位老师去完成。在小慧的带领下，劳动效率提高了好几倍，连学生都不用组织来帮忙了。说是农场，其实不过就四五亩地的样子，粮、棉、菜各样又都种了些，有的地块多少天都不必去管它。这样，袁老师省心，各位老师也乐得时不时地到农场聚一聚。凡这时候，小慧就似成了中心，她总是把活儿干得又快又好，还不忘返回来帮助别人。那被帮了的人高兴得合不拢嘴，好像一下子成了赢家。而剩下的几个正有些沮丧，小慧又不失时机地来帮他们了。这时他们总是小慧、小慧地叫着，希望小慧到他（她）的跟前，做一做示范或是手把手地指导他们。他们就如同一群小孩子，真诚地问这问那，有时问的，在小慧看来简直有些幼稚可笑，但她还是耐心地解答着，语气却会不由自主地拉了长声，仿佛面对的真是群小孩子一样。

休息的时候可又不同了，几位老师噼里啪啦的，一个比一个话多，小慧就只有听的份儿了。不过小慧喜欢听，他们说什么都跟村里人不同，即便说眼前的一棵庄稼，也会越过庄稼，扯到科学或是历史或是哲学上去。这么个说法，让小慧很快着了迷，就像听课一样，每句话都巴望着装在脑子里。有时小慧听着听着，他们会忽然向小慧发问，宏小慧你是怎么想的？小慧就猛然一怔，也只好凭直觉张口便答。结果，他们多会拍手叫好，说班上学生是绝不会有这样的回答的。

在这其中，袁老师和小陈老师是小慧最喜欢的两个。为什么喜欢，小慧也说不出，只觉得有他们在，干起活儿来就格外多了几分快活。小陈老师说话南方口音，她对小慧说得最多的一句话就是，不要理他们。比如老师们有时会问小慧有没有男朋友、喜欢什么样的等等，小陈老师就说，不要理他们。有时老师们还会请小慧唱歌，说听小慧唱歌干活儿就不累了。小陈老师也说，不要理他们。小陈老师说这话，小慧多半是不听的，该答话答话，该唱歌唱歌，但她喜欢这句话，喜欢小陈老师与她结成同盟的感觉。大家一起说话的时候，小陈老师常和小慧挨在一起，拉了小慧的手，一根指头一根指头地捏，小慧恍惚觉得是明悦在身边一样。可那个物理老师这时候就会看了小陈老师说，怎么老觉得你把人家小慧当成了小猫小狗呢？小陈老师呸一声说，不要理他。小慧当然不会理他，可她美好的感觉已经被他打破了，好像再不好回来了……小陈老师一说话，就变得陌生起来了，敏锐，尖刻，毫不留情。在场的所有老师年龄都比她大，但她像是没有年龄的顾忌，对谁都可以直言不讳。特别是对袁老师，一口一个老袁的，就像跟老袁是同龄人一样，其实她比袁老师小了十几岁呢。袁老师和那几个倒也不在意，时而会呵呵地乐，时而也会不客气地反唇相讥。小慧觉得他们是在几年的农场劳动中形成的关系，这让她好生羡慕，甚至有时想象，自个儿变成了那小陈老师，和几位老师心无挂碍地谈天说地……不过，小慧慢慢地也看出来，他们对农场的热情好像跟她小慧并没多大关系，他们其实是利用这机会，在重续一种气氛。什么气氛她也说不清，他们有时说到哲学说到一些外国人的名字她也不懂。他们一起说话时常常地就把她忘了，好像压根儿就没她这个人一样。他们议论最多的就是学校的教育内容了，学工学农，他们认为是在浪费时间；对"文革"前课程的简化，他们认为破坏了应有的知识结构，对知识是一种践踏；若对学生负责任，他们就应该丢掉现有的课本，传授真正的知识……小慧听着就想，怪不得，他们讲课都不看课本呢。

小慧虽喜欢听，却不知为什么总有一种好景不长的预感，他们就像小说里描写的一群咄咄逼人的叛逆者，当权派不喜欢，普通群众也不喜欢，除非他们解散开来，隐在众人里不露他们的锋芒。可是，眼下有个小慧替他们干着大半的农活儿，对他们又崇拜有加，多么难得的名正言顺地聚在一起说话的机会啊……这么想着，小慧自个儿也吃了一惊，怎么能这么想他们呢？可念头一出，就犹如自个儿的影子，想甩都甩不掉了。有一天，她情不自禁就把这想法跟她爸说了，当然，还包括他们锋芒毕露的议论。她本是当作一件大事来讲的，可宏曾和只轻轻一笑说，他们说得没错。她说，既是没错，你为什么不加入他们呢？宏曾和说，加入是有条件的。她说，什么条件？宏曾和说，从他们角度讲，我没在过农场；从我的角度讲，任何团体对我都没什么吸引力。小慧不禁笑起来，说，我明白你从不申请入团入党的原因了。小慧一边笑，一边觉得她爸好孤独，可这孤独又像是他自个儿要的，这叫她有些不明白，就连袁老师那么聪明绝顶的人，不是还无比热心于团体的聚会吗？她爸还说，你想得也不错，他们是需要你的，可你不是也需要他们？小慧说，是啊，我们谁都需要谁，就是你好像是个神仙，谁都不需要。宏曾和便笑了，说，傻闺女，若不需要你，我就不带你来学校了。小慧说，真需要？宏曾和说，真需要。小慧望着她爸，见他不胖不瘦，不高不矮，一张脸平平正正，连头发都是不长不短的，便不禁笑道，你这样的人说出真需要来，我是一百个相信的。

那袁老师，也是周周正正的身材、脸相，只是一绺头发总搭在眉梢，有时还会护住眼睛，护住眼睛的时候他就抬手撩上去，或者晃动一下脑袋。有一次他抬手撩那绺头发时正巧看见了小慧，便朝小慧笑了一下。小慧不知为什么心里一动，觉得那笑和那抬手都和自个儿有了关系似的。她没敢往深处想过，但那绺头发就如一个标志，什么时候看到，心都会无来由地有点乱。但这乱还没来得及发展，她就发现了一个秘密：每回聚会要解散时，小陈老师都磨磨蹭蹭地要等袁老师一起走。袁老师好像也喜欢小陈老师的等，给小慧交代完一些事，便去关照小陈老师了。他们有时一起走，有时会留下来，坐在田边没完没了地说话。小慧在与不在，他们好像并不顾忌，或者压根儿就忘了她的在与不在。这让小慧很是难过了一些日子，要不是对小陈老师还算喜欢，她想她会跟小陈老师疏远起来的。不过她渐渐又发现了另一个秘密：袁老师和物理老师的争吵愈来愈多起来了，原因都是超越俗事的，为一种人生看法或是教改的方案，但所有人都看出来他们是为小陈老师争吵的。小陈老师只要说一句，吃饱了撑的你们吧，两人的争吵就立刻停止了。

小慧没把这事说给她爸，她猜她爸仍会轻轻一笑，好像这事不足为奇。但在小慧心里，这事却有点沉甸甸的。

日子一天天地过去，有一天，小慧那不祥的预感竟真的有了应验。是一张贴在学校办公室门前的大字报。

铺天盖地的大字报的日子早已过去了，大字报"墙"已拆除或是已洗刷干净，因此这时候的大字报就格外惹人注目。它主要是对袁老师的揭发，说袁老师以农场劳动为由，行反动聚会之实，反动聚会的证据，是列出的20条反动言论。小慧一条一条地看那言论，不由得大吃一惊，几乎全是她听到过的，条条不虚，句句为实。署名是群众。天啊，莫非这"群众"一直在窥视、偷听吗？

全校师生对这事议论纷纷，没有一个不知道的了。学校立刻进行了调查，一个一个地谈话，连小慧都没放过。宏曾和说，不用怕，实话实说。小慧说，实话实说岂不是出卖？宏曾和说，那些话并不反动，对他们不会造成伤害，不实话实说反会弄得更复杂。结果，真如宏曾和预料的，学校没处分任何人，只把农场的事交给了后勤一个职工，袁老师和其他老师都被取消了去农场劳动的资格。

即便这样，小慧也如遭了场雷击一般，多少天都回不过神来。更糟的，是她一向尊敬、爱戴的老师们，像是忽然间变了个人，再也见不到他们的笑容了，对她不理不睬的，有的甚至横眉冷对，像是在仇恨着她了。就连她喜欢的袁老师和小陈老师，见了她也躲得远远的，跟他们打招呼，他们把脑袋扬得高高的，就像没听见一样。

小慧还从没经历过这样糟糕的事，她伤心至极地问她爸，为什么？他们不会以为那大字报是我写的吧？她爸问，他们说的那些话，你没跟别人说过吧？她说，没有啊。她爸说，那就不怕，早晚他们会明白的。她说，要是他们总也不明白呢？她爸没作声。她猜她爸也是没办法的。一连好些天，她都吃饭不香睡觉不甜，袁老师和历史老师的课都没兴趣去听了，这些有知识的人啊，怎么跟村里小性儿的女人似的，不分青红皂白就不理人了，他们可真做得出啊。别人倒也罢了，袁老师和小陈老师，她心里跟他们多么亲近，他们总是觉得出的，怎么说翻脸就翻脸，连个解释都没有呢？她一遍遍地在心里问，有时也说出来给她爸听。她爸就说，没做亏心事，不怕鬼叫门。理是这么个理，可她怎么就硬是吃不下饭，眼看着她脸上就显一双大眼睛了呢？

一天吃过晚饭，宏曾和忽然拉起小慧说，走，带你去个地方。小慧问，去哪儿？宏曾和说，去了就知道了。小慧看她爸的脸色有点难看，也不便多问。待敲开一扇宿舍的门，小慧不由吃了一惊，原来是袁老师的宿舍呢！

袁老师显然也有些吃惊，问有什么事，宏曾和说有话要说，袁老师只好将两人放了进去。

袁老师请宏曾和坐在一把椅子上，宏曾和也给小慧拉过一把椅子，坐在自己身边。然后宏曾和才开口道，我是为小慧而来。

宏曾和看着袁老师，一双目光咄咄逼人，致使袁老师的目光不得不移向了别处。

袁老师看了自个儿的鞋尖说，这事应该我找你们的，你们倒找上门来了。

宏曾和说，若不是为小慧，我才不想理你，随你怎么浑蛋下去！

袁老师说，宏老师，这可不像你说的话，要比骂人你可骂不过我！

宏曾和说，那也得看理在谁的手里！

袁老师说，我们是被出卖的人，倒是出卖我们的人有理了？

宏曾和说，你说小慧？

袁老师说，这事明摆着，大字报是黄小石贴的，不是小慧还能有谁？

宏曾和说，你见着黄小石贴了？

袁老师说，有人亲眼看见的。

宏曾和说，物理王？

袁老师说，你怎么知道？

宏曾和冷笑道，黄小石去找过他了。

袁老师，找他是什么意思，不认账？黄小石当然不会认账，想认账就不会落款群众了。

宏曾和更冷笑道，是物理王自个儿写的，左手写的！

袁老师说，不可能！自个儿往自个儿身上泼脏水？

宏曾和说，不信你就自个儿问去。

袁老师说，绝不可能，情理不通啊！

说着情理不通，袁老师情不自禁地站起来，脸上已是恍惚不定的表情了。

宏曾和说，我也觉得情理不通，可千真万确，因为是他自个儿说的！

我来找你，就是为还小慧一个清白，一件再简单不过的事，你们是问也不问，查也不查，想当然就把这事扣在一个孩子身上，天大的事啊！她敬你们爱你们，把你们看成天底下最好最好的人，可你们呢？我想不明白，你们为什么要这么对她？因为她是个临时工？因为踩了她她也无力反抗？因为我宏曾和一团和气不会追究？错！这回为了小慧，我还就要弄个水落石出了，因为我的孩子什么样我太明白了，她一辈子也不会做这种事的，我敢说，假如有一天形势所迫，你们这些聪明透顶的人去做那下三烂的事她也不会做的！

袁老师好像受不了宏曾和的逼视，低下脑袋重又坐了下去，他说，王大庆，他也许会这么干的，这个疯狂的家伙……

宏曾和说，什么意思？

袁老师猛然站起来说，我这就找他去！

这时，二人却都没想到，小慧早先于袁老师冲到了门口。

宏曾和叫道，小慧，你干吗去？

就见小慧已是满脸满眼的泪水，她浑身颤抖着，门把手抓了几次才被她抓到。她的嘴唇也抖得厉害，想说什么，却一句也没能说出来。

宏曾和急忙上前扶了她，与她一起朝门外走。他们听到身后的袁老师说，要真是王大庆干的，我会向小慧道歉的。

第二天，几乎全校都知道物理老师王大庆的事了。

袁老师找到王大庆，一问再问，王大庆终于承认是自个儿干的，不为别的，只为小陈对他不理不睬，对老袁却一往情深，他出于嫉妒，要毁掉老袁张罗起来的聚会，哪怕把自个儿也毁得面目全非……老袁岂是能忍，当下就和王大庆动起手来。两人从门里打到门外，又从门外打到操场，虽是晚上，聚起的人却越来越多。到底有人把他们拉开了，他们脸上都挂了彩，衣服撕得一条一条的，让在场的人无不惊诧，这两个聪明绝顶的人，莫不是农场把他们变得野蛮了？

小慧和她爸都听到了动静，不知为什么他们累得要命，就如同刚干完一天的农活儿，手指都懒得动一动了。

小慧靠自个儿的床头坐着，她爸则背对了她坐在桌前。小慧问，爸，是你找的黄小石？她爸说，是。小慧问，黄小石还不知这事跟他有关？她爸说，不知。小慧说，你是怎么知道的？她爸说，只要想知道就会知道。

小慧说，爸，我就是那么感觉的。她爸说，感觉什么？小慧说，你说的，天大的事。她爸说，我看出来了。小慧说，不是因为大字报，是被人不信任。她爸说，我明白。

过了一会儿，小慧忽然又说，要是袁老师和其他老师找我道歉，我该怎么办？她爸说，他们应该道歉。小慧说，我不想，我要趁他们道歉之前离开学校。她爸说，去哪儿？小慧说，哪儿都行，就是不想在这儿了。

宏曾和以为小慧只是说说的，谁知第二天醒来，就不见了小慧的人影，只桌上有个小慧留下的纸条：亲爱的爸，我到校外转转，不用担心。小慧还是头一回用"亲爱的"这词，宏曾和一看立刻就泪眼模糊起来。

接下来的几天，小慧每天都是早出晚归，袁老师和小陈老师来过无数次，都没能见到小慧。后来，小慧晚上也不来学校了，袁老师和小陈老师就再也没见过小慧了。

其实，小慧是又找到了一家建筑公司，做一份油漆工。油漆班的领队是个细致、周到的女人，自个儿活儿做得好，还不忘帮衬班里的姐妹。以后的两年，小慧就一直提了油桶在城市高高低低的楼房里穿行。她从没跟油漆班的姐妹提起过学校的事，她觉得她们一定会说，这有什么，不就是一场误会嘛。可在她心里的一个地方，一想起这事就疼得厉害，她没办法跟她们说清楚疼的事。那些姐妹都有自个儿可说的往事，且件件往事都比小慧的惊心动魄，这使小慧愈发地将那事埋在了心底。她再也没去过她爸的学校，想爸了，就打电话把他约到学校附近的一家饭馆，边吃饭边说个没完没了。小慧怎么也想不到，她会和她爸有那么多的话说，且说什么他都能心领神会。她多少次地问她爸，是我长大了呢，还是你变了呢？她还说，爸呀，我是不会仰慕你的，因为一仰慕就没有平等了，被仰慕的人会因你的仰慕而低看你。在这世上，除了明悦是我最好最好的朋友，然后就是一个叫宏曾和的人了。这时宏曾和便无声地笑着，那笑在小慧看来，尽是由衷的疼爱和知足。

60. 明悦和宏先

自从宏先把贵生爹的病治好之后，黄村的许多事都开始发生着微妙的变化。

首先是卫生所改成了卫生院了，宏先被任命为院长。这改动是贵田提议的，贵田说开会听别的村介绍经验，都一口一个我们卫生院如何如何，咱村可不能落伍啊。支部委员们都表示赞同，宏涛也觉得不是什么大事，便没阻拦。

　　却没想到，一字之差，竟使宏先的病人增加了许多，先是骑自行车的人来，后来骑摩托车、开汽车的人也有了。卫生院还是原来大队部门口西侧那小小的耳房，人们进不去，只好在门洞里排起长长的队伍。

　　有一天，从汽车上下来个干部模样的人，张口就问宏涛在哪儿，立刻有人进院儿通报了宏涛。宏涛出来一看，不禁又惊又喜，原来是他一直在找关系求见的卢局长呢。这卢局长在市政府主管乡镇企业，宏涛刚报审了两家新企业，但层层审批，每一层都难上加难，正发愁呢，这天大的贵人竟自个儿送上门来了。

　　卢局长自是不为乡镇企业而来，他是慕名来找宏先的，见看病的人多，才想起找宏涛来。宏涛窃喜小事一桩，将卢局长请到自己的办公室里，一边说话，一边派人去把宏先叫来。却没想到宏先不肯来，说办公室不是看病的地方，会影响对病人的判断。卢局长立刻说有道理，宏涛只好陪他去了宏先那里。一进去卢局长就说地儿太小了，既然叫卫生院，就应该建一处名副其实的卫生院。宏涛一边点头，一边看宏先面无表情地为卢局长号脉、开方子。宏涛问了句什么病，宏先不答，卢局长也不答，好像他倒成了局外人。

　　看完病，拿了药，宏涛请卢局长留下指导工作，卢局长推辞了，但上车时总算答应把宏涛发愁的事过问一下。送走卢局长宏涛就去问宏先，卢局长几时还来？宏先说不会再来了。宏涛心里一凉，问什么意思。宏先说，三服药服完就好了。宏涛这才放下心来。

　　果然，卢局长就没再来，宏涛打电话询问病情，已是大好，他连声夸赞宏先的医术，直到宏涛问起审批的事，才忽然想起来似的，说已经给下边打过招呼了。

　　卢局长没再提建卫生院的事，上回很可能就是随口一说，但宏涛知道，他可以随口一说，他宏涛却不能无视他的随口一说，虽不情愿，却还是一边着手建院，一边着手建厂房，还带了贵田亲自到卢局长那里送了份厚礼。

半年之后，两家企业按期投产，卫生院也竣了工，培训了新人，买进了必备的医疗设备。但在这半年里，对宏涛的议论与日俱增，就如同一小股不引人注意的风，不知什么时候就变得强大起来。诸如以巨款讨好上边，却给村民最低的工资；村民有的自行车都买不起，他却花100万买辆奔驰；他每月8000元的收入，是一名普通工人的20倍；他还腐化堕落，拿村民的血汗钱住酒店、养女人……待这一切传到宏涛耳朵里时，村里的男女老少几乎已是人人皆知了。

自是有不少不实之词，宏涛也就没太放在心上，他总是说，听蝲蝲蛄叫还不种庄稼了？他对村民的小视更拉大了他和大家的距离，在街上走个碰面，他会装作看不见，对人们的议论，他也从不解释。他曾对贵田说过一句掏心窝子的话：他们不配。在一次党支部大会上，当了上百名党员的面，贵田将宏涛这话披露了出来。贵田装作说漏了嘴的样子，但宏涛面对一双双不满甚至充满敌意的眼睛，猛然有些警醒，怪不得流传的一些数字会准确无误，原来是贵田在背后打他的黑枪呢！宏涛曾怀疑过不少身边的人，唯独没怀疑过贵田，因为贵田的嘴巴太甜了，多少年来他坚持称他哥哥。宏涛没有兄弟姐妹，有堂亲的人至多喊他声涛哥，而贵田是黄村唯一喊他哥哥的人。但懊悔已经晚了，贵田的翅膀已经长硬，由于他的信任，企业的领导班子多是贵田一手提拔，即便是农机、农田这种看似没油水的地儿，贵田也不肯放过，据说农机队队长的选拔、队员的招入，甚至发放化肥、农药的人员，都是由他点头说了算的。还有新村自由市场的管理人员，各条街道的清扫人员等等，贵田也都不辞辛苦地一一过目。这样的结果，后街人便占了大半，而在田地里种菜、种粮的，前街人比后街人还要多了。不过只两件事，是贵田和任何后街人都无法操纵的，一件是恢复高考后考上大学的人，10个里只前街就占了9个；一件是自个儿到城里找到工作的人，前街也占了大半。那阵子前街几乎三天两头地响起鞭炮声，在田地里劳作的前街人，听着鞭炮声总算舒出了一口气，比起能走出黄村的人，就算把黄村折腾个天翻地覆也不过就是井底之蛙的折腾吧。

到这时候，宏斯和黄块才开始看清那曾预感的危险。他们觉得危险主要还不是贵田对宏涛地位的威胁，而是有显而易见的不公堂而皇之地成为公理。比如村办工厂各级工资差别的拉大，比如对上边来人的款待、贿赂，比如以权力之便拉拢亲信、打击异己，比如对承包田五花八门的使用，种树的、种花的、养猪的、盖房的……这一切在他们那时候是绝不可能的，他们当带头人时一直和村民挣的是一样的工分；他们从没搞过贿赂，上边来了人，吃派饭还要公事公办地掏钱和粮票；他们也有亲信也有异见，但跟现在比，可就真是小巫见大巫了；特别让他们不能容忍的，是在承包田里盖猪圈、盖房子，田地是种粮种菜的，都盖成了房子，大家不就得喝西北风了？不过他们从没去想过，如今从田地里解放出了多少劳力，粮啊菜啊比过去增了几成产量，手里的钱比过去多了多少，自由市场的出现让多少人喜笑颜开……他们的眼睛像是被"危险"遮蔽了，跟"危险"无关的一概看不见，他们只是一天到晚地想，他们当权的时候如何如何……

奇怪的是，与黄块和宏斯毫不相干的明悦，这时候却有着和黄块、宏斯相似的沉重和失望。她每天忙在承包田里，村里的事并不知道多少，但从和地邻们的交往中已敏感到某种不快的气息。为了侵占一垄地大打出手的，为了偷用一点水费尽心机的，为了报复将人家刚长出的青苗锄个精光的，更有那过分的，过量使用农药，把药性未退的蔬菜拿到市场去卖……人们的私欲，像是被压抑了太久，一下子膨胀起来了，自个儿都不能管住自个儿了。这时候的明悦，是太想跟宏先聊一聊了，听听他的高见，解一解自个儿的烦闷和担忧。但已身为卫生院院长的宏先好像早已不是过去的那个宏先了，他整天忙得不可开交，财物、人事、设备什么的全要靠他操心决断，他已很少坐下来心安气定地给人号脉了，更别说跟明悦静静地待上一会儿。明悦曾多次去卫生院，等待宏先闲下来的机会，可宏先来去匆匆，顶多会眨巴着眼睛给明悦一笑。对宏先来说一笑就很不易了，其他人基本是休想，可明悦对那笑很感别扭，好像有几分淫意，还好像有几分被追求的优越。即便这样，明悦还是等待着。终于有一天，明悦被引到了宏先的办公室里。办公室有里外间，里间是休息的地儿，外间有宽大的办公桌，桌上有电话有成摞的医书，书上挂了厚厚的尘土。宏先没有坐下，他对明悦仍那么一笑，开口道，说吧，找我什么事？明悦忧心忡忡地看着他，却从他眼睛里找不到一丝忧心的东西。但明悦还是不想放弃，她拿起桌上的一支笔在手上写了"危险"二字。怕他不明白，接着又写了"担忧"二字。宏先见了，一拉她的手说，跟我来。

明悦被宏先攥得紧紧的，无望地看他走进里间，砰地关住房门，然后说，放心吧，在我这儿不会有一点危险的。明悦拼命地摇头，向他再次展示手上几乎已被汗水洇湿的四个字，但宏先看也不看，只醉眼蒙眬地盯向明悦的胸部。他说，就算危险，我也不想让你白来一趟了。他开始搂抱明悦，一张嘴不容置疑地压在了明悦的嘴上。

至此，明悦才彻底惊醒了，准确地说，是被那嘴里的味道惊醒了，她想，好难闻的嘴啊！她像只敏捷的兔子挣脱出来，然后举起手狠狠打在了他的脸上。她拉开门慌慌地向外逃时，听到宏先恼火又惊诧的声音，为什么？你盼的不就是这一天吗？如今我好了，除了忙点，什么都能给你了，你明白不明白啊？明悦的泪水不由哗哗流了下来，她也不知这泪水为的什么，只觉得一切全完了，就如同天塌地陷一样，什么什么都不可能复返了……

后来的日子，明悦就再没去过卫生院了。宏先晚上倒是来过明悦家两回，进院儿就往正屋去了。他不便直接找明悦，显然盼着明悦在正屋露面儿，是一种和解的姿态了。但明悦甭说露面儿，把自个儿屋的灯都关了，明奇没在家，两边的厢房都一片漆黑。坐在正屋的宏先透过窗口看得明明白白，没坐一会儿就起身走了。明悦爸妈看在眼里，只当明悦干活儿累了，早早睡下了，而宏先如今又是个忙人，两人想必是少了瓜葛，心里倒踏实了许多。

在地里干活儿的年轻人是越来越少了，城子也说过给明悦找个村办工厂的活儿干干，城子说只要跟厂长一说，板上钉钉的事。明悦赶紧点头表示相信，不然她爸又要说没有他就没有某某工厂了。但明悦靠近她妈，表示哪也不去，要和她妈种一辈子的地了。明悦的拗他们是领教过的，去工厂其实也有几分不放心，便索性不再管她，随她去了。

61.　明悦和小慧

每天早晨，明悦都会出现在她的责任田里。有时是她一个人，有时是和她妈一起。她们种了一亩粮田，一亩菜田，粮田是一季小麦，一季玉米，菜田是五花八门，赶上什么就种什么，想吃什么就种什么。下地的时间也自由多了，明悦通常是在早晨和黄昏出现在地里，空气凉爽，地里的味道也好，侍弄庄稼、菜蔬的心情就像侍弄那些虎头鞋一样，会不由自主地沉浸其中。

其他人家的田里，白天太阳正晒的时候也是见不到人影子的。人们有的闲在家里，有的另找一份活儿干，原来天天干都干不完的活儿，如今捎带着就把它干了。还有的，彻底地放弃农活儿，将责任田租给了外地人，自个儿做生意或是到城里打工去了。

干活儿的时候，明悦其实是不喜欢她妈在身边的。从前人们说说闹闹，她可以听，也可以不听，不听时别人也不会注意。可现在只剩了她妈一个人，她妈说什么她都得注意听了，稍一走神儿，她妈就会好奇地追问，想什么呢？

自从对宏先失望之后，明悦就更喜欢沉浸在自己的世界里了。她自己的世界，不过就是一棵庄稼，一片绿叶，一个果实，一队匆匆行走的蚂蚁，一堆五颜六色的丝线……但她喜欢，一看就是半天，什么也不想，脑子里好像是一片空白，但分明又无比地辽阔。她觉得从前在生产队只顾了干活儿了，竟把身边太多的东西忽略了，即便是一棵草，一只昆虫，只要用心看，那世界也会愈来愈开阔起来，远不止肉眼看到的样子。更可喜的，是她抚摸它们或在心里与它们说话的时候，好像也总能听到或看到它们的回应。回应有的微小，有的剧烈，但都令她又惊又喜，有时她甚至会感觉自个儿也是它们其中的一个了……从前，宏先也是她世界里的一部分的，现在她已经把他彻底清除出去了。她十分地恼自己，竟然一度把宏先当成了一种支撑。让她奇怪的是，自个儿也就难过了几天，几天过去就再也不去想他了，好像那压根儿就是个跟自个儿没多大关系的人。倒是那个可怕的梦境又来过两回，但田地里五颜六色的世界很快就把那梦境赶跑了，她愈是去注意每一物每一时的变化，就愈顾不得其他了。明悦妈不知明悦的心思，总觉得她是愈来愈有点傻了，本来就不会说话，脑子再出了问题，岂不更叫人担忧。她便不停地跟明悦说话，问明悦问题，察看明悦的反应。她原本话并不多，这会儿为了明悦，难免尽是些没话找话的废话。明悦开始还看看她，点点头或是摇摇头的，渐渐地，索性就像没听见一样，对她不理不睬的了。明悦妈到底不放心，有一天竟是把宏先请来了，要宏先为明悦把把脉看。谁知明悦见到宏先，淡然一笑就出门去了。明悦妈伸手要拦，宏先却阻止了她，宏先说，不用看了，她没事。明悦妈说，你能肯定？宏先说，能肯定，她比任何时候都好。

后来的一些年里，村里不断传出宏先和哪个姑娘媳妇的绯闻，明悦听到，就像听到不相干的人事一样，瞬间就把它忘在脑后了。

明悦妈一天天岁数大了，常常地喊腰酸腿疼，明悦就阻止她再下地，让田里只剩下自个儿一人。这样明悦就更自由了，她把地分成了两份，一份自个儿种，一份则租给了外地人。自个儿种的那份她只种蔬菜，菠菜、生菜、豆角、黄瓜、茄子、西红柿、土豆、萝卜、大葱、蒜薹……凡可以种的，她都要试上一试。她最喜欢的是种子发芽和收获的时刻，好端端的一颗种子埋进土里，再钻出来就变了样儿了，像个小孩子，一天一个样儿地成长起来。到最后，结果子的结果子，长叶子的长叶子，红的红，绿的绿，白的白，黑的黑，她看着看着，自个儿不由得就笑起来了。

周边的田地愈来愈多地被外地人租种着，有的外地人因租不起房住，索性就在地里搭个窝棚或是建个土坯房。明悦和这些人建立了很好的关系，从家里拿了农具，用完就放在他们那里，他们可以随便使用。有时看他们没钱买种子或化肥、农药，明悦就从家里拿钱给他们或是把自个儿的种子什么的匀给他们。明悦妈对这做法极力反对，说，不是心疼钱，是怕你上当受骗，他们是些什么人你咋知道？明悦爸对此也很不以为然，说，有本事的都进城去了，没本事的才种地呢，你接济一个，一群人都上来了，接济得起不？明悦却毫不心动，她总是在想，睡觉枕块砖头，吃饭就咸菜啃块馒头，活儿干得比她还多，多么不公啊。不过她也不是随便就给哪个钱的，凡跟她张口要的，她多会不给，不是因为张口，是她会看他们的表情，被她认准了是要占便宜，她会呸一声扭身就走。一般多会演戏的人都逃不脱她的眼睛。从前熟悉她的人都觉得她在变，人变黑了，胳膊腿变粗了，特别是那双眼睛，再也不是羞答答的，它大胆泼辣，又清澈见底，什么人都敢直视过去，使那被直视的人倒有些胆怯。她跟他们的孩子也很要好，活儿干完了，便在地上教他们写字、画画。孩子们叫她姑姑，每天一下地他们就围上来姑姑、姑姑地叫。这时候再看她的眼睛，清澈得几乎跟那些孩子是一模一样的了。

有一次，不知为什么他们中的一个孩子被村里值班民兵抓起来了，孩子的父母来找明悦，明悦立刻去了值班民兵那里。待弄清是怀疑这孩子入户偷盗时，明悦立时涨红了脸，拉了孩子就走。值班民兵上前阻拦，明悦手一挥就把他们推得跟跄倒地了。两个民兵不过是刚出校门的学生身骨，而明悦在菜地几年，只手上的力量就足够对付他们的了。这事后来查

· 274 ·

出，是他们民兵中的一个所为，果然与这孩子没一点关系。孩子的父母对明悦的感激自不必说，其他外地人从此对明悦也愈发友好了。他们问明悦怎么知道那孩子没事，明悦伸出手捂在心口，表示她的心了解那孩子的心。他们都向她由衷地伸出了大拇指。好像由于明悦的缘故，很长时间里租地户们都和黄村人相安无事。为此乡政府（从前的公社）把明悦评为乡里的先进人物，明悦妈和明悦爸也深感自豪，从此在钱上对明悦宽松了许多，也不再去管明悦和那些外地人的交往。明悦自个儿倒丝毫不为"先进人物"所动，不去开会，不见来采访她的人，只领了上边奖励的100元钱，为住在地里的孩子们每人买了盒彩笔。

这期间，小慧一直骑了自行车行走在城乡之间，白天在城里上班，晚上就住在家里。她和明悦常常见面，并不觉得明悦有多大变化，但听说她和那些外地人的交往，还是让她吃惊不小。她骑在自行车上，每天都从田边经过，田里的外地人在她看来连后街人都不如，男人随地撒尿，女人张口就带脏字，他们的孩子就更糟糕，都六七岁了还光了屁股在地里疯跑。她曾多次劝说明悦，明悦却只是摇头。有一次明悦还向小慧表示，那些外地人并不像小慧说的那样，在她眼里他们都是好人，区别只在于他们的名字和长相。小慧望着明悦，这才觉出她与以往的不同，但不同在哪里，自个儿也难说清，只是觉得她愈发地执拗了，或者说愈发地有主见了，决不会轻易地就认同她小慧了。小慧不知为什么有几丝难过，还有几丝自个儿不愿承认的难以企及感，她想，怎么会，她经历过多少人，见过多少世面，怎么会呢？

明悦和宏先的关系小慧是早就知道的了，但他们之间发生了什么明悦始终守口如瓶。小慧不认为明悦的变化来自宏先，但不来自宏先又来自哪里呢？明悦对田地的着迷小慧也听说了，但要说明悦的变化来自田地小慧就更觉得离谱了，她和明悦一起劳动多少年，从没看出明悦对农活儿有多大兴趣，在地里还不如她小慧有个争强好胜的劲头儿。如今田地里冷冷清清，来来去去都是一个人，劲头儿又能从哪里来呢？

不过，小慧的主要生活空间是在城市，一到城市就把明悦的事忘在脑后了，总难做到为明悦的事想个究竟。有一次跟她爸说起明悦，她爸说，不要小看明悦，那也是一种境界。小慧便笑道，一个没出过黄村的人，哪来的境界？宏曾和不快道，连你最好的朋友都要小看，你是太傲慢了。小慧说，我一点不想小看她，可你非要说是境界，我实在想不出那境界的理由。宏曾和说，你要知道，许多事单靠逻辑是说不通的。小慧说，那是有神灵安排？宏曾和说，对了，她一定有自己的神灵。小慧本是玩笑话，却没想到她爸做了那么认真的回答。她和她爸的争论不了了之，但她爸的回答却让她再也没忘记过。

小慧在最初的油漆班干了两年，后来被遍地都是的电大、夜大所吸引，此时几乎所有的中国人都在发奋，要把"文化大革命"浪费的时间补回来。小慧便利用一个月的时间拼命复习，终于考上了电大的一个英语班。两年之后，她便成为一所厂办小学的英语代课老师了。

不过小慧在这所学校并没待多久就又换了所学校。半年之后，她终因老师间的钩心斗角而对学校选择了彻底放弃。决定放弃的当晚，她忽然对这城市有一种前所未有的疏离感，她极不情愿地想，她生在农村，长在农村，也许压根儿是不属于城市的……

放弃的另一原因是她有一天走在街上时看到了两个黄村人。一个是后街的小四儿，一个是前街的王环。小四儿正在一家商店门前忙碌着，那里有几张长方形饭桌，桌旁有一盘炉灶，灶上坐了一锅热气腾腾的小米粥。原来小四儿是卖小米粥的，她带了谦卑的笑容，把小米粥一碗一碗地端给客人，顺便还赠上一小碟咸菜。她的粥摊旁是一打缸炉烧饼的，客人从那里买了烧饼，便坐到小四儿的饭桌前，开始了一顿早餐。小慧在饭桌前坐下来，粥喝到一半听到小四儿喊她的名字，她才猛抬头认出了小四儿。她吃惊得简直不相信自个儿的眼睛，小四儿，这个连她小慧家门都怯于迈进的小四儿，现在却在这城市的中心，大大方方地摆起饭摊儿来了！当然说她大大方方还是过奖了，她的表情还有些羞涩，穿着还有些土气，说话还带有黄村的口音，但不管怎样，她从黄村一步就跨到城市来了！看那些城市人，喝了一碗又一碗的，对她的粥是多么欢迎；而她盛了又盛的，一顿饭要接触多少城市人！她这后来者，像是比她小慧和城市还要亲密几分了。另一个王环，小慧是在一个并不热闹的街口发现的，她站在街口的一角，身前是一张金属架支起的工作台，工作台旁边是一架缝纫机，机面和台面上都有不同颜色的衣料。她的打扮并不算时尚，中式立领，西式腰身，碎花棉布料，是早已过时的打扮，要不是身材还不错，简直可以称得上土的。让她吃惊的，是找她做衣服的城市人，竟还排起了十几个人的队伍……这些城市人啊，不是凑一份热闹，就是图一份便宜吧，可他们哪里知道，小四儿、王环在黄村都是提不起来的人物呢？

小慧还发现，小四儿和王环选的都是桥东，若不亲眼所见，她会觉得土气的桥西更适合她们。不过现在来城市打工的农民已有很多了，桥西有，桥东像是更多，因为桥东有更大的兴建空间。据说，桥西早晚要改造的，将来是要和桥东同步的，那样桥东桥西也就没什么分别了，就像将来黄村的前街后街也没有分别一样……这么想着，小慧不由得就有些心慌，好像在多少年的生活里，靠了区分她才可以识人识事，靠了区分她才得以维持着自己的骄傲，没了区分，就一下子少了依凭少了主心骨似的了。有一刻她甚至想，小四儿、王环都进了城了，一旦城市、农村都没了区分，她留在城里还有什么意义？

62. 前街和后街

黄村的新村自从有了自由市场之后，愈来愈多的人搬到这里来了，旧村那边只剩了很少几户人家了。

新村也建起了两条街，由旧村的东西向改成了南北向。名字还没定下来，有的说还叫前街后街，有的则说改叫东街西街，有的说，干脆就叫北京街上海街，多么大气。便有人说，论大气，还不如叫个东方西方呢，世界都包揽了。

但人们知道，名字的事大家说了是不算的，村里当官的才有权来定，人们便一边议论，一边继续着自己的日子，相比街名，日子自是更要紧的。

前街后街没有了，日子的过法却还延续着，打街上走过，只看各家各户的门前，就知道谁是前街谁是后街的了。凡门前植草养花的，或是打扫得干干净净一尘不染的，多是前街的人家；凡门前堆了柴火或是碎砖烂瓦的，甚至堆了鸡粪、猪粪什么的，无疑就是后街人家了。当然后街的也有仿了前街的来的，比如五子，他家门前两侧就各植了一小块草地，草地上一边种了几棵美人蕉，另一边种了红月季，红艳艳的花朵一开，把相邻两户人家的门口都映得亮堂起来了。后街还有更亮堂的，只不过是属另一种的，墙面贴了亮闪闪的瓷砖，门顶盖了耀眼的琉璃瓦，顶的四角各有一只兽头张扬开来，看不出是龙头还是什么头，都是龇牙咧嘴凶巴巴的样子。下面呢，门洞进口处卧了两只石狮子，肥硕硕的，却并不可爱，像是做工低劣的缘故，看见它的人多会怀疑地问一句，是狮子还是狮子狗啊？走进门去，迎面就是堵影壁墙，墙上画了大棵的竹子，竹子两边对联一般各写一行黑字：读得千卷诗书，赚得万贯家财。有前街人看了便声声地冷笑，刚赚点小钱就嘚瑟上了，千卷诗书、万贯家财挨得上不？甭说千卷，一本带字的书家里找得出不？前街人里，个别也有家门口不爱拾掇的，比如霖爷。他自小就有不爱动手的毛病，这会儿年岁大了，更是杂草荒了院子也不去管它。但进到屋里，桌子上、炕头上、灶台上，甚至椅子上，到处都可见一本打开了的书，霖爷的日子就像是在书里度过的。霖爷还有一间书房，书虽不多，却拿起一册便是卷了边的，带了熟读过的痕迹。他的书桌上还总铺了宣纸，放了砚台，偶尔写几笔草书，也可写得龙飞凤舞，恣意飞扬，只可惜村里没什么人能欣赏，过年写个春联也想不起去请他。

还有饭菜的味道，相邻的两家虽隔了高墙，味道仍是不可阻挡地发散开来。这一家捂了鼻子，向高墙那边投去轻蔑的一瞥；而那一家，或是无动于衷，或是很不以为然的表情：整天吃香的喝辣的，不是糟蹋日子吗？

这一天，二妮忽然回村来了。她是听三妮说，她娘跟后街的大英娘打起来了，就为一吃饭大英家的孩子便闻了味儿往三妮家跑，大英娘拦不住，竟骂三妮有意招惹。住在三妮家的大菊岂肯示弱，张口便骂大英娘鼻子瞎心也瞎，自个儿闻不出香臭还疑神疑鬼，到死都只配吃后街的饭。二妮已很久没回黄村了，一听这事忍不住就叫了司机往回赶。倒不是担心她娘，是不知为什么这事忽然让她有点想家。她如今早已从乡政府辞职，随了丈夫姜新国在办公司做生意。姜新国是从工厂辞职的，政界没了希望，他和二妮都有点不甘心，辞职下海是大好的机会，两人便双双跑广州，奔深圳，风风火火地于南北之间忙碌起来了。

去新村是先要经过明悦的承包田的，二妮隔了窗玻璃，老远就看到草帽下的明悦了。明悦正弯了腰，在一块菜田里忙着什么。她身边还有一人，头上随意搭了块丝质方巾，与明悦一起忙着。二妮见了，心里不由得一喜，开口喊道，小慧！是小慧吧！

那人抬起头来，见是二妮，也不禁连连摆手。

果然是小慧，天啊，仨人今儿竟是凑齐了！

地头儿有眼机井，机井旁有棵大柳树，三人不约而同地就往柳树下走。

聚在一处，手拉了手坐下来，争相报告着自个儿的情况。二妮的车小慧和明悦都看到了，二妮报告时还特意提到了车和司机，脸上难掩得意之色，但小慧和明悦都不去问，仿佛那是件不值一提的小事。二妮想起姜新国工厂的同事们对此都是一脸的惊羡，心里便不由暗笑，她们一点没变，我二妮就是上了天，也不会把她们惊着的。但二妮说到这几年的艰辛，小慧和明悦都十分用心地听着，那关切、入心的表情倒是二妮在外几年很少能见到的。

轮到小慧，小慧说她今儿是特意来找明悦说话儿的，就为她属不属于城市的事，这事关系到她在城市的去留。二妮一听就笑了，说，小慧你还是老样子，不愁吃喝，活得闲在啊。小慧说，什么意思，莫非你愁吃愁喝了？二妮说，工资没有了，自然要想吃喝的事。小慧说，我和明悦也没工资啊。二妮说，所以你们是神仙，我是俗人呗。说着二妮就哈哈笑起来。她一笑嘴还是咧得老大，还是要露牙床子。只是她从前的两把小刷子已变成了一头烫发。小慧眉头一皱说，你也还是老样子，嘴就不能张小点？头发也弄得不好，脑袋更显大了，如今一说烫头就一窝蜂地都烫，也不问脑袋愿不愿意。还有牛仔裤，以为是你这样的能穿的？就显两条大粗腿了。二妮听了却也不恼，只将小慧看了一眼又一眼的。小慧问，你看什么？二妮说，看你咋欺侮我。小慧呸一声道，以为你是好欺侮的？时兴当官了你当官，时兴发财了你又发了财，像我和明悦这样的，还不是尽给你做陪衬了？二妮说，好一张利嘴，欺侮了人还是别人的不是，是吧明悦？明悦便笑。明悦看得明白，二妮一来，小慧明显地长了精神，她像是格外需要这对比的。刚才她和小慧就一直在讨论对比的事，小慧太执着人与人、事与事、街与街的对比，她认为这些一辈子都不会改变，就比如二妮，她看上去变化最大吧，可有一条就没变，一扇猪肉，一袋子粮食，一匹棉布，她要的是这个。为什么，因为她是后街的。明悦对这话则不住地摇头，她认为若说后街的看重那些，前街的就不看重吗？指望孩子上大学算不算在指望一扇猪肉一袋子粮食一匹棉布？明悦甚至认为，那些住窝棚住土坯房的外地人也和她们没什么分别。小慧忍不住大叫，错！明明是有分别的呀！明悦笑着点点头，像是也认同着小慧说的分别，但同时又决不放弃自个儿

279

的没分别。这让小慧无奈又不满，正在这时，二妮就赶到了。

果然，有一刻小慧自个儿就说道，二妮，别怪见了你就挑毛病，其实我心里高兴着呢。二妮说，你是高兴，有人让我挑毛病我也高兴。小慧说，我是真高兴。二妮说，我知道。小慧说，一直觉得城市是最好的了，其实想想，还是咱仨在一起的时候是最好的。小慧说话时眼睛不由得有些湿润，二妮和明悦看着小慧，都由衷地点着头，明悦想，小慧她自个儿也许都不知道，这正是她和二妮的没分别呢！

后来小慧和明悦问起姜新国，二妮眉飞色舞夸奖了一通，忽然说，他哪都好，就是不像老姜对我那么肯定，一提起你们俩他总是说，不明白，她们咋就肯跟你好了？好像我二妮压根儿不配跟你们好似的。唉，随他去吧，就算有一天他看上了别的女人，离开他日子一样过。二妮是笑着说这话的，小慧和明悦却分明觉出了她的忧心忡忡。

好像要尽快转移话题，二妮忽然一转身朝车那边走去。转回来见她一手提了只塑料袋，袋子里都是花花绿绿的颜色。打开了才看清，原来是两件色泽妖艳的上衣。二妮说，送你们俩的，广州货。

小慧和明悦一时都有些怔怔的，过去通常是她们送她东西的，现在却反过来了。她们伸出手去，不得不将衣服接了，从广州买来的东西，她们没理由拒绝，因为她们从没去过广州。但二妮和她们分手时，小慧终于还是没忍住她对衣服的看法。她说，二妮，往后再别给我们买衣服了，合适了还好，不合适了岂不是浪费？二妮指了衣服问，不合适了？小慧说，你不想想，我和明悦几时穿过这么妖艳的？二妮笑道，正因为没穿过才让你们穿穿的，保证让你们美似天仙！二妮说得响亮又自信，然后她不容她们再说什么，就果断迅速地坐进了车里。

小慧和明悦望着那车腾起的尘土，不知为什么没有一点接受礼物的喜悦。小慧试着将衣服套在身上，看见明悦摇头，立刻就脱下来了。小慧说，二妮的眼光，要是合适才怪呢。

二人便拿了衣服，往菜地里走去。小慧先是将装进袋子的衣服放在地上，却被明悦拿起来放进了她的草帽里。小慧看着，又将头上的丝巾解下来连草帽一起包裹了起来。小慧说，省得有虫子爬进去，好歹也是人家二妮的心意。明悦一笑。二人像是踏实了许多，又一边干活儿一边接了刚才的话题说话儿去了。

这时，太阳已不知不觉转到天边去了，它大了不少，也红了不少，把她们的菜地和不远处的旧村、新村都映成了红色了。她们发现，旧村的房屋都似隐似现地被掩在树木中，而新村的树木，倒是被掩在新起的楼房里的。小慧便兴奋又执拗地说，看见没有，又是分别，新村和旧村的分别！明悦没有反驳，只将目光望向了天边的太阳和被太阳映红的整个世界。而这时，旧村和新村都有袅袅的炊烟在升起，旧村的炊烟虽只有细弱的几缕，两人却还是习惯地朝旧村望过去，炊烟一起，就是在田地里忙碌的人收工回家的时候了。

2015年8月初稿

2016年2月修改

2016年6月定稿